KOMMISSAR LAVALLE UND DER SEINEMÖRDER

Karla Weigand

Kommissar Cavalle und der Seinemörder

Historischer Roman
aus der Zeit Ludwigs, des 16.,
nach einem wahren Kriminalfall

Zwischen den Stühlen

Karla Weigand
KOMMISSAR LAVALLE UND DER SEINEMÖRDER
Historischer Roman aus der Zeit Ludwigs, des XVI., nach einem wahren Kriminalfall

Zwischen den Stühlen 2

Bibliografische Information der Deutschen Nationalbibliothek
Die Deutsche Nationalbibliothek verzeichnet diese Publikation in der Deutschen Nationalbibliografie; detaillierte bibliografische Daten sind im Internet über http://dnb.d-nb.de abrufbar.

Titelbild: Jean-Pierre Louis Laurent Houël (1735–1813), La Prise de la Bastille (Sturm auf die Bastille), 1789
Layout & Umschlaggestaltung: global:epropaganda
Lektorat: Kai Beisswenger
Korrektorat: Michael Haitel
Herstellung: Schaltungsdienst Lange oHG, Berlin

Zwischen den Stühlen
im Verlag der *p*.machinery Michael Haitel
Norderweg 31, 25887 Winnert
www.zds.li

ISBN: 978 3 95765 273 7

Karla Weigand

Kommissar Lavalle und der Seinemörder

Historischer Roman
aus der Zeit Ludwigs, des 16.,
nach einem wahren Kriminalfall

Prolog

29. Mai 1789

Schon seit Tagen fühlte er sich unwohl. Erneut hatte die gewohnte Unrast von ihm Besitz ergriffen; eine Unrast, die es ihm beinahe unmöglich machte, seinen vielfältigen Aufgaben nachzukommen. Wie gefesselt, wie geknebelt kam er sich vor. Es erschien ihm fast unmöglich, es auch noch einen Augenblick länger in seinem gewohnten Umfeld auszuhalten. Mit aller Macht drängte es ihn hinaus, ins Freie, in die Anonymität der Stadt, unter Menschen! Und nicht etwa, weil es ihm in seiner gewohnten Umgebung an solchen gemangelt hätte.

Aus gewissen Gründen kam jedoch keiner von denen für ihn infrage. Auf dem vertrauten Terrain, auf dem er zwar souverän die Spielregeln bestimmte, war es unmöglich, jemanden zu finden, der seine Vorgaben auch nur annähernd erfüllte. Und selbst wenn – es wäre viel zu riskant gewesen.

»Geschmackloses junges Gemüse, oder verdorbenes altes Unkraut«, dachte er verächtlich. »Nichts, das auch nur halbwegs in der Lage wäre, meinen Ansprüchen auch nur ansatzweise zu genügen.«

Erschwerend gesellte sich die Tatsache hinzu, dass er sich in seinem gesellschaftlichen und beruflichen Umfeld keinen Fehler erlauben durfte. Viel zu sehr stand er im Fokus zahlreicher hochgestellter Persönlichkeiten; und was die Domestiken anbetraf, so mochten sie in seinen Augen zwar alberne Tröpfe sein – unterschätzen durfte er sie keineswegs.

Zunehmend litt er Höllenqualen. Am liebsten hätte er alles hinter sich gelassen; wäre einfach wieder für eine gewisse Zeit in seine andere Rolle geschlüpft, um sich von der nahezu unerträglichen Spannung zu befreien, die ihm mehr und mehr das Blut vergiftete und den Verstand vernebelte. Da seine Konzentration nachließ, unterliefen ihm bereits kleinere Missgeschicke – etwas, das er sich selbst am allerwenigsten verzieh.

Das Einzige, was ihn stets aufs Neue betroffen machte –, wenn auch immer erst »danach« –, war der Zwang, sich für die Erlangung seines Seelenfriedens mit Individuen abgeben zu müssen, die weit unter seinem intellektuellen und gesellschaftlichen Niveau rangierten. Trotz seiner tiefen Verachtung der Unterschicht war er stets aufs Neue gezwungen, jeweils für eine gewisse Zeit einzutauchen in jene dumpfe, bar jeglichen geistigen Anspruchs, gleichsam tierisch anmutende Lebensweise des Pariser Pöbels.

Dessen ungeachtet und vollkommen paradox: Er genoss diese Erniedrigung ungeheuer! Jedenfalls so lange, wie er befreit zu atmen vermochte. Der euphorische Zustand dauerte jeweils an bis zum nächsten Mal ...

Er beschloss, sich innerhalb der kommenden Woche von allen Verpflichtungen frei zu machen, um den Überdruck abzubauen, der sich in seinem Inneren bis zur Unerträglichkeit anstaute. Sich davon zu befreien, hatte er im Laufe der Jahre perfektioniert. Er war sich sicher, jede Vorsichtsmaßnahme zu bedenken, sich keiner Nachlässigkeit schuldig zu machen – und daher niemals ertappt zu werden.

Wer nur den Hauch eines Gespürs für Veränderungen hatte, dem konnte nicht verborgen bleiben, dass es in Frankreich seit längerem heftig gärte. In Kürze würde das Pulverfass explodieren; es war nur zu hoffen, dass die sprühenden Funken sich nicht zu gewaltigen Feuergarben entwickelten, die niemand mehr zu löschen vermochte. Allzu viel hatte sich mittlerweile im Volk der Franzosen aufgestaut an Enttäuschung, Wut und Verzweiflung. Was im Einzelnen im Argen lag, wussten alle – auch diejenigen, die das Dilemma zu verantworten hatten.

Aber weder die Aristokratie noch die Geistlichkeit, die im Lande das Sagen hatten, dachten nur einen

Augenblick daran, den Armen, Unterdrückten, Gedemütigten und Ausgebeuteten auch nur andeutungsweise entgegenzukommen. Im Gegenteil! Immer stärker drehte die Regierung Seiner Majestät, König Ludwigs XVI., an der Steuerschraube, immer höher wurden die Belastungen, die auf die Rücken der ohnehin schwer Gebeutelten aufgesattelt wurden. Wer einmal in der Schuldenfalle eines adligen Grundbesitzers saß, verfügte nie mehr auch nur über die allergeringste Aussicht, je wieder herauszufinden.

Das Proletariat wuchs beständig; ehemals biedere Handwerker verarmten und gesellten sich mehr und mehr zur besitzlosen Unterschicht. In ihrer Aussichtslosigkeit, irgendwann erneut auf die Beine zu kommen, ergaben sich viele der Trunksucht, wurden haltlos, sanken herab zu Bettlern und Dirnen.

Wer über mehr Energie verfügte, rutschte gewöhnlich schnell ab ins kriminelle Milieu. Es war eine Schraube, die sich unablässig nach unten drehte – so lange, bis der Boden erreicht war, der in den meisten Fällen den Hungertod oder das Ende am Galgen bedeutete.

Obwohl das schöne Frankreich in Dekadenz, maßloser Verschwendungssucht und kaum zu überbietender Menschenverachtung der herrschenden Klasse versank und nur noch Gier nach Prunk, minderwertigem Vergnügen und billiger Zerstreuung den Sinn des Daseins bestimmte: Die königliche Justiz funktionierte immer noch.

Teil 1

Ein Verbrecher fühlt sich sicher

3. Juni 1789

Armand Lavalle, aus Fontenay-le-Comte im Poitou stammend, und seit nunmehr zehn Jahren Commissaire de Police Royale in Paris, marschierte ins Arbeitszimmer seines obersten Vorgesetzten, Monsieur Pierre de Bricasson, Comte de Belfort. Der bekleidete die Stellung des Commandant Général de Police Royale de Paris und wurde üblicherweise mit »Monsieur le Président« angesprochen.

Lavalle, grauäugig, hochgewachsen, stämmig und mit dichtem dunkelbraunem Haarschopf, war Anfang dreißig und erhoffte sich seit Längerem eine Beförderung zum Commissaire Supérieur, zum Oberkommissar.

Von dem dürftigen Gehalt, das er im Augenblick bezog, konnte er keine Familie ernähren und seine Dauerverlobte, Régine Madrier, wurde allmählich ungeduldig. Sie war es leid, auf dem Pariser Marché aux Fleurs Sträuße zu binden und Kränze zu flechten. Sie wollte das, was alle jungen Frauen sich wünschten: Endlich heiraten und Kinder bekommen.

Armand Lavalle war ziemlich erschöpft von der soeben – leider erfolglos – gebliebenen Jagd nach einem seit längerem gesuchten Einbrecher, der die Adelspalais' und Bürgerhäuser auf der Île de la Cité, mit mehreren Komplizen unsicher machte.

Nach dem sorgfältigen Ausspähen des Objekts ihrer Begierde, schlugen die Kerle jeweils während der dunkelsten Nachtstunden zu; brachen entweder durch ein ungenügend gesichertes Fenster im Untergeschoss ein oder öffneten gewaltsam einen Nebeneingang des Gebäudes, gingen mit schlafwandlerischer Sicherheit zu den Stellen, wo das meiste an Schmuck, Geld oder wertvollen Gemälden und Teppichen zu stehlen war – und verschwanden für gewöhnlich wieder so schnell, wie sie gekommen waren.

Im Volksmund nannte man sie bereits anerkennend »die Blitzdiebe«. Lavalle vermutete, dass die Einbrecher jeweils einen Informanten innerhalb der bestohlenen Häuser haben mussten – daher ihre verblüffende Ortskenntnis.

Ein Informant des Kommissars hatte ihm einen Tipp gegeben, wo der Kopf der Einbrecherbande sich angeblich aufhielt und er war letzte Nacht zusammen mit vier Polizisten dieser Spur nachgegangen, um den Mann zu verhaften. Das Ganze hatte sich zu einer geradezu abenteuerlichen Jagd durch die Pariser Altstadt, rund um die Kirche von Saint-Sulpice, ausgewachsen.

Die winzigen Häuschen – eigentlich aneinander gebaute, sich gegenseitig vor dem Zusammenbruch stützende Hütten – waren elende verwinkelte Schlupflöcher, die enorme Menschenmassen beherbergten und so ineinander verschachtelt waren, dass sich in dem Gewirr nur ein dort seit Längerem Hausender zurecht finden konnte. Lavalle und seine Kameraden gehörten jedenfalls nicht dazu. Die Suche war von vorneherein aussichtslos gewesen. Die übrigen Bewohner des Quartiers – überwiegend auch sie »gute alte Bekannte« der Ordnungsmacht – weigerten sich zudem hartnäckig, der ungeliebten Obrigkeit auch nur den geringsten Hinweis auf die Flüchtigen zu geben.

Vor allem die Weiber gebärdeten sich höchst feindselig gegen die Beamten. Sie kreischten ihnen Beleidigungen und Beschimpfungen entgegen in einer Lautstärke, dass Lavalle die Ohren klingelten. Eine leerte rein »zufällig« über dem Kopf des Kommissars eine Schüssel mit Waschwasser aus. Er durfte noch froh sein, dass es nicht das Nachtgeschirr gewesen war ...

Einem seiner Polizeikollegen, der eine wacklige Treppe hinaufkeuchte, wurde von oben von einem feixenden Jugendlichen ein Hocker entgegengeworfen. Ein zweiter handelte sich bei einem Gerangel mit einem Betrunkenen ein blaues Auge ein.

Als Lavalle einen Mann dabei beobachtete, wie dieser über die Dächer verschwand und er Anstalten machte, dem Flüchtigen über ein Fenster nachzusetzen, wusste dies eine verkommene Alte zu vereiteln, indem sie aus einer höher gelegenen Luke einen Krug schwenkte, um einen Schwall Seifenwasser über die Ziegel zu kippen. Damit war das ohnehin abschüssige Dach so rutschig geworden, dass eine Verfolgung lebensgefährlich gewesen wäre ...

Nach zwei Stunden hatte Lavalle wütend die vergebliche Aktion abgeblasen.

Der Kommissar war beinahe sicher, dass sein Chef einiges mit ihm vorhatte, als er dem wissenden Blick seines Freundes, Hubert Aubriac – Bricassons Premier Secrétaire – begegnete, als dieser ihn zu seinem Herrn beorderte. Was sonst könnte so wichtig sein, dass der Commandant Général persönlich sich die Mühe machte, einem kleinen Commissaire Audienz zu gewähren?

Normalerweise erhielt Armand seine Befehle von seinem direkten Vorgesetzten, Capitaine de Police, Émile Béguin. Der Comte de Belfort war im Allgemeinen für Beförderungen zuständig – oder für Entlassungen. Letzteres schloss Lavalle allerdings kategorisch aus, denn für gewöhnlich leistete er sehr gute Arbeit. Und dass sein Einsatz gestern gescheitert war, konnte man ihm doch nicht so sehr ankreiden.

»Kannst du mir vielleicht verraten, Hubert, weshalb ›Le Président‹ mich so dringend zu sprechen wünscht?«, versuchte Armand seinen Freund, den Sekretär des Comte, aus der Reserve zu locken. Beide Männer liefen im Gleichschritt nebeneinander her auf dem breiten Flur des Polizeigebäudes am Quai des Orfèvres.

Der ehrwürdige Bau war ein einstiger Königspalast. Zahlreiche niedere Chargen, die mit Akten geschäftig auf dem Gang hin und her wieselten, wichen ihnen respektvoll aus – galt Hubert Aubriac doch als die rechte Hand des »Allerhöchsten«.

Armand wagte es ausnahmsweise, diese Frage zu stellen, weil er hoffte, sein Freund, der im Dienst normalerweise verschlossen wie eine Auster zu sein pflegte, habe heute besonders gute Laune. Hubert hatte so ein vergnügtes Funkeln im Blick ... Meist war das Gegenteil der Fall. Die Ursache der miesen Dauerstimmung des Sekretärs – die sich außerhalb des Kommissariats jedoch schlagartig aufhellte – war nur ganz wenigen bekannt. Armand gehörte natürlich zu den Eingeweihten.

Hubert Aubriac hasste die Monarchie und er hasste den Comte de Belfort, seinen Chef. Eigentlich verabscheute er jeden, der von adeliger Geburt war – oder ein höheres kirchliches Amt bekleidete. Natürlich war es nicht ganz leicht für ihn, sich seinen Widerwillen während des Dienstes – den er im Übrigen tadellos verrichtete – nicht anmerken zu lassen.

»Das kann ich leider nicht, mon ami.«

Bedauernd zuckte der Sekretär mit den Schultern. »Wie kommst du darauf, dass ich ausgerechnet heute etwas verraten würde, was ›Le Président‹ dir gleich selbst unter vier Augen zu sagen wünscht?«, fragte er und musterte Lavalle neugierig.

»Ich dachte, du habest ausnahmsweise mal gute Laune und daher ...«

»Ja! Ausgezeichnet beobachtet, mein Lieber. Ich bin in der Tat heute Morgen ausnehmend gut gelaunt! Und errätst du auch, weshalb, mein Freund?«

»Keinen blassen Schimmer, mon Cher. Aber du wirst es mir sicher gleich verraten.«

Aubriac verlangsamte sein Schritttempo auf der Treppe nach oben und Armand passte sich ihm automatisch an.

»Na?«

Der Kommissar war neugierig, was seinen im Dienst stets griesgrämigen Kameraden so froh stimmte. Hubert Aubriac beugte sich während des Gehens so nahe zu Armand hinüber, dass seine Lippen beinahe dessen Ohr streiften, und begann, nachdem er sich noch schnell umgesehen hatte, zu flüstern.

»Kurz nach Mitternacht ist in Meudon endlich der sieche Dauphin krepiert. Wieder einer weniger aus dieser verfluchten Bourbonensippschaft, die nur auf unsere Kosten lebt!«

»Ach?«

Armand war unangenehm berührt. Er störte sich stets an den Ausfälligkeiten seines Freundes, sobald dieser begann, über die Monarchie und den Adel herzuziehen. Obwohl er ihm in Vielem recht gab, hielt er dessen gehässige Ablehnung doch für maßlos überzogen.

»Hat es der arme Junge also doch nicht mehr geschafft? Die Hofärzte behaupteten doch, die gute Luft in Meudon vermöchte Wunder zu wirken.« In der Stimme des Kommissars schwang eindeutig Bedauern mit.

»Na, hör mal, mein Freund! Wieso nennst du ihn ›armer Junge‹?

War doch Zeit, dass der kleine Krüppel endlich den Abflug – wohin auch immer – gemacht hat!

Der Tod ist in unserem glorreichen Land der Einzige, der noch einigermaßen für Gerechtigkeit sorgt: Er holt auch die Reichen und Mächtigen. Trauer ist in diesem Fall wohl nicht angebracht: Der Kleine war ein Kretin seit dem Tag seiner Geburt. So einer verdient kein Mitleid; für den war das Sterben eine Erlösung!«

Aubriac sprach immer noch mit gedämpfter Stimme.

»Trotzdem! Er war doch noch ein unschuldiger Knabe«, widersprach der Kommissar ebenso leise.

»Ha! Was heißt hier unschuldig? Er wäre immerhin der nächste König geworden! Das genügt mir, um ihn zu verabscheuen. Jetzt haben unser fetter Louis und seine aufgetakelte Metze Marie Antoinette schon das zweite Balg verloren! Am neunzehnten Juni vor zwei Jahren war es ihre Tochter Sophie, die ins Gras gebissen hat. Zwei von ihrer Brut sind noch übrig; von mir aus können die auch noch verre...«

»Pssst! Nicht so laut«, zischte Armand warnend, obwohl kein Mensch in ihrer Nähe war. Er mochte es einfach nicht, wenn sich sein Freund so despektierlich über die Königsfamilie ausließ.

Nicht, dass er den derzeitigen trägen Monarchen und seine verschwenderische Gemahlin besonders geliebt hätte – aber immerhin war Ludwig XVI. einst in Reims regulär gekrönt und gesalbt worden. Und bei seiner Einstellung als Polizist hatte Armand immerhin seinen Amtseid ebenfalls auf den König geschworen ...

Sie standen vor der Bürotür von Pierre de Bricasson.

»Ich drück' dir die Daumen«, versprach Hubert und klopfte seinem Freund auf die Schulter, als dieser sich anschickte, diskret an die Bürotür von Commandant de Bricasson zu pochen.

Das »Herein« seines obersten Vorgesetzten klang sehr gedämpft. Armand hatte nichts anderes erwartet. Monsieur »Le Président« pflegte stets sehr leise zu sprechen; nicht etwa, weil seine Stimmbänder schwach entwickelt gewesen wären. Der Commandant war durchaus imstande, zu brüllen wie ein Stier, wenn er es für angebracht hielt.

Nein, der Comte hielt es nicht für der Mühe wert, seine Stimme zu erheben, wenn er gezwungen war, das Wort an Untergebene zu richten. Sollten die faulen Kerle ruhig ihre Ohren spitzen, wenn sie verstehen wollten, was er ihnen zu verkünden hatte ...

Als Armand vor dem Schreibtisch des Comte de Belfort strammstand und salutierte, fielen ihm wie stets dessen aufgedunsenes Gesicht und der feiste Hals auf. Die Speckwülste quollen über den engen Kragen seiner schwarzen, mit Seidenstickereien versehenen Uniformjacke.

›Er hat tatsächlich noch weiter zugenommen, seit ich ihn das letzte Mal sah‹, dachte er leicht angewidert. Zum Glück hatte er nur selten die Gelegenheit, dem Comte Auge in Auge gegenübertreten zu müssen. Seine Befehle erhielt er üblicherweise von Capitaine Émile Béguin, seinem direkten Vorgesetzten.

Träge erhob der oberste Ordnungshüter von Paris seine geröteten Augenlider zu dem Ankömmling in der schlichten, braungrün karierten Jacke und den dünnen, bereits etwas schäbigen schwarzen Hosen mit den grünen Seitenstreifen.

»Stehe Er bequem, Commissaire«, begann der Comte die Unterredung. Dass er ihn wie einen Domestiken anredete, stieß Armand wie immer sauer auf; wurde er sich dabei doch seines ärmlichen Gewands angesichts der prächtigen Kleidung des Comte noch deutlicher bewusst. Bricasson sah immer aus wie aus dem Ei gepellt; ganz so, als stünde er im Begriff, zu einem Empfang bei Hofe zu gehen.

›Aber vielleicht ist gerade mein schäbiger Aufzug geeignet, ihn daran zu erinnern, meine kümmerliche Besoldung endlich aufzustocken‹, dachte er dann gewohnt pragmatisch. Immerhin mussten Kommissare selbst für ihre Zivilkleidung sorgen – im Gegensatz zu den einfachen Polizisten, die im Dienst der Regierung kostenlos einheitliche Uniformen erhielten.

›Soll der edle Herr ruhig sehen, wie armselig und schäbig die Ordnungsmacht Seiner Majestät herumlaufen muss, weil das Gehalt hinten und vorne nicht ausreicht.‹

Die Unterredung begann damit, dass der Comte Armand Lavalle Mitteilung vom Ableben des Thronfolgers machte, von der »unsäglichen Tragödie«, wie er es nannte. Lang und breit ließ er sich dabei über das »entsetzliche Leid« der Königsfamilie aus und über deren »maßlosen Schmerz«.

Die übertriebene Art und Weise, wie er das tat, war geeignet, in Armand ein gewisses Verständnis für Huberts Sichtweise zu wecken. Ein Knabe, der weder gehen noch stehen konnte, ja, der den Kopf nicht mehr vom Kissen zu heben vermochte, der dazu beständig unter beinahe unerträglichen Schmerzen litt, so ein Kind war im Himmel gewiss besser aufgehoben; man sollte dem Kleinen seinen ewigen Frieden gönnen ...

Armand Lavalle gab nicht zu erkennen, dass er über den »schrecklichen Verlust« bereits Bescheid wusste, sondern ließ seinen obersten Vorgesetzten in den mannigfaltigsten Adjektiven schwelgen, die diesem zum Tod des Dauphins einfielen.

Wann würde Monsieur de Bricasson zum Eigentlichen kommen? Noch war es offenbar nicht so weit. Armand trat bereits ungeduldig von einem Fuß auf den anderen ...

Als Nächstes gefiel es seinem Chef, sich über die schlimmen Zeiten auszulassen, die über das arme Vaterland hereingebrochen waren. Womit er jedoch keineswegs die unhaltbaren Zustände meinte, mit denen das gemeine Volk zu kämpfen hatte. Dass etwa ein nicht geringer Teil der Franzosen den vergangenen Winter nicht überlebt hatte, sondern an Kälte und Hunger gestorben war, darüber verlor er kein einziges Wort.

Auch davon war nicht die Rede, dass die Menschenmassen neuerdings vor den Bäckereien Schlange standen, um wenigstens einen kleinen Laib Brot für ihre hungernden Kinder zu ergattern. Den Bäckern mangelte es an Mehl, weil die Mühlen stillstanden. Das wiederum war eine Folge der verheerenden Ernteausfälle im vergangenen Jahr: Die Regierung hatte es schlicht versäumt, aus dem Ausland genügend Getreide einzukaufen.

Dass das Elend der Leute die Kriminalität sprunghaft anwachsen ließ und den Hass auf die Regierung und den König nährte, darüber sprach »Le Président« ebenfalls nicht. Obwohl gerade die Polizeibehörde ein Lied von Raub, Mord, Diebstahl und Überfällen durch die Darbenden singen konnte ...

Der Comte beklagte sich dagegen bitter über die »Aufrührer« in der Nationalversammlung, wie sich neuerdings die Angehörigen des »Dritten Standes« in der von Ludwig XVI. im Jahr 1788 einberufenen Generalständeversammlung nannten. Es handelte sich in seinen Augen um überwiegend respektlose bürgerliche Rebellen, die mit ihrer ständigen Kritik dem Adel und der Kirche das Leben schwer machten.

»Was mir unbegreiflich erscheint, ist, dass sogar Angehörige edelster Familien sich nicht scheuen, sich mit dem Dritten Stand zu solidarisieren!«

Armand sah mit Interesse den angeekelten Gesichtsausdruck seines obersten Vorgesetzten. Er wusste genau, auf wen der Commandant abzielte: Auf Graf Mirabeau natürlich, einen Mann mit außerordentlichem Charisma, der zwar aus altem Adel stammte, sich aber dennoch als Abgeordneter des Dritten Standes, der Bürgerlichen also, in der Nationalversammlung hatte aufstellen lassen.

Sprunghaft wechselte Le Président das Thema. Gottergeben verlagerte Armand sein Körpergewicht wiederum auf das andere Bein.

Nun ging es dem Comte um ein Verbrechen, das bereits seit etwa zehn Jahren die Polizeibehörde beschäftigte. Pro Jahr waren im Schnitt etwa vier oder fünf junge Männer betroffen gewesen, jedoch in jüngster Zeit häuften sich die Morde; die Intervalle zwischen den Taten verkürzten sich geradezu dramatisch; etwa alle vier Wochen war jetzt ein männliches Opfer zu beklagen. Die Vorgehensweise des Täters war seit zehn Jahren in etwa immer die gleiche geblieben.

Armand fühlte sich sehr unwohl, als sein oberster Vorgesetzter jetzt davon anfing; glaubte er doch irgendwie dafür verantwortlich zu sein, dass es der Polizei noch immer nicht gelungen war, den Verbrecher zur Strecke zu bringen. Er empfand es persönlich als einen großen Makel in seiner Laufbahn, dass es ihm trotz aller Anstrengungen noch nicht gelungen war, diesen widerwärtigen Fall zu lösen.

Obwohl beileibe nicht nur er auf diesen ganz speziellen Mörder angesetzt war, fühlte er sich gleichwohl mitschuldig an jeder einzelnen Untat, die der abscheuliche Triebtäter beging. Es musste sich um einen hochintelligenten Mann handeln, der es wie kein zweiter immer aufs Neue verstand, seine Spuren peinlichst zu verwischen.

Armand Lavalle erinnerte sich nur allzu gut: Kurz nach seiner Ankunft in Paris war er als blutjunger Ermittlungsbeamter mit zwei Hilfspolizisten an eine Stelle des Seineufers im Südosten der Stadt gerufen worden, wo Männer an einer der Schleusen eine grausige Entdeckung gemacht hatten ...

Städtische Angestellte im Arbeiterviertel Faubourg Saint Antoine am Stadtrand, verantwortlich für das Pariser Flusswesen, hatten bei ihrer regelmäßig durchgeführten Inspektion und Reinigung des Auffanggitters, am Stauwehr mit ihrem Fangnetz eine Leiche aus der Seine herausgefischt.

»Himmel, Arsch und Zwirn! Nicht schon wieder! Allmählich reicht's mir!«, hatte einer der Männer geknurrt und mit aller Kraft an dem Netz gezogen, dessen schwergewichtiger Inhalt sich offenbar in den Maschen verhakt hatte. »He, hilf mir mal!«, forderte er seinen Kameraden auf. Zu zweit schafften sie es schließlich, den nackten männlichen Kadaver mit ihren vorne mit einem Eisenhaken versehenen Stangen aus dem Wasser zu hieven.

Als die Arbeiter sich ihren grausigen Fund näher anschauten, mussten sich beide übergeben. Die Ursache ihrer plötzlichen Übelkeit lag nun keineswegs darin, dass die Burschen besonders zart besaitet gewesen wären; das war bei dieser Art von Beschäftigung auch gar nicht möglich. Hart im Nehmen musste jeder sein, der für die Flussreinigung zuständig war.

Seit Jahrhunderten schon pflegten Unglückliche aller Altersgruppen, die ihr Leben nicht mehr auf die Reihe bekamen, ins Wasser zu gehen; als da waren sitzen gelassene Bräute, Mägde in anderen Umständen, unglückliche Ehefrauen ebenso wie finanziell ruinierte Männer und unschuldige junge Mädchen, die man gegen ihren Willen ins Kloster zu stecken beabsichtigte.

Nicht selten waren es auch abgetriebene Bébés und sonstige Kindsleichen, überflüssige Greise, genauso wie Opfer brutaler Auseinandersetzungen, die man in der Seine verschwinden ließ.

Für gewöhnlich bestand gut die Hälfte aller Wasserleichen aus Mordopfern, wie Erschlagene und Erwürgte, Erstochene, Erschossene und Vergiftete. Warum also ausgerechnet an diesem Tag das besondere Grausen der Arbeiter?

Was den enormen Abscheu der Schleusenwärter in diesem ganz speziellen Fall hervorrief, war die Art und Weise, wie der Leichnam zugerichtet war. Auf den ersten Blick war klar: Wiederum hatte der Seinemörder zugeschlagen!

»Bei dem Kerl muss es sich offenbar um einen schwer gestörten Irren handeln«, keuchte einer der Flussinspektoren, den die Männer als Ersten an den Fundort riefen. Und zu diesem Urteil war auch Armand Lavalle bei einem kurzen Blick auf den Toten gelangt. Ehe der brutale Schlächter sein Opfer in die Seine geworfen hatte, um sich des Kadavers zu entledigen, hatte er es an Kopf und Gesicht gehäutet, aufgeschlitzt und sorgfältig ausgeweidet ...

Kommissar Lavalle und die beiden ihm für diesen Fall zugeteilten Polizisten mussten schwer an sich halten, um ihr Frühstück nicht ebenfalls den Fischen zu opfern ...

Ein herbeizitierter Arzt, der für die Polizei gelegentlich Untersuchungen an Toten vornahm, die vermutlich einem Verbrechen zum Opfer gefallen waren, stellte fest, dass dem Unbekannten – allem Anschein nach einem noch recht jungen Mann – das Herz, die Leber, die rechte Niere, der Magen und die Gedärme fehlten.

Jedoch die Lunge, die Milz, sowie die linke Niere waren im Inneren des Körpers zurückgelassen worden. Selbst die Augen hatte der Täter dem Ermordeten ausgestochen.

»Es scheint sich um ein grausiges Ritual zu handeln«, lautete die Ansicht des sichtlich geschockten Mediziners.

Nachdem einer der Arbeiter einem Mitarbeiter von Jean-Paul Marats Zeitung »Ami du Peuple« genauestens Bericht erstattet hatte, verkündete die reißerisch aufgemachte Titelblattgeschichte des »Volksfreundes« am nächsten Tag das Folgende:

»Die Operationen hat der offenbar Geistesgestörte erneut fachgerecht ausgeführt. Nachdem der Täter der Leiche des Mannes noch die Geschlechtsteile abgetrennt hatte, legte der abartige Mörder wiederum eine Goldmünze in den Leib des Getöteten, den er anschließend mit dickem rotem Garn zunähte und ihn nackt in den Fluss warf.

Seinem bedauernswerten Opfer stach er vorher, so wie in allen vorausgegangenen Fällen auch, noch die Augen aus und zog ihm die Haut des Gesichts und des Schädels ab – wie es bei manchen Indianerstämmen Nordamerikas im Umgang mit ihren Feinden Brauch ist – was es nahezu unmöglich macht, den Ermordeten zu identifizieren.«

»Le Président« hatte seinerzeit zwar getobt, als er den Bericht in dem regierungsfeindlichen Hetzblatt zur Kenntnis nehmen musste, aber die Tatsachen hatte auch er nicht vom Tisch wischen können. Das konnte er jetzt weniger denn je. Dass so etwas Grausiges in Frankreich zum wiederholten Male möglich war, ohne dass die königliche Polizeibehörde die geringste Ahnung über den Täter hatte, war beim besten Willen nicht unter den Teppich zu kehren.

Daran hatte sich leider bis zum heutigen Tag nichts geändert. Auch vermochte keiner der seither von Armand oder anderen Kommissaren Vernommenen zu den zahlreichen, unter so grausigen Umständen ums Leben gekommenen Opfern, auch nur eine einzige, noch so geringfügig erhellende Angabe zu machen.

»Ihm ist es leider immer noch nicht gelungen, irgendeinen der rund fünfzig Ermordeten – vom Täter ganz zu schweigen – namhaft zu machen. Oder irre ich mich da, Commissaire Lavalle?«

Armand, der sich beinah wie das berühmte Kaninchen vor der Schlange fühlte, nickte ziemlich eingeschüchtert.

»Jawohl, Monsieur le Président«, krächzte er. Vor Aufregung war seine Kehle ganz trocken. »Leider ist das so. Keiner der von uns Befragten konnte bisher auch nur das Geringste zur Aufklärung beitragen. Wir kennen bis dato nicht einmal die Namen der Getöteten. Der abartige Mörder richtet die Leichen absichtlich so zu, um eine Identifizierung der Betroffenen unmöglich zu machen.«

»Das ist mir bekannt, mein Lieber.«

Der Comte zwang sich zu einem sarkastischen Lächeln. »Aber dieser unhaltbare Zustand dauert nun bereits zehn Jahre lang an und allmählich reicht es mir mit Seinen Ausreden! Ich verlange jetzt endlich Ergebnisse von Ihm. Es kann nicht sein, dass dieser Verrückte die Pariser Ordnungsmacht auf Dauer der Lächerlichkeit preisgibt. Hat Er mich verstanden?«

Plötzlich fror Armand. Die Temperatur im Raum schien auf einmal beträchtlich gesunken zu sein. Das war's also mit seiner erhofften Beförderung! Er konnte von Glück sagen, wenn ihn der Commandant Général nicht auf die Straße setzte ...

Aber so leicht wollte er sich nicht geschlagen geben.

»Mon Commandant! Bedenkt, bitte, gütigst, dass es, um den Täter auf frischer Tat zu ertappen, der konsequenten und engmaschigen Überwachung bestimmter Abschnitte der Seine innerhalb, sowie außerhalb des Stadtgebietes bedürfte. Das ist personell überhaupt nicht zu schaffen!«

»Dieses Argument höre ich ebenfalls seit einem Jahrzehnt! Wie Er das letztlich anstellt, ist mir gleichgültig. Meinetwegen sollen Er und seine Kameraden sich Tag und Nacht auf die Lauer legen! Ich erwarte nur, dass mir möglichst schnell Ergebnisse vorliegen, die auf eine umgehende Verhaftung des betreffenden Massenmörders abzielen. Dieser leidige Fall ist ein Schandfleck auf meiner glänzenden Karriere und muss unbedingt vor meinem Ausscheiden aus königlichen Diensten bereinigt werden. Ist Ihm das soweit klar?«

»Naturellement, mon Commandant, naturellement! Monsieur le Président erwägen zu demissionieren?«, entfuhr es ihm gleich darauf. Armand hoffte nur, seine Frage habe nicht allzu erwartungsfroh geklungen ...

»Mais oui, mon Commissaire! Ich gehe lieber freiwillig, ehe man mir den Stuhl vor die Türe setzt«, gestand der Comte de Belfort freimütig und für den Kommissar vollkommen überraschend.

Bei einigem Nachdenken war das Ganze allerdings gar nicht so unbegreiflich. Der Adel hatte im derzeitigen Paris denkbar schlechte Karten. Die Generalständeversammlung und vor allem der Dritte Stand mit seinen Schreihälsen machte sämtlichen Aristokraten das Leben schwer. Die Polizei unterstand – wenigstens dem Namen nach – dem König. Es lag gleichsam in der Luft, dass sich das in Kürze ändern könnte.

Und dann wäre für einen monarchistisch gesinnten Comte gewiss kein Platz mehr bei der staatlichen Ordnungsmacht. Da war es in der Tat klüger, sich rechtzeitig aus dem Staub zu machen – wie es nicht wenige Adlige bereits getan hatten. Paris erlebte derzeit geradezu eine Fluchtwelle des Adels, hinaus aufs Land oder gleich ganz über die Grenze ...

»Also, Commissaire Lavalle, wenn Er das nächste Mal vor mir steht – was hoffentlich recht bald der Fall sein wird – erwarte ich von Ihm die Vollzugsmeldung der Festnahme dieses gefährlichen Irren. Dann können wir meinetwegen auch über Seine Beförderung sprechen, mon Cher. Au revoir, mon Commissaire!«

Mit einem hauchdünnen Lächeln war Armand entlassen. Wie vor den Kopf geschlagen fand er sich draußen auf dem Flur wieder. Sein Freund Hubert Aubriac, der auf ihn gewartet hatte, sah ihm neugierig entgegen.

»Und? Wie steht's? Darf man zum Commissaire Supérieur gratulieren?«

»Hör mir bloß auf! Von wegen Beförderung!« Resigniert winkte Lavalle ab. »Zuerst muss ich den verrückten Seinemörder entlarven und dingfest machen. Das ist die Voraussetzung, dass wir überhaupt über meine berufliche Zukunft sprechen!

Weißt du übrigens schon, dass der Commandant sich in Kürze von der Polizei verabschieden will?«, fragte er dann mit einem leicht irritierten Seitenblick auf seinen Freund. Er hätte wetten können, dass Hubert bereits Kenntnis davon hatte.

»Wie? Nein, das ist mir wirklich neu«, behauptete Aubriac. »Zu mir hat der Fettsack kein Sterbenswort gesagt. Warum ausgerechnet zu dir? Nun, wie auch immer! Verständlich ist es schon. In unserer glorreichen Hauptstadt wird es für seinesgleichen allmählich ungemütlich! Die Luft wird für die adeligen Herrchen allmählich empfindlich dünner.«

Hubert schlug eine zynische Lache an. Aber seinem Freund Armand war nicht zum Lachen zumute. Der Seinemörder genannte Verbrecher ging ihm nicht aus dem Kopf.

»Seit zehn Jahren versuchen alle Polizisten von Paris, den Verrückten zu jagen, aber vergebens. Und jetzt soll ausgerechnet mir innerhalb kürzester Zeit der Coup gelingen? Ich soll jetzt Knall auf Fall das perverse Schwein zur Strecke bringen. Dass mir für eine konsequente Überwachung der einzelnen Abschnitte der Seine entlang die Leute fehlen, ist ›Le Président‹ gleichgültig. Er will bloß noch eines: Seine Laufbahn mit der spektakulären Aufklärung einer makabren Mordserie krönen!«

Armand seufzte schwer.

»Adieu, Beförderung! Adieu, Hochzeit! Adieu, Ginette!«

»Jetzt lass' mal den Kopf nicht gleich hängen, Kumpel! Wer weiß, vielleicht klappt es ja beim nächsten Mord, dass du den kranken Saukerl schnappst. Bald ist wieder Vollmond. Da kriechen, wie du weißt, sämtliche Geistesgestörten aus ihren Rattenlöchern.

Ich wünsche dir, dass er dir dieses Mal ins Netz geht! Und was deine Liebste anbelangt: Ich glaube nicht, dass sie dir auf einmal die Freundschaft aufkündigt. Das Mädel liebt dich doch!«

Den frommen Wunsch, die Verhaftung des Seinemörders betreffend, konnte Armand nur unterstreichen – auch wenn er keine Ahnung hatte, wie dieses Wunder vonstattengehen sollte. Dieser Kerl schien ein Genie zu sein: Noch nie hatte der Schweinehund sich auch nur den allerkleinsten Fehler geleistet.

Was allerdings Régine Madrier, seine geliebte Ginette, anbelangte, war Armand sich durchaus nicht mehr sicher. Das bildhübsche Mädchen konnte zehn Kerle an einem Finger haben. Die meisten von ihnen hätten sie mit Kusshand geheiratet. Warum sollte sie ausgerechnet auf ihn und seine längst überfällige Gehaltsaufbesserung warten?

5. Juni 1789

Gleich nach Dienstschluss machte Armand Lavalle sich auf den Weg zur Wohnung seiner Liebsten, die mit ihrem jüngeren Bruder Luc und Großmutter Céléstine – wie die meisten Pariser – in höchst beengten Wohnverhältnissen lebte.

Die engen Gassen der Altstadt waren voller Müßiggänger; statt ihnen höflich auszuweichen, drängte sich der Kommissar energisch durch die Menge, schubste wohl auch hin und wieder einen, der gar nicht weichen wollte. Wenn man ihm hinterher fluchte, war es ihm auch egal, er hatte es furchtbar eilig.

Weshalb eigentlich, fragte er sich plötzlich. Er wusste doch, dass die Blumenfrauen um diese Zeit – es war sechs Uhr abends – bereits brav zu Hause waren, um das Abendessen für sich und Luc zuzubereiten. Keine der beiden verließ mehr die Wohnung nach sieben Uhr. Es war nicht ratsam für anständige weibliche Passanten, sich abends ohne männlichen Begleiter auf der Straße zu zeigen. Übles Gesindel schoss Tag für Tag wie giftige Pilze oder Unkraut aus dem Boden.

Lavalle hatte nach dem enttäuschenden Gespräch mit seinem obersten Vorgesetzten einfach das starke Bedürfnis, sich Ginettes Zuneigung zu versichern – auch wenn es wieder nichts war mit Beförderung und mehr Gehalt und daher ihre Hochzeit noch warten musste.

Im Sturmschritt erklomm er bis zur vierten Etage die halbmarode Stiege, die er samt ihren gefährlichen Eigenheiten genauestens kannte. Er wusste über jede wacklige Stufe Bescheid und sogar die Stelle, an der – kurz vor dem dritten Absatz – eine einzelne Treppenstufe fehlte, hätte er sogar im Schlaf überspringen können.

Jedes Mal wenn Lavalle die Lücke passierte, erinnerte er sich daran, dass er Ginette längst versprochen hatte, dem Hauseigentümer Beine zu machen, dass er den Schaden endlich beheben ließ. Es bestand immerhin die Gefahr, dass irgendwann jemand durch das Loch bis ins darunter liegende Stockwerk plumpste. Aber immer kam ihm irgendetwas anderes dazwischen ...

Als er die Tür aus dünnen Bohlen aufdrückte – der Riegel war nicht vorgelegt und das Schloss ohnehin ein Witz – stand er mitten in der Wohnstube, weil es keinen Flur gab. Beide Frauen blickten gleichzeitig auf.

»Ach, Ihr seid es bloß«, murmelte Céléstine, während Ginette vom Tisch, an dem sie gerade Brot aufschnitt, aufsprang und ihm entgegenlief.

»Chéri, wie schön, dass du heute kommst! Hätte ich es gewusst, hätten wir mehr Suppe gekocht! Aber ich denke, es wird trotzdem für alle reichen!«

Sie umarmte Armand stürmisch und küsste ihn zärtlich auf beide Wangen. Ihre großen grünbraunen Augen, die ihn von jeher fasziniert hatten, strahlten ihn an. Er sah das als Einladung zu einem »richtigen« Kuss, aber verschämt drehte Ginette ihren Lockenkopf zur Seite.

»Lasst euch bloß nicht stören, ihr Turteltäubchen«, grummelte die Großmutter, die seit fünfzig Jahren Blumen auf dem Pariser »Marché aux Fleurs« verkaufte. Wobei allerdings ihre wohlwollende Miene ihre Brummigkeit Lügen strafte.

Als Lavalle seine Liebste endlich freigab, entschuldigte sich die Alte bei ihm: »Ihr dürft mir die wenig freundliche Begrüßung von vorhin nicht übel nehmen, Monsieur le Commissaire; aber wir haben am heutigen Abend nicht mit Euch gerechnet. Außerdem warten wir auf Luc. Der Bengel ist seit einer geschlagenen Stunde überfällig. Weiß der Himmel, wo er sich andauernd herumtreibt!«

»Es ist ja noch lange hell draußen«, versuchte Armand Grand-mère Céléstine zu besänftigen. »Der Hunger wird ihn schon nach Hause treiben!«

»Genau das ist es ja, was mich so verärgert«, gab ihm die alte Frau zur Antwort. »Er geruht zu erscheinen, wenn ihm danach ist und nicht, weil er meinen Anordnungen gehorcht. Ich habe schließlich die Verantwortung für ihn. Zudem hört man doch immer wieder von grässlichen Verbrechen an jungen Burschen, die aus der Seine gefischt werden und die keiner mehr erkennt, weil sie so schrecklich zugerichtet sind. Wäre an der Zeit, wenn die Polizei den Mörder endlich schnappen würde!«

Der letzte Satz stocherte in der ohnehin schwärenden Wunde Lavalles. Er überhörte die Anklage und ging lieber auf das geschätzte Alter der bedauernswerten Opfer ein.

»Bisher handelte es sich nicht um Knaben, die der Seinemörder auf dem Gewissen hat, Madame Madrier, sondern stets um junge Männer von Anfang bis Mitte zwanzig.«

»So? Ist das so?«, erkundigte sich Céléstine. »Na ja, mag ja sein! Aber wirklich beruhigen kann mich das auch nicht. Ich vertrete an Luc immerhin Mutterstelle. Und wer schwört mir, dass der Mörder seinen Geschmack nicht ändern könnte?«

Darauf antwortete der Kommissar lieber nicht.

Ginettes und Lucs Eltern waren vor über zehn Jahren kurz hintereinander gestorben und die Großmutter hatte die Kinder ihres Sohnes daraufhin bei sich aufgenommen.

»Was will Luc eigentlich einmal werden?«, erkundigte sich Lavalle, um die alte Frau abzulenken. Aber dieses Thema brachte sie erst recht auf.

»Nichts! Das ist ja das Schlimme! An allem hat er etwas auszusetzen. Gerade so, als gäbe es genügend Arbeitsplätze! Luc wird uns noch lange auf der Tasche liegen, fürchte ich.«

Lavalle versprach, mit dem Jungen ernsthaft über seine Berufswahl zu sprechen. Es durfte nicht sein, dass der Bruder seiner fleißigen Ginette zu einem Tagedieb heranwuchs. Er wusste auch schon, was er ihm vorschlagen wollte.

Kurz darauf traf Luc endlich zu Hause ein. Als Entschuldigung für seine Verspätung führte er an, sich mit Freunden herumgetrieben und ganz auf die Zeit vergessen zu haben.

»Tut mir leid, Grand-maman. Wird nicht wieder vorkommen! Ich versprech's!«

Lavalle fiel auf, wie charmant der ziemlich hübsche und älter aussehende, gerademal vierzehnjährige Junge war, der seiner Schwester sehr ähnlich sah;

und wie gut er es verstand, seine Großmutter um den Finger zu wickeln. Luc war groß für sein Alter und ziemlich kräftig gebaut. Man konnte ihn gut und gerne für sechzehn oder siebzehn halten.

Das nach dem Abendbrot stattfindende »Gespräch unter Männern« – Armand nahm sich den Knaben im Nebenzimmer vor – brachte nicht sofort das vom Kommissar erhoffte Resultat.

Nein, Polizist wolle er nicht werden. »Ich hätte viel zu viel Schiss vor den Verbrechern«, gestand Luc freimütig.

»Du warst ein recht guter Schüler. Das weiß ich von deiner Schwester. Du kannst flüssig lesen, leserlich schreiben und gut rechnen, habe ich gehört. Wie wäre es mit einer Anstellung als Lehrling in einem Büro, einer Anwaltskanzlei oder einem Notariat?

Du könntest nebenher noch eine Schule besuchen, in der Recht und Gesetz gelehrt werden; mit einem guten Abschluss bekämest du bestimmt eine krisensichere Anstellung. Anwalts- und Notargehilfen werden immer gebraucht!«, versuchte Lavalle ihm den Beruf eines juristischen Mitarbeiters oder Sekretärs schmackhaft zu machen.

Aber dafür war Luc noch weniger zu begeistern.

»Ich bin kein Stubenhocker«, behauptete er. »Den ganzen Tag in einem Büro? Nix für mich!«

Seine Selbstgefälligkeit irritierte Lavalle.

»Nun, soviel ich weiß, bist du künstlerisch nicht unbedingt begabt, aber wie wäre es mit einer Ausbildung als Handwerker? Gute Maurer oder Zimmerleute sind gesucht, selbst wenn alle Aristokraten das Land verlassen würden. Dann baust du eben keine Paläste oder Schlösser, sondern Villen für das vermögende Bürgertum, das seinen Reichtum auch zeigen will!«

Dazu aber hatte Luc Madrier ebenso wenig Lust.

»Steine schleppen, auf Baugerüsten herumklettern soll ich?« Nein, das mochte er bestimmt nicht.

Allmählich wurde es Lavalle zu bunt.

»Aber du erwartest wohl nicht ernsthaft, dass deine Großmutter dich ihr Leben lang durchfüttert, oder?«, fragte er mit schärferer Stimme als beabsichtigt.

»Ginette ist ja auch noch da«, meinte der Junge lässig. Der Kommissar musste kräftig schlucken. Es lag ihm auf der Zunge zu sagen: »Sobald ich dein Schwager bin, streckst du deine Beine nicht mehr unter meinen Tisch, solange du so ein Faulenzer bist!«

Aber das Thema »Heirat« war heikel und er hielt lieber den Mund. Gerade heute, nach der Abfuhr, die ihm »Le Président« erteilt hatte, wollte er es lieber nicht zur Sprache bringen.

»Vielleicht solltest du dich als Page bei unserem König bewerben!«, schlug er stattdessen vor.

Es war nur so dahingesagt, aber Luc sprang sofort darauf an.

»He! Das wär's! Ich in Versailles! Beim König! Das werde ich probieren!«

Lavalle schätzte Lucs Chancen zwar eher gering ein, aber er hielt sich mit Bedenken zurück; zumal Ginettes Bruder regelrecht begeistert war und etwas von einem Freund erzählte, der wiederum einen Bekannten habe, dessen Vetter angeblich eine Anstellung in Versailles gefunden habe.

»Den will ich fragen, was ich tun muss, damit sie mich nehmen!«

Der Kommissar blieb skeptisch; beglückwünschte aber den Jungen zu seinem Entschluss. »Deine Großmutter und deine Schwester wären sehr erleichtert, falls du Arbeit fändest – und dann noch eine, die dir zusagt!«

Luc versprach, gleich am nächsten Tag entsprechende Schritte zu unternehmen.

Da es Lavalle an diesem Abend nicht vergönnt war, mit seiner Liebsten allein ein paar Worte zu wechseln, verschwieg er ihr auch die traurige Mitteilung, dass er nicht auf eine Beförderung und damit auf eine Gehaltsaufbesserung rechnen konnte.

›Vielleicht ist es besser so‹, dachte er. ›Dann müssen wir auch nicht über unsere bis auf Weiteres aufgeschobene Hochzeit sprechen!‹

Er fühlte sich irgendwie erleichtert – und schämte sich deswegen.

Kurz nach dem Gespräch mit Luc verabschiedete sich der Kommissar und suchte seine eigene Wohnung auf.

Je kritischer in Frankreich die Situation für die Monarchie wurde, desto stärker war Ludwig XVI. darauf bedacht, die grandiose alte Zeit des Königtums neu zu beleben. Seine Majestät versuchte, die glanzvollen Erinnerungen an die Zeiten seines großen Vorfahren, des Sonnenkönigs, wachzurufen.

Er veranstaltete in Versailles nicht nur die berühmten Bälle, Festbankette, Empfänge und Theateraufführungen, die seine Vorgänger, Ludwig XIV. und Ludwig XV., so pompös zu zelebrieren pflegten, er ließ ferner die Tradition der »Schauessen« erneut aufleben.

Monsieur Alfonse, Comte de Montmorency, seines Zeichens »Grand Maître de la Maison du Roi« – Haushofmeister des Königs – war gehalten, sein Bestes zu geben, um die verblichenen königlichen Vorfahren detailgetreu in ihrer Prunkentfaltung nachzuahmen.

Dass diese Inszenierungen zu Zeiten, in denen große Teile des Volkes am Hungertuch nagten, höchst geschmacklos, ja, auf viele geradezu skandalös wirkten, bedachte der Monarch nicht – und wenn, war es ihm vermutlich gleichgültig. Ihm halfen sie jedenfalls dabei, die Gefahren, die seinen ererbten Thron und seinen königlichen Machtanspruch zunehmend bedrohten, wenigstens in seinen Gedanken für eine Weile auszublenden.

Monsieur Alfonse war oberster Dienstherr sämtlicher Angestellter am französischen Hof. Als solcher herrschte er unumschränkt über ein riesiges Heer von Domestiken. Als sichtbares Zeichen seines Amtes trug er stets einen mit Brillanten besetzten Stab in der Hand, den er wie ein Zepter majestätisch schwang, sooft er sich durch die Flure des Palastes bewegte.

Die Diener im königlichen Schloss lebten in großer Angst vor dem großen, schweren, ungefähr fünfzig Jahre alten Grafen. Zu Lob ließ er sich nur höchst selten hinreißen; erachtete er es doch als selbstverständlich, dass jeder Beschäftigte bei Hofe gewissenhaft seinen Aufgaben nachkam.

Umso häufiger tadelte er die Angestellten aufs Schärfste. Seinem kritischen Blick entging auch nicht der kleinste Regelverstoß. Abmahnungen sprach er im Allgemeinen nur ein einziges Mal aus; bei Wiederholung einer Verfehlung erfolgte der gnadenlose Rauswurf.

Manchmal, wenn ihn jemand besonders verdross – oder auch bloß, wenn er schlecht geschlafen hatte – entließ der Grand Maître den Betreffenden bereits nach dem ersten Fauxpas. Da die Palastangestellten bei keiner höheren Instanz protestieren konnten, verbreitete die bloße Anwesenheit des Haushofmeisters Furcht und Schrecken bei allen am Hofe Tätigen.

Sogar die Älteren der Dienerschaft befleißigten sich ihm gegenüber einer geradezu absurd devoten Unterwürfigkeit; entschied der Comte de Montmorency doch über die Schicksale ganzer Sippen. Eine Entlassung bedeutete für die meisten, die häufig aus dem nicht gerade vermögenden, aber häufig total verschuldeten Kleinadel stammten, nicht nur eine persönliche, sondern auch eine familiäre Katastrophe ...

Der Grand Maître als ranghöchster Angestellter des Hofes, trug die Verantwortung dafür, dass alles reibungslos ablief; vor allem besagte Schauessen vor recht gemischtem Publikum, die der König nun wieder regelmäßig in Versailles abhielt, um seine Macht augenfällig zu demonstrieren.

Eine Macht, die Tag für Tag für jeden auch in Kleinigkeiten ersichtlich, im Schwinden begriffen war. Die Szenerie bedurfte genauester Planung und sorgfältigster Überwachung.

Während an vier Tagen der Woche alles »in geregelten Bahnen« ablief, stellte sich jeden Montag, Donnerstag und Sonnabend das glänzende Organisationstalent des Haushofmeisters in besonderer Weise aufs Neue der Kritik.

Der Monarch und seine Gemahlin saßen in prächtig bestickten und mit Gold und Silber verbrämten Seidengewändern, aufgeputzten Marionetten ähnlich, schweigend an der mit Blumengestecken, Goldgeschirr, geblümtem Porzellan und kristallenen Weinkelchen überladenen Tafel.

Um die beiden nicht vor den zahlreich im Speisesaal des Schlosses von Versailles vorüberdefilierenden Gaffern zu blamieren, musste der Grand Maître augenfällig unter Beweis stellen, wie hervorragend er seine Untergebenen im Griff hatte. Jede Bewegung eines Bediensteten bei diesen zeremoniellen Mahlzeiten ähnelte einer sorgfältig einstudierten Choreografie.

Des Grafen ganz spezielles Augenmerk galt an diesen Tagen der so genannten »Kredenz«, einem siebenstufigen, hölzernen Aufbau, umhüllt von blütenweißem Leinen, direkt hinter der Tafel.

Sie war der Blickfang schlechthin: Hier konnte der König dem ehrfürchtig staunenden Publikum, das sich in Dreierreihen –, wenn auch in gebührender Entfernung –, an der Prunktafel vorüber schob, die enormen Reichtümer der Bourbonen präsentieren.

Ob das derzeit so klug war, überlegte Seine Majestät offenbar nicht ...

Ludwig schien zu glauben, seine Untertanen durch Protz und Pomp beeindrucken zu können, sodass jeder Widerstand gegen ihn und die Monarchie von selbst zum Erliegen käme.

Auf der obersten Etage der Kredenz thronten die großen schweren und prunkvoll verzierten, aus Silber und Gold getriebenen Pokale und die kunstvoll ziselierten Weinkannen. Sie dienten lediglich als Dekor, für den Gebrauch waren sie viel zu unhandlich. Das galt auch für die meisten der Schalen, Schüsseln und Platten und für die in Silber getriebenen Becken für die Säuberung der Hände.

Auf den beiden vorletzten Stufen des Möbels pflegten die Köche und Küchenjungen das Geschirr zu platzieren, das tatsächlich benutzt wurde: die riesigen Silberplatten mit den diversen Braten, die Schüsseln mit dem Gemüse und die Terrinen für Suppe und Saucen.

Das wichtigste Prunkstück wurde allerdings für gewöhnlich auf der untersten Étagère der Kredenz deponiert: Ein kunstvoll ausgeführtes und verziertes Segelschiff aus massivem Silber. Es enthielt das persönliche Besteck Ludwigs XVI., sowie seinen goldenen Trinkbecher, das goldene Salzfass und das seidene Mundtuch des Monarchen.

Mit diesem Schiff betrieb der Grand Maître einen geradezu lächerlichen Kult: Haargenau mittig hatte es auf der untersten Stufe zu stehen; der Graf duldete auch nicht die winzigste Abweichung nach links oder rechts. Sobald es der betreffende Küchenjunge an die richtige Stelle gesetzt hatte, stellte Monsieur Alfonse sich breitbeinig vor die Kredenz und beäugte die Komposition aufs Genaueste. Dabei pflegte er alternierend jeweils ein Auge zuzudrücken. Das tat er etwa ein Dutzend Mal, dabei dem bedauernswerten Burschen ständig Anweisungen zuzischend, die dieser unermüdlich ausführte.

Alle Gegenstände musste der Ärmste so lange verrücken, bis sie millimetergenau an Ort und Stelle standen, und das Gesamtarrangement dem schon zwanghaft anmutenden Symmetrieempfinden des Grand Maître genügte.

Endlich war es geschafft! Der an diesem Tag damit befasste Küchenjunge André de Junot, ein dunkelhaariges mageres Bürschchen aus dem Süden Frankreichs, wagte ein schüchternes Lächeln. Ob der strenge Haushofmeister ihm heute vielleicht ein kleines Lob aussprach? Immerhin hatten die Schüsseln, Kannen und Platten ein enormes Gewicht, von dem Segelschiff ganz zu schweigen ...

»Komm nachher in den Silberputzraum, André. Ich werde dir Anweisungen geben, welche Teile des Silberbestecks zu polieren sind und wie du damit umgehen musst«, murmelte Monsieur Alfonse. Sein Gesicht blieb dabei ganz unbewegt. Nur am Glitzern seiner graublauen Augen erkannten die erfahrenen Domestiken, dass der Grand Maître wieder einmal Feuer gefangen hatte ...

6. Juni 1789

Commissaire Armand Lavalle pflegte im Allgemeinen während seiner Dienststunden möglichst wenig Zeit am Schreibtisch zu verbringen.

»Langweilige Protokolle anzufertigen und Berichte zu verfassen, gehört nicht unbedingt zu meinen Lieblingsbeschäftigungen«, pflegte er zu sagen. Er zog es vor, »vor Ort« herumzustreifen, wo die Verbrechen in aller Regel auch stattzufinden pflegten.

Unerkannt, in seiner schlichten, um nicht zu sagen schäbigen Kleidung, lief er stundenlang durch die Gassen von Paris, vor allem in den sozialen Brennpunkten der Stadt. Von ihnen gab es leider mehr als genug; nicht nur in der restlos überbevölkerten Innenstadt, sondern vor allem in den in den letzten Jahren entstandenen Außenbezirken – einst selbstständige Dörfer.

Aber das war in allen anderen Hauptstädten um kein Haar anders, wie er von Berichten aus London, Sankt Petersburg oder Madrid wusste. Unverhältnismäßig überreicher Zuzug vom Land vergrößerte die besitzlose Klasse, die sich zudem überproportional stark vermehrte. Not, Elend und in ihrem Gefolge Kriminalität verbreiteten sich schneller als früher üblich.

Armand entwickelte sich im Laufe der Jahre zu einem Meister im Beobachten. Ertappte er einen Dieb oder Einbrecher in flagranti, nahm er ihn in aller Regel nicht sofort fest; sondern verfolgte den Täter heimlich. Für gewöhnlich führte dieser ihn zu seinem Versteck, wo er das Diebesgut lagerte, um es später gewinnbringend loszuschlagen.

Auf diese Weise fand er nicht nur die Beute, sondern der Kommissar entlarvte häufig neben dem Dieb auch dessen Mittäter und den Hehler. Handelte es sich darum, Verbrecher in Gewahrsam zu nehmen, hielt Lavalle sich für gewöhnlich gerne im Hintergrund und ließ stattdessen seine uniformierten Polizisten in Aktion treten; sah er sich doch eher als Organisator der Verhaftung, ausführen durften sie andere; das Lob dafür gönnte er den Männern.

Das verschaffte ihm immerhin den großen Vorteil, dass die Ganoven ihn auch nach zehn Jahren noch nicht wirklich kannten. Dem Namen nach war er für sie ein rotes Tuch – meist handelte es sich um Kleinkriminelle, aber hin und wieder waren auch »große Fische« darunter.

Er verhielt sich so unauffällig, dass sie ihn als Person kaum zu beschreiben vermochten. Zudem veränderte er ständig sein Aussehen, was Haar- und Barttracht anbelangte, aber auch durch die Wahl seiner Kleidung und seiner Aussprache. Er war sprachbegabt und manche schworen, er sei ein Bretone; einige behaupteten, seinem Argot nach müsse er aus dem Osten von Paris stammen, während ihn wiederum andere gar für einen Südfranzosen hielten ... Nicht selten wählte er eine Verkleidung als Handwerksbursche, als Mönch, als Bettler oder Pilger; hin und wieder mimte er einen Matrosen auf Landgang oder einen Gaukler.

Was Letzteres anbelangte, hatte ihm vor Jahren ein von ihm festgenommener und anschließend wieder laufen gelassener Ganove ein paar nette Kunststückchen beigebracht, sodass er durchaus als einer vom Fahrenden Volk durchgehen konnte.

Ginette lachte oft über seine Kapriolen, die er gelegentlich im Wald, wo ihn keiner beobachten konnte, vollführte und sorgfältig übte, um sie nicht zu verlernen: Das Feuer- oder Schwertschlucken etwa, das Balancieren auf einem zwischen zwei Baumstämmen gespannten Seil, das Laufen auf den Händen oder kunstvolle Salti vor- und rückwärts in der Luft.

Ein anderer Tunichtgut hatte ihm vor Jahren etliche Kartentricks beigebracht, die es ihm erlaubten, als durchaus ernst zu nehmender Betrüger Anspruch auf den »Respekt« diverser Mitglieder der Gaunerzunft zu erheben.

Es war dies eine kluge Vorgehensweise, die es ihm ermöglichte, auch in Winkel und Ecken der allzu dicht bebauten, labyrinthartig verwinkelten Stadt vorzudringen, wohin sich andere Kommissare gar nicht erst hinein wagten.

In den einschlägigen Lokalen und Treffpunkten der Gauner saß er mitten unter ihnen und trank sein Gläschen Roten. Gelegentlich schlugen ihm die schrägen Vögel sogar vor, bei ihren Raubzügen mitzumachen. Ein paar Male hatte Armand während eines Einbruchs in die Stadtvillen von Adligen, die selbst überwiegend auf dem Lande lebten, Schmiere gestanden.

Amüsiert beobachtete er dann seine Polizeikameraden dabei, wie sie zum richtigen Zeitpunkt auftauchten und die überrumpelten Gauner allesamt in flagranti verhafteten. Von den Kollegen zum Schein gleichfalls festgenommen und ziemlich unsanft behandelt, verdächtigte ihn keiner der Strolche jemals auch nur im Geringsten ...

Auch an diesem sechsten Juni drängte es ihn – immer noch als Nachwirkung der niederschmetternden Unterredung mit seinem obersten Vorgesetzten – hinaus aus dem Kommissariat und an die frische

Luft. Wenngleich diese zwar keineswegs so »frisch« war, sondern geradezu geschwängert mit ekligen Gerüchen aller Art:

Moder aus den durch Mauerschwamm ruinierten Hauswänden, Rauch aus halbverfallenen Schornsteinen, verdorbenem Fett von Garküchen, schalen Wein- und Bierdünsten, die aus minderwertigen Kneipen drangen, Kohlgestank aus Rattenlöchern, die sich als »Wohnungen« bezeichneten und dem »Duft« von Exkrementen, von Bewohnern einfach aus ihren Nachtgeschirren aus den Fenstern gekippt.

›Wie im finstersten Mittelalter‹, dachte Lavalle und schüttelte sich vor Ekel. Der Gegensatz zwischen den Stadtvierteln mit Bürgerhäusern und Adelspalästen und den Quartiers, wo das arme Volk hauste, war bereits auf den Gassen abzulesen, obschon beide oft nur wenige Meter voneinander getrennt waren. Lavalle wich gerade einer Magd aus, die mit Feuereifer einen Reisigbesen schwang, um den Platz vor dem Haus ihrer Herrschaft zu reinigen, obwohl dieser bereits vor Sauberkeit glänzte.

»Und vor den Hütten in den Elendsquartieren türmt sich der Müll haushoch auf«, murmelte er vor sich hin, »da keiner sich veranlasst sieht, den Dreck wegzufegen.«

Aber auch das sollte angeblich in anderen Großstädten um kein Haar anders sein.

Paris war überfüllt mit Menschen, während die Häuser zu klein und die Straßen viel zu eng waren. Er bog in eine Gasse ein, in die noch niemals ein Sonnenstrahl bis zum Erdboden durchgedrungen war, nicht einmal im Hochsommer. Die elenden Löcher, in denen die Ärmsten hausten, waren hoffnungslos überbelegt, dumpf und feucht. An den Wänden bildete sich giftiger Schimmel und im Winter gefror das Kondenswasser zu Eis, da die Bewohner zu wenig Holz hatten zum Verfeuern.

Er war beinahe im Kreis gelaufen und näherte sich nun dem Palais Royal, einem Gebäude, das ihm höchst suspekt war. Ursprünglich von Kardinal Richelieu – dem Premierminister Ludwigs XIII. – erbaut, gelangte es im Jahre 1780 in den Besitz des Herzogs Ludwig Philipp von Orléans. Der Herzog ließ den Palast vollständig umbauen.

Stets knapp bei Kasse, wandelte er ihn größtenteils in Mietwohnungen um. Im Erdgeschoß befanden sich nun Geschäfte, Restaurants, Spielsalons, ein Theater und ein Café. Letzteres war jetzt ein beliebter Treffpunkt revolutionär gesinnter Demagogen. Die ungewöhnliche Freizügigkeit dieses Ortes – die Polizei hatte keinen Zutritt zum Besitz des Herzogs von Orléans – genügte dem Kommissar, um das Palais Royal samt seinen Besuchern mit Skepsis zu betrachten. Beinahe jede Woche ließ er hämische Karikaturen des Königs und vor allem seiner Gemahlin Marie Antoinette von den Mauern des Palais' entfernen.

Ziemlich zügig bahnte sich Lavalle seinen Weg durch das gemischte Publikum, das scheinbar ziellos durch die Gassen strich. Die meisten der ärmlich gekleideten, unterernährten Männer und Frauen schienen arbeitslos zu sein; manchem sah man den Gauner oder die Betrügerin schon von Weitem an ...

Es war traurige Wirklichkeit, dass das Lumpenproletariat sich stetig vermehrte. Nachschub strömte zuhauf aus den französischen Provinzen und verstärkte den sozialen Druck auf die ohnehin schwer gebeutelte Hauptstadt. Realität war aber auch, dass die Regierung nicht die geringste Anstrengung unternahm, um das Elend, wenn schon nicht zu beenden, so doch wenigstens zu lindern.

Voll Unmut stellte Lavalle fest, dass durch die Rue de Valois kein Durchkommen mehr war. Die Menschenmenge staute sich auf. Noch wusste er nicht, weshalb. Gleich darauf erfuhr er von anderen Passanten, was der Grund für die Verzögerung war.

»Da vorn ist eine Bäckerei, die noch Backwaren zu verkaufen hat! Jetzt stehen die Leute Schlange, um noch ein Brot zu ergattern«, informierte wichtigtuerisch eine dicke Pariserin mit speckigem Kopftuch und ebensolcher Schürze ihre Umgebung. Sie selbst hatte augenscheinlich noch einen der begehrten Laibe erkämpft. Krampfhaft hielt sie ihre Beute fest an den Busen gepresst.

»Direkt vor dem Eingang kam es zu einer Prügelei«, verkündete ein entgegenkommender, etwa vierzigjähriger hagerer Mann in langen Hosen und ebensolcher Jacke, offenbar ein arbeitsloser Handwerker. »Das Brot ist fast alle; der Meister hatte zu wenig Mehl, um für alle hungrigen Mäuler zu backen. Um die letzten Wecken ist ein heißer Kampf entbrannt. Einer der Kunden, der mehrere hat kaufen wollen, ist von einem anderen, dem der Ladenbesitzer gar kein Brot geben wollte, mit einem Messer angegriffen worden!«

Das klang gar nicht gut. Als eine weitere Stimme – wiederum eine weibliche – den Wartenden kreischend kundtat, dass der Bäckerladen voller Blut sei, weil einer den Bäckermeister niedergestochen habe aus Wut, weil die Regale bereits leer seien, da wusste Armand Lavalle, dass es nun an ihm lag, für Recht und Ordnung zu sorgen.

Zum Glück trabten auch schon uniformierte Polizisten heran, angelockt durch den ungewöhnlichen Menschenauflauf. Mit ihrer Hilfe kämpfte Lavalle sich bis zu der betreffenden Bäckerei durch. Nur unwillig ließen die Hungrigen, die wieder einmal leer ausgehen sollten, den Kommissar und seine Kollegen passieren. Hinter seinem Rücken hörte Armand Fluchen und Schimpfen, nachdem einer der Uniformierten »Im Namen des Königs! Leute, gebt den Weg frei!« gerufen hatte.

»Scheiß auf den König!«, rief einer unüberhörbar laut und die Menge applaudierte ihm. »Er soll uns und unseren Kindern endlich Brot geben! Meine Kleinen weinen von morgens bis abends vor Hunger und in Versailles frisst das fette Schwein sich voll!«

Die Meute johlte. Als eine jüngere, armselig gekleidete Frau wütend und mit höhnisch-provozierendem Seitenblick auf die Polizisten plärrte: »Der Teufel soll Ludwig holen und seine mit Schmuck behängte, österreichische Hure gleich mit dazu!«, kannte die Begeisterung keine Grenzen.

Armand und seine Helfer bekamen bei ihrem Versuch, zu dem Laden vorzudringen, sogar einige Püffe ab ...

›Ein bestürzendes Beispiel, wie wenig den einfachen Menschen der König noch gilt‹, dachte Armand. ›Seine Majestät sollte selbst einmal hören, wie unbeliebt er inzwischen beim Volk ist. Womöglich würde er dann endlich dafür sorgen, dass die Verschwendung am Hof drastisch eingedämmt wird.‹

Angeblich – der »Ami du Peuple«, dieses antimonarchistische Hetzblatt, sorgte für Verbreitung dieses Gerüchts – verfütterten die Königin und ihre Hofdamen feinstes Weizenbrot an ihre Schoßhündchen und Katzen; während für die Armen von Paris nicht einmal mehr das dunkle, klumpige, mit allerlei Zusatzstoffen, wie etwa Runkelrüben und Kleie, versetzte Brot in ausreichender Menge vorhanden sei. Und falls es welches zu kaufen gäbe, handele es sich meist um altbackene Kanten oder um schimmliges Zeug, das ein Adliger nicht einmal seinen Gäulen zum Fressen zumute ...

Der Herausgeber des Blattes war Jean-Paul Marat, ein ehemaliger Arzt und vollkommen humorloser Mensch finstersten Charakters, ein rabiater Gegner der Monarchie und der Aristokratie überhaupt. Der bloße Gedanke an ihn versetzte Armand Lavalle jedes Mal in Alarmstimmung. Marat trug das Potenzial in sich, die Volksmassen zum gefährlichen Aufruhr anzustacheln – und er wusste das auch.

Die Armen kannten Marat und verehrten ihn. Es gab auch nicht einen einzigen Pariser, der die Geschichte anlässlich der Feiern zur Hochzeit des Königs mit der verhassten Österreicherin, Marie Antoinette, nicht in- und auswendig kannte.

Anlässlich des bombastischen Feuerwerks für die Pariser Einwohnerschaft hatte sich damals ein folgenschwerer Unfall ereignet. Armand erinnerte sich der dramatischen Schilderungen: Durch einen unglücklichen Zufall entzündeten sich alle dreihundert Feuerwerkskörper auf einmal! Der ohrenbetäubende Knall versetzte die Pferde der Reichen, die von ihren Kutschen aus dem Spektakel zusehen wollten, in Panik.

Nächststehende wurden niedergetrampelt und unter den Wagenrädern zerquetscht. Riesige Feuergarben schossen unkontrolliert umher und ließen Perücken und Kleidungsstücke der Zuschauer, sowie Schweife und Mähnen der Pferde in Flammen aufgehen.

In Paris gab es damals in der Stadtmitte etliche Baustellen mit Gruben, die man zwar oberflächlich zugedeckt, aber nicht genügend gesichert hatte. Bei der ausbrechenden Massenpanik gaben die provisorischen Abdeckungen sofort nach; Menschen, Tiere und Kutschen stürzten in die Bauschächte und es gab Dutzende von Toten und Hunderte von Schwer- und Schwerstverletzten.

In dieser Nacht des Schreckens war jeder verfügbare Arzt zur Stelle, desgleichen alle Feldscher und Bader; selbst Hebammen und Apotheker leisteten Erste Hilfe. Die Ärzte mussten ein blutiges Handwerk verrichten: Sie amputierten verbrannte und zerquetschte Gliedmaßen; in den seltensten Fällen genügten ein simpler Wundverband oder eine Schiene.

Jeder Mediziner postierte sich an einer Straßenecke und ließ sich von den Helfern die Schwerverletzten, die erst mühsam aus den Gruben geborgen werden mussten, zur Behandlung heranschleppen.

Auch der damals noch als Arzt praktizierende Jean-Paul Marat beteiligte sich an den Rettungsarbeiten. Die chirurgischen Eingriffe erledigte er rasch, kompetent und schweigsam.

Die Burschen, die ihm die Patienten herbeischafften, ließen daher vor Schreck beinahe ihr schwer verletztes Opfer fallen, als der Doktor sie unversehens anbrüllte: »Aus meinen Augen mit dem elenden Aristokratenschwein!«

Augenzeugen zufolge hatte Marat im Fackelschein, die blutverschmierte Knochensäge in der Hand, die Augen vor Zorn sprühend, so gar nichts mehr von einem barmherzigen Samariter an sich gehabt.

»Ich behandle nur Menschen!«, schrie er die verdutzten Männer an.

Einer der jungen Helfer begann zu stottern: »Aber, aber, Monsieur ...«

Worauf ihm Doktor Marat barsch das Wort abschnitt: »Merk dir, Junge, für das Adelspack rühre ich keinen Finger. Das soll meinetwegen verrecken!«

Aber so schnell, wie er explodiert war, so unvermittelt hatte er sich zum Glück auch wieder beruhigt. »Tragt den Mann zur nächsten Straßenecke; der Kollege dort kann ihn behandeln. Mir aber bringt nur Menschen, wie ihr selbst welche seid!«

Und dann hatte er noch streng hinzugefügt: »Und mit Pfaffen bleibt mir auch vom Leib!«

Sooft Armand Lavalle seitdem Marats Namen hörte, musste er an diesen makabren Vorfall denken.

»Wundere dich nicht, mon Ami, wenn du eines Tages aufwachst und in Paris ist eine Revolution ausgebrochen!« Das hatte sein Freund Hubert Aubriac schon ein Dutzend Mal zu ihm gesagt ...

Als er und die uniformierten Ordnungshüter sich endlich bis zu der betreffenden Bäckerei durchgekämpft hatten, sah es für den Meister übel aus. Er hatte – als Quittung dafür, dass er sich in die Rauferei unter der Kundschaft eingemischt hatte – einen Messerstich in die Brust abbekommen und lag in einer riesigen Blutlache hinter der Tür.

Armand hatte Mühe, die Bäckersfrau, die sich laut schluchzend über ihren Ehemann geworfen hatte, von dem Schwerverletzten wegzuzerren. Womöglich war dem Mann doch noch zu helfen.

Aber diese Hoffnung erwies sich alsbald als trügerisch. Sobald sich auch die gaffende Menge dessen bewusst war, suchte sie blitzschnell das Weite. Auf die Aufforderung der Polizisten, sofort stehen zu bleiben, reagierten die Leute mit verächtlichem Auflachen und beeilten sich umso mehr, zu verschwinden.

Wer von denen wollte schon mit der Polizei zu tun haben? Selbst wenn der Kommissar sie von seinen Männern verfolgen ließe und sie dann zu dem Vorfall befragte, hätte kein einziger etwas gesehen ...

Armand seufzte unwillkürlich, als er an vergangene Woche dachte, als ein anderer Meister des Backgewerbes von der wütenden Menge gelyncht worden war. Sie hatte den armen Mann, der buchstäblich keinen Krümel Mehl mehr in seinem Backtrog hatte, am nächsten Laternenpfahl aufgeknüpft. Als er schließlich mit zwei Gendarmen angerückt war, hatte sich natürlich kein einziger Zeuge mehr am Tatort aufgehalten.

Lavalles nächster Weg führte ihn zum Marché aux Fleurs, wo Ginette an einem Stand mit ihrer Großmutter Blumen und Gestecke verkaufte. Die Geschäfte gingen ausgesprochen schleppend. Die Bevölkerungsschicht, die sich Sträuße und Gebinde leisten konnte, war inzwischen merklich geschrumpft. Viele Aristokraten zogen es vor, sich auf ihre Landgüter zurückzuziehen.

»Wer heutzutage sich oder seiner Angebeteten noch einen Strauß Blumen gönnt, spart an der Anzahl der Blütenstängel; die verlangten Sträuße sind weniger und vor allem deutlich magerer geworden«, beklagte sich Grand-mère Céléstine bei Armand. »Und auf die so genannten »Assignaten«, mit denen man uns bezahlen will, pfeife ich!«

Dabei handelte es sich nämlich um Papiergeld, das nichts wert war und von der Bevölkerung auch nicht akzeptiert wurde: Denen galt nur Gold und Silber etwas. Assignaten waren Anweisungen auf die Nationalgüter Frankreichs und trugen neben ihrem aufgedruckten »Wert« noch den Kopf des Königs.

Auch Lavalle hatte sich anfangs gefragt, was es mit diesen »Nationalgütern« auf sich habe. Sein Chef, Émile Béguin, klärte ihn auf: »Darunter versteht man unter anderem die Besitztümer der Geistlichkeit und der Klöster, die man noch enteignen will.«

Alle diese Dinge und Liegenschaften forderte das Vaterland jetzt zurück als Gabe, die ihm rechtmäßig zustand, um die enormen Auslandsschulden zu tilgen, die beispielsweise der Amerikanische Bürgerkrieg verursacht hatte. Ausgedacht hatte sich die Assignaten der Schweizer Finanzminister Jacques Necker und der Comte de Mirabeau pries die Idee als geradezu grandios!

»Die Liebe zum Vaterland«, tönte er in zahlreichen Reden vor der Nationalversammlung – nachzulesen im »Ami du Peuple« und im Kommissariat von Aubriac genüsslich vorgetragen –, »ist die höchste aller Bürgertugenden! Und wenn das Vaterland Opfer verlangt, haben sich ihm alle anderen Tugenden zu beugen, etwa die Gerechtigkeit oder die Religion!«

»Versteht sich, dass sich die meisten Geistlichen gegen die Enteignung von wertvollen Kunstgegenständen, Schenkungen und Schätzen aller Art zur Wehr setzen!« Etliche von Lavalles Kameraden grinsten schadenfroh.

Lavalle und sie rechneten allerdings noch mit massivem Ärger, den man bei der Durchsetzung dieser von den Betroffenen als »dreisten Raub« empfundenen Enteignung, erleben werde. Ausbaden müssten er und seine Kollegen das Ganze.

Aber er wischte den Gedanken daran beiseite und wandte sich seiner Liebsten zu. Ginette verzog ihren Mund mit den vollen roten Lippen zu einer Schnute. »Ich weiß überhaupt nicht, wofür ich mir die Beine in den Leib stehe – es kommt ja doch kein einziger Kunde«, beschwerte auch sie sich bei ihrem Verlobten. Kritisch musterte sie ihren Freund.

»Bist du wieder auf der Suche nach einem Übeltäter?«, fragte sie leicht verdrießlich. »So wie du herumläufst, könnte man glauben, du wärest ein Obdachloser!«

Armand wusste, dass sie mit ihm vor den anderen Blumenverkäuferinnen angeben wollte – aber in seinem üblichen Aufzug, wenn er auf Verbrecherjagd ging, machte er leider nicht allzu viel her ...

»Ich komme zufällig vorbei, Ginette, und wollte dir und Grand-maman nur schnell ›Bonjour‹ sagen«, entschuldigte er sich. »Ein schneller Kuss, Chérie, und du bist mich wieder los!« Armand umarmte Ginette und machte Anstalten, sie auf den Mund zu küssen. Aber sie drehte flink ihren Kopf zur Seite und riss sich von ihm los.

»Das könnte dir so passen, Filou! Mich vor allen Leuten zu küssen! Das schickt sich nicht, mon Ami! Was sollen denn all die Damen von mir denken?« Sie zeigte mit dem Finger auf die feixenden Blumenfrauen, die neugierig zu ihrem Stand herüberlugten. »Großmama und ich sind schließlich etwas Besonderes!«

Die Alte lachte verschmitzt und nickte beifällig. Armand wusste, worauf seine Liebste anspielte. Céléstine und Régine waren von den Pariser Marktfrauen ausgewählt worden, in Versailles – wie üblich – der Königin zu ihrem letzten Geburtstag am zweiten November vergangenen Jahres einen riesigen Blumenstrauß zu überreichen. Der Festakt sollte jedoch – ebenfalls wie üblich – mitten im Sommer stattfinden, weil es da die schönsten Blumen gab.

Mochte Marie Antoinette mittlerweile bei einem großen Teil des Volkes noch so unbeliebt sein: die Königin persönlich zu sehen, ein paar Worte mit ihr zu wechseln und ihr gar ein Geschenk überreichen zu dürfen, galt dennoch immer noch als höchst exquisite Auszeichnung. Die anderen Weiber beneideten die beiden darum.

Dass Ginette ihre Worte nicht ganz ernst meinte, konnte Lavalle daran erkennen, dass das reizende

Blumenmädchen im blauen Rock, mit der strammen Korsage über der weit ausgeschnittenen Bluse und der weißen Schürze und dem kecken kleinen Häubchen, ihm gleich darauf die Arme um den Hals legte und ihm zärtlich auf beide Wangen einen Kuss aufdrückte. Sofort rückte sie danach von ihm ab, versetzte ihm einen Klaps auf die vorwitzige Hand, die er heimlich um eine ihrer Brüste gelegt hatte, und verabschiedete ihn nun endgültig.

»Mach dich an die Arbeit, Faulpelz! Fang' Diebe und andere Strolche und versuch' ja nicht, ehrbare Weiber zu verführen!«

Ginettes Großmutter und die zunächst stehenden Marktfrauen, die das übliche Geplänkel der beiden Verliebten mit Vergnügen verfolgten, lachten herzlich, drohten ihm aber scherzhaft mit dem Finger, während die rot gewordene Ginette sich den Anschein gekränkter Unschuld gab. Lavalle machte lieber, dass er davonkam.

7. Juni 1789

Keineswegs so ängstlich wie vor zwei Tagen, harrte André de Junot erneut in der Silberkammer auf seinen Herrn und Meister, den Grand Maître de la Maison du Roi. Schon die Tatsache, dass der Haushofmeister des Königs ihn bisher noch nie getadelt hatte für seinen Aufbau der »Kredenz«, war ihm Lobes genug.

Auch heute würde der Comte ihm, dem jüngsten Mitglied der Dienerschaft in Versailles, wiederum Ratschläge erteilen, wie mit dem wertvollen Besteck umzugehen war, damit es auch in hundert Jahren noch als schön und prunkvoll gelten könne.

André, vierzehn Jahre alt, aus einer Familie von verarmten Kleinadeligen aus der Gascogne stammend, war seit kurzer Zeit Page bei Seiner Majestät,

Ludwig XVI. Zu seiner Ausbildung gehörte es, sämtliche Arbeitsbereiche im Palast kennenzulernen, um schließlich gemäß seiner Begabung seine endgültige Bestimmung bei Hofe zu finden. Selbstverständlich träumte er wie so viele davon, Erster Kammerdiener des Königs zu werden.

Die Zeit der Lehre war äußerst hart und beileibe kein Zuckerschlecken – aber das erwartete auch keiner der jungen Leute. Alle waren froh, wenn sie überhaupt die Chance erhielten, eine Anstellung bei Hof zu ergattern. Im Augenblick war André der Dienerschaft zugeteilt, die den Majestäten bei Tisch aufwartete und die für den einwandfreien Zustand von Geschirr und Besteck Sorge trug.

Endlich erschien der Grand Maître, und als André de Junot seinen schweren Schritt hörte, sprang er schuldbewusst von dem Hocker auf, auf dem er sich verbotenerweise niedergelassen hatte. Nicht nur sämtlichen Bediensteten und Pagen, auch den erwachsenen adligen Hofleuten war es streng untersagt, sich in den Pausen zu setzen.

Die lächerliche Begründung lautete, es sei jederzeit möglich, dass Seine Majestät überraschend auftauche. Dann könne sich die gänzlich unvorstellbare, »entsetzliche« Situation ergeben, dass der Monarch erleben müsse, wie ein niederes Geschöpf in seiner geheiligten Gegenwart sitze, während er selbst stehen müsse. ...

Der Comte de Montmorency konnte sich stundenlang darüber auslassen. Wehe einem Diener widerfuhr das Missgeschick, von ihm auf einem Sitzmöbel ertappt zu werden! Da der Grand Maître allerdings kein Wort über Andrés Ungehorsam verlor, atmete der schmächtige Knabe auf; der gestrenge Zuchtmeister hatte sein Vergehen offenbar nicht bemerkt. Wie ein Lamm stand der kleine Page vor dem großen Mann und lauschte aufmerksam, als dieser ihm zum wohl hundertsten Mal die Feinheiten des Silberpolierens darlegte.

Der Haushofmeister hieß André zuletzt, sich einen weichen sauberen Lappen zu holen und mit der Pflege des Tafelsilbers zu beginnen.

Ein wenig ängstlich schielte der Page auf den riesigen Berg an schweren silbernen Messern, Gabeln und Löffeln, die ein grinsender Diener für ihn bereitgelegt hatte. Bis er damit fertig war, wäre es vermutlich weit nach Mitternacht. Und er war jetzt schon so müde, dass er nur noch sein Lager aufzusuchen wünschte ...

Beherzt griff André nach einer Gabel und begann mit wahrem Feuereifer, sie zu polieren. In seinem Ohr klang die kategorische Forderung des Grand Maître nach, in dem Besteck müsse man sich anschließend spiegeln können. In seiner Versunkenheit, es seinem Vorgesetzten ja recht zu machen, bemerkte der Junge gar nicht, wie nah der Comte inzwischen an ihn herangerückt war.

Und selbst wenn, hätte er sich nichts dabei gedacht: Der oberste Chef begutachtete schließlich ganz genau das Resultat seiner Bemühungen. Sooft er ihn dabei auf einen winzigen Fleck oder eine matte Stelle auf den einzelnen Teilen aufmerksam machte, spürte André in seinem Nacken den heißen, aufdringlich nach Pfefferminze riechenden Atem des Grafen.

Weil André für sein Alter noch ziemlich klein war, musste er sich, um auf der Arbeitsplatte vernünftig arbeiten zu können, auf den Hocker stellen, den er vorhin als Sitzgelegenheit »missbraucht« hatte. So waren er und der Comte annähernd gleich groß.

Auf einmal fühlte der Junge noch etwas anderes, und zwar an seinem verlängerten Rücken. Unangenehm überrascht und erschrocken zugleich war er versucht, sich umzudrehen. Eine kräftige Hand hielt ihn jedoch auf und er hörte die belegte Stimme des Haushofmeisters:

»Bleib nur ruhig stehen, mon Cher! Rühre dich nicht vom Fleck, André, sondern poliere in aller Ruhe weiter. Was ich tue, soll dich nicht kümmern.«

André war nahe daran, zu protestieren; aber der zunehmend schmerzhafter werdende Druck der Finger auf seiner schmalen linken Schulter belehrte ihn rasch eines Besseren. So hielt er tatsächlich still, während ihm der riesige Mann mit der anderen Hand erst über das Gesäß streichelte und dann durch die Beine hindurch an die Geschlechtsteile griff.

Andrés Versuch zum Trotz, die Oberschenkel zusammenzukneifen, gelang es dem Grand Maître mühelos, seine Hand zwischen die mageren Schenkel des Jungen zu zwängen.

Erst ganz sachte, dann zunehmend fester rieb der Comte über den Stoff im Schritt von Andrés Culotte. Trotz innerer Abwehrhaltung konnte der Junge, der vor Scham feuerrot anlief, spüren, wie sich sein Penis versteifte und aufrichtete. Hilfe war von niemandem zu erwarten und André war einerseits sogar froh, dass niemand sonst sich in dem Raum aufhielt. Er hätte sich zu Tode geschämt ...

»Man kann spüren, wie sehr es dir gefällt«, raunte ihm der Haushofmeister ins Ohr. »Ich weiß doch, was kleine unartige Knaben mögen. Sie tun es alle selbst, die süßen kleinen Ferkelchen und wissen gar nicht, wie schön es ist, wenn es ein anderer für sie macht!«

André wagte nicht, etwas zu erwidern; er wünschte nur, der Comte würde damit aufhören. Dann fühlte er, wie der Grand Maître sein eigenes erigiertes Glied, das ihm riesig erschien, an seiner Hinterfront rieb ... Die anderen Pagen hatten demnach nicht gelogen, als sie ihn – kaum dass er seinen Dienst in Versailles angetreten hatte – darüber aufklärten, welch seltsame Vorlieben der allseits gefürchtete Haushofmeister besaß.

»Er liebt ganz junge Burschen, so wie dich, die fast noch etwas Mädchenhaftes an sich haben«, hatten sie ihm verraten. »Zierlich von Figur, mit hohen Stimmen und möglichst gezierten Bewegungen mag er sie am liebsten. Das macht ihn geil, den alten Bock!

Affektiert reden müssen seine Mignons und er verlangt oft von ihnen, dass sie ihre Gesichter puppenhaft schminken und sich die Lippen rot anmalen. Stramme Jünglinge und richtige Männer lassen seinen Schwanz dagegen nicht einmal zucken. Du wirst der Nächste auf seiner Liste sein, pass nur auf!«

Als André, der in dieser Hinsicht noch vollkommen unbedarft war, verlegen gelacht und sie ungläubig angesehen hatte, waren die Diener in schallendes Gelächter ausgebrochen.

»Wart's nur ab, Kleiner! Sobald er dir das erste Mal seinen Kolben ins Kreuz drückt, weißt du, was die Uhr geschlagen hat.«

Sogar Wetten hatten die Domestiken darüber abgeschlossen, wann der Neue »fällig« sein würde. Er dagegen hatte es nicht glauben wollen.

Der Grand Maître war, trotz seines gewiss nicht mehr jugendlichen Alters, ein Bild maskuliner Schönheit und kraftstrotzender Männlichkeit. Er erinnerte André an Abbildungen von Göttervater Zeus, die er in einem der königlichen Salons gesehen hatte, wie dieser um eine junge vollbusige Schönheit des Olymps warb.

Monsieur Alfonse konnte jedes Frauenzimmer im Schloss haben – mit Ausnahme der Königin vielleicht. Weshalb sollte so ein Ausbund an Manneskraft die Befriedigung seiner Lust ausgerechnet bei Knaben suchen? Nun wusste André es allerdings besser ...

8. Juni 1789

Monsieur Sylvain Bailly, Bürgermeister von Paris und der gewählte Sprecher des Dritten Standes, hatte wieder einmal um eine Audienz beim König angesucht – ungeachtet dessen Trauer um seinen verstorbenen ältesten Sohn, den Dauphin. Bailly musste unbedingt mit dem Monarchen über den mehr als dubiosen »Finanzfachmann«, Monsieur Jacques Necker, den Schweizer Bankier, sprechen.

»Monsieur Necker ist ein ausgemachter Stümper und vollkommen ungeeignet, um das Land aus dem Schuldensumpf zu befreien, in dem wir uns seit Langem befinden«, sagte Sylvain Bailly Ludwig XVI. offen ins Gesicht. »Ihr hättet ihn nicht mehr zum Ersten Minister ernennen sollen, Majestät! Necker ist krank und beweist jeden Tag aufs Neue seine Inkompetenz.

Seine so hoch gelobte Erfindung der Assignaten ist erwiesenermaßen auch ein Schlag ins Wasser, weil jeder Geschäftsmann die Nase rümpft und bloß Silber- und Goldmünzen annimmt!

Er hat ja nicht einmal gezögert, gefälschte Zahlen zu veröffentlichen und mit manipulierten Statistiken zu operieren! Dass Monsieur Necker sich selbst ungeniert seit Jahren aus der Staatskasse bedient, ist ein offenes Geheimnis, Majestät, aber keiner wagt es, ihm auf die Finger zu klopfen. Es ist Eure Pflicht, Majestät, diesem Mann Euer Vertrauen zu entziehen und ihn zu entlassen!«

Dem König gefiel diese Forderung überhaupt nicht. Nach wie vor hielt er Necker für ein ausgebufftes Finanzgenie. Aber er wagte nicht, den Repräsentanten des Dritten Standes in die Schranken zu weisen.

Seine Majestät suchte also wie meistens den bequemsten Ausweg, indem er unsagbare Trauer über den verstorbenen Thronfolger vorschob. Er könne jetzt unmöglich eine Entscheidung von so weitreichender Bedeutung fällen, behauptete er. Seine Gedanken seien zur Stunde begreiflicherweise mit ganz anderen Dingen beschäftigt.

Enttäuscht und wütend verließ Bürgermeister Bailly daraufhin den Monarchen.

Unter der Bevölkerung kam es zu erneuten Unruhen, weil der Brotpreis inzwischen in exorbitante Höhen geklettert war. Auf seinen Recherchetouren durch die »gefährlicheren« Stadtviertel erlebte Armand Lavalle mehrere Male hautnah mit, wie wütende Volkshaufen sich zusammenrotteten und vor Zorn laut skandierten: »Weg mit dem König! Weg mit seiner Hure! Wir haben Hunger! Wir verlangen Brot!«

Im Polizeikommissariat rechnete man stündlich damit, dass der König den Befehl erteilen werde, sofort einzugreifen, um Ärgeres zu verhüten. Ein Irrtum, wie sich bald darauf erweisen sollte. Ludwig zog sich stattdessen mit seiner Gemahlin Marie Antoinette für acht Tage nach Marly zurück, um den toten Sohn zu betrauern.

»Sein Schmerz in allen Ehren«, tadelte sogar Le Président der Pariser Polizeitruppen den Monarchen, »aber in solchen Ausnahmesituationen können die Franzosen von ihrem König wahrlich anderes erwarten als Teilnahmslosigkeit am Schicksal seines Volkes!«

»Das hat Bricasson tatsächlich gesagt?« Armand konnte es kaum glauben.

Aber sein Freund Hubert bestätigte es. »Jawohl! Das hat er definitiv geäußert – und in mehreren Variationen sogar ausdrücklich bekräftigt.«

Als Armand seinen üblichen Streifzug machte – dieses Mal nur durch sein eigenes Revier in der Umgebung des alten Louvre und der Tuilerien – stieß er auf Mère Brassens, eine in ganz Paris wegen ihrer Schlagfertigkeit berüchtigte alte Bettlerin. Sie war dabei, lautstark ihre Meinung auf dem Marché aux Pêches, dem Fischmarkt der Hauptstadt, kund zu tun.

»Immer, wenn so ein armseliger Krüppel die Augen für dauernd zumacht, ist das eine Gnade Gottes!«, hörte der Kommissar sie kreischen. »Aber unser famoser König nimmt sich eine Woche Urlaub zum Trauern! Es ist ein Skandal! Hunderte von gesunden Kindern sterben vor Hunger und Ludwig weint um ein einziges, das vom Mutterleib an siech gewesen ist!«

Es wunderte Lavalle keineswegs, dass Mutter Brassens von den Marktleuten und der spärlichen Kundschaft lebhafte Zustimmung erhielt. Inzwischen war sogar der Hering für die meisten Pariser Armen unerschwinglich geworden.

Die Anprangerung der Privilegien der Oberschicht wurde zunehmend giftiger, die Kritik an der herrschenden Klasse fiel jeden Tag noch ein bisschen unwirscher aus. Armand schob sich näher an Mère Brassens heran. Als der Tumult, den sie veranlasst hatte, sich ein wenig gelegt hatte, legte er ihr die Hand auf die Schulter.

»Na, Mutter Brassens, sorgen wir wieder mal für ein bisschen Aufruhr?«, fragte er sie freundlich. Als die Alte den Kommissar erkannte, erschrak sie keineswegs: Noch nie hatte Lavalle sie einsperren lassen. Ihr nahezu zahnloser Mund grinste ihn freundlich an.

»Ah! Macht Monsieur le Commissaire einen Spaziergang durch unser schönes Paris?«, fragte sie ihn mit gutwilligem Spott, dämpfte allerdings ihr durchdringendes Organ. Wusste sie doch, dass der Kommissar es vorzog, von den Leuten nicht erkannt zu werden.

»So ist es, Mère Brassens, so ist es! Wobei ich sagen muss, Paris gefiele mir noch um einiges besser, wenn im Volk nicht so viel Unruhe herrschte.«

»Das haben aber ganz andere zu verantworten!«, legte die Alte sofort los. Armand, der keine Lust verspürte, sich einen Vortrag über die schlechten Zeiten anzuhören, nickte verständnisvoll. Er fasste nach ihrem Oberarm.

»Habt Ihr etwas dagegen, Madame, wenn ich Euch ein Stück begleite?«, fragte er die Bettlerin. Sie warf ihm einen misstrauischen Blick zu.

»Wohin denn?«

Ihre Frage klang zwar neugierig, aber zugleich auch ein bisschen ängstlich. Armand hatte beinah den Eindruck, sie hege dieses Mal ernsthaft die Befürchtung, er beabsichtige, sie dieses Mal doch wegen Volksverhetzung festzunehmen.

»Nirgendwohin! Keine Sorge, Mutter Brassens! Ich möchte Euch nur ein paar Fragen stellen, falls Ihr mir das erlaubt.«

Das Gesicht der Bettlerin entspannte sich. »Ihr seid immer so nett zu mir! Ihr seid der einzige Polizeikommissar, der mich jemals wie eine Dame behandelt hat – und nicht wie einen Putzlappen, so wie es Eure Kollegen für gewöhnlich tun, Monsieur.«

Dieses Lob hörte Lavalle nicht ungern. Er hatte es bisher noch immer für hilfreich empfunden, mit »dem Mann oder der Frau auf der Straße« ein gutes Einvernehmen zu pflegen. Wie oft hatte er gerade dem einfachen Volk den Zugriff auf einen Verbrecher zu verdanken gehabt?

Diese schlichten Menschen kannten einander – genauso wie die Angehörigen der Pariser Unterwelt, die Gauner und Ganoven sich kannten – und häufig waren beide Gruppen identisch ... Also tippelten der Kommissar und die Frau, die noch nie in ihrem Leben einem ehrbaren Beruf nachgegangen war – früher war sie eine gefragte Prostituierte gewesen, später eine geschickte Gelegenheitsdiebin – einträchtig durch die Gassen der Innenstadt.

Armand Lavalle wollte einiges von Mère Brassens wissen, was ihm bei der Aufklärung kürzlich erfolgter Einbruchsdelikte Kopfzerbrechen bereitete. Es galt für ihn nicht nur, den Seinemörder zu schnappen. Die »ganz normale« Kriminalität war weiß Gott nicht weniger geworden und womöglich hatte die Alte irgendwo zufällig aufgeschnappt, dass irgendjemand Stücke aus der Diebesbeute verhökern wollte ...

Lavalle und seine Kollegen verstanden die Welt nicht mehr. Ihnen waren mehr oder weniger die Hände gebunden: Gestern hatte der Kommissar hilflos zugesehen, wie eine adelige Dame mitten auf offener

Straße vom Pöbel beleidigt wurde. Zum Glück waren zumindest Tätlichkeiten unterblieben.

Da ihnen niemand Einhalt gebot, wurden die Aufrührer, die Marats »Ami du Peuple« mächtig aufhetzte, immer unverschämter. Mit ein paar Polizisten war der aufgestachelten Menge nicht beizukommen, vor allem, da die sich von den Angehörigen der Nationalversammlung unterstützt fühlte.

Heute Vormittag kam Lavalle gerade hinzu, als ein paar Strolche versuchten, den Kutscher eines adeligen Gefährts vom Bock zu ziehen und zu verprügeln. Armands Begleiter, zwei Gendarmen, verhafteten die Kerle. Zu ihrer Entschuldigung behaupteten diese dreist, sie hätten »dem verräterischen Kerl eine Lehre erteilen« müssen, weil es unrecht sei, in diesen Zeiten einem ausbeuterischen Aristokraten zu Diensten zu sein ...

Kopfschüttelnd wies Armand die Polizisten an, die Übeltäter nach einer Verwarnung wieder laufen zu lassen. Die Gefängnisse in der Conciergerie waren bereits überfüllt mit all denen, die Tag für Tag an die Oberfläche des mit gärendem Abschaum angefüllten »Hexenkessels« namens Paris, gespült wurden.

Selbst den Königstreuen fehlte jegliches Verständnis dafür, als Ludwig XVI. die zusätzlichen Soldaten, die er kürzlich nach Paris beordert hatte (als marodierendes Pack ihn selbst in Versailles massiv bedroht hatte!), angewiesen hatte, wieder abzuziehen.

»Das nenne ich doch geradezu eine Ermunterung für jeden Revoluzzer!« Auch Pierre de Bricasson, Commandant Général de Police Royal, war fassungslos, als er davon hörte.

Armand, sein direkter Vorgesetzter Émile Béguin, sein Freund Hubert und alle anderen Polizisten schüttelten die Köpfe, als diese unverständliche Order des Königs ans Militär durchgesickert war.

»Von den königlichen Soldaten, die mit uns gemeinsam dafür sorgen sollten, die Ordnung in der Hauptstadt aufrechtzuerhalten, ist somit ab sofort keine Unterstützung mehr zu erwarten«, monierte der Comte de Belfort. »Die paar Figuren, die noch den Rock des Königs tragen, können wir vergessen, Leute!«

Es war deutlich zu erkennen, und »Le Président« machte auch kein Hehl daraus, wie sehr ihn Seine Majestät enttäuscht hatte. Mit den wenigen Polizisten, die ihm im Augenblick zur Verfügung standen, war nicht einmal in normalen Zeiten Zucht und Ordnung in der Stadt zu gewährleisten.

Die Polizei war auch nicht in der Lage, die Urheber der obszönen Schmierereien an den Mauern des Palais Royal dingfest zu machen. Zudem kursierten in der Stadt wieder gemeine Pamphlete gegen die Königin, worin nicht nur ihre unersättliche Gier nach Diamanten, sondern auch die nach angeblich ständig wechselnden Liebhabern angeprangert wurde.

Die entsprechenden Zeichnungen dazu ließen an Deutlichkeit nichts zu wünschen übrig: Marie Antoinette, mit Schmuck behangen und mit grotesk aufgebauschter Frisur, lag rücklings mit hochgeschobenen Röcken auf einem Prunkbett, während ein Mann mit Perücke und heruntergezogener Culotte – also ein Adliger – zwischen ihren gespreizten Schenkeln zu Gange war ...

Hubert Aubriac brachte einen ganzen Armvoll dieser gemeinen Machwerke mit ins Kommissariat. Er habe sie konfisziert, behauptete er ernsthaft. Sein Freund Armand argwöhnte jedoch, dass der Sekretär die Pamphlete nur mit gespielter Empörung unter den Polizisten verteilte.

»Man muss den Kollegen auch augenfällig beweisen, wie schlimm diese Schmutzkampagnen mittlerweile sind«, behauptete Aubriac scheinheilig. Lavalle nahm ihm das nicht ab. Aber es fehlte ihm die Zeit, um sich mit ihm auseinanderzusetzen. Im Kommissariat war ein Tipp eingegangen, der sich bezüglich des »Seinemörders« womöglich als Ziel führend erweisen konnte.

Dieser Spur musste er unbedingt nachgehen.

Obwohl Lavalle sich in einer Kneipe unter Dirnen und Ganoven in der Nähe der Markthallen von Paris die halbe Nacht um die Ohren schlug, bekam er den Betreffenden, wovon der Informant berichtet hatte, leider nicht zu Gesicht. Das war zwar höchst enttäuschend, aber entsprach durchaus dem üblichen Prozedere in der Arbeit eines Kriminalkommissars.

Auch Lavalle wusste, nur dem geduldigen, aber beharrlichen Jäger winkte die Beute. Er würde es am folgenden Abend erneut versuchen.

11. Juli 1789

Wie von einer zentnerschweren Last befreit, erhob er sich an diesem Morgen aus seinem überbreiten und äußerst bequemen Prunkbett. Noch in der Dunkelheit war er zurückgekehrt von seinem überraschend kurzfristig angetretenen zweitägigen Urlaub, den er sich einfach hatte gönnen müssen.

Diese kleine Pause hatte er gebraucht, um nicht dem offenen Wahnsinn zu verfallen – einem Wahnsinn, der für jeden deutlich zu erkennen gewesen wäre. Dazu durfte es niemals kommen. Es wäre sein sicherer Untergang ...

Normalerweise nahm er sich drei oder vier, manchmal sogar fünf Tage frei. Aber er hatte auch diese wenigen Tage genossen. Den ersten seiner Feiertage verbrachte er wie üblich damit, nach einem geeigneten Individuum Ausschau zu halten. Da er mittlerweile über Routine verfügte, besaß er ein Auge für »den Erwählten«.

Demnach vermochte er den folgenden Tag ganz seinem »Opferfest« zu widmen. Wie immer war es ein genussreiches gewesen ... Um Mitternacht hatte er wie üblich sämtliche Spuren getilgt gehabt, um schließlich zutiefst befriedigt den Heimweg anzutreten.

Ein paar Tage nach seinem Besuch bei Ginette ließ Lavalle sich abends erneut in der Unterkunft der Blumenfrauen sehen. Er wollte sich nach den Fortschritten erkundigen, die Luc bei seiner Bewerbung um eine Anstellung bei Hofe gemacht hatte. Irgendwie hatte er kein gutes Gefühl, als er in das krumme Gässchen in der Nähe der Kirche Saint Nicolas einbog.

Seine Ahnung trog ihn nicht. Als er Luc danach fragte, tat der Junge erst so, als verstünde er nicht recht, wovon Armand überhaupt redete.

»Ach so! Das meinen Sie, Monsieur le Commissaire!«, erwiderte er scheinheilig. »Nein, ich habe meinen Freund, der mich mit seinem Bekannten –, der den in Versailles angestellten Vetter hat –, bekannt machen will, noch nicht sprechen können. Er liegt krank zu Bett, sagt seine Mutter!«

Lavalle glaubte Luc kein Wort. Auch Ginette war über ihren Bruder verärgert, nur die Großmutter war seltsamerweise auf seiner Seite.

»Ach, ich weiß nicht recht«, begann sie, »ob diese Idee gar so gut ist. Man hört so allerlei, was mit den jungen Kerlen in Versailles passiert. Mir kam zu Ohren, dass die Jungen dort von älteren Dienern regelrecht verdorben werden!«

»So? Davon habe ich noch nichts gehört!« Armand war etwas verblüfft. »Dass es immer mal wieder vorkommt, dass ein Dienstherr sich an Schutzbefohlenen vergreift, das weiß natürlich auch die Polizei. Bei Minderjährigen gehen wir der Sache natürlich nach, falls wir davon erfahren. Aber über Versailles sind derartige Beschwerden noch niemals laut geworden. Was wisst Ihr darüber, Madame?«

Vorsichtig machte Céléstine jetzt einen Rückzieher. Wie Armand Lavalle vermutete, waren es nur Gerüchte, die üblichen Tratschereien, die auf dem Markt ausgetauscht wurden, Vermutungen ohne Beweis und bar jeder Substanz.

Als die Erwachsenen einen peinlichen Moment lang schwiegen, war es Luc, der erstaunlicherweise erneut davon anfing. Er wolle sich auf jeden Fall in Versailles bewerben, behauptete er lebhaft. »Gleich morgen besuche ich meinen Freund. Ich denke, er wird bis dahin wieder auf den Beinen sein.«

Der Kommissar ging im Stillen jede Wette ein, dass der Bursche niemals krank gewesen war und Luc das Ganze schlicht vergessen hatte. Nach ein paar flüchtigen Küssen, die er mit Ginette im Treppenhaus tauschen konnte, verließ der Kommissar das Haus. Dass seine Liebste traurig darüber war, dazu gezwungen zu sein, ihn so bald wieder gehen zu lassen, stimmte ihn selbst ganz trübsinnig. Aber um Ginettes guten Ruf zu wahren, hatte Armand noch nie bei ihr in der Wohnung ihrer Großmutter übernachtet. Ginette hatte ja nicht einmal ein eigenes Zimmer ...

»Es tut mir so leid, mein Schatz! Ich habe noch keineswegs Feierabend; die Arbeit geht nun einmal vor. Wir haben einen Wink bekommen, der sich interessant anhört. Du weißt ja, selbst die winzigste Spur muss verfolgt werden, wenn es sich darum dreht, ein Verbrechen aufzuklären, oder es zu verhindern!«

»Handelt es sich dabei um den Seinemörder?«, wollte Ginette wissen. »Dann kann ich nur sagen: Pass auf dich auf, Liebster! Dieser Unmensch ist gefährlich!«

»Dazu darf ich dir nichts sagen, Chérie! Aber, glaub mir, ich wäre jetzt viel lieber bei dir, als hinter einem Verbrecher her. Und dass ich vorsichtig bin, das weißt du doch.«

In der Nationalversammlung pflegten sich jeden Tag zahlreiche Herren zu Wort zu melden. Die Rednergabe der einzelnen Referenten war allerdings sehr unterschiedlich. Da gab es gute, mittelmäßige, hervorragende, aber auch miserable Rhetoriker. Der anerkannt Beste von allen war ohne jeden Zweifel der Comte de Mirabeau. Ihm bestätigten sogar seine Gegner echtes Charisma.

Aus hohem Adel stammend, hatte er sich überraschend als Abgesandter des Dritten Standes in die »Generalstände«, sprich in die »Nationalversammlung«, wählen lassen. Sein voller Name lautete: Honoré Gabriel de Riqueti, Comte de Mirabeau. Der Edelmann war vierzig Jahre alt und von faszinierender Hässlichkeit.

In der Nationalversammlung erhob er mit Inbrunst seine Stimme gegen politischen Dilettantismus und permanent ausufernde Verschwendungssucht, aber genauso auch gegen Höflinge, die er sogar beim Namen nannte und als »Parasiten« schmähte. Eine schneidige Haltung, die ihm viel Lob einbrachte.

In der Hauptsache hatte er jedoch der Gleichgültigkeit des Adels gegenüber den erbärmlichen Lebensumständen des »niederen Volkes« den Kampf angesagt.

Kein Wunder, dass Männer wie Danton, Desmoulins, Marat und viele andere ihn bewunderten. Je heißer es in den Debatten herging, desto wohler fühlte sich der streitbare Comte. Der König allerdings zählte nicht unbedingt zu seinen Freunden – aus begreiflichen Gründen.

Der Kopf des Grafen schien zu groß; dazu besaß er ein mit tiefen Pockennarben übersätes Gesicht. Woher der Eindruck stammte, war schwer zu sagen, aber irgendwie wirkte sein ganzer Körper missgestaltet. Vielleicht lag es an seiner »verbogenen« Körperhaltung ...

Beim Gehen wirkten seine Beine merkwürdig verknotet und seltsamerweise stand eine Schulter immer höher als die andere – ohne dass Mirabeau an einer Verkrümmung des Rückgrats litt. Aller Mängel ungeachtet verfügte der Comte – seltsamerweise – bei Männern *und* Frauen über eine beinahe dämonische Anziehungskraft.

Fast alle, die seine Bekanntschaft machten, behaupteten anschließend, der Comte de Mirabeau verfüge über starke magische, ja, man könne sagen, diabolische Kräfte.

In den Salons des Adels und der Reichen machte sich das Gerücht breit, Graf Honoré sei mit maßloser sexueller Gier ausgestattet und einer nahezu unerschöpflichen Potenz. Was gar die Beschreibung seines angeblich nimmermüden Geschlechtsteils anbelangte, kolportierte man die unglaublichsten Angaben was Umfang, Länge, Standfestigkeit und Ausdauer anbetraf ...

Die Herren vernahmen diese Mären mit ausgesprochenem Unbehagen und quittierten sie mit Verlegenheitslächeln. Unbestritten aber war, dass Damen aller Altersklassen sich um den Aristokraten als interessanten Gast bei ihren Abendempfängen rissen und die Ehemänner ihn mit scheelen Blicken beäugten.

Wer ihn näher kannte, war verblüfft über die ordinäre Gossensprache, die er mit Vorliebe benutzte. Um zu provozieren, bediente er sich ganz bewusst selbst in eleganten Kreisen einer obszönen Ausdrucksweise und freute sich diebisch, sobald er andere damit schockieren konnte.

So sehr er es genoss, sich in vornehmen Salons als gefeierter Mittelpunkt zu fühlen, so liebte er es andererseits, sich privat mit Menschen niedrigster Kategorie einzulassen. Aber das war für einen Aristokraten durchaus nicht so ungewöhnlich: Hatte sich doch Ludwig XV., der Vorgänger des jetzigen Königs, keineswegs gescheut, sogar seine Mätresse, die spätere Gräfin Dubarry, aus einem öffentlichen Bordell zu holen ...

Armand Lavalle lachte schallend, als ihn sein Freund Hubert Aubriac darauf aufmerksam machte.

»Das Beste ist allerdings, dass der Comte so überaus hochgebildet ist«, fuhr Hubert fort, nachdem Armand sich von seinem Lachanfall erholt hatte. »Man sagt, er verstehe es, klassische Literatur aus dem Altgriechischen und Lateinischen ins Französische zu übertragen. Außerdem erzählt man sich, er lese das Alte Testament auf Hebräisch und verfasse zudem selbst viele gelehrte Texte.«

»Interessant«, murmelte Armand, »sehr interessant! Aber was mich ein wenig stutzig macht, mein lieber Hubert, ist seine angeblich enge Freundschaft mit dem Marquis de Sade! Man behauptet, die zwei Herren verbinde eine geradezu verblüffende Wesensverwandtschaft.«

»Nun, wahr ist jedenfalls, dass beide Herren Gegner der Monarchie in ihrer jetzigen Form sind und beständig gefährlich aufrührerische Reden im Munde führen. Und was de Sade anbelangt, so hat der Marquis sogar schon etliche Jahre im Gefängnis verbracht, weil er in seiner sexuellen Unersättlichkeit bereits mehrere Morde auf dem Gewissen hatte!«

Diese Äußerung Aubriacs war dazu angetan, Armand Lavalle in höchstem Maße zu alarmieren. Fühlte er sich doch sofort an den Seinemörder erinnert ...

»Erzähl mir mehr davon«, forderte er seinen Freund auf.

»Nun, ein paar Huren soll er schon in jungen Jahren mit einem selbst gebrauten Aphrodisiakum umgebracht haben, das er ihnen einflößte, um sie »schärfer« zu machen. Aber er verrechnete sich wohl bei der Dosierung der gefährlichen Substanzen und die Weiber sind elend an dem Gift krepiert.«

»Wieso kam er dann als mehrfacher Mörder mit einigen Jahren Kerker davon?«, empörte sich Lavalle.

»Mein lieber Freund! Der Marquis ist ein Edelmann und seine Opfer waren gewöhnliche Nutten! Das erklärt doch wohl hinreichend die Milde der Richter. Außerdem trat er seinerzeit nach dem Tod der Huren die Flucht nach Italien an, um der französischen Justiz zu entgehen.

Als er nach Jahren nach Frankreich zurückkehrte, wurde er prompt in Haft genommen. Aber der Zorn des Königs war mittlerweile längst verraucht.«

Hubert Aubriac konnte sich eines Lachanfalls nicht mehr erwehren. »Ludwig XV., der bekanntermaßen selbst ein ziemliches Ferkel war, brauchte den Marquis de Sade und sein exquisites Talent bezüglich der Arrangements sexueller Orgien«, kicherte er. »Da hatten sich gleichfalls zwei Seelenverwandte gefunden ...«

Armand Lavalle beschloss, die Herren de Sade und Mirabeau in der nächsten Zeit ganz genau im Auge zu behalten. Als Hubert ihm noch so ganz nebenbei mitteilte, dass de Sade derzeit erneut hinter Gittern verweile, in der alten Bastille nämlich, atmete er heimlich auf.

Das enthob ihn zumindest der Sorge, gleich zwei mögliche Seinemörder auf einmal beobachten zu müssen. Mirabeaus Observierung hingegen traute er sich ohne Weiteres alleine zu. Wozu Staub aufwirbeln, indem er andere Kommissare oder Uniformierte hinzuzog?

Das Elend der Massen verringerte sich keineswegs. Im Gegenteil! Davon erhielt der Kommissar gleich morgens, als er zum Dienst eilte, eine Lektion. Die Straße, die an der Seine entlang zur Conciergerie führte, war heillos verstopft.

›Jetzt kommt es schon in aller Öffentlichkeit wegen Brot und anderen Lebensmitteln zu tätlichen Auseinandersetzungen zwischen Tagelöhnern und Handwerkern‹, dachte Lavalle deprimiert. Es machte ihn traurig, mit anzusehen, wie für gewöhnlich friedliebende Zeitgenossen plötzlich zu brutalen und unberechenbaren Schlägern mutierten.

Wie durch ein Wunder gelang es ihm, den Aufruhr vor einem Bäckerladen zu beenden. Einige der enttäuschten Kunden, die leer ausgingen, kannten ihn als aufrechten und vor allem gerechten Ordnungshüter. Nach einer kurzen Ansprache seinerseits gingen die Leute nach Hause. Er hatte ihnen die schlichte Wahrheit gesagt:

»Leute, bedenkt doch, der Meister würde gerne mehr Brot backen und es an euch verkaufen! Dass seine Regale leer sind, heißt doch nicht, dass er euch hungern lassen will. Er büßt doch Geld ein, wenn er keine Geschäfte mit euch macht. Er hat kein Mehl! So einfach ist das! Und das ist keineswegs seine Schuld. Er wird von den Mühlen kaum noch beliefert. Etwas, das kein Bäcker zu verantworten hat, sondern ganz andere Leute!«

Er wagte sich damit zwar weit aus dem Fenster, aber was sollte er machen?

Mühlen, Bäckereien, Metzgereien und Lebensmittelläden wurden tagtäglich von der Menge geplündert und verwüstet. Die Polizei konnte gar nicht zu allen Schauplätzen gewalttätiger Übergriffe eilen. Diesen Aufruhr aber wollte er unbedingt verhindern. Und es gelang ihm.

Lange Schlangen von Hungernden vor den Geschäften gehörten inzwischen zum normalen Straßenbild. Wer etwas Essbares ergatterte, hielt es eisern fest und hätte lieber sein Leben geopfert, als etwa einen Laib Brot oder einen Kohlkopf mit einem anderen zu teilen oder ihn gar herzugeben. Es herrschte ja nicht allein Mangel an Brot. Auch Gemüse und Obst wurde für die ärmeren Schichten der Bevölkerung von Tag zu Tag unbezahlbarer.

Im Faubourg Saint-Martin, einer Pariser Vorstadt, wohnte ein Bekannter Lavalles in einem schäbigen Dachstübchen. Der Kommissar beschloss, ihn wieder einmal aufzusuchen.

Pierre Le Croix, ein junger, noch ziemlich erfolgloser Dichter, freute sich über den Besuch und kündigte unheilschwanger an, ihm etwas zeigen zu wollen, was ihn als Polizeikommissar gewiss interessieren werde.

»Na, los«, ermunterte Armand ihn, »mach's nicht so spannend, Pierre! Was ist es denn, was du mir zu zeigen hast?«

Aber sein Bekannter ließ die Katze nicht aus dem Sack. Er tat so geheimnisvoll, dass Lavalle bereits glaubte, es müsse sich um grauenhafte Mordtaten handeln, die La Croix entdeckt habe. Hatte das Ganze womöglich etwas mit dem »Phantom der Seine« zu tun, womit der »Ami du Peuple« beinahe jeden Tag seine Leser schockierte, in dem er grausige Details veröffentlichte, wobei der Kommissar sich fragte, woher Marat sie bezog.

Kommissar Lavalle musste in den Keller des Hauses, das einem wohlhabenden Gemüsehändler gehörte, dessen Vorräte schier unerschöpflich schienen, hinuntersteigen.

Dem Poeten war es seltsam vorgekommen, woher der Händler all die Kohlköpfe, die Karotten, Artischocken, Rüben, Salatköpfe und Äpfel bezog, die seine Schwester und deren Mann in den Markthallen von Paris verkauften. Es zeigte sich, dass es in diesem Keller eine Geheimtür gab. Sie führte in einen langen unterirdischen Gang, den die Steinbrecher in uralter Zeit um Paris und unter der Stadt ausgehauen und -gegraben hatten, um den berühmten Pariser Sandstein zu fördern.

»Von diesen alten Gängen habe ich schon gehört. Ich weiß auch, dass man vor einem Jahr die Gebeine eines großen Pariser Friedhofs, mitten in der Stadt, ausgegraben und in den unterirdischen Höhlen versenkt hat. Seitdem nennt man sie ›Katakomben‹. Willst du mir etwa diese alten Knochenhaufen zeigen, Pierre?«

Der Kommissar klang enttäuscht.

»Keine Angst, nichts dergleichen habe ich vor!«, beruhigte ihn sein Freund. »Diese Totenkeller befinden sich nicht unter dem Haus, in dem ich wohne. Lass uns weiter gehen!«

Armand und Pierre marschierten eine ganze Weile lang und der Kommissar fragte sich allmählich, was das Ganze sollte. Es war durchaus nicht sehr gemütlich da unten, sondern ziemlich finster, kalt und feucht. Zudem war der Boden reichlich uneben. Nur etwa alle zehn Meter brannte zu ihren Füßen ein winziges Talglämpchen – dicht an der Wand platziert – und spendete spärliches Licht.

»Dieser Keller steht mit einem geräumigen Gewölbe in Verbindung, das durch lange verwinkelte Gänge zu den Steingruben bei den Buttes de Chaumont in der Nähe von Pantin führt«, erklärte Pierre plötzlich. Er schien den wachsenden Ärger seines Freundes zu spüren und bequemte sich endlich zu einer Erklärung.

»Aha! Und was ist so spannend an dieser Tatsache?« Lavalle unterdrückte ein Gähnen.

»Dieser unterirdische Gang ermöglicht es meinem Hauswirt seit Jahren, Gemüse und Obst aus Pantin zu beziehen, ohne die hohen Zollgebühren an der Stadtgrenze von Paris zu entrichten! So hat er im Laufe der Zeit eine Menge Geld gespart, das rechtens der Stadt Paris gehört! Na, was sagst du nun?«

Triumphierend schaute der Dichter seinem Freund ins Gesicht.

Oha! Lavalle war sich gleich darüber im Klaren, dass er das melden und weiterverfolgen musste. Immerhin war dies ein satter Betrug, ein Vergehen, das er nicht auf sich beruhen lassen durfte. Er lobte Pierre Le Croix zwar für seine Wachsamkeit; insgeheim aber ärgerte er sich auch ein bisschen darüber. Würde ihn diese dumme Geschichte etwa von der Lösung des viel brisanteren Falls des brutalen »Seinemörders« ablenken? Dass da ein Zusammenhang bestehen könnte, vermochte er beim besten Willen nicht zu erkennen.

Spontan beschloss Armand Lavalle, die heikle, aber uninteressante Angelegenheit an einen Untergebenen zu delegieren.

Städtische Arbeiter, verantwortlich für die Sauberhaltung der Seine – was im Grunde nur bedeutete, die Stauwehre und Auffanggitter der Schleusen hin und wieder vom gröbsten Unrat zu befreien – hatten am Vormittag am Flussabschnitt Saint Antoine erneut eine grausige Entdeckung gemacht.

Wieder war das Opfer ein junger Mann, den man ermordet, ausgeweidet, kastriert und durch Häuten des Kopfes unkenntlich gemacht hatte. »Und wie all die anderen Male vorher auch, tappt auch dieses Mal unsere unfähige Polizei völlig im Dunkeln«, schrieb der »Ami du Peuple« gehässig.

Armand war zwar beinahe sicher, dass es auch nach dieser grässlichen Untat immer noch nicht zu einer direkten Festnahme des Täters käme. Dennoch vermutete er, zum ersten Mal eine minimale Spur zu besitzen, der nachzugehen sich lohnen könnte. Der sogenannte Tipp, den er vor Tagen von einem seiner Informanten erhalten hatte, hatte leider wieder einmal in einer Sackgasse geendet. Aber dieser hier schien ihm vielversprechender zu sein!

Seit Langem glaubte er daran, den abartigen Mörder unter Chirurgen oder Metzgern suchen zu müssen (wobei seiner Meinung nach auch ein Aristokrat fähig war, diese Tätigkeiten zu erlernen). In einer Großstadt wie Paris bedeutete die Suche danach allerdings eine wahre Sisyphusarbeit. Immerhin war dieses Mal der Fundort der Leiche in nächster Nähe einer der bekanntesten Schlachtereien dieses Faubourgs ...

Vielleicht war der Täter des jüngsten Verbrechens ja in Eile gewesen und hatte sich möglichst schnell seines Opfers entledigt?

Vieles sprach auch dafür, dass der Mörder über anatomische Kenntnisse verfügte und »handwerkliches Geschick« im Gebrauch von scharf geschliffenen Messern, Skalpellen und Knochensägen besaß. Auch das verwendete rote Garn war ziemlich verräterisch: Beim Wurstmachen etwa band man die gestopften Därme damit ab.

Wenn er sich die Unzahl an Fleischern, Schlächtern, Ärzten, Feldschern, Badern und Chirurgen vorstellte, die es zu überprüfen galt, wurde ihm allerdings fast schwindlig. Selbst jeder Bauer, Schäfer und Viehzüchter, von denen es am Stadtrand und in der Umgebung von Paris noch genügend gab, vermochte mit einem Schlachtermesser umzugehen ...

Lavalle beschloss, wenigstens die in diesem Vorort an der Seine gelegenen Metzgereien und Schlachtereien unauffällig zu beobachten und sie überdies von Polizisten im Auge behalten zu lassen. Letzteres bewertete er allerdings mit Skepsis; konnte er den Männern doch keinen konkreten Auftrag erteilen, da er selbst nur eine äußerst vage Ahnung besaß.

Um sein wahres Interesse zu kaschieren, beschloss er, nur von gewissen »Verdachtsmomenten« zu sprechen, die darauf hindeuteten, diese Läden könnten »eventuell Opfer von politisch motiviertem Vandalismus« werden.

In diesen bewegten Zeiten war das ja nicht von der Hand zu weisen, wie etliche Bäckereien, deren Meister schon ermordet worden waren, bereits bezeugten. Dass man die Fleischhauer bisher in Ruhe gelassen hatte, war wohl dem Wissen geschuldet, dass Schlachtermeister und Metzgerburschen nicht gerade zu den Schwächsten gehörten und ausgezeichnet mit Messern und Beilen umzugehen verstanden ...

Bei dem, was Armand bis jetzt herausgefunden zu haben glaubte, war es noch viel zu früh, um von einem konkreten Anhaltspunkt zu sprechen. Noch längst war keine einzige Person hinreichend verdächtig, um sie festnehmen zu lassen – nicht einmal zu einer Befragung auf dem Kommissariat reichte es. Aber immerhin sagte ihm sein Gefühl zum ersten Mal, dass es da irgendetwas gab.

Vorläufig unterließ er es auch, mit seinem Freund Aubriac darüber zu sprechen, von seinen Vorgesetzten ganz zu schweigen. Die Möglichkeit einer Blamage war einfach zu groß. Allerdings fühlte er sich ermuntert, diese winzige Spur weiter zu verfolgen.

Sein Jagdinstinkt, den Armand bereits verloren geglaubt hatte, war aufs Neue erwacht.

Dass er sich besser als seit Langem fühlte, hing vermutlich mit seinem Erfolg in einer ganz anderen, aber ähnlich grauenhaften Geschichte zusammen; mit einem Mordfall, dessen Aufklärung einem wahren Paukenschlag geglichen hatte.

13. Juli 1789

»Zum Glück ist Sommer und die Armen müssen wenigstens nicht frieren.«

Armand saß am Abend des dreizehnten Juli mit Hubert Aubriac, Clément Morceau, Jean-Claude Philibert und Georges Maturin in seiner Stammkneipe. Gleich hinter der Markthalle an der Place d'Aligne schloss sich die Rue Théophile-Roussel an. Da war auch der »Baron Rouge«, in dem sich die Freunde wie üblich jede Woche mindestens ein- bis zweimal auf ein Glas Rotwein – oder auch mehrere – trafen.

»Habt ihr von der Frau gehört, die ...«, begann Jean-Claude Philibert, aber Clément Morceau fiel ihm ins Wort: »Na, hör mal, Kamerad! Du sitzt immerhin mit dem Polizeikommissar am Tisch, der die Sache aufgedeckt hat und mit dem Sekretär des Kommandanten der Police Royal! Diese Herren werden ja wohl wissen, wovon die ganze Stadt inzwischen spricht!«

»Stimmt! Man hört nichts mehr anderes als diese grausige Geschichte, die geeignet ist, auch unerschütterliche Gemüter aus der Bahn zu werfen. Alles an Barbarei, wovon wir geglaubt haben, dass wir es längst hinter uns gelassen haben, wird durch das Massenelend wieder ans Tageslicht gezerrt und feiert fröhliche Urständ'!«

Hubert Aubriac deutete auf seinen Freund, der unwillkürlich den Kopf einzog. Wenn er eines nicht leiden konnte, war es, auf seine Arbeit angesprochen zu werden. Entweder die Fälle waren zu banal, um breitgetreten zu werden, oder zu grauenhaft, um sie nach Abschluss noch einmal wiederzukäuen.

»Erzähl doch du die Sache, Armand, so wie sie sich tatsächlich zugetragen hat«, forderte ihn da sein Freund bereits auf. »Du hast schließlich auch den Fall aufgeklärt. Der Sachverhalt ist grausig genug! Mir hat er jedenfalls den Schlaf geraubt. Aber wenn keiner da ist, der ihn wahrheitsgemäß schildert, wird er am Ende immer noch monströser.«

Armand nahm erst einmal einen Schluck Rotwein von dem billigen, aber recht ordentlichen Hauswein, der im »Roten Baron« ausgeschenkt wurde. Dann brachte der Wirt sein Essen aus der Küche und der Kommissar war fürs erste noch vom Reden befreit. Aber entkommen würde er der neugierigen Meute nicht ...

Die Mahlzeiten, die man in dieser Kneipe erhielt, waren noch durchaus genießbar – wenngleich die Portionen bloß noch etwa halb so groß wie früher waren.

Über mangelnde Kundschaft brauchte der Besitzer des »Baron Rouge« wahrlich nicht zu klagen. Außer Armand, Hubert und ihren guten Bekannten Clément, Jean-Claude und Georges – biedere Handwerker aus dem Hausbaugewerbe – rekrutierten sich die Gäste vorwiegend aus der großen Schar der Aufrührer und Volksverhetzer, von denen es in der Hauptstadt neuerdings geradezu wimmelte. Auch an diesem Abend war das Lokal brechend voll mit umstürzlerischen Elementen.

Die rührigsten waren wohl Georges Danton, ein exzellenter Jurist, der reich geheiratet und eine steile Karriere hingelegt hatte, und sein Kollege Camille Desmoulins, ein Journalist und ebenfalls erfolgreicher Rechtsanwalt. Sobald einer der beiden auftauchte, scharte sich umgehend eine Traube von Zuhörern um ihn und lauschte seinen eingängigen Parolen. Deren Grundtenor lautete schlicht: »Nieder mit der Monarchie!«

So auch heute.

»Die Monarchie ist zu teuer, zu korrupt, zu ineffektiv und überhaupt! Thron und Altar: Diese unheilige Allianz gehört schleunigst auf den Müllhaufen der Geschichte. Was der König und sein angebliches schweizerisches Finanzgenie Necker an Brotgetreide im Ausland einkauften, reicht hinten und vorne nicht!«, schrie Danton.

Was Letzteres anbelangte, konnten Armand und seine Freunde kaum widersprechen.

»Das viele Steuergeld, das man aus den Leuten herauspresst, wird am Hof verprasst und im protzigen Palais dieses unfähigen und korrupten Schweizers! Zudem haben viele von euch ihre Arbeit verloren.«

Die Zuhörer trampelten wie immer laut mit ihren Schuhabsätzen auf den Holzboden zum Zeichen ihres Einverständnisses und taten auch sonst ihr Missfallen ungeniert kund.

»Weil Getreide durch die letzte Missernte zur Mangelware wurde, betrifft das nicht nur die Bäcker und Mühlenbetreiber; auch andere Gewerbezweige sind davon empfindlich betroffen: Bistros, Gasthäuser, Garküchen und Cafés.

Selbst die Freudenhäuser leiden darunter, was man schon daran sieht, dass die Huren jetzt die Salpêtrière oder das Hôtel-Dieu, die zwei bekanntesten Spitäler in Paris, bevölkern und den wirklich Siechen die Betten wegnehmen!«

Dieses Mal erntete der streitbare Rechtsanwalt Gelächter.

›Dass Neckers Ehefrau ein Hospital für die Armen gestiftet hat, in dem sich die Kranken nicht mehr zu dritt oder gar zu viert ein einziges Bett teilen müssen und in dem sie auch einmal am Tag gewaschen und medizinisch versorgt werden, das unterschlägt Danton natürlich geflissentlich‹, dachte Lavalle bei sich mit leisem Groll, während er an seinem Rinderbraten herumsäbelte.

»Dass der Brotpreis inzwischen in astronomische Höhen geklettert ist, das schert weder unseren König, noch irgendeinen von der vollgefressenen hohen Geistlichkeit«, brüllte Danton jetzt und nahm stolz den tosenden Applaus der Habenichtse entgegen.

Es stimmte ja leider! Armand selbst konnte ein Lied davon singen.

Hatte er im vergangenen November noch zwölf Sous für einen Laib Brot bezahlt, musste er im Februar bereits achtzehn dafür hinlegen und jetzt, im Hochsommer, war der Preis noch weiter gestiegen: Aberwitzige dreißig Sous war er gestern für einen kleinen altbackenen Laib Roggenbrot losgeworden. Dazu hatte er sich noch fast geschämt, weil er ihn einer ärmlich aussehenden alten Frau direkt vor der Nase weggeschnappt hatte ...

Jeder hier im »Baron Rouge« wusste, dass Armand und Hubert für die Polizei tätig waren, aber keiner der Gäste nahm Anstoß daran oder ließ sich dadurch irgendwie stören. Für keinen einzigen Redner war dies ein Grund, mit ketzerischen Behauptungen vorsichtiger zu sein. Vor einigen Jahren war das noch ganz anders gewesen ...

Heutzutage rief Georges Danton gelegentlich Armand Lavalle sogar zum Zeugen auf bei besonders gravierenden Fällen von »Bürgerrechtsverletzungen«, wie der studierte Jurist es nannte.

»Ist es nicht so, Commissaire, dass die Regierung nichts, aber auch gar nichts unternimmt, um für das Volk erträgliche Zustände zu schaffen, indem sie beispielsweise der Verschwendung durch das Königshaus einen Riegel vorschiebt?«, pflegte er gelegentlich – rein rhetorisch natürlich – zu fragen. Oder:

»Ist es falsch zu behaupten, dass das korrupte ›Ancien Régime‹ die Schuld daran trägt, dass sich so entsetzliche Dinge ereignen, wie sie der ›Ami du Peuple‹ beinahe täglich schildert?

Ist es etwa normal und eines aufgeklärten Landes wie Frankreich würdig, dass arme Menschen vor Hunger wahnsinnig werden, sich zerfleischen und sich gar selbst verspeisen?

Ist es ferner zu begreifen, dass frisch Beerdigte aus ihren Gräbern gerissen und nicht etwa Tierfraß, sondern menschlichem Verzehr zum Opfer fallen?

Und wie verhält es sich etwa mit dem jüngsten Vorfall dieser Art – ich meine die Sache mit der jungen Mutter?«

Armand war das Ganze ausgesprochen peinlich. Er nahm es Danton mittlerweile regelrecht übel, dass dieser ihn in seine Agitation mit einbezog. Er nickte nur leicht. Während er den geleerten Teller von sich schob, zuckte er ratlos mit den Achseln. Wie sollte er schon dagegen argumentieren?

»Jetzt erzähl' doch endlich, wie es tatsächlich gewesen ist«, insistierte Hubert Aubriac. Instinktiv rückten die anderen Kameraden näher an Armand heran, um ja kein Wort von dem zu verpassen, was ihr Freund ihnen zu sagen hatte. Danton schien gerade eine Redepause eingelegt zu haben.

»Ich weiß nicht, mes Amies, was schlimmer war, die Tatsache, dass die Frau in meiner unmittelbaren Nähe hauste, ich demnach sie und ihre Familie vom Sehen recht gut kannte und trotzdem nichts bemerkt habe – oder das unsägliche Verbrechen selbst, welches quasi neben mir geschah und wogegen ich nichts rechtzeitig unternommen habe!«

Georges Maturin, ein biederer Schreinermeister, vermochte die bitteren Selbstvorwürfe Armands nicht zu verstehen.

»Was hättest du denn tun sollen, Freund? Du magst das Frauenzimmer zwar gekannt haben, aber konntest du deswegen ahnen, was es in seinem verrückten Hirn ausbrütete?«

Zustimmendes Gemurmel der anderen ließ Armand befreiter atmen. Erneut führte er sein Glas zum Mund, um seine trocken gewordene Kehle anzufeuchten.

»Also, hört zu! Diese Frau ist achtundzwanzig und seit vierzehn Jahren mit einem Tagelöhner verheiratet gewesen, der in einer Gerberei arbeitete. Mit seinem Verdienst ernährte er mehr schlecht als recht seine Familie, die mittlerweile auf sechs Kinder angewachsen war. Da hatte der Mann das Pech, sich beim Abschaben einer Rindshaut mit einem Messer geringfügig zu verletzen; dabei zog er sich eine Blutvergiftung zu, woran er schließlich verstarb.

Die Witwe Marie Blanc mit ihren sechs Sprösslingen im Alter zwischen dreizehn Jahren und zehn Monaten hatte niemand, der ihr unter die Arme gegriffen hätte. Jeder in der Gegend hatte zwar großes Mitleid mit ihr, aber so viel besaß keiner, dass er ihr mit Geld hätte aushelfen können. Sie hatten und haben ja alle selber nichts.«

Armands Zuhörerschaft nickte verständnisvoll.

»Bald nach der Beerdigung des Gerbers fiel besonders den Nachbarinnen auf, dass es aus der winzigen Wohnung der Familie ausgesprochen lecker roch. Die Essensdüfte, die aus dem Fenster der kleinen Wohnstube drangen und die Schwaden, die sich im Treppenhaus verbreiteten, sobald Marie die Tür einen Spalt weit aufmachte, zeugten beinahe jeden Tag von Gesottenem und Gebratenem.

Von den neidischen Hausgenossen darauf angesprochen, wiegelte die Witwe Blanc ab: ›Ein entfernter Verwandter hat ein Schwein geschlachtet und uns ein kleines Stück davon abgegeben.‹

Bald merkten die Nachbarn, dass dieses Stück gar so klein nicht gewesen sein konnte! Es duftete nämlich weiterhin sehr verführerisch aus der Wohnung und die Mutter und ihre Kinder wirkten auch keineswegs unterernährt. Eine wahre Seltenheit in diesem Viertel, wo die Kinder in aller Regel blass und mager sind.

Als ich einmal zufällig Zeuge wurde, wie Frauen aus den Nachbarhäusern sich über die Blanc das Maul zerrissen, wurde ich ungehalten. Ich habe den Tratschweibern gesagt, sie sollten froh sein, dass die Familie nicht hungern müsse und ihr das Glück, einen spendablen Verwandten zu haben, nicht neiden. Eine der Frauen brachte jedoch einen Einwand vor.

›Wenn es der Marie so gut geht, ist es doch seltsam, dass sie mit ihrem Ältesten offenbar den Segen nicht teilen will! Seit dem Begräbnis seines Vaters habe ich den Burschen nicht mehr zu Gesicht gekriegt.‹

Um vor den Nachbarinnen Ruhe zu haben und um mir kein Pflichtversäumnis nachsagen zu lassen, suchte ich die Witwe auf und fragte sie so nebenbei, was es mit dem Verschwinden ihres ältesten Sohnes auf sich habe. Erst auf mehrmaliges Klopfen machte Marie die Wohnungstür auf.

Selbst als sie wusste, dass ich es war, ließ sie mich nicht in die Stube eintreten, sondern fertigte mich im Treppenhaus ab. Essensgeruch nahm ich keinen wahr – aber das mag daran gelegen haben, dass ich zu dieser Zeit an Schnupfen litt. Eine Erklärung für das Verschwinden ihres Sohnes hatte sie sofort parat.

›Jean? Ach, den habe ich zu meinen Verwandten aufs Land geschickt! Die schwere Bauernarbeit wird ihn davon abhalten, auf die schiefe Bahn zu geraten. Und ich habe einen Esser weniger am Tisch, denn jetzt füttert ihn ja mein Bruder durch.‹

Mir erschien das sehr einleuchtend und ich beschloss, auf das Geschwätz der Nachbarinnen, sollte es trotzdem weitergehen, nicht mehr zu hören.«

Armand fiel auf, dass der Kreis seiner Zuhörerschaft sich rapide erweitert hatte. Alle, die vorher Dantons Hetztirade gelauscht hatten, standen plötzlich um den Tisch des Kommissars und seiner Freunde.

»Wie ging's dann weiter?«, fragte jemand.

»Nach einer Weile sollte die elfjährige Tochter der Witwe Blanc abgängig sein. Ich wollte zuerst nicht reagieren. Himmel! Die Mutter konnte ihre Kinder doch nach Belieben in der ganzen Familie verteilen, wenn sie das wollte. Jedoch die Nachbarinnen ließen mir keine Ruhe und erneut trat ich den kurzen Weg zur Witwe Blanc an. Insgeheim befürchtete ich schon, demnächst selbst Opfer der Klatschsucht zu werden.

Vermutlich würden die Frauenzimmer in Kürze das Gerücht verbreiten, ich sei in Marie Blanc verliebt und suche sie deshalb andauernd auf ...

Dieses Mal – wieder im muffigen Stiegenhaus – fing die Frau umgehend zu lamentieren an: ›Meine Mireille mit ihren erst elf Jahren ist eine ganz schlechte, frühreife Göre! Trotz ihrer Jugend interessiert sie sich schon viel zu sehr für die Männer! Ich habe sie schon vor einem Jahr, noch zu Lebzeiten meines Mannes, mit einem älteren Nachbarn erwischt! Der alte Bock hatte die Hände unter ihrem Rock; seine Hose stand offen und sie hat mit seinem Ding gespielt.

Und das mit zehn Jahren! Man stelle sich das vor! Es muss sie anscheinend schon ganz arg zwischen den Beinen jucken. Ich denke, deswegen ist das Luder auch abgehauen, weil sie es mit den Kerlen treiben will! Vermutlich geht sie jetzt auf der Île de la Cité auf den Strich, da, wo sich die ganz jungen Huren herumtreiben! Das einzig Gute ist, dass sie wenigstens nicht zu verhungern braucht.‹

Eine Nachbarin, die dazukam, nickte: ›Ja, ja, die Mireille, das ist schon ein ganz besonderes Stück!‹

Auch diese Erklärung über den Aufenthalt ihrer missratenen Tochter klang für mich überzeugend. Was mich etwas erstaunte, war etwas ganz anderes: Die Witwe hatte es offenbar nicht nötig, Geld zu verdienen. Sie ging keinerlei Erwerbstätigkeit nach und auch ihre Kinder schickte sie nicht zum Betteln – etwas, das eigentlich fast alle Armen machen.

Aber das sollte meine Sorge nicht sein. Ich hatte und habe andere.«

Armands Erzählung geriet ins Stocken.

Er dachte an seine enttäuschte Braut, die ihre Hochzeit mit ihm in weite Ferne gerückt sah. Seit fünf Jahren waren sie nun ein Liebespaar, aber er musste damit rechnen, dass Ginette ihm den Laufpass gab, wenn er nicht bald um ihre Hand anhielt und sie zum Altar führte ...

Aber bei seinem mageren Gehalt sah er keine Möglichkeit, eine Familie anständig zu ernähren. Darum wollte er die längst fällige Lohnerhöhung abwarten, ehe er seiner Liebsten einen Antrag machte.

Seine Freunde ließen ihm allerdings keine Zeit, über seine eigene Misere nachzudenken und drängten ihn, weiter zu berichten.

»Eines schönen Tages wurde mir morgens, noch vor Dienstantritt, hinterbracht, dass jetzt auch der achtjährige Sohn der Marie Blanc von den Bewohnern des Quartiers schon eine ganze Weile nicht mehr gesehen wurde. Ich verspürte aber nicht die geringste Lust, erneut die Witwe aufzusuchen. Es kam mir allmählich albern vor, andauernd nach dem Verbleib ihrer zahlreichen Kinderschar zu forschen.

Allerdings zog ich Erkundigungen in der Nachbarschaft ein. Die Mutter, von Bekannten zur Rede gestellt, hatte angeblich behauptet, ein Bruder ihres verstorbenen Ehemannes habe sich bereit erklärt, den Jungen bei sich aufzunehmen. Mir genügte das, aber einer Bekannten Marie Blancs erschien diese Aussage im höchsten Maße zweifelhaft.

›Das kann so nicht stimmen, Marie!‹, hielt die Frau nach ihrer eigenen Aussage resolut dagegen. ›Dein Mann hat doch immer bedauert und gesagt, wie traurig es ihn mache, als Einzelkind ohne Geschwister aufgewachsen zu sein!‹

Marie, weder auf den Kopf noch auf den Mund gefallen, verbesserte sich daraufhin geistesgegenwärtig: ›Entschuldige, du hast natürlich recht; ich habe mich bloß versprochen! Ein Vetter von meinem lieben Gaston hat ihn aus Mitleid bei sich aufgenommen und natürlich nicht sein Bruder.‹

Ich gebe zu, auch das klang in meinen naiven Ohren noch durchaus einleuchtend. Allmählich war ich wirklich der Meinung, die lieben Mitmenschen wollten der armen Frau etwas Schlechtes anhängen.«

»Du brauchst dir in der Tat keine Vorwürfe zu machen, Armand!«

Dieses Mal war es Clément Morceau, ein Zimmermann, der beruhigend auf seinen Freund einredete. »Wer verlangt denn, dass Polizisten Hellseher sein müssen?«

Rasch warf Lavalle einen Blick in die Runde. Alle, selbst der Rechtsgelehrte Georges Danton, nickten zustimmend.

»Und dann?«

Der Maurer, Jean-Claude Philibert, wurde ungeduldig. Ihm, wie allen anderen auch, war die Tragödie zwar zur Genüge aus den Gazetten bekannt; aber dennoch wollte er die Geschichte aus Armands Mund endlich zu Ende hören.

»Trink noch einen Schluck Wein«, animierte Aubriac seinen besten Freund. »Dann redet es sich leichter.« Dankbar warf Armand ihm einen Blick zu. Reden machte tatsächlich durstig.

»Eine Woche später verließ die Witwe Blanc das Glück. Ein Mitbewohner überraschte sie dabei, wie sie einen ganzen Ballen blutverschmierter Kleidungsstücke unter dem übrigen Müll der Hausbewohner verstecken wollte. Er stellte sie zur Rede. ›Woher, um Christi Willen, hast du bloß die blutigen Klamotten? Hast du dieses Mal etwa selbst eine Sau in deiner Wohnung abgestochen?‹

Auch jetzt noch war Marie Blanc um eine Ausrede nicht verlegen. Treuherzig schaute sie den Nachbarn an. Er wäre nicht der erste Trottel, der sich von einer jungen hübschen Frau ein X für ein U vormachen ließ, nicht wahr?

›Stell' dir vor, Émile, meine Louise, das ungeschickte Ding, hat wieder mal nicht aufgepasst und ist gestern im Stiegenhaus die Treppe hinuntergefallen! Dabei hat sie sich ganz arg den Kopf gestoßen und geblutet wie ein gestochenes Kalb. Ich hab' sie immer gewarnt, sie solle aufpassen, wohin sie tritt. Ich brauchte mehrere Eimer Wasser vom Brunnen, um die Schweinerei im Treppenhaus wegzuwischen. Überdies hat sie ihre ganze Kleidung versaut. Jetzt kann ich den verdreckten Plunder wegschmeißen!‹

Nur Pech für Marie: Dieser Mann war kein Esel! Bei einem derartig heftigen Treppensturz hätte das Kind vermutlich wie am Spieß geschrien und laut geweint, sodass alle Hausbewohner von dem Unfall etwas mitbekommen hätten. Aber niemand hatte dergleichen erzählt – undenkbar in einer Hausgemeinschaft, wo jeder vom anderen alles wusste und der dünnen Wände wegen auch jeden noch so banalen Vorfall mitbekam ...

Zudem kam ihm verdächtig vor, dass eine arme Witwe es sich leisten konnte, gute Kleider wegen Blutflecken einfach wegzuwerfen, anstatt sie zu waschen! Das Nächste, was ihn stutzig machte, war das Alter der kleinen Louise.

Émile wusste, dass das Kind erst zweieinhalb Jahre zählte und für ihn war ersichtlich, dass die Kleider, die Marie heimlich verschwinden lassen wollte, einem viel größeren Mädchen gehören mussten. Émile Lépenneaux ging zum Kommissariat, schilderte mir dort seine befremdliche Beobachtung und ich – endlich auch alarmiert! – schickte ihn mit einem Gendarmen in das betreffende Haus zurück.

Jetzt war die Witwe allerdings fällig! Leider hatte ich selbst keine Zeit, um mich um die Angelegenheit persönlich zu kümmern. Trotz des massiven Protestes – und sogar tätlichen Widerstands der Frau – verschafften sich die Männer Zutritt zur Wohnung von Marie Blanc. Was sie dort allerdings zu sehen bekamen, ließ ihnen regelrecht das Blut in den Adern stocken.«

Erneut legte Armand eine Pause ein. Dieses Mal war sie beabsichtigt – der Spannung wegen. Und das, obwohl jedermann den schrecklichen Ausgang der Geschichte bereits kannte. Er ahnte, dass sich seinen Zuhörern, zu denen sich mittlerweile auch der Wirt und seine Frau gesellt hatten, die Haare sträubten.

»Als der Nachbar und der Polizist die Stube betraten, stand auf dem Herd eine Kasserolle mit mundgerecht geschnittenen Fleischstückchen und Gemüse. Der pikant gewürzte und verlockend duftende Inhalt des Topfes schmurgelte leise vor sich hin. Am Tag zuvor hatte die Frau nämlich auch ihre sechsjährige Tochter Cathérine ermordet.«

Armand hörte, wie es einige seiner Zuhörer vor Ekel im Hals würgte. Die Wirtin verließ gar die Gaststube und verzog sich kreidebleich in den Hinterhof, in Richtung Abtritt.

»Von allen sechs Kindern der Marie Blanc waren nur noch die zweieinhalb Jahre alte Louise und der einjährige Junge übrig geblieben. Man brachte sie in ein Waisenhaus, die Witwe jedoch ins Gefängnis.

Als ich sie später befragte, gab Marie zu, alle vier Kinder erst erwürgt, beziehungsweise im Schlaf erstickt zu haben. Dann hatte sie sie mit einem großen Fleischermesser und einem Beil zerteilt.

›Einen Teil habe ich gleich gebraten oder gekocht, einen Teil aber für später in einem Fass mit Salz eingepökelt, um nicht irgendwann Hungers zu sterben‹, gab sie seelenruhig an. Meine Kollegen fanden in einem Verschlag im Hof tatsächlich eine hölzerne Tonne mit eingesalzten Leichenteilen!

Ihre Mordserie hatte sie noch am Tag des Begräbnisses ihres Ehemanns mit dem ältesten Sohn Jean begonnen, weil sie seinen massiven Widerstand bei der Ermordung seiner jüngeren Geschwister befürchtet hatte.

›Außerdem waren die größeren Kinder, was die Menge an Fleisch anbetrifft, weitaus ergiebiger‹, erklärte sie mit schauriger Offenheit. ›Ich habe doch immer gehofft, dass die verdammte Hungersnot irgendwann aufhört, damit ich die Kleineren nicht auch noch alle opfern müsste‹, sagte sie mir seelenruhig ins Gesicht.«

»Was für eine Bestie!«

»Man mag es nicht glauben, dass eine Mutter zu so etwas fähig ist!«

»Umbringen muss man sie, diese Hexe!«

Wild riefen die Gäste des »Baron Rouge« durcheinander.

Keine Frage, dass ein Gericht dieses weibliche Ungeheuer nach kurzer Beratungszeit zum Tod durch den Strang verurteilen würde. Auf der Place de Grève würde das Urteil vor einer gewiss ungeheuer großen Menschenmenge vollzogen werden.

Keine allzu große Überraschung war, dass Jean-Paul Marats Hetzblatt »Ami du Peuple« die grausige Tat umgehend benutzt hatte, um damit weiter Stimmung gegen die Regierung zu machen:

Es läge allein in ihrer Verantwortung, dass solche menschlichen Untiere im Lande überhaupt heranwüchsen! »Die eigentliche Schuld dieser abartigen Verirrung ..., liegt bei den korrupten Mitgliedern unserer unfähigen Regierung«, tönte die Zeitung.

»Es drängt sich einem sogar irgendwie der Verdacht auf, dass aus irgendeinem Grund, ... diese seelisch-geistigen Störungen bei Teilen der Unterschicht unserer Bevölkerung insgeheim sogar gefördert werden sollen!«

Unglaublich: Es gab niemandem, der Marat in seinen absurden Spekulationen über politisch gewollten Kannibalismus bremste oder ihm diesbezüglich Konsequenzen androhte, sollte er in seinem Skandalblatt keine Gegendarstellung abdrucken.

Von der unmenschlichen Mutter zu dem nicht weniger bestialischen Mörder der jungen Männer, die alle verstümmelt in der Seine landeten, war es nur ein kurzer Gedankensprung. Aber Armand weigerte sich strikt, dieses Thema öffentlich zu diskutieren. Er müsste erst sehr viel mehr wissen, als nur das Wenige, was er sich neuerdings zusammenreimte.

Möglicherweise irrte er sich auch gänzlich und er stünde da wie all die Jahre vorher – mit leeren Händen nämlich – und wäre niemals imstande, den Fall zu lösen ...

Nicht einmal mit Hubert besprach Armand Lavalle seine Vermutung, dass die grausigen Leichenfunde vielleicht in einem Zusammenhang mit einer ganz bestimmten Schlachterei im Vorort Saint-Antoine stehen könnten. Immerhin hatte er bei seinen Recherchen Folgendes herausbekommen:

Der Betreiber der Metzgerei, Gaston François Lumenaire, erhielt in unregelmäßigen Zeitabständen Besuch von seinem Vetter, einem großen stattlichen Mann – der zwar nicht gerade aussah, wie man sich gemeinhin einen Metzger vorstellte – der aber dennoch immer mal wieder für einige Tage mit blutbesudelter Schürze bei ihm arbeitete. Angeblich stammte dieser Vetter von einem großen Bauernhof in der Umgebung von Paris, hätte jedoch studiert und betriebe jetzt am Stadtrand von Paris eine kleine Anwaltskanzlei.

Er helfe dem Meister beim Schlachten, bediene freundlich die Kunden im Laden, ginge seinem Verwandten beim Zerlegen der geschlachteten Tiere zur Hand und verstünde es nach Kundenaussagen auch, sehr schmackhafte Würste herzustellen.

Lavalles Recherche ergab, dass der geheimnisvolle Mann jeweils zwei bis fünf Tage bei seinem Cousin verbrachte, wobei er in einem schlichten Abstellraum gleich neben der Schlachterei nächtigte. Anschließend verschwand er wieder so unspektakulär, wie er gekommen war – bis zum nächsten Mal.

Kommissar Armand Lavalle glaubte nun, möglicherweise einen gewissen Zusammenhang herstellen zu können zwischen dem Besucher des Metzgermeisters im Faubourg Saint-Antoine und den anschließenden Funden männlicher Leichname. Aber sein bloßer Verdacht reichte keineswegs aus, um bereits »die Pferde scheu zu machen«.

Falls er sich irrte, wäre seine Blamage geradezu himmelschreiend. Der Schlachter war ein schwer reicher Bürger und erfreute sich sowohl in wohlhabenden Kreisen als auch bei den ärmeren Schichten der Bevölkerung großer Beliebtheit. Es sollte sogar Adelshaushalte geben, die ihre Köchinnen bei ihm das Fleisch einkaufen ließen und angeblich verschenkte er einmal in der Woche Wurst und nicht ganz so hochwertiges Fleisch an Bedürftige ...

Seinen Verwandten ohne gravierenden Anlass und letztendlich ohne fundierten Beweis mit dem grausigen Verbrechen an den jungen Burschen in Verbindung zu bringen, käme geradezu einem beruflichen Selbstmord gleich. Außerdem würde sich sein Verdacht gegen einen respektablen Juristen richten ...

Nach langem Überlegen hatte Lavalle für sich beschlossen, dieser Schlachterei insgeheim besonderes Augenmerk angedeihen zu lassen. Irgendwann würde der ominöse Vetter schon wieder auftauchen. Und dann würde er ihn persönlich rund um die Uhr beschatten.

14. Juli 1789

Armand hatte nicht damit gerechnet, seinen obersten Dienstherrn so schnell wieder zu sehen: Monsieur Pierre de Bricasson, Commandant Général de Police Royal, ließ sämtliche Ordnungshüter in der Eingangshalle des Kommissariats antreten.

Das aufgeregte Stimmengewirr der Männer sprach für das Ungewöhnliche dieser Aktion. Irgendetwas Schreckliches musste passiert sein. Aber was? Die

Halle reichte kaum aus für alle bei der Polizei Beschäftigten und der Geräuschpegel war enorm.

Da erschien »Le Président« auf der obersten Treppenstufe und schlagartig kehrte Ruhe ein. Kein Untergebener wollte sich die Blöße geben und beim Comte unangenehm auffallen. Noch war er im Amt ...

Alle Augen richteten sich auf den Comte de Belfort. Manche rechneten insgeheim damit, dass er seinen Rücktritt bekannt gäbe. Diesbezügliche Gerüchte machten seit Tagen die Runde. Aber was dann kam, versetzte Kommissare und Polizisten in höchste Aufregung.

»Wie ich soeben erfuhr, ist es einer Gruppe von Rebellen durch Androhung von Gewalt gelungen, den diensthabenden Gouverneur des ›Hôtel des Invalides‹ zur Herausgabe von Waffen zu veranlassen.

Obwohl der Mann sich anfangs weigerte, musste er sich schließlich dem Druck des Pöbels beugen. Die Meute überrannte ihn und verschaffte sich gewaltsam Einlass.«

Mittlerweile war es mäuschenstill in der Halle. Alle lauschten gebannt den beinahe emotionslos vorgetragenen Ausführungen des Comte.

»Anschließend plünderten die Aufrührer die Keller des ›Hôtel des Invalides‹, wo ihnen achtundzwanzigtausend Musketen und zehn Kanonen in die Hände fielen.«

Ein Aufschrei der Männer war die Folge. Ungerührt fuhr der Commandant Général fort: »Da es ihnen an Pulver und Patronen mangelte, nahmen sie ihren Weg zur Bastille, die, nicht nur als Gefängnis dient, sondern hauptsächlich als Magazin für militärische Ausrüstung.«

Nun war die Halle von einem wilden Aufstöhnen der Männer erfüllt. Jeder ahnte schließlich, was das bedeutete.

»Ich muss leider sagen«, fuhr der Commandant Général fort, »dass die Wachsoldaten der Bastille kaum Widerstand leisteten, sondern sich mehrheitlich mit den Rebellen solidarisch zeigten. Die Eindringlinge befreiten nicht nur die Gefangenen aus der Bastille, sondern raubten zudem weitere Waffen, einige Kanonen sowie Kanonenkugeln, Patronen und jede Menge Schießpulver. Anschließend begannen sie, Feuer zu legen und sind im Augenblick dabei, die Bastille systematisch niederzureißen.«

Vereinzelte kräftige Wutschreie stiegen aus der Menge der Ordnungskräfte auf. Der Comte brachte sie mit einer Handbewegung zum Schweigen. Er appellierte an die verschiedenen Vorgesetzten, ihre Leute umgehend in Marsch zu setzen, »um dem Spuk ein Ende zu bereiten«. Wie er sich das vorstellte, ließ er im Ungewissen.

Dann trat »Le Président« ab. Die Kommissare teilten die Polizisten unter sich auf und verließen überstürzt das Gebäude. Vielleicht war das Schlimmste doch noch abzuwenden ...

»Wetten, dass der Comte jetzt abhaut?«, murmelte Hubert Aubriac, und sah Lavalle bedeutungsvoll an. »Der Chef hat mich zu sich beordert. Vermutlich muss ich ihm jetzt beim Packen helfen.«

Armand stürzte an Hubert vorbei, in Richtung Boulevard du Palais, mit sechs Uniformierten im Schlepptau. Er hatte keine Zeit, sich von seinem Freund auch nur einen Moment lang aufhalten zu lassen. Selbst eine Flucht des Comte de Belfort würde Lavalle nicht daran hindern, seine Pflicht zu tun.

In der Nähe der Kirche Saint Eustache war ein Teil der Polizeipferde untergebracht, weil die Stallungen beim Kommissariat nicht ausreichten – ein vollkommen unhaltbarer Zustand, seit Langem beklagt, aber bisher nie geändert ... Aber sie mussten zur Bastille reiten, denn der Weg zu Fuß dorthin war unter diesen Umständen viel zu lang. Wahrscheinlich vermochten sie sowieso nicht mehr viel zu retten; der Schaden war bereits angerichtet.

Die Bastille, eine viereckige, hässliche, aber sehr wehrhafte Burganlage aus dem vierzehnten Jahrhundert, war vielen Parisern seit Langem ein Dorn im Auge. Das Bauwerk wurde geradezu als Schandfleck der Hauptstadt betrachtet. Die meisten Bürger sprachen sich dafür aus, das Gebäude endlich abzureißen.

Nur ein Teil der Bastille wurde traditionell als Gefängnis benutzt; allerdings nicht für gewöhnliche Übeltäter, sondern für ganz spezielle Häftlinge: Überwiegend handelte es sich um Mitglieder des mittleren und höheren Adels, die man sexueller Delikte wegen verurteilt hatte – begangen an gleichfalls Höhergestellten.

Armand war bekannt, dass der Marquis de Sade bereits mehrfach zu den prominenten Häftlingen gezählt hatte. Seines Wissens genoss dieser Herr auch im Augenblick dort Kost und Logis. Jetzt würden ihn die »Bürger« allerdings befreit haben ... Obwohl zum Adel gehörig, war de Sade beim gemeinen Volk, warum auch immer, nicht unbeliebt – im Gegenteil.

Auch allzu vorwitzige Publizisten und besonders freche Zeitungsschreiber durften hier einsitzen. So war etwa Monsieur Voltaire gleich zweimal Gast der Bastille gewesen; ebenso wie der Enzyklopädist Denis Diderot. Sogar ein hoher Geistlicher, nämlich Kardinal de Rohan, hatte hier vor Kurzem eine Zeit lang verweilt ...

Nach Lavalles Ansicht hätte auch der Zeitungsherausgeber Marat längst in eine Zelle der Bastille gehört; aber dem König fehlte es schlicht an Durchsetzungsvermögen. Mit an Dummheit grenzender Naivität hoffte er stets auf »die Einsicht und den guten Willen des Volkes« ...

Unter den Leuten ging das Gerücht um, die Bastille berge in ihrem Untergeschoss eine Reihe von abscheulichen Folterkammern, in denen der König seine Gegner aufs Grausamste malträtieren lasse.

Es wurde auch behauptet, sobald sich hinter einem Verurteilten die Tore der Bastille schlössen, würde er nie mehr das Licht der Sonne erblicken. Dass das Unsinn war, wussten alle Vollzugsbeamten, Polizisten und Kommissare. Die besten Gegenbeispiele waren doch de Sade, Voltaire, Diderot und Kardinal de Rohan! Schon nach kurzer Zeit waren die Herren von Seiner Majestät begnadigt worden. Die meisten Zellen der Bastille waren seit Langem verwaist ...

Bereits hinter dem Turm von Saint Jacques war die Rue Saint Antoine mit Rebellen heillos verstopft. Für die berittene Polizei war es kaum noch möglich, sich bis zur Bastille durchzukämpfen. Armand und seinen Männern, sowie anderen Polizeikräften, blieb nichts anderes übrig, als sich den Weg gewaltsam zu erzwingen.

Nachdem die ersten Aufrührer von den Pferdehufen niedergetrampelt waren, ließ man der Ordnungsmacht widerwillig einen schmalen Durchgang frei – wenn auch unter Protest. Lavalle und seinen Männern klingelten nicht nur die Ohren, als sie die zahlreichen Verwünschungen und Bedrohungen der Pariser hörten, einige Polizisten bekamen es tatsächlich mit der Angst zu tun.

»Schlagt die Kerle tot!«, »Stecht die Schweine ab!«, »Wir brauchen keine königliche Polizei!«, »An die Laternen mit ihnen!«, »Wir schaffen selber Ordnung!«, schallte es auch durch die umliegenden Gassen und das Echo brach sich an den Häusermauern.

»Wehe, wenn sie losgelassen«, murmelte ein ganz junger Polizist, der krampfhaft versuchte, sich auf seinem bockigen Gaul, den die Masse der grölenden Rebellen nervös machte, zu halten. Vor hohnlachendem Publikum vom Pferd zu fallen – sich eine derartige Blöße zu geben, war so ungefähr das Letzte, was ein Uniformierter in dieser ohnehin angespannten Situation sich leisten durfte.

Lavalle spürte plötzlich einen fürchterlichen Schlag auf dem linken Oberschenkel. Erschrocken schaute er sich um und sah, wie ein Mensch mit dem grimmigen Aussehen einer Bulldogge große Steine gegen die Polizei schleuderte. Ein Brocken hatte ihn offenbar unterhalb der Hüfte getroffen.

Der Kerl hob bereits den nächsten auf, als der Kommissar seinem Gaul die Sporen gab und mit blankem Säbel auf ihn zustürmte. Den brennenden Schmerz im Bein ignorierend, richtete er sich in den Steigbügeln auf, beugte sich aus dem Sattel nieder und hieb mit seiner Waffe auf den Täter ein.

Der Mann drehte und wand sich, aber Lavalle gelang es, ihm den Oberarm aufzuschlitzen. Aufheulend ließ dieser daraufhin den Stein fallen, presste die andere Hand gegen die stark blutende Wunde und machte, dass er davonkam. Der Kommissar verzichtete darauf, ihn zu verfolgen – es gab anderes und Wichtigeres zu tun.

Es stank nach Qualm und bereits von Weitem waren die rauchenden Trümmer der Bastille zu sehen. Beim Näherkommen war offensichtlich, dass es hier nicht mehr viel zu retten gab. Die Waffenkammern waren mit Sicherheit bereits restlos geplündert – das erkannten die anrückenden Ordnungshüter an den ihnen entgegen stürmenden, bis an die Zähne bewaffneten »Befreiern«, die mit Triumphgeheul die erbeuteten Piken, Armbrüste und Musketen schwangen. Nicht wenige rollten Pulverfässchen vor sich her, während sich andere begeistert damit abmühten, die schweren Kisten mit erbeuteter Gewehrmunition davon zu schleppen.

»Offenbar haben sie wohlweislich die Kanonen schon fortgeschafft«, stellte Armand wütend fest. »Dann wird es wohl nicht lange dauern, bis wir auch zu hören kriegen, wo sie die Ungetüme postiert haben!«

Ein Teil der Polizeikräfte ging beherzt daran, den Eroberern der Bastille die gestohlenen Waffen wieder abzunehmen. Das ging freilich nicht ohne Hauen und Stechen ab. Es gab Tote und Verwundete auf beiden Seiten.

Einige Polizisten, darunter auch Armand Lavalle, kämpften sich zur Bastille durch – ungeachtet der heftigen Prellung in seinem Oberschenkel, sowie ihrer zahlenmäßigen Unterlegenheit –, in der Hoffnung, vielleicht befreite Gefangenen erneut festnehmen zu können und um den Pöbel daran zu hindern, die Festung komplett zu zerstören.

»Mich wundert, wo diese ganzen Volkshaufen auf einmal herkommen«, rief ein Uniformierter Lavalle entgeistert zu. »Es kann doch nicht sein, dass sich ganz Paris in Aufruhr befindet!«

Armand ersparte sich die Antwort. Er konnte sich das durchaus vorstellen: Allein die vielen arbeitslosen Handwerker und die Masse der entlassenen Tagelöhner bildeten bereits eine ansehnliche Armee ...

Außerdem glaubte er, unter den Revoluzzern meuternde Soldaten erkannt zu haben. Auch kein Wunder! Warteten die armen Kerle doch schon ewig auf ihren ausstehenden Sold. Wie lange mochte es wohl dauern, bis auch die Polizeikräfte sich den Aufständischen anschlössen? Darüber wollte Armand Lavalle jetzt lieber gar nicht erst nachdenken.

Im Innenhof der alten Burganlage hatte, wie es aussah, ein größeres Gemetzel stattgefunden. Offensichtlich waren nicht alle Wachsoldaten zu den Eindringlingen übergelaufen; einige hatten wohl versucht, die entfesselte Meute aufzuhalten. Da ihrer viel zu wenige waren, hatten sie jedoch alle ihren Mut mit dem Leben bezahlt.

Armand und seine Kameraden fanden etwa ein Dutzend von ihnen tot im Innenhof der Bastille liegend. Man hatte ihnen die Waffen abgenommen, sie massakriert und einfach liegen gelassen. Einer von Lavalles Polizisten übergab sich mitten im Hof.

Dem Mann wurde speiübel, als er sah, was die »Eroberer« mit den wenigen Aufrechten angestellt hatten:

Einigen hatten sie die Augen ausgestochen, anderen die Nasen abgeschnitten, die Hände abgehauen oder die Bäuche aufgeschlitzt, sodass die Gedärme hervorquollen und sich auf dem blutigen Pflaster kringelten ...

»Schaut euch vorsichtig nach eventuellen Gefangenen um«, instruierte Lavalle seine Begleiter. »Womöglich ist einer in den Kerkerzellen im Untergeschoss vergessen worden. Die schwer beschädigten, kurz vor dem Einsturz stehenden Mauern könnten ihn unter sich begraben.

Sobald ihr jedoch glaubt, dass es für euch selbst gefährlich werden könnte, geht keinen Schritt weiter! Verlasst dann sofort die Bastille; ich möchte nicht, dass ihr selbst auch noch verschüttet werdet!«

Nach einer Weile des Suchens zwischen den verkohlten und demolierten Überresten der Festung war klar, dass es keine Eingekerkerten mehr gab. Zurückgeblieben waren lediglich die Toten des Wachpersonals.

Als die Kommissare das Zeichen zum Rückzug gaben und das Gelände der einstigen Zwingburg mit ihren Leuten verließen, wurden sie auf der Rue de Saint Antoine sofort von schwer bewaffneten, fanatisierten Zivilisten angegriffen. Armand und die übrigen Polizisten sahen sich zudem massiven Drohungen ausgesetzt; es war nicht einfach, sich der wütenden Volksmenge zu widersetzen. Erneut flogen Steine und ein paar Polizisten wurden durch Dolchstiche verletzt; einer, den sie vom Pferd zu reißen vermochten, sogar erschlagen.

Lavalle und seine Kameraden – selbst in heftige Scharmützel mit dem offenbar stark angetrunkenen Mob verwickelt – mussten hilflos mit ansehen, wie ihrem getöteten Kollegen von einem selbst ernannten Henker mit einem Dolch stümperhaft der Kopf abgetrennt, dieser auf eine Pike aufgespießt und im Triumphzug mit Gegröle durch die Straßen getragen wurde.

Das Schlimmste in Lavalles Augen war, dass Zuschauer, die sich zwar selbst nicht an den Gräueln beteiligten, die entfesselten Akteure als »Helden« bejubelten ...

Die Straßenkämpfe zogen sich bis tief in die Nacht hinein hin. Todmüde, abgekämpft und zum Glück nur leicht verletzt, die Prellung an seinem Schenkel schmerzte ihn nicht mehr so stark – am kommenden Tag würde sie ihm vermutlich erst so richtig zu schaffen machen – konnte Armand endlich ans Nachhausegehen denken; das Pferd hatte er im Stall abgeliefert. Aber zuvor wollte er noch etwas ganz Wichtiges erledigen.

Anstatt den Weg zu seiner Wohnung in der Rue Dauphine einzuschlagen, wandte er sich zum Pont au Change, hinkte den Boulevard du Palais entlang zum Pont-Saint Michel, um sofort nach der Brücke in den Quai Saint Michel einzubiegen, wo Ginette nach wie vor mit ihrer Großmutter Céléstine und ihrem Bruder Luc lebte.

Er wollte versuchen, das Mädchen und die alte Frau davon zu überzeugen, dass es besser war, wenn sie alle zu ihm zögen. Seine Wohnung hatte er so gut wie möglich gegen Einbrecher und sonstiges Gelichter abgesichert. Zudem lag sie näher bei seiner Dienststelle.

»Es wäre für mich beruhigender, euch drei in meiner Nähe zu wissen. Man kann nie wissen, wie es in Zukunft in Paris weitergehen wird!« Schon öfters hatte Armand diesbezüglich einen Vorstoß gewagt, aber bisher hatten beide Frauen seinen Vorschlag immer kategorisch abgelehnt.

»Es schickt sich nicht«, war Grand-mère Céléstines Argument. »Unverheiratete Paare sollten nicht öffentlich zusammenleben.«

Lavalle vermutete allerdings, dass weniger »der Sinn für Anstand und Sitte« hinter der Weigerung steckte, als die Hoffnung, Armand möge sich endlich zur Heirat entschließen. Und warum sollte es dem Kommissar damit ernst sein, wenn er auch so mit ihrer Enkelin zusammenleben und vor allem schlafen konnte?

Nach den Ereignissen des heutigen Tages – es gab wohl keinen Einwohner der Stadt, der von den schrecklichen Ereignissen nichts mitbekommen hatte – fielen seine Worte indes auf deutlich fruchtbareren Boden. Das merkte der Kommissar gleich nach seinem Eintreffen.

Von ihrer sprichwörtlichen »Marktfrauen-Courage« war nicht mehr viel übrig geblieben. Das Gejohle des entfesselten Pöbels, der die Gassen unsicher machte mit langen Piken, worauf abgeschnittene Menschenköpfe aufgespießt waren, ferner das trunkene Gejohle, die zahlreichen Musketenschüsse: Alles hatte die Frauen und den Jungen in Schrecken versetzt.

Nur zu gern und bemerkenswert kleinlaut waren Ginette und Céléstine an diesem Abend bereit, sein Angebot anzunehmen. Luc tat zwar recht tapfer, aber man merkte, dass auch ihm gar nicht wohl war und er lieber heute als morgen die elende Unterkunft verlassen und in die nur um weniges geräumigere Wohnung des Kommissars umziehen wollte.

»Werden wir Euch denn auch wirklich nicht stören, Monsieur le Commissaire?«

Beinahe schüchtern brachte die alte, sonst so resolute Blumenfrau Céléstine diese eher rhetorisch gemeinte Frage vor. Dass sie sich nur aus reiner Höflichkeit erkundigte, erkannte Armand schon daran, dass beide Frauen sofort begannen, das Wichtigste zusammenzuraffen – ohne erst seine Antwort abzuwarten. Amüsiert grinsend sah er ihnen eine Weile beim Packen zu.

»Das reicht vorerst«, bremste er schließlich den Tatendrang seiner Liebsten, die gar nicht aufhören wollte, allerhand – in seinen Augen gänzlich unnötigen – Krimskrams einzupacken. »Ich werde veranlassen, den Rest Eurer Sachen morgen abzuholen und zu mir in die Rue Dauphine schaffen zu lassen, Madame«, beruhigte der Kommissar die Großmutter.

Nachdem sie noch dem Hauswart Bescheid gesagt hatten, der für den Eigentümer die winzigen und finsteren Löcher verwaltete, machten sie sich auf den Heimweg zu Armand. Zu dessen Erleichterung war mittlerweile auf den Gassen einigermaßen Ruhe eingekehrt. An Zusammenstößen mit dem Mob war ihm zu so später Stunde und nach den schrecklichen Ereignissen dieses Tages wahrlich nicht mehr gelegen.

Die »tapferen Erstürmer der Bastille« waren zum Glück entweder total erledigt von Kampf und Alkohol nach Hause gewankt oder die uniformierte Polizei hatte mit der Nationalgarde zusammen einige der Siegestrunkenen in Gewahrsam genommen. Etliche »Helden« waren auch auf dem Platz geblieben ...

Lavalle – und nicht nur er – ahnte, dass dies erst den Beginn noch viel schlimmerer Ereignisse bedeutet hatte.

15. Juli 1789

Wie zu erwarten, schlachtete der »Ami du Peuple« das Ereignis für seine Zwecke gnadenlos aus. Trotzdem war Armand regelrecht entsetzt, als er anderntags das Skandalblatt aufschlug.

»Den Verteidigern der Freiheit ist ein entscheidender Schlag gegen den Despoten in Versailles gelungen«, durfte die geneigte Leserschaft Jean-Paul Marats Meinung zur Kenntnis nehmen. Angewidert schüttelte der Kommissar den Kopf und las weiter: »Die todesmutigen Eroberer haben dabei Hunderte von Gefangenen befreit.«

»Ha! Was für eine unverschämte Lüge«, murmelte Lavalle. »Gerade mal sieben Häftlinge saßen in der Bastille noch ein.«

Den achten Inhaftierten, den Marquis de Sade, hatte man vor drei Tagen in ein anderes Gefängnis verlegt, weil er von seinem Kerkerfenster aus die Leute auf der Gasse mit Hetzparolen zu Straftaten aufgefordert hatte ...

Wie sich im Nachhinein herausstellen sollte und was im Kommissariat sofort die Runde machte, waren von den sieben befreiten Häftlingen vier wegen Urkundenfälschung rechtmäßig verurteilt worden. Beim fünften, einem Comte, war es die eigene Familie, die ihn wegen Unzucht mit seiner erst dreizehnjährigen Tochter hatte einsperren lassen. Der sechste Gefangene, ein Ire, war ein geistesgestörter Mörder und der siebte, der behauptete Major White zu heißen, gab an, bereits dreißig Jahre in der Bastille zu sitzen.

Dieser White war im Übrigen der einzige »bedauernswerte« Eingekerkerte, wie ihn die »Helden« zu Hunderten zu finden erwartet hatten: Stieren Blickes, mit verfilztem Haarwust, auf verfaultem Stroh in einer Zellenecke kauernd, murmelte er sinnloses Zeug vor sich hin und zauste sich fortwährend den überlangen, verlausten Bart mit klauenartigen Fingernägeln.

Angeblich hatte sein erbarmungswürdiger Anblick seine Befreier zu Tränen gerührt ...

Nachgefragt, weshalb der Mann eigentlich so lange in der Bastille einsaß, hatte niemand – der Demagoge Marat am allerwenigsten ...

»Mit Sicherheit war dieser Mensch auch nicht gerade ein Unschuldslamm«, murmelte Armand vor sich hin, ehe er mit der unerfreulichen Zeitungslektüre fortfuhr: »Die ekligen Rattenlöcher der Bastille waren vollgepfercht mit den Opfern königlicher Willkür, welche trauriges Zeugnis von der Tyrannei unserer Monarchie ablegt.«

Angewidert zerknüllte Kommissar Armand Lavalle den »Ami du Peuple« und schleuderte ihn in eine Ecke. Diese Art von »Berichterstattung« ging ihm entschieden zu weit! Sinnend kaute er auf seiner Unterlippe herum.

Er verabscheute den verlogenen Herausgeber dieses ekelhaften Presseerzeugnisses geradezu. Vor allem er war es, der die Polizei als unfähig und faul hinstellte. Er war doch früher Arzt gewesen!

Dann kannte er sich doch gut aus mit dem menschlichen Körper und dessen Organen. Und der Gebrauch eines Seziermessers und einer Knochensäge war ihm ebenfalls nicht fremd ... Ob es wohl so ganz verkehrt wäre, auch diesen Herrn bezüglich der »Seine-Morde« in seine Observation mit einzubeziehen?

Lavalle war heute früher als gewöhnlich ins Kommissariat gekommen, da er damit rechnete, von seinem Chef umgehend und ganz dringend für den nächsten Einsatz gebraucht zu werden.

Weit gefehlt! Nicht nur hatte der oberste Kommandant der Polizeitruppen, der Comte de Belfort, das Weite gesucht: Sein Sekretär Hubert Aubriac hatte ihn richtig eingeschätzt, auch Armands direkter Vorgesetzter, Capitaine Émile Béguin, ließ sich nicht blicken. Vielleicht kam er später noch ...

Sollte es in der Tat so schnell zum völligen Zusammenbruch der staatlichen Ordnung kommen? Da Lavalle keinen neuen Auftrag erhielt, beschloss er, die Zeit zu nutzen und sich um Ginettes Umzug zu kümmern. Er hatte ihr und ihrer Großmutter verboten, sich am Tag nach dem großen Desaster auf die Straße zu wagen. Er rechnete nämlich mit weiteren Ausschreitungen; außerdem: Wer würde heute schon Blumen kaufen?

Kurz vor dem Mittagessen erschien der frisch gekürte Nachfolger von »Le Président«: Commandant Guy Laroche, ein ehrgeiziger Bürgerlicher, Mitte vierzig und scheinbar leutselig. In Wahrheit eilte ihm der Ruf voraus, ein Scharfmacher erster Güte zu sein, zudem fanatischer Verfechter der Bourbonenmonarchie – und ein gefürchteter Leuteschinder dazu.

»Dieser Sauhund hat uns gerade noch gefehlt«, war Huberts Kommentar, als er Armand in der Mittagspause traf. »Wie lange ich bei dem Kerl Sekretär spielen werde, weiß ich wirklich nicht. Vermutlich reicht es mir spätestens nach einer Woche!«

»Kann schon sein, dass wir alle noch dem Comte de Belfort nachweinen werden«, gab Armand zu bedenken. »Mit den Eigenheiten des »Präsidenten« waren wir wenigstens vertraut. Na, wenigstens ist mein direkter Vorgesetzter, Émile Béguin, wieder da. Er hatte bloß eine kleine Magenverstimmung.«

Armands Stimme klang fatalistisch. Er war froh, den Vormittag »sinnvoll« ausgenutzt zu haben. Drei Polizisten hatte er sich geschnappt und in zwei Stunden waren sie mit der Umsiedlung vom Quai Saint Michel zur Rue Dauphine fertig gewesen. Jetzt wartete er genau wie alle anderen auf die Befehle des neuen obersten Chefs.

Die ließen auch nicht lange auf sich warten. Allerdings fielen sie keineswegs so aus, wie von den Männern erwartet. Der »Neue« ließ seinen Leuten durch seinen Sekretär Aubriac ausrichten, dass von Seiner Majestät, dem König, ausdrücklich der Befehl ergangen sei, es allein dem Militär zu überlassen, in Paris für Ruhe und Ordnung zu sorgen und die Rebellen zu bekämpfen.

Den Polizeikräften obliege es nur, sich um »die üblichen Tunichtgute und die normalen Gesetzesbrecher« zu kümmern.

Monsieur Guy Laroche hielt es nicht einmal für nötig, sich bei den Kommissaren ordnungsgemäß vorzustellen oder sie gar zu begrüßen ... Hubert hatte er lediglich angewiesen, in seinem Auftrag den Leuten »wahre Liebe zum König, zur Monarchie und zum Vaterland, sowie eifrigste und unbedingte Pflichterfüllung auch unter den widrigsten Umständen« ans Herz zu legen.

»Ich habe doch gleich gewusst, dass es sich bei dem Neuen um einen Idioten handelt! In Zukunft werdet ihr also jeden Plünderer, der einen Laden auseinandernimmt, fragen müssen, ob er ein Revolutionär ist, den ihr in Ruhe lassen müsst oder ob er ein ›gewöhnlicher‹ Einbrecher ist, den ihr verhaften dürft! Viel Spaß dabei!«

Aubriac spie angeekelt aus. Er war Lavalle auf dem breiten Korridor im Erdgeschoss begegnet; sein Freund unterließ es dieses Mal, Hubert zu widersprechen.

»Hm. Ich glaube auch, dass wir an dem noch viel Freude haben werden! Sobald ihm die ersten Polizisten aus dem Dienst davonlaufen, wird er womöglich aufwachen.«

Ganz wollte Armand die Hoffnung denn doch nicht aufgeben.

»Ha! Der doch nicht!«, widersprach der Sekretär des neu ernannten Commandants Général. »Als erste amtliche Maßnahme hat der Trottel angeordnet, dass ich über jeden Kommissar und jeden Polizisten ein Dossier anlege über dessen familiäre Situation, seine Vorlieben und Abneigungen, seine sexuellen Neigungen – soweit bekannt – und ob einer aus einer vermögenden Familie stammt oder ob es vielleicht Fälle von Geisteskrankheit gegeben hat, will er auch wissen.«

»Ganz schön neugierig, der Herr! Aber was, bitteschön, bedeutet in diesem Fall ›familiäre Situation‹?«, erkundigte sich Lavalle. »Will er wissen, ob ich verheiratet bin oder ledig?«

»Selbstverständlich! Aber nicht nur! Ihm geht es auch darum, ob einer mit den Eltern, Schwiegereltern oder Geschwistern zusammenwohnt oder ob er vielleicht für uneheliche Kinder zu sorgen hat.«

»Von mir aus!« Armand gab sich unbekümmert. »Er kann ruhig wissen, dass ich seit gestern meine

Braut, ihren Bruder und ihre Großmutter bei mir untergebracht habe. In meiner unmittelbaren Umgebung kann ich die Frauen besser beschützen, wenn es hart auf hart gehen sollte.«

»Das finde ich sehr vernünftig. Aber, weißt du was? Dem Laroche werde ich darüber gar nichts berichten! Ich bin der Meinung, das geht ihn einen Scheißdreck an. Je weniger die »Oberen« über uns wissen, desto schwerer fällt es ihnen, uns nach Gutdünken zu manipulieren!«

»Mir auch recht! Du kennst dich als Sekretär mit den hochgestellten Personen viel besser aus als ich kleiner Kommissar und kannst entscheiden, was du ihm sagst oder lieber verschweigst.«

Da man sich um die politischen Aufrührer ausdrücklich nicht zu kümmern hatte (die auch am heutigen Tag nach wie vor die Straßen der Stadt unsicher machten, sich immer noch dreister aufführten, Aristokraten und ihre Dienerschaft beleidigten, bedrohten, bespuckten und sogar tätlich angriffen), beschloss Armand Lavalle, seiner eigenen Wege zu gehen.

Da von den Stadtwällen her jetzt sogar Kanonenschüsse donnerten, probierten die Plünderer der Bastille offenbar ihre Schießkünste an den Kanonen aus. Sollten die Revoluzzer auch die Stadt in Schutt und Asche legen – die Polizei blieb – gemäß allerhöchstem Befehl von oben! – außen vor.

Was für ein Wahnsinn! Er beschloss, in der Stadt herumzuschlendern. Womöglich ging ihm ja ein »unpolitischer« Galgenvogel ins Netz ...

In Wahrheit wollte er Hinweisen eines Zuträgers nachgehen, der auf dem Kommissariat etwas über einen Kerl erzählt hatte, der jungen Männern angeblich »schmutzige Anträge« machte.

Das allein hätte nun keinen Polizisten und erst recht keinen Kriminalisten hinter dem Ofen hervorgelockt. Aber der Spitzel hatte betont, der Kerl, ein robust aussehender Bursche mit einer Bullenbeißervisage, reagiere jeweils sehr brutal, wenn er sich bei seinem Erwählten einen Korb hole. Einen mageren Jüngling, der ihn auslachte, habe er niedergeschlagen, getreten und ziemlich schwer verletzt.

»Schwul und dazu gewalttätig – das passt doch wie die Faust aufs Auge«, murmelte Lavalle leise vor sich hin. Diesen Schläger wollte er sich genauer ansehen. Seine Spur führte den Kommissar bis auf die Île de la Cité mit ihren geradezu abenteuerlich verwinkelten Gässchen und absurd verbauten Hinterhöfen.

»Pierrot Petit« hieß er angeblich und ganz im Gegenteil zu seinem niedlichen Namen »Kleines Peterchen« hinterließ der Kerl eine Fährte der Gewalt so breit wie die Seine.

Als es für Lavalle jedoch Ernst wurde und er darangehen wollte, den brutalen Schläger – und womöglich mehrfachen Mörder – festzunehmen, war es mit der Hilfsbereitschaft der Pariser Unterschicht schlagartig vorbei!

Es war so, als liefe er gegen eine Wand – in seinem Fall allerdings im Kreis! Erst nach Stunden begriff der Kommissar, dass »Peterchen Kleins« Bekannte ihn regelrecht verluden: Sie versteckten den verdammten Ganoven und schickten Lavalle absichtlich in die Irre. Da er selbst in diesem Gewirr von Gassen, Hausdurchgängen, Hinterhöfen und Mauerdurchbrüchen nicht zu Hause war, fand er sich nicht mehr zurecht und brach schließlich die Verfolgungsjagd ohne Ergebnis ab. Zu seiner großen Beschämung musste Lavalle sogar eine schmutzige alte Vettel nach dem richtigen Weg aus dem Häusergewirr heraus fragen.

Einen weiteren Tag hatte er demnach nutzlos vertan, als er am Abend müde, wütend und mit ziemlichen Schmerzen im Oberschenkel zu Ginette unter die Bettdecke kroch. Ginette hatte Mühe, ihren Liebsten zu trösten und wieder »aufzurichten« – was ihr zeitweise auch irgendwie gelang; obwohl sich Armand in dieser Nacht nicht gerade als feuriger Liebhaber erwies.

In einer kleinen Seitengasse des Faubourg Montmartre wohnte Mère Brassens –, die Bettlerin und ehemalige Prostituierte mit dem losen Mundwerk und dem goldenem Herzen –, in einem winzigen Stübchen, eher einem Abstellraum, der zum Laden eines Barbiers gehörte.

Dieser wackere Mann hatte eine Büste Voltaires, aus Wachs modelliert und in Lebensgröße, in sein kleines Schaufenster gestellt. So oft Lavalle vorüberging, blieb er stehen und beäugte kritisch die Büste.

Die nicht gerade schönen Gesichtszüge des freigeistigen Philosophen wurden gekrönt von der allerfeinsten Frisur, die der Barbier jemals kreiert hatte. Lavalle wusste, dass Mère Brassens den großen Mann und Denker sehr verehrte. Sie vermochte es sogar, ihn als gut aussehend zu bezeichnen ...

Ein wahres Kunststück, fand der grinsende Kommissar, der den als Gottesleugner verschrienen Philosophen nicht besonders leiden konnte und ihn auch äußerlich abstoßend fand.

Achselzuckend nahm er seinen Marsch durch das Viertel wieder auf. Nachdem er die alte Bettlerin in ihrem Zuhause nicht antraf – auch bei den Hallen hatte sie heute niemand gesehen – strebte er der Conciergerie zu, um eine Kleinigkeit an Schreibkram zu erledigen. Danach musste er hinaus ins Faubourg Saint Antoine.

Lavalle wollte sich jetzt mit Hochdruck um die Aufklärung der grauenhaften Seine-Morde bemühen. Kurz nach der Ansprache Aubriacs im Auftrage des neuen Chefs der Polizeitruppen, war nämlich die bestürzende Meldung hereingekommen, dass man – wiederum an einem Stauwehr der Seine im Südosten der Stadt – eine übel zugerichtete männliche Leiche aus dem Wasser gezogen habe.

Hoffentlich brachte dieser neue Fall ihn endlich einen Schritt weiter. Mittlerweile war es zum Verzweifeln: Der Täter hinterließ bisher durch seine perfide Vorgehensweise nicht die allerkleinste konkrete Spur, die auch nur im Mindesten auf ihn hindeutete. War diese Bestie wirklich unfehlbar? Beinahe hatte es den Anschein, als stünde der Täter mit dem Teufel im Bunde.

16. Juli 1789

Er befand sich immer noch in geradezu übermütiger Hochstimmung! Und das, obwohl er sein »Fest« bereits vor Wochen gefeiert hatte. Wie immer hatte alles hervorragend geklappt. Ja, dieses Mal war es beinahe perfekt gewesen! Er fühlte, dass er sich dank seiner beträchtlichen Anstrengungen mit großen Schritten der Vollkommenheit annäherte.

Er glaubte außerdem ganz sicher, dass die großen Unruhen, die derzeit die Hauptstadt erschütterten, ihm in die Hände spielten. Wo es so viel Blutvergießen gab, würde die Polizei sich um den Fall eines Einzelnen, der massakriert wurde, wenig bemühen und die Pariser würden sich nicht allzu groß aufregen.

Er schätzte, mit ein oder zwei, allerhöchstens noch drei weiteren Versuchen die absolute Krönung seines erstrebten Genusses zu erreichen. Was dann käme, stand noch in den Sternen. Aber er war der festen Überzeugung, auch »danach« noch über genügend Ideen für seine Festivitäten zu verfügen. Er verließ sich darauf, dass es ihm nie an Einfällen mangeln werde, auch in Zukunft die bestmögliche Befriedigung zu erlangen.

Im Gegenteil! Wenn er es recht bedachte, war er sogar neugierig darauf – ja, er konnte es kaum erwarten – sich auf Neues einzulassen. War er doch guten Mutes, auch zukünftig genügend »Material«

aufzutreiben, mit dem zu spielen es sich für ihn lohnte ...

André de Junot sah keine Chance, sich den widerwärtigen »Gunstbezeugungen« des Grand Maître zu entziehen, wenn er nicht Gefahr laufen wollte, die begehrte Stelle bei Hof zu verlieren. Nach dem ersten eindeutigen Übergriff in der Silberputzkammer durch seinen Chef erfolgten ständig neue.

»Er rennt dir hinterher wie der geile Rüde einer läufigen Hündin«, stellte ein etwas älterer Page fest und feixte. »Mach dir nichts draus, Kleiner! Ich und die meisten anderen von uns haben das alles auch ausgehalten. Im Gegenzug haben wir aber alle unseren Dienst in Versailles behalten.

Von denen, die es sich klaglos haben gefallen lassen, hat er bisher noch keinen einzigen hinausgeschmissen! Das muss man dem alten Schwein lassen: Gegenüber seinen ehemaligen Schätzchen verhält er sich absolut loyal. Selbst wenn sich einer von seinen abgelegten »Mignons« einmal einen Fehler erlaubt, ist er nachsichtig und sieht drüber hinweg.

Aber wehe, einer ist so dumm und widersetzt sich seinen Annäherungsversuchen! Direkte Gewalt wendet er zwar keine an – aber du darfst anderntags deine Sachen packen und verschwinden.

Also, Kleiner, sei klug und nimm' es hin! Länger als drei Monate hat seine Vernarrtheit in einen von uns noch nie angedauert. Dann sucht er sich gewöhnlich ein neues Opfer – und du hast wieder deinen Frieden.«

Für André bedeutete das zwar keinen Trost; aber was sollte er machen? Daheim bei seinen Eltern, die noch eine Schar jüngerer Kinder zu versorgen hatten, bräuchte er sich als gefeuerter Page des Königs gar nicht erst blicken zu lassen. Er erduldete also stillschweigend die Übergriffe von Monsieur Alfonse, achtete darauf, nicht zu angeekelt zu wirken – und ging ihm so weit wie möglich aus dem Weg.

Aber da lag der Hase im Pfeffer: Letztendlich gab es kein wirkliches Entrinnen. Wie der ältere Bursche es gesagt hatte: Der Haushofmeister Ludwigs XVI. verfolgte André auf Schritt und Tritt. Und permanent hatte er seine Hände auf ihm! Der hünenhafte Mann verstand es meisterhaft, den Knaben an intimen Stellen seines Körpers zu berühren – ohne dass Unbeteiligte es anscheinend bemerkten.

Sogar an der Tafel des Königs und seiner Gemahlin gelang es dem Comte mittlerweile, seine Finger zwischen Andrés Schenkel zu schieben und seine Genitalien zu umfassen. Die hohen Herrschaften hatten keinen Grund, anzunehmen, dass der Grand Maître an so etwas auch nur im Entferntesten dachte – und infolgedessen blieben ihnen seine unsittlichen Umtriebe auch verborgen.

Nur die Domestiken, die Bescheid wussten, sahen ihre Vermutung bestätigt, dass Monsieur Alfonse seinen bisherigen Gespielen, einen puppenhaften Sechzehnjährigen – den er gezwungen hatte, sich feminin herzurichten – offenbar gegen André ausgetauscht hatte. Der letzte Page, der ihm als Spielzeug gedient hatte, schlief jetzt mit einer hübschen, etwas älteren Freundin und war gottfroh, nicht mehr belästigt zu werden.

»Psst! He, mein Schatz, bleib stehen!«

André, beladen mit einer schweren silbernen Jardinière auf den schmächtigen Armen – einem weiteren Prunkstück der »Kredenz« – auf dem Weg zur Silberkammer neben der Küche, blieb bei dem Anruf unvermittelt stehen. Er kannte diese Stimme mittlerweile in sämtlichen Tonlagen und Lautstärken. Unter Tausenden hätte er sie mittlerweile herausgehört!

Sein Schritt stockte; am liebsten hätte er Monsieur Alfonse, der hinter dem Vorhang stand, der einen der zahlreichen Alkoven in den Personalkorridoren des Palasts von Versailles verdeckte, das wertvolle Blumenpflanzgefäß an den Kopf geworfen.

Er hatte heute Mittag schon geahnt, dass ihm wieder einiges blühte. War der Maître doch wie der Teufel hinter ihm her gewesen! Wo André auch ging oder stand, egal, ob er das edle Silbergeschirr auf der Kredenz ordnete oder dabei war, dem König mit einer tiefen Verbeugung das Salzfass zu reichen – sein Peiniger streichelte ihm unbemerkt über den Hintern oder kitzelte ihn zwischen den Oberschenkeln.

Gerade die Anwesenheit der Majestäten und die – wenngleich eher abstrakte – Möglichkeit, bei seinem unzüchtigen Tun von den zahlreichen Zuschauern beobachtet zu werden, schien ihn zu animieren. Immerhin war an diesem Tag wieder »Schauessen« angesagt und der Saal voller Besucher. Sie alle – gewöhnliches Volk – standen und glotzten zwar in gebührendem Abstand, aber blind waren sie mit Sicherheit auch nicht ...

Innerlich seufzend ging der Page auf den Alkoven zu. Er kannte das Gelass nur zu gut. Er wusste auch, dass sich darin eine bereits völlig durchgelegene Chaiselongue befand – mit ekligen Flecken übersät, über deren Herkunft er sich keinen Illusionen mehr hingab. Mehrmals war er darauf bereits dem Grand Maître zu Willen gewesen.

Als er sich letzthin über Rückenschmerzen beklagte – zum beträchtlichen Gewicht des Haushofmeisters kam die harte klumpige Matratzenfüllung aus Rosshaar dazu – hatte Monsieur Alfonse ihm amüsiert verraten, die Liege sei deshalb so abgenützt, weil ganze Heerscharen von Zofen und Lakaien sie für ihre Liebesspiele schon benützt hätten.

Das war nicht gerade dazu angetan gewesen, André zu beruhigen. Im Gegenteil! Die Vorstellung, wie viele Männer hier drauf schon ihren Samen verspritzt hatten, ließ ihn vor Ekel schaudern.

Ihm graute jetzt noch mehr vor dem dunklen Kämmerchen mit der quietschenden Liegestatt samt ihrem muffig riechenden Bezug. Wusste er doch, dass in Versailles die Reinlichkeit an letzter Stelle kam und so gut wie nichts jemals gewaschen, geputzt oder sonst irgendwie gereinigt wurde – außer es hatte unmittelbar mit den Majestäten zu tun.

So wundervoll Schloss Versailles in architektonischer Hinsicht auch sein mochte – mangels Toiletten für seine zahlreichen Bewohner, ohne ordentliches Reinigungspersonal und dank eines maroden Abwassersystems – waren die Fäkaliendüfte für empfindlichere Nasen äußerst gewöhnungsbedürftig. Daher auch der unverhältnismäßig hohe Verbrauch von Parfums und Duftwässerchen aller Art.

Der Grand Maître nahm ihm die Jardinière ab und stellte sie in eine Ecke des von einer einzigen Kerze beleuchteten Alkovens, nachdem er sorgfältig den schmierigen, einst grünen, jetzt in schmutzigem Braun schillernden Samtvorhang geschlossen hatte. Nach menschlichem Ermessen würde zwar heute von der Dienerschaft niemand mehr diesen Weg ins Untergeschoss des Schlosses nehmen – André hatte als Letzter den Speisesaal verlassen – aber eine gewisse Vorsicht wollte der Comte dennoch walten lassen.

Außerdem fühlte er sich in dem Alkoven, wenn er gewissermaßen von der Außenwelt abgeschlossen war, noch um vieles wohler.

»Es vertieft für mich unsere menschliche Nähe, mon Petit, die wir beide ganz alleine und ungestört genießen wollen«, gestand ihm der Grand Maître, als sie das erste Mal in diesem finsteren stinkenden Loch »ernsthaft« intim geworden waren. Hier auf dieser Chaiselongue hatte André quasi seine Unschuld verloren ...

Irgendwie passte die abstoßende Umgebung zu dem, was nun folgen würde – fand jedenfalls der Page. Den hässlichen, mit unverputztem Mauerwerk versehenen Gang mit gestampftem Lehmboden benutzte sowieso nur die Dienerschaft. Diese Korridore und Treppen, deren es im Schloss eine ganze Reihe gab, boten den schnellsten Zugang zu allen Appartements und Räumen der Vornehmen.

Die meisten dieser Geheimgänge endeten in Vorzimmern oder Alkoven der Edelleute, die hier logierten. Nahezu unsichtbare Tapetentüren in den Appartements sorgten dafür, dass sie dem ungeübten Auge verborgen blieben.

Außerdem war damit gewährleistet, dass auf den Prunktreppen und den mit Gemälden, Spiegeln und Goldtapeten geschmückten Wandelgängen der König, seine Gemahlin und seine erlauchten Gäste nicht gezwungen waren, andauernd dienendem Volk zu begegnen. Ja, die hohen Herrschaften selbst hatten zuweilen gerne diese geheimen Zugangswege benützt zu ihren diversen Rendezvous, von denen nicht unbedingt jeder wissen sollte. Der jetzige König gehörte allerdings nicht dazu. Von Ludwig dem Sechzehnten behaupteten weder die boshafteste Klatschbase noch der verlogenste Zeitungsschreiber, wie etwa Marat, er habe eine Mätresse ...

Der Grand Maître entzündete eine weitere Kerze in dem einfachen Leuchter, der schummriges Licht in dem winzigen höhlenartigen Raum verbreitete. Das Kabuff bot gerade Platz für die breite Liege und einen Hocker, auf dem Monsieur Alfonse das Abzeichen seiner Würde, sein massiv silbernes, mit erlesenen Edelsteinen verziertes Haushofmeister-Zepter, abzulegen pflegte.

Der ältere Mann ließ sich genüsslich seufzend auf dem Bett nieder und klopfte auffordernd mit der Hand neben sich auf die Matratze, die ächzend unter seinem Gewicht nachgab.

»Du brauchst dich nicht selbst zu entkleiden, mein Süßer«, säuselte er. »Ich werde das mit Freuden für dich übernehmen, mein Liebling. Du aber, entspanne dich und gib dich unserer Lust hin, fröne deiner Lust, öffne dich.«

Am liebsten hätte André sofort die Flucht ergriffen, aber das war undenkbar. Es ging um seine Stellung, die er seiner verarmten Familie wegen dringend brauchte. Sollte er vielleicht nach Hause kommen und seinem Vater unter die Augen treten als ein Versager, für den man bei Hofe keine Verwendung fand?

Sollte er sich wirklich als Tölpel erweisen, der es nicht einmal zuwege brachte, als Page das Wohlwollen seines Vorgesetzten zu erlangen? Seine Eltern erhofften sich von ihrem Ältesten noch ganz andere Karrieresprünge. Page war da doch erst der Anfang ...

Da ging es keineswegs an, zu kneifen – zumal wegen solcher »Lappalien«, wie die schmutzigen Spielchen von den meisten im Palast bezeichnet wurden. Was lag schon daran, dass er sozusagen nicht nur seinen Körper, der ihn zunehmend anekelte, sondern auch seine Seele an diesen widerlichen Knabenschänder verkaufte, der ihm – nicht nur im übertragenen Sinne! – das Mark aus den Knochen saugte.

›Wie ich es hasse, von ihm da unten berührt zu werden‹, dachte André – und duldete es doch gleichzeitig, dass sich die hungrigen Lippen seines Vorgesetzten um seinen Penis schlossen, der sich unwillkürlich durch die Reizung aufrichtete. Als er spürte, wie sich der dicke Mittelfinger des Comte in die geheimste Öffnung seines Leibes zwängte, musste er an sich halten, um seinem Peiniger nicht ins Gesicht zu spucken. Ohne es verhindern zu können, verkrampfte sein Körper sich spontan.

»Wenn du so verspannt bist, mein Liebster, tut es dir womöglich weh«, vernahm er die raue Stimme des Grand Maître an seinem Ohr. »Und ich möchte dir doch nur Lust bereiten, mein Schatz.«

André roch den heißen Pfefferminzatem, den er so sehr verabscheute.

›Vermutlich darf ich mich noch glücklich preisen, dass das Schwein Minze kaut – wer weiß, wonach er sonst röche?‹, überlegte André im Stillen. ›Wer solche Vorlieben hat, zu dem passte es auch, wie ein Eber zu stinken.‹

Das tat der vornehme Haushofmeister Seiner Majestät jedoch mitnichten. Im Gegenteil! Er schien es mit der körperlichen Reinlichkeit durchaus ernst zu nehmen; was jedoch nicht für seine »Mignons« Geltung besaß: Von denen erwartete er durchaus eine »natürliche Körperausdünstung«. So hatte er gleich zu Anfang André gebeten, zukünftig auf das Waschen mit Seife unter den Achseln und an den »intimen Stellen« zu verzichten ...

»Ich sehe mit großer Genugtuung, dass du sehr gelehrig bist, mon Ami!«

André wusste im ersten Augenblick nicht, ob er das nun als Lob oder als schlimmen Schimpf auffassen sollte. Hieß das nun, dass er dabei war, selbst ein Perverser zu werden?

›Dann wäre es wohl besser, ich brächte mich um‹, dachte der Junge panisch.

»Ich denke, mein Liebling, du bist jetzt soweit und bringst die nötige Voraussetzung mit, mir spät abends noch Gesellschaft zu leisten. Vielleicht werden wir sogar die ganze Nacht gemeinsam verbringen!«, kündigte der ältere Mann an.

Als André darauf kein Wort erwiderte, stutzte der Grand Maître.

»Freust du dich etwa nicht über diesen Beweis meines Vertrauens und meiner Zuneigung zu dir?«

Er klang befremdet und ein Hauch von Drohung schwang in seiner Stimme mit. André fragte sich nicht zum ersten Mal, ob der Comte sich überhaupt der Gefühle des Widerwillens, ja, des Hasses bewusst war, die er bei seinen jugendlichen Opfern erregte? Dass alle nur so taten, als mache es ihnen Spaß, sich von ihm befummeln und missbrauchen zu lassen?

›Selbst wenn er es wüsste, wäre es ihm völlig gleichgültig‹, vermutete André. Auf einmal wurde ihm eiskalt, als er an die hohe Stellung und die unumschränkte Macht dieses Mannes dachte. Er wurde sich schmerzhaft bewusst, dass es angebracht war, endlich Enthusiasmus zu heucheln, angesichts der Aussicht, eine ganze Nacht lang von diesem widerwärtigen Kerl missbraucht zu werden.

Während er sich die seidene Culotte hochzog, erkundigte sich devot, wann es dem Grand Maître genehm sei, dass er ihn in seinen Räumen aufsuche.

»Natürlich bin ich über diese hohe Ehre überaus beglückt, Monsieur le Comte«, fügte er hinzu. »Ich wagte ja kaum jemals zu hoffen, dass ich ihrer teilhaftig werden könnte.«

Der Junge verachtete sich selbst für diese Verlogenheit. Aber der Comte schien es zu glauben und keinen Verdacht zu schöpfen. Geschmeichelt zog er den Jungen erneut auf seinen Schoß und küsste ihn gierig zum Abschied.

»Ich erwarte dich pünktlich um zehn Uhr in meinem Appartement«, gab er André schwer atmend Bescheid. Er hatte sich vorhin absichtlich zurückgehalten – war bewusst nicht »bis zum Letzten« gegangen: Seine Befriedigung sparte er sich für die kommende Liebesnacht auf.

Am gleichen Abend fragte Hubert seinen Freund Armand, ob dieser ihn nicht in den Klub der Jakobiner begleiten wolle. Er könne ihm leicht eine Eintrittskarte besorgen.

Lavalle wusste nicht viel über diese Vereinigung; aber immerhin so viel, dass er neugierig war und sich gern selbst von den revolutionären Umtrieben, die dort angeblich ausgeheckt wurden, überzeugen wollte. Er sagte zu.

Auch, weil er hoffte, sich damit von dem Grauen, das ganz früh am nächsten Morgen auf ihn wartete und vor dem er sich bereits schrecklich fürchtete, ablenken zu können: Er würde sich die heute aus dem Stauwehr gezogene und von einem Arzt untersuchte Leiche ansehen müssen!

Immerhin war sie dann bereits gereinigt und von dem gröbsten Unrat befreit.

Nach Dienstschluss marschierten die Freunde Richtung Jakobinerkloster, einem ehemaligen Konvent der

Dominikaner, in dem sich der »Verein der Freunde der Verfassung«, kurzerhand nach ihrem Versammlungsort »Jakobiner« genannt, zusammenfand.

»Der Anwalt Maximilien de Robespierre, ist ›die Seele des Ganzen‹.« Hubert klärte seinen Freund auf, während sie sich dem ehemaligen Kloster näherten. So erfuhr Lavalle auch, dass der Herzog von Orléans und seine beiden Söhne zu den häufigsten Besuchern zählten, außerdem der Herzog von Chartres und der Herzog von Montpensier.

»Die Vorschläge, die hier erarbeitet werden, haben in der Nationalversammlung einiges Gewicht«, lobte Aubriac die Mitglieder der »Jakobiner«.

Nachdem Lavalle und sein Freund nach laxer Kontrolle eingetreten waren, nahmen sie auf der Tribüne Platz. Die Debatten hatten noch nicht begonnen; so hatte der Kommissar Muße, sich in Ruhe umzusehen. Er betrachtete den hochgewölbten Saal; es handelte sich um die ehemalige Klosterbibliothek.

Hubert Aubriac, der das Interesse Armands weiter anfeuern wollte, machte ihn auf prominente Mitglieder aufmerksam und ließ ihn nebenbei wissen, dass der Zulauf bei den Jakobinern so immens sei, dass sie bald umziehen müssten – hinüber in die ehemalige Klosterkirche.

Gegenüber dem Podest mit dem Rednerpult waren Sitze für den Ausschuss und den Präsidenten des Klubs. Dahinter stand eine Art Altar mit den Tafeln der Menschenrechte und den Büsten von Rousseau und noch einem Mann, dessen Name Lavalle jedoch im Augenblick nicht einfiel. Darüber entfalteten sich Freiheitsfahnen und auf der Brustwehr stand in großen Lettern: »Frei leben – oder sterben!«

Dem war schlecht zu widersprechen; alles klang gut, edel, gerecht und durchaus nobel. So lange, bis ein Monsieur Barnave die Tagung eröffnete.

Die Aufhebung sämtlicher Klöster Frankreichs wurde an diesem Abend vorgeschlagen. Die Gelübde der Klosterinsassen sollten aufgelöst und verboten werden. Alle Ordensleute müssten ausnahmslos zu ihren jeweiligen Familien zurückkehren – egal, wie alt die Mönche und Nonnen sein mochten, von denen die meisten seit Jahrzehnten keinen Kontakt mehr zu ihren Sippen unterhielten.

Lavalle empfand die Debatte als empörend und mit den Grundsätzen der so hoch gelobten Freiheit keinesfalls kompatibel.

»Glauben die wirklich, dass alle Klosterschwestern und Fratres nur gezwungenermaßen ins Kloster eingetreten sind?«, fragte er leise seinen Freund und blickte ihm ungläubig in die Augen.

Hubert zuckte mit den Schultern. »Egal! Der Unfug muss aufhören«, flüsterte er Armand zu. »Innerhalb des französischen Staates ist kein Platz für irgendwelche Sondergesellschaften!«

»Aha!«, mokierte sich Armand Lavalle. »Gilt dieser Grundsatz dann auch für die Freimaurer? So viel zum Thema ›Freiheit für alle!‹ Wer irgendwelche Einwände hat, soll gefälligst das Maul halten! Ich hätte gute Lust, mich auch zu Wort zu melden.«

Aber er verhielt sich ruhig – schon um seines Freundes willen, den man hier ganz gut zu kennen schien. Er schaute allerdings finster drein und Hubert schlug bald darauf vor, den Klub zu verlassen.

Als beide Männer auf der Straße standen, wies der Kommissar Aubriac darauf hin, dass Kaiser Joseph II. von Österreich und ein paar protestantische Regierungen in Deutschland auf ähnliche Weise mit der Freiheit verfuhren und man sie deshalb in Frankreich als Despoten verachtete – und genau das Gleiche verlangten diese Jakobiner nun für Frankreich und nannten sich dabei »Helden der Freiheit«.

»Ich verstehe die Welt nicht mehr – und dich noch weniger, Hubert! Deine Jakobiner können mir in Zukunft gestohlen bleiben. Sie sind es doch auch, die den Mob bei ihren schändlichen Gewalttaten bereitwillig unterstützen!«

Beide Freunde waren gleichermaßen verstimmt und trennten sich gleich darauf.

Nachdem Commissaire Lavalle einen der Polizisten angewiesen hatte, die Plane von der Leiche zu nehmen, weil er sich ansehen musste, was der krankhafte Verbrecher dieses Mal von einem jungen hoffnungsvollen Leben übrig gelassen hatte, stand er kurz davor, sein Frühstück von sich zu geben.

»Entschuldigt«, murmelte er an seine Kollegen gewandt. »So viele schlimm Zugerichtete ich auch zu sehen bekomme – jedes Mal bedeutet es einen Schock, den ich immer weniger verdauen kann. Von Mal zu Mal reagiere ich empfindlicher – und wütender auf diese Bestie! Wenn er jetzt im Augenblick vor mir stünde: Ich denke, man müsste mich zurückhalten, damit ich das Schwein nicht erwürgte!«

»Das verstehen wir sehr gut«, sagte einer der Männer. »Uns geht es um kein Haar anders, Monsieur le Commissaire. Weshalb so ein Monster überhaupt leben darf, ist uns allen ein Rätsel. So einer gehörte doch schon im Mutterleib vernichtet!«

Armand winkte ab, bevor auch die anderen noch anfingen, ihre Emotionen zu offenbaren. Es wäre jetzt durchaus nicht hilfreich. Seinen Ekel gewaltsam überwindend, beugte sich Lavalle dicht über den Toten – in der nimmermüden Hoffnung, dass dieser vielleicht dieses eine Mal etwas von seiner Identität preisgäbe ...

»Wie immer«, murmelte er dann enttäuscht. »Die Haut hat der Mörder seinem Opfer vom Kopf abgezogen, um es unkenntlich zu machen; und der ausgeweidete Leib ist wie bei allen anderen mit festem rotem Garn zugenäht gewesen. Man erkennt noch die Reste des Fadens.«

Plötzlich stutzte er, als sein Blick über den wie üblich geschändeten und nachträglich noch verstümmelten männlichen Körper nach unten wanderte.

Wobei nur zu hoffen blieb, dass die Kastration tatsächlich post mortem erfolgt war ...

»Was ist das denn?« Armand pfiff durch die Zähne. Sein Blick heiterte sich ein klein wenig auf. Jeder Polizist wusste, dass man häufig über das Opfer an den Täter herankam.

Bisher hatte es dem Unhold genutzt, dass es in unruhigen Zeiten völlig normal war, wenn junge Burschen einfach von heute auf morgen verschwanden. Einige schlossen sich den Soldaten an, andere flohen vor der Einberufung. Außerdem schien er zu wissen, wie die Polizei vorzugehen pflegte. Um eine Identifizierung sicher auszuschließen, hatte es sich der Seinemörder ja zur Angewohnheit werden lassen, die Köpfe der von ihm Ermordeten zu häuten.

Dieses Mal gab es jedoch eine kleine Abwandlung. Lavalle wies triumphierend mit dem Finger auf die Arme und den rechten Oberschenkel des Toten. Der Bastard hatte etwas übersehen!

»Na? Was sehen wir denn da?« Fragend blickte er in die Runde.

Die Polizisten versuchten, auf der verschrumpelten, verfärbten und von Krebsen und Aalen angenagten Haut irgendetwas zu entdecken. Ratlos musterten sie sich dann gegenseitig und zuckten mit den Achseln.

»Bitte, genauer hinsehen, Messieurs!«

»Ha!«, rief ein Uniformierter – offenbar einer von der schlaueren Sorte. »Es ist zwar nicht leicht, bei dem schlechten Zustand der Leiche etwas zu erkennen, aber man sieht doch ganz deutlich, dass der Mann alte Narben auf den Armen und am rechten Bein hat. Er lag womöglich drei Wochen im Wasser, aber diese Verletzungen sind bestimmt schon mehrere Jahre alt! Wie ich es sehe, müssen es Narben von Messerstichen sein. An den Händen hat er übrigens auch welche.«

Letztere fielen Lavalle jetzt erst auf! Sollte dies endlich der lang ersehnte Durchbruch sein?

»Damit haben wir zum ersten Mal einen – wenn auch sehr kleinen – Ansatzpunkt in Bezug auf die Person des Opfers. Wir werden die nächste Zeit nichts anderes tun, als alle Leute der Gegend zu befragen, ob sie einen jungen Kerl kennen, der vor Jahren in eine wüste Messerstecherei verwickelt war.«

Erneut beugte sich Lavalle über den geschändeten Leichnam.

»Hm. Wenn mich nicht alles täuscht, sind diese blauen Verfärbungen auf seinen Oberarmen Spuren von Tätowierungen. Was meinen Sie, Messieurs?«, wandte er sich erneut an seine Untergebenen.

Die Männer schauten jetzt alle genauer hin. Es handelte sich eindeutig um Überreste einer Ankertätowierung und diejenige eines Delfins.

»Vielleicht war unser Opfer ein Seemann, der nach Hause zurückkehren wollte? Dafür sprechen die Ritzzeichnungen auf seiner Haut.«

Lavalle sinnierte laut. »Er kann natürlich auch ein wandernder Handwerksbursche gewesen sein, der Arbeit in der Stadt suchte. Oder war er einfach ein Raufbold, der sich mit dem Falschen angelegt hat? Es kann sich aber genauso gut um einen vollkommen harmlosen Zeitgenossen von hier handeln, der Paris nie verlassen hat und der nur großes Pech hatte.«

»In diesem Falle ein zweifaches, Monsieur le Commissaire«, ergänzte der aufmerksame Polizist von vorhin und schaute betreten auf den nackten Toten nieder. »Erst ist er mit einem Dolch attackiert worden, hat den Angriff jedoch überlebt, bis er nach Jahren unserem verrückten Seinemörder in die Hände fällt. Da war es allerdings mit seiner Glückssträhne vorbei.«

Armand Lavalle nickte. Im Stillen nahm er sich vor, diesen Uniformierten im Auge zu behalten. Er schien ein kluger junger Mann zu sein – einer von vielen aus dem nahezu anonymen Heer der Uniformträger, die meist nur »fürs Grobe« zuständig waren.

Dafür war dieser Bursche, der die fünfundzwanzig sicher noch nicht erreicht hatte, eigentlich zu schade. Vermutlich hatte er das Zeug zum Kriminalisten und möglicherweise konnte Lavalle zu seiner Beförderung beitragen. Er notierte sich im Geiste für alle Fälle seinen Namen: Jean-Baptist Morlais.

Armand ließ den Leichnam – nachdem der dazu bestimmte Arzt ihn sich angesehen und bestätigt hatte, dass es sich in der Tat um alte Stichverletzungen handelte – ins Leichenschauhaus überführen. Womöglich identifizierte ihn dort ein Angehöriger, der ihn vermisste.

Aber auf so viel Glück rechnete der Kommissar nicht wirklich. Es blieb ihnen wohl nichts anderes übrig, als den steinigen Weg der mühseligen Recherche in den einzelnen Häusern zu gehen, in den Geschäften, in den Gastwirtschaften, in den Bordellen, auf den Märkten und auf den Gassen und Plätzen der Stadt ganz allgemein. Dieses Mal allerdings war Lavalle sich nicht – wie sonst – von vorneherein der Vergeblichkeit ihrer Bemühungen sicher.

Teil 2

Die Lage spitzt sich zu

17. Juli 1789

Bereits in aller Frühe kündigte sich ein weiterer glühend heißer Sommertag an. Alle Hausbewohner in Paris ließen während der Sommermonate Fenster und Türen offen. Auch Armand hatte die meisten Fenster seiner drei Zimmer umfassenden Wohnung geöffnet – allerdings erst gegen drei Uhr morgens – in der Hoffnung, der nächtliche Wind möge durch kräftigen Durchzug für eine gewisse Abkühlung sorgen.

Während Ginette noch selig schlummerte, schlich er bloßfüßig durch den langen Flur. In ihrem Kämmerchen hatte Grand-mère Céléstine bereits am Abend für Durchzug gesorgt, in dem sie die Zimmertür hatte offenstehen lassen. Er hoffte, das Hörvermögen der alten Frau habe bereits ein wenig nachgelassen ...

Er wusste selbst, dass er in dieser Hinsicht vollkommen altmodisch war. Liebende Vereinigung der Geschlechter bedeutete für ihn Intimität, die auch im Sinne des Wortes tatsächlich »intim« sein sollte. Er selbst fühlte sich auch immer etwas geniert, so oft er unfreiwillig Zeuge sexueller Betätigung anderer Menschen wurde.

Da er in einem Haus mit mehreren Mietparteien zusammenwohnte, ließ sich das aber nicht vermeiden. Nicht einmal im Winter, wenn jeder seine Behausung verrammelte: Die Wände waren einfach zu dünn.

Er zuckte die Schultern. ›Was soll's? Jetzt haben die Leute wenigstens etwas, um über mich und Ginette zu lästern.‹

Eigentlich war seine Bleibe viel zu groß gewesen für eine einzelne Person. Lavalle hatte sie seinerzeit angemietet, als er mit Aubriac und einem dritten Kollegen zusammengewohnt hatte. Der Kollege war in einer finsteren Ecke von Paris bei einer Messerstecherei umgekommen und sein Freund war vor einem halben Jahr gegangen, nachdem er geheiratet hatte und mit seiner Frau Marie zusammenzog.

Es war fünf Uhr morgens und die heiße Luft stand förmlich in den Räumen. Von nächtlicher Abkühlung keine Spur. Im Schlafzimmer, wo Ginette noch im Tiefschlaf verharrte, während Armand sich bereits angekleidet hatte, war die Luft nicht allein durch die Hitze geschwängert, sondern durch den intensiven und unverkennbaren Duft der Leidenschaft ...

Armand blickte auf das schöne Mädchen hinunter, mit dem er eine wunderbare Nacht verbracht hatte – allerdings noch bei geschlossenen Fenstern und abgesperrter Tür ...

Regine Madrier hatte das leichte Bettlaken abgeworfen und lag vollkommen nackt auf dem Bauch. Die zerzauste schwarzbraune Haarflut reichte fast bis zur Pospalte, die Beine hatte sie leicht gespreizt. Ein Anblick, der den Kommissar ernsthaft in Versuchung führte, sich die Kleider wieder vom Leib zu reißen und sich erneut zu ihr zu legen ...

Aber sein Pflichtgefühl siegte: Er hatte heute eine Menge Laufarbeit vor sich. Ein Stück würde er zu Pferd zurücklegen, dann allerdings musste er zu Fuß die Gassen durchstreifen, um den Leuten seine Fragen zu stellen. »Von oben herab« ließ sich das nicht bewerkstelligen.

Er hoffte nur, dass »die Bürger«, die erst die Bastille gestürmt, dann die erbeuteten Kanonen auf den Stadtwällen aufgestellt und gedroht hatten, alles Erreichbare kaputt zu schießen, sich inzwischen wieder beruhigt hatten.

Die gestrige Befragung in der Umgebung, in der die städtischen Arbeiter den ausgeweideten Leichnam aus der Seine gefischt hatten, war ergebnislos geblieben. Aber dadurch ließ Lavalle sich nicht entmutigen.

Heute würde er mit seinen Männern erneut auf die Pirsch gehen. Irgendjemand musste das Opfer mit den Messernarben doch kennen! Daran glaubte er fest. ‚Selbst wenn der Bursche nicht von hier stammte, sondern von auswärts nach Paris zugewandert ist, muss er jemandem aufgefallen sein.'

Was ihn so sicher machte: Die linke Hand des Toten war durch die Messerattacke –, die einst auf sein Leben zielte, von ihm aber erfolgreich abgewehrt wurde –, ziemlich verstümmelt. Sogar den größten Teil seines Mittelfingers hatte er dabei eingebüßt.

Armand glaubte nicht, dass das fehlende Stück erst während der Mordtat oder post mortem abhandengekommen war – das Narbengewebe sprach dagegen. Auch der Leichenbeschauer hatte das bestätigt. Es konnte, ja, es durfte einfach nicht sein, dass niemand davon Notiz genommen haben sollte ...

André de Junot würde in seinem ganzen Leben die vergangene Nacht niemals vergessen. Die entsetzlichen Stunden, die er gezwungenermaßen im Bett des Grand Maître de la Maison du Roi verbringen musste, hatten zweifelsohne seine Existenz als naiver, lebensfroher, an das Gute im Menschen glaubender Jüngling, schlagartig beendet.

Er fühlte es selbst: Etwas war anders geworden in ihm. Nicht nur, dass die Ereignisse ihn mit einem Schlag erwachsen gemacht hatten – damit hätte er durchaus leben können; nein, er befürchtete, dass ihn etwas in den tiefsten Abgründen seiner Seele berührt – und möglicherweise für immer krankgemacht, ja, verdorben habe.

Dass er sich durch den Missbrauch des Grafen beschmutzt fühlte, damit hatte er gerechnet. So etwas verging im Laufe der Zeit – das hatten ihm alle ähnlich Betroffenen bestätigt. Aber bei ihm war es noch ein wenig anders ...

Auf einmal glaubte er, eine Art Wesensverwandtschaft mit seinem Verführer zu spüren. Als der ihn in die Kissen drückte, hatte André zwar spontan aufgeschrien vor Schmerz, aber gleichzeitig hatte ihn eine wilde Lust gepackt und er hatte sich auf einmal nichts sehnlicher gewünscht, als von seinem Vergewaltiger misshandelt zu werden ...

Obwohl er dachte, es würde seinen Leib zerreißen, hatte er den Schmerz auf eine höchst befremdliche Art auch irgendwie genossen und sich nichts mehr ersehnt, als die Fortführung des widernatürlichen Aktes.

›Ich bin ein Verlorener‹, hatte er im Stillen gedacht und die Zähne zusammengebissen, um die Schmerzensschreie nicht laut werden zu lassen. Womöglich würden sie den Comte veranlassen, mit seinen widerwärtigen, schmerzenden, aber nichts desto trotz befriedigenden Stößen aufzuhören ...

Nachdem der Grand Maître körperlich zu ausgepumpt und nicht mehr in der Lage gewesen war, ihn zu benutzen, war er dazu übergegangen, in André verschiedene Gegenstände einzuführen. Der Junge hatte das Gefühl gehabt, dass dies eine Strafe war für seine diffusen Empfindungen – und dass er diese Bestrafung auch verdiente.

Selbst wenn sein Vorgesetzter ihn vor Raserei umbrächte, wäre André in diesem Moment damit einverstanden gewesen ...

Am nächsten Morgen, als der Comte ihn trocken aufforderte, seine Gemächer zu verlassen, um rechtzeitig seinen Dienst in der Küche anzutreten, war André körperlich noch ganz zerschlagen und seelisch vollkommen erschüttert.

Er vermochte kaum zu glauben, dass sein »Mentor«, wie er den Fünfzigjährigen mittlerweile nannte, es übers Herz brachte, ihn zur Arbeit zu schicken, »seinen Mignon«, diese geschundene Kreatur, die sich kaum auf den Beinen zu halten vermochte.

Der Haushofmeister kannte jedoch keine Gnade.

»Wer sich vergnügt, mein Herzblatt, muss auch in der Lage sein, seine Pflichten zu erfüllen. Dienst ist Dienst – und Schnaps ist Schnaps! Dieses alte Sprichwort kennst du doch gewiss? Tröste dich, heute Abend erwarte ich dich wieder. Du bist ein liebes Schätzchen und sehr gelehrig.«

Zum Abschied fasste der Ältere ihm noch einmal in die Hose und drückte ihn an sich. Schweigend hatte André sich fertig angekleidet und war aus dem Schlafzimmer seines Gönners durch die geheime Tapetentür in das kahle und finstere Stiegenhaus geschlichen, wo er anschließend die Wendeltreppe benutzte.

Die engspiralige Eisentreppe – zum Teil ohne Handlauf – führte auf direktem Weg ins Küchenuntergeschoss, wo er den Köchen bei der Vorbereitung der unterschiedlichen Morgenmahlzeiten zur Hand gehen musste. Da alle wussten, dass der Comte ihn abends zu sich bestellt hatte, würde es das reinste Spießrutenlaufen für ihn sein.

Die Königin pflegte sich neuerdings sehr frühzeitig zu erheben und nach ihrer heißen, mit Vanille und etwas Ingwer und Pfeffer gewürzten Schokolade zu verlangen. Der König stand im Allgemeinen sehr spät auf – außer er ging zur Jagd in die Wälder rings um Versailles. Die Höflinge jedoch standen zu den unterschiedlichsten Zeiten auf und hatten recht differierende Wünsche, was ihre erste Mahlzeit des Tages anbelangte.

Das reichte von Weizenbrot mit Honig, von Keksen und mit Speck gebratenen Spiegeleiern bis zu Pfannkuchen mit Marmelade. Andere bevorzugten Grieß- oder Haferbrei mit reichlich zerlassener brauner Butter. Wieder andere brauchten unbedingt gewaltige Scheiben vom Schinken oder verschiedene Sorten Käse. Dazu waren vom Küchenpersonal die verschiedensten Getränke zuzubereiten.

André war in dieser Woche für heiße Schokoladengetränke, für verschiedene Tees und für Mischungen mit warmem Rotwein zuständig. Letzterer wurde gerne mit verquirltem Eidotter und Puderzucker konsumiert. Wie im Traum tat der Page, was der Oberkoch ihm auftrug.

Er bemerkte die spöttischen Mienen der Bediensteten überhaupt nicht. Manche der Älteren warfen ihm auch mitleidige Blicke zu ...

Unmittelbar nach dem »Sturm auf die Bastille« beeilte sich der »Ami du Peuple«, den Parisern immer wieder neue Märchen aufzutischen. Ganz besonders pries der Herausgeber die »tapferen Angreifer« der alten Festung, diesem »mörderische Relikt« aus einer anderen Zeit. Immerhin schaffte er es damit, die Auflagen seines Skandalblattes enorm zu steigern. Die Leute glaubten ihm offenbar ...

»Leider haben wir unter den mutigen Eroberern auch Tote zu beklagen«, lamentierte Jean-Paul Marat scheinheilig. »Aber«, fuhr er in seinem pathetischen Tonfall fort, »nicht nur die Gefallenen sind Helden – nein! Auch die Überlebenden sind es in gleichem Maße. Diese Heroen sind es, die unseren ehrlichen Respekt, unser ganzes Wohlwollen und unsere aufrichtige Dankbarkeit verdient haben.«

»Dankbarkeit wofür? So abstoßend das Äußere dieses Mannes ist, so ekelhaft ist auch sein Charakter. Wir haben immerhin mit eigenen Augen gesehen, was diese »Helden« unter dem Wachpersonal der Bastille angerichtet haben!«

Angewidert las Lavalle im Kommissariat den betreffenden Artikel in der Zeitung zu Ende. Dass Marat abstoßend hässlich war, entsprach den Tatsachen, obwohl der Betreffende nichts dafürkonnte. Er litt an einem schrecklichen, immer wiederkehrenden Ausschlag am Körper und im Gesicht. Rote Flecken und eitrige Pusteln, die sich ständig entzündeten und nässten, nisteten sich in seinen Augenbrauen ein und bedeckten Wangen, Stirn, Oberlippe und Kinn.

Meist wickelte er sich daher ein Taschentuch um die Stirn, damit das eklige Sekret ihm nicht in die Augen rann und er nicht in Versuchung geriet, mit seinen Fingernägeln die von der Krätze befallenen Stellen aufzukratzen.

Dazu besaß er eine schrecklich kreischende Stimme, die er nur allzu gern einsetzte, wenn er stundenlange Hetzreden hielt und wahre Hasstiraden gegen politische Gegner ausstieß. Die einen lasen die Ergüsse über die Erstürmung der Bastille in seinen Magazinen und Journalen – er besaß deren mehrere – mit Entzücken und waren zu Tränen gerührt, anderen drehte es schier den Magen um bei dieser Flut an gemeinen Lügen, widerlichen Plattitüden, dreister Übertreibung und schamloser Verdrehung der Wahrheit.

Auch in der Conciergerie gab es etliche, die ihm zustimmten. Aber wer sich einigermaßen seinen Verstand bewahrt hatte und sich nicht von Leuten wie Marat das Gehirn vernebeln ließ, musste einsehen, dass die angeblichen »Helden« nichts anderes waren als gemeine Verbrecher, durch die Gunst der unruhigen Zeiten nach oben gespült.

Verbrecher, die rücksichtslos gegen eine hilflos überalterte, kleine Schar von Wachpersonal vorgegangen und sie aufs Grausamste liquidiert hatten, um anschließend mit den geraubten Waffen die Bürgerschaft und den Adel zu tyrannisieren. Dass der König ausdrücklich verboten hatte, auf diese »französischen Landsleute« zu schießen, war den meisten völlig unbegreiflich.

Aber wie man diese Bastarde guten Gewissens auch noch zu Vorbildern stilisieren konnte, blieb denen, die noch klar zu denken vermochten, ein Rätsel.

So sahen es jedenfalls Lavalle und große Teile der Polizei.

Tatsache war, dass bereits einen Tag nach dem denkwürdigen Ereignis, Monsieur d'Artois, ein jüngerer Bruder des Königs von Frankreich, endgültig genug hatte von dem ganzen Spektakel. Möglicherweise ahnte er auch, dass dies erst der Anfang war.

Das Volk von Paris nannte es natürlich »feige Flucht«. Es war allgemein bekannt, dass Ludwig XVI. eine ausgeprägte Scheu davor besaß, gegen französische Landsleute die Waffe zu erheben. Das war an sich sehr lobenswert, nur: Niemand dankte es ihm. Lediglich die Revolutionäre wussten es zu schätzen.

Kommissar Lavalle versuchte als Nächstes sein Glück bei »Les Halles«, den großen Markthallen von Paris. Hier – im »Bauch von Paris« – wurden nicht nur Obst, Brot, Fleisch und Gemüse, Gewürze, Käse und Wein und sonstige Lebensmittel umgeschlagen. Hier und in unmittelbarer Nähe waren auch die Treffpunkte von Gauklern, Bettlern, Gaunern, Dirnen und ihren Zuhältern – und von Kriminalbeamten, denen eine Auskunft durchaus eine gewisse Summe wert war.

Auch Armand Lavalle war bereit, einiges springen zu lassen, falls sich der Hinweis eines Informanten als hilfreich erwiese im Hinblick auf die Aufklärung der Seinemorde.

»Wie wär's mit einem Gläschen Roten, Mère Brassens?«, schmeichelte er der alten Bettlerin, die er heute zum Glück gleich gefunden hatte. Wenn jemand etwas wusste, dann war es diese zwar hart gesottene und mit sämtlichen Wassern gewaschene ehemalige Venusdienerin, die gleichzeitig mit dem sprichwörtlich »goldenen Herzen« gesegnet war.

Mère Brassens ließ sich die Einladung durchaus gefallen. »Mit einem hübschen Kerl, wie Ihr es seid, Monsieur le Commissaire, schmücke ich mich doch gerne«, grinste sie und hängte sich bei ihm ein. »Alle Bettlerinnen, Taschendiebinnen und Bordsteinschwalben werden mich um meinen schneidigen Kavalier beneiden.«

Armand blickte an sich herunter. Es stimmte! Er hatte sich heute viel besser als üblich gekleidet. Lag das etwa an seiner gelösten Stimmung nach der tollen Liebesnacht mit seiner Ginette? Beinahe sah er aus wie ein Herr. Ob das allerdings so klug war in der momentanen Situation?

Plötzlich hegte er leichte Zweifel – aber jetzt war es sowieso schon zu spät. Falls ihn einer für einen reichen Pinkel halten sollte und ihn deshalb anzugreifen versuchte, würde er sich schon zu wehren wissen ...

Gemeinsam steuerte das ungleiche Paar die »Caille Jaune« an, die »Gelbe Wachtel«, ein finsteres, schmutziges, aber urgemütliches Bistro, in dem die Unterwelt von Paris sich gegenseitig die Klinke in die Hand drückte.

»Seid Ihr nicht hin und wieder Gast im ›Baron Rouge‹, Monsieur?«, erkundigte sich Mère Brassens beiläufig, nachdem der Wirt, ein ehemaliger Galeerensträfling mit tätowierten Handrücken und Armen, ihnen von seinem »Besten« je eine Karaffe voll hingestellt hatte.

Lavalle erhob sein Glas.

»Auf Euer Wohl, Mère! Ja, das ist richtig. Hin und wieder treffe ich mich dort mit Kollegen. Warum?«

»Na, dann wisst Ihr sicher auch, dass man sagt, einer der eifrigsten Krawallmacher, ein gewisser Danton, habe vor drei Tagen von dort aus die Eroberung der Bastille in die Wege geleitet!«

»Ach? Tatsächlich? Im Kommissariat erzählt man sich, es wäre Camille Desmoulins gewesen, der im Palais Royal, im ›Café Fay‹, auch einem beliebten Treffpunkt rebellisch Gesinnter, die Leute zum Sturm auf die Bastille animiert habe!«

»So? Na, ist ja auch egal, wer der Auslöser von der ganzen Chose war. Jedenfalls ist seitdem in Paris der Teufel los! Überall sieht man die Kerle mit ihren Piken durch die Gassen marschieren, wobei sie revolutionäre Parolen grölen. Sogar Weibsbilder sind darunter; und die sind um kein Haar besser – im Gegenteil! Diese Furien können einem richtig Angst machen.«

Lavalle ließ die Alte eine Weile fabulieren – sie hatte ja leider nicht unrecht. Dann versuchte er geschickt, sie vom Thema »Bastille« wegzulocken, um ihr die Fragen zu stellen, die ihm im Augenblick am meisten am Herzen lagen.

»Ob ich einen Burschen mit Messernarben an Armen, Händen und Oberschenkeln kenne, dem ein Teil des Mittelfingers fehlt? Hm. Da müsste ich aber ganz scharf nachdenken.«

»Bitte, tut das, Mère Brassens. Es ist wirklich äußerst wichtig!« Armand sprach mit Nachdruck – selbst auf die Gefahr hin, dass dies den »Preis« der Bettlerin in die Höhe treiben würde.

»Einen Hinweis, der uns helfen könnte, diesen Mann zu identifizieren, würde ich mir Einiges kosten lassen«, legte er die Leimrute aus.

»Warum sucht Ihr ihn denn gar so dringend, Monsieur?«, erkundigte sich seine Begleiterin, die ihre Karaffe bereits geleert hatte. Stillschweigend gab der Kommissar dem Wirt ein Zeichen, für Nachschub zu sorgen. Er wusste, dass Madame Brassens immer durstig war ... »Hat der Typ was ausgefressen, weil Ihr so angestrengt hinter ihm her seid?«, wollte sie wissen. »Ich will nicht diejenige sein, die ein armes Schwein bei der Polizei verpfeift – versteht mich bitte nicht falsch, Monsieur le Commissaire.«

»Da macht Euch mal keine unnötigen Sorgen, Madame! Der arme Kerl ging den Männern von der Schleusenwartung bei Reinigungsarbeiten ins Netz. Der ist mausetot und hat von der Polizei nichts mehr zu befürchten. Ich will nur seinen Angehörigen Bescheid geben, dass sie ihn vom Leichenschauhaus abholen und anständig begraben können.«

»Oje! Der Ärmste! Ist er freiwillig ins Wasser gegangen – oder hat vielleicht einer nachgeholfen?«

Mère Brassens war nicht dumm. Aus dem Grund allein, den er ihr genannt hatte, hätte der Kommissar bestimmt nicht »die Spendierhosen angezogen«: Was ging's die Polizei an, ob einer von seiner Familie beerdigt oder von der Stadt in einem Armengrab verscharrt wurde? Sie wollte es schon genau wissen, ehe sie ihr eigenes Gedächtnis strapazierte – und das junger Huren, die der Kerl möglicherweise aufgesucht hatte.

Lavalle rückte näher an Madame Brassens heran und beugte sich ganz vertraulich zu ihr hinunter.

»Hört zu! Er hatte am Oberarm eine Tätowierung, einen Anker und einen Delphin. Und: Ja, er ist ermordet worden, Madame«, flüsterte er der Alten ins Ohr. »Aber das muss in der Stadt nicht unbedingt gleich die Runde machen, n'est-ce pas?«

»Mon dieu! Wieder einer, der dem Seinemörder in die Hände gefallen ist!«, legte sie sofort den Finger in die Wunde, obwohl Lavalle darüber kein einziges Wort verloren hatte. »Eine Affenschande ist das, dass man diese Bestie immer noch nicht geschnappt hat. Man könnte meinen, er wär' mit dem Satan gut Freund. Nichts für ungut, Monsieur!«

»Falls Ihr dazu beitragen könntet, den Mörder zu fassen, indem Ihr uns verratet, wer dieses Mal das Opfer war, könnte sich das für Euch durchaus segensreich auswirken, Madame.«

Bedeutungsvoll rieb der Kommissar Daumen und Zeigefinger aneinander.

»Ich zermartere mir das Hirn, Monsieur, aber im Moment fällt mir beim besten Willen niemand ein.«

Armand – enttäuscht über den erneuten Fehlschlag – wollte als letztes Mittel zur direkten Bestechung greifen und zog seine Börse aus der Jackentasche.

»Nein! Lasst nur stecken, Monsieur!«, wehrte die Alte gleich ab. »Ich will Euch keineswegs jetzt schon erleichtern, ehe ich Euch überhaupt von Nutzen gewesen bin. So geldgierig bin ich gar nicht. ›Erst die Leistung, dann die Vergütung‹, sage ich immer.

Es ist nämlich so, dass ich im Augenblick wirklich keine Ahnung habe. Aber ich bin sicher, dass irgendeiner meiner Bekannten diesen tätowierten Kerl mit den Narben und der verstümmelten Hand kennt. Ich verspreche Euch, Monsieur le Commissaire, ich werde mich ab heute sorgfältig in meinen Kreisen umhören.« Mère Brassens hörte sich ein wenig hochtrabend an.

»Sobald ich etwas weiß, lasse ich es Euch wissen. Ich werde einen Boten ins Kommissariat schicken, der Euch ausrichten wird, wo Ihr mich finden könnt – wenn's recht ist.«

Erleichtert atmete Lavalle auf; das klang in der Tat recht vielversprechend. Die Bettlerin kannte in Paris Gott und die Welt. Wenn einer wusste, wer der letzte Tote aus der Seine war, dann war es einer von Mère Brassens' Freunden.

Armand hob sein Glas und trank der Alten zu und auch die Bettlerin ließ sich den Wein munden.

»Auf dass Ihr das mörderische Vieh bald schnappen mögt, Monsieur!«

Darauf trank Lavalle gern.

1. August 1789

In den nächsten Tagen und Wochen war für Armand Lavalle quälendes Warten auf eine Nachricht von Mutter Brassens angesagt. Da die Befragungen der Bewohner des betreffenden Quartiers nichts erbrachten, ging der Commissaire dazu über, sich wieder den »normalen« Verbrechen, die sich tagtäglich in der Stadt ereigneten, zu widmen. Davon gab es mehr als genug.

Es schien, dass die Bevölkerung von Paris, vor allem die drangsalierte und hungernde Unterschicht, immer feindseliger gegen die besitzende Klasse wurde. Wer konnte es ihr verdenken? Aber die Brutalitäten steigerten sich auch dementsprechend – und dagegen musste die Ordnungsmacht einschreiten.

»Ein Menschenleben gilt in Frankreich gar nichts mehr«, beschwerte sich der Kommissar bei seinem Freund Aubriac. »Es herrscht ein Hauen und Stechen, dass einem fast schwindlig wird. Bei den Unterprivilegierten ist nicht einmal ein Hauch von Solidarität zu spüren – außer es geht um die Reichen oder um den Adel. Da sind sich alle Habenichtse ganz schnell einig und zeigen eine erstaunliche kriminelle Energie im Vertuschen von Verbrechen, die man den braven Leutchen niemals zutrauen würde.

Auch die Ehestreitigkeiten, die mit Prügeln und schwerer Körperverletzung einhergehen, nehmen täglich zu. Du glaubst gar nicht, wie oft meine Leute sich Zutritt zu Wohnungen verschaffen müssen, um die Streithähne zu trennen.

Das Elend macht aggressiv; das kriegen auch die Kinder der Armen zu spüren. Kein Tag vergeht, an dem wir nicht einschreiten, weil ein Elternteil seinen vor Hunger quengelnden Nachwuchs halb totprügelt.«

Commissaire Armand Lavalle schüttelte resigniert den Kopf.

Lavalle und Aubriac, der bisher immer noch Commandant Guy Laroche zu Diensten war – wenn auch mit stetig steigendem Widerwillen – saßen zusammen in Lavalles Wohnung. Ginette hatte den beiden Freunden einen kleinen Imbiss vorbereitet, ehe sie zum »Marché aux Fleurs« aufgebrochen war.

Auf dem Küchentisch lag ein Holzbrett mit einem Stück Schinkenspeck, einem Kanten Hartkäse aus Ziegenmilch und einer Portion Butter. Daneben war ein großes gezähntes Messer platziert, sowie ein Glas eingelegte schwarze Oliven und eine Schale mit gedörrten Aprikosen und Pflaumen.

Letztere hatte Hubert Aubriac samt einer Flasche Loire-Wein beigesteuert. Das Trockenobst und die Ölfrüchte stammten aus dem Süden Frankreichs, aus dem Périgord; sie waren ein Geschenk seiner bäuerlichen Verwandten.

Schinken und Käse hingegen waren die Gabe eines Händlers aus den Hallen, Les Halles, der Lavalle noch einen Gefallen schuldete ... Während Armand Scheiben von dem Brot absäbelte, das er heute mit Mühe und Not einem Bäcker abgeschwatzt hatte, öffnete sein Freund die Flasche.

»Na, was macht das junge Glück?«, erkundigte er sich und schenkte die beiden Gläser voll.

»Es war die beste Idee, die ich seit Langem hatte«, gestand Lavalle. »Mit Ginette und ihrer Großmutter lässt es sich – soweit ich es jetzt schon beurteilen kann – ausgezeichnet zusammen leben. Vor allem brauche ich mich nicht mehr ums Kochen zu kümmern. Sogar ihr Bruder Luc stört nicht! Man sieht ihn selten.«

»Und deine Sachen sehen neuerdings auch immer frisch gewaschen und geplättet aus.« Hubert grinste. »Warum heiratest du dein Goldstück nicht endlich? Ich bin gerne verheiratet; als Ehemann weiß man endlich, wohin man gehört. Das Leben wird irgendwie ordentlicher.«

»Aha! Aus ist es mit der freien Existenz eines streunenden Katers, nicht wahr?« Der Kommissar feixte. »Aber, wer weiß? Vielleicht tue ich es auch bald«, überlegte Armand. »Wenn ich nur ein bisschen mehr Gehalt bekäme, dann wär's mir wohler zumute. Wenn erst die Kinderchen kommen ...«

»Bei uns ist es jetzt bald soweit, dass ich Papa werde«, brüstete Aubriac sich stolz. »In einem Monat kommt unser Bébé.«

»Was? Schon?« Lavalle schien verwirrt.

»Was glaubst du denn, lieber Freund? Länger als neun Monate dauert es auch bei meiner Marie nicht!«

Beide Männer lachten. Dann verspeisten sie einträchtig Brot, Schinkenspeck und Käse und tranken den guten Wein von der Loire dazu. So ließ es sich aushalten. Wie lange noch?

Es war unübersehbar, dass die Zeiten immer miserabler wurden. Riesengroß war mittlerweile die Anzahl derer, die der Hauptstadt – meist vollkommen überhastet – den Rücken kehrten. Nicht wenige der besitzenden Klasse flohen gleich ganz aus Frankreich.

Lavalle und Aubriac beendeten ihren Imbiss. Nachdem sie alles Private von vorne bis hinten durchgekaut hatten, landete ihre Unterhaltung ganz selbstverständlich und unweigerlich bei den gestrigen Ereignissen. Die waren dermaßen unglaublich gewesen, dass jeder sie zu Anfang für ein bloßes Gerücht halten musste.

Kein normaler Zeitgenosse hätte es jemals für möglich gehalten, dass in Frankreich »das Volk« sich Derartiges trauen würde. Es war nicht nur ein Riesenskandal, sondern geradezu unglaublich!

Armand holte den »Ami du Peuple« herbei und hielt ihn seinem Freund unter die Nase. »Hier, schau dir das an! Diesen Marat freut's natürlich!«

»Tausende von tapferen bewaffneten Rebellen marschierten gestern nach Versailles, um dort dem anmaßenden Bourbonen ihre Meinung zu Gehör zu bringen«, tönte das Blatt giftig.

Die Polizei wusste inzwischen, dass sich tatsächlich eine beträchtliche Menge betrunkener Radaubrüder in den zahlreichen Innenhöfen des Versailler Schlosses zusammengerottet hatte, um laute Schmähungen gegen die königliche Familie zu brüllen.

»Wo seid Ihr, Blutsauger? Zeigt Euch, wenn Ihr Mut habt! Zeigt Euch, oder wir stürmen den Bau!«, hatte der Pöbel gegrölt.

Da der König sich seit dem frühen Morgen in Paris aufhielt (was selten genug vorkam), musste Königin Marie Antoinette allein die Stellung halten. Sie bewies in der Tat wahren Löwenmut, als sie auf dem großen Balkon erschienen war, um sich dem hysterisch kreischenden Mob zu präsentieren.

»Der Königin gelang es tatsächlich, die heulende Meute mit ihrer königlichen Haltung zu beeindrucken und zum Abzug zu bewegen«, betonte Armand mit Genugtuung. »Aber davon schreibt dieser Schmierfink Marat natürlich nichts!«

Auch Hubert musste dieses Mal Marie Antoinettes Courage – wenn auch etwas widerwillig – anerkennen. Die Palastwache, die sich inzwischen ein Herz gefasst hatte, schaffte es endlich, die randalierende

Bande ganz aus dem Schlosshof von Versailles hinauszudrängen. Natürlich ging das nicht ohne Prügel, Steinwürfe, lautem Drohgebrüll und giftigem Protest vonstatten.

Für Jean-Paul Marat wiederum ein Zeichen für den »bitter nötigen Reifeprozess«, den die Geknechteten »durchgemacht hätten« und den er in den höchsten Tönen pries.

Mochte der »Ami du Peuple« noch so geifern und die »Helden der Bastille« in den Himmel heben, eine ganze Reihe der Deputierten der Nationalversammlung war inzwischen verärgert und besorgt über den frechen, eigenmächtigen Mob.

In der Öffentlichkeit lobte man zwar noch immer den »Mut der tapferen Kämpfer«; insgeheim jedoch vertrat ein Großteil der Abgeordneten die Meinung, der Pöbel sei entschieden zu anmaßend und brauche dringend einen gehörigen Dämpfer. Die Klügeren machten sich vor allem darüber Sorgen, dass der Pöbel jetzt bewaffnet war. Sie stellten sich die berechtigte Frage, wie man dieser unlenkbaren Masse noch Herr werden solle ...

Vor dieser schwierigen Frage standen auch die Deputierten der Nationalversammlung. Sie debattierten gründlich, ehe sie zur Wahl des Oberkommandierenden einer Bürgergarde schritten. Einerseits musste der Mann militärisch erfahren und imstande sein durchzugreifen; andererseits sollte er einen gewissen besänftigenden Einfluss auf die hysterischen Massen ausüben können.

Schließlich glaubte man ihn in Marie-Joseph Motier, Marquis de Lafayette, gefunden zu haben, einem alt gedienten Teilnehmer und Helden des amerikanischen Unabhängigkeitskriegs. Ihn kürten die Delegierten zum Kommandanten der »Nationalgarde«.

Was den König anbetraf, verhielten sich die meisten Mitglieder der Nationalversammlung misstrauisch abwartend. Die wenigsten trauten ihm zu, das

Vaterland aus der finanziellen Misere herausführen zu können.

10. August 1789

Natürlich waren Armand und seine Kollegen an der »großen Politik« brennend interessiert – gingen die Ereignisse doch jeden einzelnen Franzosen an; aber alle Vorkommnisse hatten mit ihrer eigentlichen alltäglichen Arbeit nicht allzu viel zu tun.

Armand Lavalle war wie eh und je überlastet mit lästigem »Kleinkram«, wie er es nannte – meist Diebstähle, nächtliche Einbrüche, Schlägereien, Erpressungen oder Betrug – bis hin zu wirklichen Kapitalverbrechen, wie Totschlag, Vergewaltigung, Mord und Brandstiftung.

In der Sache Seinemörder war hingegen ein absoluter Stillstand eingetreten. Der Kommissar kam keinen einzigen Schritt weiter; nicht einmal den Bemühungen Mère Brassens' war auch nur ein Hauch von Erfolg beschieden. So gern die Alte sich eine Belohnung verdient hätte: Keiner ihrer vielen Zuträger wusste auch nur das Mindeste über das letzte Opfer.

Es hatte beinahe den Anschein, als wäre der junge Mann mit den Narben alter Stichverletzungen direkt vom Himmel gefallen – ehe er schließlich seinem Mörder begegnet war. Der Gedanke, der Marquis de Sade könne möglicherweise in die Sache verwickelt sein, ließ Lavalle längere Zeit keine Ruhe.

Natürlich zog er Erkundigungen über den anrüchigen Edelmann ein, aber er fand absolut nichts, was er ihm auch nur im Entferntesten hätte ankreiden können. Zwar bedeutete das erst einmal gar nichts. Nicht alles gelangte ans Tageslicht und erst recht nicht bis zu den Ohren der Polizei! Was jedoch naturgemäß nicht bedeuten musste, dass de Sade eine saubere Weste hatte.

Selbstverständlich hatte der Kommissar von dem Umstand Kenntnis erlangt, dass man de Sade einen Tag, bevor der Sturm auf die Bastille erfolgte, in ein anderes Gefängnis verlegt hatte. Es war auch nicht schwer gewesen, herauszubekommen, wann er seine Gefängnisstrafe überhaupt angetreten hatte. Als Lavalle genauer nachforschte, war bald klar, dass sich der Marquis zu der Zeit, als das letzte dieser ominösen Verbrechen vermutlich begangen wurde, nicht auf freiem Fuß befand.

Allerdings: Der Edelmann war bekannt, beliebt und außerdem vermögend. Lavalle wollte untersuchen, ob der Marquis womöglich einen Wachmann bestochen hatte, der ihm für einige Zeit Haftverschonung gewährte ... Diese Fälle gab es gar nicht mal so selten. Kein Wunder bei den dürftigen Polizistengehältern! Vielleicht kam de Sade ja doch als Täter infrage?

Was wiederum folgende Frage aufwarf: War es überhaupt denkbar, dass dieser hochgebildete Mann, Abkömmling einer alten, wohl angesehenen Adelsfamilie, ein Triebmörder war? Oh, ja, durchaus, fand Armand Lavalle.

Was ihn störte, war die Tatsache, dass der Marquis bisher niemals als Homosexueller von sich reden gemacht hatte. Und dass der Täter in diese Kategorie einzuordnen war, daran zweifelte der Kommissar nicht.

Wenn man allerdings las, was de Sade zu Papier brachte, diese grauenhaften Beschreibungen seiner bizarren Träume, sexueller Gewalt, diese Orgien grausamster Spielarten der Lust, war es durchaus nicht so unmöglich, ihn sich als Mörder vorzustellen – fand jedenfalls Commissaire Lavalle.

Hatten ihm die ausschweifenden Fantastereien, seine abartigen literarischen Ergüsse nicht mehr genügt? Hatte de Sade der Fiktion reale Taten folgen lassen? Armand Lavalle wusste, dass er sich sozusagen auf gefährlich dünnes Eis wagte. Falls er vorpreschte und es sich dann später erwies, er habe sich geirrt und den Marquis zu Unrecht beschuldigt, konnte er bei der Polizei seinen Hut nehmen. Fortan wäre er als Commissaire der königlichen Ordnungsmacht untragbar.

Nicht einmal mit Hubert Aubriac, seinem allerbesten Freund, wagte er es, die brandgefährliche Angelegenheit zu erörtern. War der Verdacht erst einmal laut ausgesprochen, entwickelte dieser womöglich eine Eigendynamik, die er nicht mehr zu bremsen vermochte – selbst wenn sich später jegliches Misstrauen gegen den Edelmann als ungerechtfertigt herausstellen sollte.

Er beschloss, mit aller ihm zu Gebote stehenden Behutsamkeit vorzugehen. Sozusagen im Schneckengang sondierte der Kommissar das »sumpfige Gelände«. Die Wege, die der Marquis zu benutzen pflegte, waren – bildlich gesprochen – in der Tat voller Unrat und Schlamm und zudem mit tückischen Untiefen versehen.

Mère Brassens war anscheinend erfolgreich geworden. Sie kannte nämlich einen, der wiederum einen anderen kannte und dieser ...

Jedenfalls traf sich Lavalle mit diesem Menschen in einer der zweifelhaften Spelunken, die es zuhauf rund um »Les Halles« gab. Bald jedoch stellte sich heraus, dass der Marquis – sobald er sich seiner Fantasie hingab, dies ausschließlich unter der Voraussetzung absoluter Freiwilligkeit der beteiligten Erwachsenen betrieb.

»Der Marquis ist ein sehr netter und großzügiger Mensch«, lobte ihn der Mann, mit dem der Kommissar bei einer Flasche Cognac zusammensaß. »Seine Fantasie ist oft reichlich bizarr, aber immer recht interessant und unterhaltsam! Und zu etwas zwingen, tut er niemanden. Im Übrigen weiß jeder von vorneherein, was er erwarten darf.«

Demnach gab es für die Polizei nicht den geringsten Anlass, gegen de Sade einzuschreiten oder ihn gar schlimmerer Dinge zu verdächtigen. Der Informant versicherte Lavalle durchaus glaubhaft, dass niemand zum Bleiben animiert oder gar genötigt werde, falls er etwa die Lust an den »Spielen« verlor und das Haus de Sades zu verlassen wünschte.

Worauf der intelligente und gebildete Adlige besonders achtete, war das Alter aller Beteiligten: Niemals befänden sich Minderjährige unter seinen »Spielgefährten«. Dieser Grundsatz besäße auch für die vergangenen Orgien des Marquis Gültigkeit.

Ganz offenbar befand sich Kommissar Lavalle in einer Sackgasse.

Aber seine Recherchen förderten auch noch anderes zutage: Kaum hatte sich nämlich der jüngste Bruder des Monarchen aus dem Staub gemacht, gelangten merkwürdige Gerüchte an Armands Ohr. Kurz darauf berichtete auch die Skandalpresse darüber.

Es handelte sich um höchst brisante Vorfälle, die sich in den Räumen des Palais des Comte d'Artois abgespielt haben sollten. Der Gastgeber königlichen Geblüts und seine Ehefrau, ferner der Herzog von Orléans samt seiner derzeitigen Mätresse, der kürzlich aus der Gefangenschaft entlassene Marquis de Sade, etliche »bessere« Prostituierte und ein paar Bedienstete des Hausherrn sollten sich bei einer Orgie auf »altrömische Weise« vergnügt haben. Arrangiert hatte das Ganze – de Sade. Wer sonst?

Das zumindest war glaubhaft; hatte er doch schon für Ludwig XV., den Großvater des jetzigen Königs, regelmäßig frivole Unterhaltungen in Szene gesetzt. Für die Verbreitung »dieses Skandals« sorgte die Dienerschaft des Geflohenen – aus Rache dafür, dass er sie nicht ins Exil mitgenommen hatte.

Das Personal stand ohne Arbeit auf der Straße und ohne Aussicht, von anderen Aristokraten eingestellt zu werden: Die überlegten inzwischen selbst, ob sie nicht auch verschwinden sollten.

So entschieden sich die Diener des Comte d'Artois dafür, ihre pikanten »Enthüllungen« – samt maßlosen Übertreibungen und frivolen Ausschmückungen natürlich – an die Presse zu verkaufen.

Lavalle begnügte sich nicht mit den Verlautbarungen des »Ami du Peuple« und ähnlicher Druckerzeugnisse, sondern grub mithilfe von polizeilich einschlägig Verdächtigten insgeheim tiefer – was bedeutete, dass er sich eine Anzahl von Nächten in speziellen Etablissements um die Ohren schlagen musste. Nicht gerade zur Freude von Ginette ...

Was er schließlich herausfand, schien der überhitzten Fantasie eines Geisteskranken entsprungen zu sein:

Die Hauptbeteiligten bei einem der letzten »Lustgelage« waren angeblich neben den bereits bekannten Akteuren ein überirdisch schöner Hermaphrodit, zwei hochschwangere, mannstolle, junge Frauen, ein Riese mit entsprechender männlicher Ausstattung, ein Zwerg (natürlich gleichfalls mit riesigem Gemächt!), ein geiler Jagdhundrüde und eine Hundepeitsche – geschwungen von der Schwägerin des Königs höchstpersönlich ...

Das muntere Treiben dauerte an bis zum Morgengrauen; gegen vier Uhr waren angeblich alle Teilnehmer erschöpft und einige Ausfälle hatte man gleichfalls zu beklagen. Die Art dieser Schäden schwankte beträchtlich, und zwar je nachdem, wer gerade die unsinnige Mär auftischte. Außerdem: Je mehr Zeit seit der angeblichen Orgie vergangen war, desto grotesker hörten sich die Vorgänge an.

Selbst die Anzahl der Mitwirkenden vermehrte sich permanent. Je häufiger sich das Behauptete wiederholte, desto größer wurde die Menge der Beteiligten. Nach und nach gesellten sich noch etliche Kinder dazu und ein potenter Esel.

Die Hundepeitsche war zur Bullenpeitsche mutiert und hatte zur Gesellschaft noch einen Besenstiel bekommen, während aus den zwei Schwangeren drei geworden waren. Außerdem gab es jetzt ein Zwergenpaar.

Nachdem Armand Lavalle den »Tatsachenbericht« zum fünften Mal von einem »Augenzeugen« hinter vorgehaltener Hand erzählt bekam, konnte er sich vor Lachen kaum noch halten. Weil es sich gar so spaßig anhörte, ließ er spät abends im Bett auch seine Ginette daran teilhaben:

»Also, hör zu, ma Chérie! Der unglaublich wunderschöne Hermaphrodit hat den Zwerg samt Riesenpimmel aus dem Fenster geschmissen, der Riese selbst hat alle – natürlich von ihm zuvor geschändeten – Kinderchen erwürgt, der Marquis de Sade erschlug aus Eifersucht den geilen Jagdhund mit dem Besenstiel; von den werdenden Müttern hat sich die eine aufgehängt, die andere sich mit dem Esel gepaart, was ihr gleichfalls den Tod bescherte. Und die dritte Schwangere hat sich selbst mit der Bullenpeitsche erschlagen.

Ganz zum Schluss hat die Frau des Bruders unseres Königs den Esel an die Eingangstür genagelt, wovon er sich aber befreien konnte und laut ›iaah‹ schreiend davongelaufen sein soll ...«

Ginette hielt sich den Bauch vor Lachen. »Sag mal, Chéri, verbringst du eigentlich alle Tage mit so einem Quatsch? Ich dachte bisher immer, Polizeikommissar wäre ein ehrenwerter und ernst zu nehmender Beruf!«

Erneut fing sie zu kichern an.

»Das werde ich morgen Grand-maman erzählen. Und du darfst sicher sein, dass ich noch einiges dazu erfinden werde, um das Ganze noch lustiger zu machen!«

Bei aller Erheiterung war Lavalle doch noch nicht völlig davon überzeugt, ob nicht doch – vielleicht, unter Umständen, möglicherweise – der Bruder des Königs ...

›Aber, nein, das ist sicher Blödsinn und nur dummes Geschwätz seiner enttäuschten Dienerschaft, die jetzt chancenlos auf der Straße sitzt‹, dachte er dann.

11. August 1789

Sein zufriedener Gemütszustand hielt weiter an. Das erstaunte ihn einerseits: So exquisit war ihm das letzte Erlebnis jetzt im Nachhinein auch wieder nicht erschienen. Eigentlich war es abgelaufen wie immer ... Aber es musste wohl doch etwas Besonderes gewesen sein, denn normalerweise hätte er zu diesem Zeitpunkt bereits die bekannte innere Unruhe spüren müssen: Wie sich in seinem Gemüt der gefährliche Druck allmählich aufbaute, der ihn nach einer gewissen Zeit stets dazu zwang, seinen ganz speziellen Begierden und Bedürfnissen nachzugeben.

Was nichts anderes bedeutete, als sich wieder auf die Jagd zu begeben nach frischer Beute, die geeignet schien, ihm für einen bestimmten Zeitraum Befriedigung zu gewähren.

In den letzten Monaten hatten sich diese Zeiträume stetig verkürzt. Er befürchtete bereits – bedingt durch die kurzen Intervalle – es möglicherweise sträflich an Vorsicht fehlen zu lassen. Das würde allerdings seinen Untergang beschleunigen.

Über eine Dekade lang hatte er sorglos gemordet. Aber irgendwie spürte er jetzt, dass es ihm nicht vergönnt sein würde, als ehrenwerter Zeitgenosse hochbetagt und ruhig in seinem Bett zu sterben.

Auf ihn wartete bereits der Henker – dessen war er nahezu gewiss. Wobei sein einziger Trost sein würde, als Edelmann den Tod nicht durch den Strang erleiden zu müssen; stattdessen würde sein Haupt vom Richtblock rollen ...

Um auf alle Eventualitäten gefasst zu sein, hatte er seit Kurzem beschlossen, ständig eine Giftkapsel bei sich zu tragen – nur zur Vorsicht. Somit wäre er in der Lage, in kritischen Situationen – falls man ihn ins Gefängnis verfrachtete und womöglich der Folter unterziehen wollte – seinem Leben ein Ende zu setzen. Daran wollte er unter allen Umständen festhalten: Selbst zu bestimmen, ob er lebte oder starb.

Dass er seinen jeweiligen Opfern dieses Recht nicht zugestand, stand auf einem anderen Blatt. Sie dienten nur dem einzig relevanten Zweck, ihm als auserwählte »Liebesopfer« bei seinen »Festen« zu dienen.

Aber noch war es nicht so weit. Noch ruhte der quälende Drang in seinem Inneren und deshalb bestand im Augenblick auch keine Gefahr für ihn. Er besaß die Gewissheit, dass dank seiner hohen Position es kein Kriminalist jemals wagen würde, ihn auch nur im Entferntesten zu verdächtigen. Dass er seine Liebesgunst Knaben und ganz jungen Burschen widmete, galt in gehobenen Kreisen nicht als Verbrechen – höchstens bei bigotten Spießern. Und die konnten ihm nicht gefährlich werden.

Falls man ihn fasste, könnte das nur »in flagranti« geschehen, wenn seine Aufmerksamkeit in dieser besonderen, emotional aufgeheizten Glückssituation stark beeinträchtigt zu sein pflegte ...

In den letzten Wochen hatten sich wiederholt Abordnungen der Bürgerschaft bei Seiner Majestät melden lassen, die ihn mehr oder minder ultimativ aufforderten, seinen Wohnsitz von dem abgelegenen Versailles nach der Hauptstadt Paris zu verlegen. Dort sei der passende Ort für einen Monarchen und nicht »weitab vom Schuss«.

Ludwig solle in Paris seine Autorität auf die aufgebrachten Franzosen einwirken lassen und schleunigst wieder für Ordnung sorgen. Es gehe wohl nicht an, dass wohlhabende Bürger ihres Lebens auf den Straßen nicht mehr sicher seien. Höchste Zeit sei es, den unberechenbaren Mob in seine Schranken zu weisen!

»Schon allein, dass schlichte Bürger es überhaupt wagen können, ihrem König so einen unverschämten Vorschlag zu unterbreiten – noch dazu in einer wenig devoten Form – spricht Bände über den traurigen Zustand unserer Monarchie und die Schwäche dieses trägen Bourbonen.«

Hubert Aubriac, der mit Armand Lavalle gemeinsam zu ihrem Stammbistro schlenderte, spie angewidert auf der Gasse aus. Armand konnte dem Freund nicht einmal widersprechen. Die Lage, in der Frankreich sich augenblicks befand, war keine Krise mehr zu nennen, sondern schlichtweg eine Katastrophe.

»Nicht, dass du mich missverstehst«, rückte Hubert seine Einlassung zurecht. »Du darfst nicht glauben, dass ich es bedauere, wenn der König zunehmend wie ein Trottel dasteht! Aber die Lage Frankreichs insgesamt stimmt mich traurig. Kann es denn überhaupt noch schlimmer kommen?«

Lavalle wusste, dass diese Frage eine rein rhetorische war. Natürlich gab es immer noch Steigerungen. Leider! Das war genauso wie bei den Verbrechen, die er aufzuklären hatte.

Ein Fall in jüngster Zeit hatte ihm anfangs ganz besondere Kopfschmerzen bereitet. Zu seiner eigenen Überraschung hatte er ihn jedoch elegant und verhältnismäßig schnell gelöst.

Hubert drängte Armand jetzt, ihm und den Freunden, die bereits im Bistro warteten, über den glücklicherweise abgeschlossenen Fall genau zu berichten. Lavalle hatte zwar wie üblich keine große Lust dazu und er wollte es kurz machen. Aber seine Freunde bestanden auf einer detaillierten Schilderung.

»Eine lebenslustige junge Edeldame, ihres langweiligen Ehemannes längst überdrüssig, hatte beschlossen, ihn möglichst unauffällig verschwinden zu lassen. Wenn sie es recht bedachte, erschien es ihr zudem angebracht, ihre Stiefkinder gleich mit zu beseitigen. Und weil sie gerade dabei war, dünkte es sie passend, auch die lästigen Schwiegereltern zu eliminieren.

Leider gelang es mir nur noch, das alte Ehepaar vor der Hexe zu retten. In zwei Tagen findet der Prozess gegen die Comtesse de Peyrac statt und ich wette, der Henker von Paris ist schon dabei, sein Richtschwert auf Hochglanz zu polieren. Ende der Geschichte.«

Lavalle war nicht umzustimmen. Er wollte nicht mehr über den Fall sprechen. Aber die Freunde des Kommissars hatten trotzdem wieder reichlich zu diskutieren.

Armand Lavalle hatte die rasche Aufklärung dieses schrecklichen Verbrechens ein besonderes Lob seines obersten Vorgesetzten, Commandant Général de Police Royal, Monsieur Guy Laroche, eingebracht. Die Verhaftung der Mörderin war nämlich keineswegs so einfach vonstattengegangen.

Drei ihrer Diener, potente junge Kerle, die gerüchteweise auch das Bett mit ihrer Herrin teilen durften, hatten Lavalle und den älteren Polizisten, der ihn als Helfer und Zeuge bei der Festnahme der Adelsdame begleitet hatte, hinterrücks überfallen, wobei der Kollege – bewusstlos geschlagen – schwere innere Verletzungen davontrug und auch der Kommissar einiges abbekam, woran er noch wochenlang zu zehren hatte.

Seiner jahrelangen Erfahrung und speziellen Geschicklichkeit war es zu verdanken, dass er die drei Burschen außer Gefecht zu setzen vermochte. Während er die Mörderin abführte, ließ er die getreuen Paladine der Gräfin gefesselt und geknebelt wie Müll neben der Eingangstür liegen, wo sie später die herbeigerufenen Kollegen abholen konnten.

Sein Vorgesetzter, der von seinen Untergebenen sofort »Le Président Nouveau« getauft worden war, hatte ihn, entgegen seines Rufs als arroganter Leuteschinder, ungewöhnlich liebenswürdig empfangen und ihm – wieder einmal – eine Beförderung in Aussicht gestellt, falls er weiterhin »so gute Arbeit« leiste.

»Ich pfeif' allmählich auf das Gerede!« Armand war regelrecht sauer gewesen. »Meine Beförderung kommt vermutlich an dem Tag, an dem ich meinen Abschied vom Polizeidienst nehme!«

Er hatte auf dem Flur vor dem Büro des Polizeipräsidenten so laut gesprochen, dass Guy Laroche schon hätte taub sein müssen, um Lavalles Kommentar zu überhören.

Hubert Aubriac hatte Mühe gehabt, seinen Freund wieder einigermaßen aufzurichten und die anderen hatten ihn in Ruhe gelassen. Irgendwann einmal würde er ihnen schon noch erzählen, wie es im Einzelnen gewesen war.

20. Auguſt 1789

An diesem Tag war frühmorgens an der Madeleine-Kirche ein Einsatz der Polizeikräfte angesagt. Dort befand sich ein Kapuzinerkloster, das einen großen Gemüsegarten sein Eigen nannte, der an den großen Boulevard angrenzte. Dieses Kloster sollte von der Polizei geräumt werden. Alle Brüder samt ihrem Provinzial sollten ihr bisheriges schlichtes Domizil räumen, ihre Kutten ausziehen, weltliche Kleidung anlegen, ihre Gelübde widerrufen und dann – ab mit ihnen, egal, wohin!

Schweren Herzens teilte Lavalle die Männer ein. Er selbst würde sich auf keinen Fall an der Aktion beteiligen. Er habe Wichtigeres zu tun, ließ er seinem direkten Vorgesetzten ausrichten.

»Die Causa ›Phantom der Seine‹ hat, wie wir alle wissen, den absoluten Vorrang!«, rief er seinen Untergebenen in Erinnerung. Das sollten sie auch jedem sagen, falls einer nach ihm fragte. Er war sicher, dass genug Offiziere der Nationalgarde zur Verfügung standen, die sich liebend gern der Auflösung von Klöstern widmeten. Es blieb schließlich immer einiges an ihren Händen kleben – selbst wenn das Meiste an Kelchen, Kleinodien und Geldtruhen »für den Not leidenden Staat« abgeliefert werden musste. Lavalle wollte sich an diesen räuberischen Aktionen nicht beteiligen.

Mit der Zerstörung der Bastille hatte die »Französische Revolution« ihren Anfang genommen. Inzwischen sprach niemand mehr euphemistisch von »Unruhen« oder »Umtrieben«. Die unmöglichen Zustände im Land waren es, die das Fass zum Überlaufen brachten. Massenelend und Hunger ließen die Kriminalität sprunghaft ansteigen. Lavalle und seine Kollegen konnten ein Lied davon singen.

Im Kommissariat machte der Ausspruch des britischen Botschafters die Runde, der noch am Tage der Eroberung der Bastille seinem König, Georg III., prophezeit hatte: »Majestät, in Frankreich wurde heute die größte Revolution angezettelt, von der wir jemals gehört haben.« Nachzulesen war das Ganze im »Ami du Peuple« ...

Noch hofften viele – auch die meisten Kommissare und viele der Polizisten – dass der Brite sich mit seiner düsteren Prognose irren möge: »Der König kann gar nicht weiter zuschauen. Er wird etwas dagegen tun müssen!«, lautete auch Armands Credo. Sein Freund Hubert lachte ihn bloß aus.

»Ich werde dir sagen, was passieren wird, mon Ami! Der dicke Ludwig wird sich heimlich aus dem Staub machen. Sein Bruder d'Artois war nur die Vorhut aus der feigen Sippschaft der Bourbonen. Ludwig XVI. und seine Marie Antoinette werden die nächsten sein, die uns Franzosen in der Scheiße sitzen lassen. Du wirst es sehen!«

»So oder so: Ich werde mich weiter um die bösen Buben und Mädchen kümmern, die glauben, die Gesetze hätten für sie keine Bedeutung.« Der Kommissar gab sich unbeirrt.

»Solange du es noch kannst!«

Selbstverständlich fand Aubriac wiederum ein Haar in der Suppe. »Sobald die Monarchie perdu ist, gibt es auch keine königliche Ordnungsmacht mehr. Und wer, bitteschön, soll uns dann unser Gehalt zahlen? Möchtest du etwa umsonst arbeiten?«

»Polizei wird überall und zu allen Zeiten gebraucht. Falls Frankreich eine Republik werden sollte, wird unser Gehalt eben aus einer anderen Quelle fließen, mon Ami.«

»Haha! ›Fließen‹ ist gut! Du tust gerade so, als sprudele der Geldsegen reichlich auf uns hernieder. Das wird leider nie der Fall sein. Aber, wenn ich es mir recht überlege, für uns Werktätige kann es durch eine Revolution, die alles Alte wegfegt, eigentlich nur besser werden.«

»Das behauptet bestimmt wieder dieser verrückte Jean-Paul Marat.« Armand winkte ab. »Ich jedenfalls misstraue sämtlichen Heilsbringern von eigenen Gnaden. Komm, lass' uns in die Kneipe gehen.«

Auf den Straßen von Paris war zunehmend die Hölle los. Die Proleten mit ihren Piken tyrannisierten vornehmlich jene Stadtviertel, in denen überwiegend der Adel residierte oder zumindest reiches Bürgertum. Letzteres war mittlerweile beim »niederen Volk« genauso verhasst wie die beiden maßgebenden Stände des Adels und der Geistlichkeit.

Als der Kommissar durch die Straßen der Innenstadt patrouillierte, überraschte er ein halbes Dutzend Revolutionäre dabei, wie sie ihre Wut ungeniert an einer Kirche ausließen. Mit Äxten und eisernen Piken hackten sie auf die Türen ein. Dem Vernehmen nach war ihnen nicht einmal mehr die Kathedrale Notre Dame heilig.

Die Hauptkirche von Paris war in den letzten Tagen nicht nur an den Portalen schwer beschädigt worden; ein Teil der jahrhundertealten Wasserspeier war der Zerstörungswut genauso zum Opfer gefallen wie etliche der wunderschönen gotischen Buntglasfenster.

Herrlicher Figurenschmuck zahlloser Gotteshäuser war mittlerweile in ganz Frankreich von den Horden der Aufständischen zerstört worden. Filigranes Maßwerk, zierliche Türmchen, Fialen, Kreuzblumen und Heiligenfiguren wurden brutal zertrümmert, ebenso wie Altäre, Kanzeln und Bilder von Heiligen. Natürlich hatte der »Ami du Peuple« auch dafür eine plausible Erklärung:

»Der Bildersturm bringt die ohnmächtige Wut des Volkes zum Ausdruck, weil es sich von der Kirche und ihren Repräsentanten mit seinen Problemen im Stich gelassen und genauso gnadenlos ausgebeutet fühlt wie vom Adel.«

»Obwohl ich die Enttäuschung der Armen zum Teil gut verstehen kann, Chérie«, sagte er zu seiner Liebsten am Abend, »fühle ich mich doch verpflichtet, mit meinen Männern einzugreifen, so oft ich Zeuge von Vandalismus werde. Heute war ich mit vier Polizisten hinter dem Hôtel de Ville und der belebten Rue de Rivoli unterwegs.

Hier, wie in der Rue Saint Antoine im Norden und am Ufer der Seine im Süden, ist es im Allgemeinen noch recht friedlich. Ja, man kann sogar behaupten, es sei immer noch ein verschwiegenes idyllisches Quartier. In der engen Rue de Prévot hat bekanntlich der Schriftsteller und Philosoph Jean-Jacques Rousseau eine Zeit lang gelebt. Es ist das Viertel der Kirche Saint Gervais und ganz in ihrer Nähe steht die Kirche Saint Merri. Letztere hat ja was ganz Eigenes zu bieten!«

»Oh«, unterbrach ihn Ginette, »diese Kirche kenne ich! Über ihrem Eingangsportal thront weit oben eine kleine merkwürdige Statuette. Wer scharfe Augen hat, kann ein Zwitterwesen mit Hörnern erkennen, das einen Bart hat und dazu weibliche Brüste. Wirklich seltsam!«

Armand wusste noch mehr darüber, und zwar vom zuständigen Sprengelpfarrer: dass es sich dabei um einen bösen Geist handelte, nämlich um Baphomet, der im Mittelalter von den Tempelrittern sehr verehrt wurde. Aber auch der Geistliche hatte keine befriedigende Erklärung dafür gehabt, warum ein von der Kirche verteufelter Dämon ausgerechnet das Portal einer Sakralstätte zieren durfte ...

»Genau diese Kirche hat sich heute eine Handvoll Randalierer zum Ziel ihrer Zerstörungswut ausgewählt! Beherzt fiel ich einem Kerl – in Lumpen und mit Holzschuhen an den nackten Füßen – in den Arm. Der war gerade dabei, mit einem riesigen Vorschlaghammer das geschnitzte Portal von Saint Merri zu demolieren. ›Was hat Euch diese Tür denn Böses getan, Bürger?‹, fragte ich den Wüterich freundlich. Der, erbost über die Störung, machte erst einmal Anstalten, seinen Hammer gegen mich zu schwingen.

›Lass gut sein, Kumpel‹, versuchte ich ihn zu beschwichtigen und ließ den Mann meinen schweren Polizeiknüppel sehen. Ein ›Im Namen des Königs!‹ konnte ich mir gerade noch rechtzeitig verkneifen. Es wäre wohl nicht allzu gut angekommen!

Ein rascher Blick in die Runde zeigte dem rabiaten Hammerschwinger, dass im Augenblick jeder seiner ›Mitstreiter‹ von einem Uniformierten in Schach gehalten wurde.

Er hätte also ganz allein mit mir, einem nicht gerade kleinen, muskulösen und gut trainierten Commissaire de Police fertig werden müssen ... Seine Chancen abwägend, ließ der Bursche das schwere Werkzeug dann doch lieber sinken. Nach kurzer Zeit gelang es uns geplagten Ordnungshütern tatsächlich, die aggressiven Störenfriede für dieses Mal zu vertreiben. Etwas, das durchaus nicht mehr selbstverständlich ist.

›Früher wären solche Typen getürmt, sobald sie den Arm des Gesetzes nur von ferne erblickt hätten! Heute mucken sie auf, bedrohen die Ordnungsmacht – und greifen diese obendrein noch tätlich an‹, beschwerte sich anschließend einer der Uniformierten bei mir, seinem Vorgesetzten. Er war in ein Handgemenge mit einem der Randalierer geraten und hatte tatsächlich ein paar tüchtige Faustschläge abbekommen.«

Armand wirkte resigniert. »Ich konnte ihm nicht einmal Trost spenden – fühle ich mich doch selber zunehmend auf verlorenem Posten. Viele Menschen haben jedes Gefühl für Unrecht verloren. Zudem fehlt ihnen jeglicher Respekt vor Personen und Sachen. Der Sturm auf die Bastille und der Raub von Waffen haben diesen Dammbruch bewirkt.«

Ginette hatte an diesem Abend lange damit zu tun, ihren Liebsten von seiner Niedergeschlagenheit zumindest zeitweilig zu erlösen. Irgendwie hatte das Mädchen den Verdacht, Armand genieße ihre Bemühungen allzu sehr und übertreibe deswegen ein bisschen ...

Bei schweren und minder schweren Sachbeschädigungen sollte es nach dem Willen der Revolutionäre natürlich nicht bleiben. Camille Desmoulins, der junge Rechtsanwalt, Gesinnungsgenosse Dantons, pflegte in einem Café in den Räumen des Palais Royal mitreißende Hetztiraden loszulassen, worin er den Parisern nichts Geringeres als Feigheit zum Vorwurf machte!

Er behauptete, sie verdienten es ja nicht anders, als von Tyrannen geknechtet zu werden, weil es ihnen an Courage fehle, sich ihr von der Natur verliehenes Recht mit Gewalt zu verschaffen. Er warf ihnen vor, sich bis aufs Blut peinigen zu lassen und dabei immer noch ihren Blutsaugern dankbar die Füße zu küssen.

»Das Volk« nahm sich diese Parolen sehr zu Herzen.

Es plünderte daraufhin in einer so genannten »konzertierten Aktion« sämtliche Pariser Waffengeschäfte und Büchsenmachereien. Das bedeutete: eine Unmenge Schießprügel in den Händen von primitiven, zur Trunksucht neigenden Revolutionären. Und wenn man ihren Drohungen Glauben schenkte, konnte man davon ausgehen, dass sie durchaus gewillt waren, diese Waffen auch einzusetzen.

»Denkt immer daran, Leute: Die Canaille ist jetzt gut bewaffnet!«

Diesen Satz legte Commandant Guy Laroche neuerdings seinen Kommissaren jeden Morgen ganz besonders ans Herz. Und nicht nur Armand Lavalle stellte sich die Frage, wie es angehen sollte, mit der lächerlichen Truppe von eintausendfünfhundert Mann gegen die sechshunderttausend Einwohner zählende Masse revoltierender Pariser zu bestehen ...

Mittlerweile sah man sogar im Pulk junge Mädchen und alte Weiber mit Piken und Musketen grölend durch die Gassen streifen und »zum Spaß« auf ehrbare Bürger ballern. Das Gesetz war den Leuten mittlerweile einerlei; sie nahmen es selbst in die Hand.

»Das bringt ihnen zwar auf längere Sicht keinerlei Vorteile für ihr armseliges Dasein und stillt auch keineswegs ihren Hunger. Aber inzwischen sind diese Habenichtse eine Kraft, mit der man rechnen und die man fürchten muss«, bläute Lavalle seinen Männern ein. »Und vergesst nicht, Leute: Bereits am vierten August erklärte die Nationalversammlung alle feudalen Rechte für abgeschafft!«, belehrte er noch seine Ordnungshüter.

»Somit gibt es keine Ständegesellschaft mehr. Nicht umsonst heißen wir auch nicht mehr ›Police Royale‹, sondern ›Police de Commune‹. Wie ich sehe, habt ihr alle schon die monarchistischen Abzeichen von euren Uniformen entfernt. Das ist auch gut so, andernfalls würdet ihr den Pöbel zusätzlich herausfordern!

Aber ich sehe auch, dass einige von euch es versäumt haben, die blauweißrote Kokarde an die Mützen zu heften. Holt das umgehend nach, Männer! Eine Weigerung könnte euch bei dem fanatisierten Mob unter Umständen das Leben kosten.

Ohne Rangabzeichen seht ihr natürlich alle völlig unbedeutend aus. Kein Wunder, wenn das Volk kaum noch Respekt vor euch hat! Wenn ihr mich aber fragen solltet, wie lange dieser Zustand noch anhalten wird, muss ich euch enttäuschen: Ich weiß es nämlich auch nicht! Vielleicht überlegt sich der eine oder andere von euch, ob er nicht seine Uniform an den Nagel hängen soll.

Ich wäre keinem böse, der sich dafür entscheidet. Ich aber werde jedenfalls bleiben, was ich bin: Commissaire de Police Parisienne – egal ob ›Royale‹ oder ›de Commune‹.«

Lavalle sah sich zu dieser kleinen Ansprache an seine Männer gezwungen. Sie hatten ein Recht darauf, zu wissen, woran sie bei ihm waren. Seinen Untergebenen dieses Gefühl zu vermitteln, gelang ihm auch hervorragend; bisher war noch jeder bei der Stange geblieben.

Bei seiner Liebsten hingegen war der Kommissar keineswegs so erfolgreich. Neulich, auf Ginettes zarten Hinweis, es wäre vielleicht angebracht, »irgendwann« darüber zu reden, wie es denn um eine mögliche Heirat zwischen ihnen bestellt sei – auch irgendwann – hatte er ziemlich töricht reagiert. Aus Verlegenheit hatte er sich derart gewunden ausgedrückt, dass seine Liebste ihn so verstanden hatte, er denke überhaupt nicht daran, sie jemals »ehrbar« zu machen.

Enttäuscht und bitterlich weinend war sie aus der Wohnung gerannt. Er hatte ihr nicht einmal nachlaufen und sie zurückholen und besänftigen können, denn es war allerhöchste Zeit, zum Dienst zu gehen.

Noch am Abend war Ginette tief gekränkt und Grand-mère Céléstine behandelte ihn während des Abendessens, als wäre er Luft. Als Armand sich dann später zu Ginette ins Bett legte, tat sie so, als schliefe sie bereits. Dass eine Annäherung seinerseits nicht erwünscht war, folgerte er daraus, dass sie sich auf ihrer Bettseite ganz an den äußersten Rand gelegt hatte, um ja nicht von ihm berührt zu werden ...

Auch der folgende Tag erwies sich – aus kriminalistischer Sicht – als unergiebig. Seinen Leuten war es nur gelungen, einen relativ harmlosen Taschendieb auf dem »Kleintiermarkt« unten an der Seine zu fassen, sowie eine Zigeunerin, die den Passanten zweifelhafte Zukunftsprognosen stellte und nebenbei versuchte, ihnen wertlose Pillen gegen Bauchweh anzudrehen und angebliche Verjüngungswässerchen, die tatsächlich nur – Wasser enthielten.

Lavalles Stimmung war so ziemlich auf dem Tiefpunkt und Ginette, immer noch eingeschnappt, wurde erneut das Opfer seiner miesen Laune: Brummig beschwerte er sich darüber, dass einer seiner Hemdkrägen, der durchgescheuert war, noch immer nicht geflickt worden war.

Das Ganze endete damit, dass das schöne Mädchen erneut weinte. Die Großmutter mischte sich klugerweise nicht ein, aber der Kommissar konnte ihren Zorn förmlich riechen.

Luc hingegen blieb vollkommen neutral. Er war froh, wenn man ihn kaum wahrnahm – befürchtete er doch, man könnte ihn nach seinen Aussichten für eine Anstellung befragen. Bisher hatte er es noch immer nicht geschafft, in Versailles den großen Schritt seiner Bewerbung zu wagen.

Mittlerweile verzichteten immer mehr Angehörige der Adelsschicht öffentlich auf ihre ererbten Privilegien. Natürlich taten es nur die wenigsten freiwillig: Sie fühlten sich dazu genötigt; andernfalls waren sie ihres Lebens nicht mehr sicher. Genauso wie sich Adel und Bürgertum beeilten, gut sichtbar an ihrer Kleidung die dreifarbige Kokarde anzubringen. Dadurch versuchten sie, sich das Wohlwollen des Pöbels zu erkaufen. Irgendwie konnte Kommissar Lavalle das auch verstehen: Jeder war sich schließlich der Nächste und es war nun einmal traurige Tatsache, dass die Polizei personell nicht mehr in der Lage war, für Ordnung im öffentlichen Raum zu sorgen.

Was ihn allerdings mit Ekel erfüllte, war Folgendes: Nicht wenige gingen so weit, vor versammelter Menge – sooft diese ihre Equipagen, Karossen oder Kaleschen anhielt und drohte, sie und den Kutscher zu liquidieren oder zumindest zu verprügeln – laut auf den König und seine Familie zu fluchen und ihn zum Teufel zu wünschen. Kopfschüttelnd musste er sich allerdings sagen: Wer Angst um sein Leben hat, ist zu mancherlei Konzessionen bereit ...

Zumeist klappte es sogar und die aufgebrachten Hungerleider ließen die Betreffenden in Ruhe. Den einfachen Polizisten war's recht; so mussten sie selbst seltener einschreiten und sich nicht mit den angeblichen Revolutionären herumschlagen.

Selbst das Pariser Straßenbild hatte sich mittlerweile massiv verändert: Keine Adelsdame oder reiche Bürgerin mit Verstand wagte sich noch in Samt und Seide auf die Straße, aus Furcht, von den aufgeheizten Habenichtsen nackt ausgezogen, verprügelt und vielleicht sogar ermordet zu werden.

Es war neuerdings üblich, dass vornehme Damen in dunklen schmucklosen Kleidern, aus billigen Stoffen gefertigt, mit einfachem Schuhwerk an den strumpflosen Füßen und unkleidsamen Hauben auf dem Kopf, durch die Gassen schlichen. Nicht selten sah die Herrin schäbiger aus als ihre Magd ...

Lavalle war bei seinen Streifzügen durch Paris aufgefallen, dass, wer von den Standesleuten unbedingt sein Palais verlassen musste, das nur noch mit bewaffneter Eskorte riskierte. Trotzdem hatten die meisten ihre Adelswappen von den Wagenschlägen entfernt und ihre Kutscher in schlichte Arbeitskleidung gesteckt. Was Armand am meisten beeindruckte, war die Schnelligkeit, mit der sich der Wandel vollzogen hatte.

Der Auszug aus der Stadt hielt weiterhin an. Wer irgendwie die Möglichkeit dazu besaß, flüchtete aufs Land. Lavalle fragte sich ernsthaft, ob womöglich dieser Drang ins Exil der Grund dafür war, dass es bereits längere Zeit zu keinen »Seinemorden« mehr gekommen war.

Hielt sich der Mörder womöglich gar nicht mehr in Paris auf? Das wäre natürlich zu begrüßen – andererseits würde er dann wohl niemals den irren Verbrecher schnappen ... Die Flucht aus Paris hatte auch zur Folge, dass eine ungeheure Anzahl von Bediensteten mit einem Schlag auf der Straße stand. Auf den Landgütern bedurfte man ihrer nicht; da gab es genügend anderes Personal.

Nicht nur ehemalige Diener, Mägde, Köche, Zofen und Lakaien waren ohne Arbeit, auch andere Berufszweige waren von dieser Stadtflucht empfindlich betroffen: Schneider, Kutscher, Perückenmacher, Friseure, Handschuhmacher, Näherinnen, Masseure, Putzmacherinnen, Schuster, Huf- und Wagenschmiede, Stellmacher, Goldschmiede, Parfümhersteller, Gastwirte und – Prostituierte sowie noch eine ganze Reihe weiterer Gewerbe. Ihnen allen waren die Kunden im wahrsten Sinne des Wortes davongelaufen ...

Sie alle bildeten das riesige Heer der Unzufriedenen, die auf einmal nicht mehr gebraucht wurden, am Hungertuch nagten und dementsprechend rabiat reagierten.

27. August 1789

André de Junot hatte sich mittlerweile wohl oder übel mit seinem Schicksal abgefunden, das Liebchen des Grand Maître zu sein. Der Junge besaß nicht einmal mehr die Kraft, sich wenigstens innerlich gegen den Missbrauch aufzulehnen. Gottergeben duldete er die sexuellen Übergriffe des Älteren während des Tages; und auch in den Nächten überließ er sich den Gelüsten seines Vorgesetzten.

Im Geiste allerdings hakte er jeden Tag ab, den er überstanden hatte und der ihn der Freiheit näherbrächte. Die krankhafte Lust, die er in der ersten Nacht beim Zusammensein mit seinem Mentor verspürt hatte, war längst verflogen.

Geblieben waren nur größter Widerwille, Wut, Hass und Ekel. Der Pöbel grölte Freiheitsparolen und forderte angebliches »Naturrecht« auf seine Selbstbestimmung ein: Für ihn und seinesgleichen sollte das augenscheinlich keine Geltung besitzen ... André klammerte sich fest an die Hoffnung, dass der Comte de Montmorency spätestens nach einem Vierteljahr das Interesse an ihm verlöre und dass ihm – irgendwann auch – die gerechte Strafe für sein schamloses Tun zuteilwürde.

Was den Jüngling zunehmend beschäftigte, war die beunruhigende Feststellung, dass er trotz aller Hoffnung auf seine Befreiung von dieser als ekelhaft empfundenen Fron gleichzeitig so etwas wie Unbehagen, ja, Angst bei dem Gedanken empfand, dann durch einen anderen jungen Burschen ersetzt zu werden.

An Privilegien gewöhnte man sich schnell und André genoss durchaus eine Sonderstellung unter all den anderen männlichen Domestiken. Der Grand Maître hatte ihm beispielsweise zu seinem vierzehnten Geburtstag, vor fast zwei Wochen, eine goldene Uhr geschenkt, deren Ziffernblatt mit Brillanten verziert war und die an einer schweren, massiv goldenen Uhrkette baumelte.

Alle anderen Pagen waren vor Neid erblasst. So großzügig hatte sich Monsieur Alfonse noch niemals gegen einen seiner Auserwählten gezeigt.

»Na, du schwules Stück! Du scheinst ja ein besonderer Leckerbissen für Päderasten zu sein! Verrat' uns doch etwas über deine Qualitäten beim Ficken«, lästerte einer, der schon aufgrund seines dümmlichen Eselsgesichts für den Ästheten Montmorency als Gespiele niemals infrage gekommen wäre.

»Leck mich am Arsch, mein Lieber«, gab ihm André ungerührt zur Antwort, obwohl der Bursche einen halben Kopf größer war als er und um etwa zwanzig Pfund schwerer. »Wenn du mich beleidigen willst, melde ich dich beim Grand Maître und du kannst deinen Krempel packen und verduften!«

Keine Frage, André de Junot hatte in der letzten Zeit gewaltig an Selbstvertrauen zugelegt ... Die Drohung mit dem obersten Chef aller Palastangestellten zeigte nachhaltige Wirkung. Weder der betreffende Page noch ein anderer Diener wagten es noch einmal, André dumm zu kommen. Alle Bediensteten in Versailles hatten mittlerweile ganz andere Ängste zu bewältigen.

Da nach altem Brauch der Zugang zum König jedem Franzosen erlaubt war – er musste lediglich als Mann eine Kopfbedeckung tragen, nicht mit Pocken infiziert und nüchtern und als Frau nicht »anstößig« gekleidet sein – konnte jedermann, der einen kleinen Obolus entrichtete, im Schloss herumspazieren.

Das lockte natürlich allerhand Gesindel an, vor dem die Diener und die Hofleute sich zu Recht fürchteten. Mehrmals in der Woche kam es zu höchst unliebsamen Vorfällen mit unverschämt demonstrierendem Pöbel, dem die personell unterbesetzte königliche Garde kaum wirksam entgegentreten konnte.

Bis Lafayettes Nationalgarde alarmiert war, verging meistens zu viel Zeit und die Rabauken wussten das auch. Dennoch wollte der König weiterhin die »Schauessen« samt den vielen Zuschauern abhalten. Obwohl sich auch in Versailles Unliebsames ereignete und selbst zu dieser »Insel des Friedens« schreckliche Gerüchte aller Art drangen, war kaum jemand der Dienerschaft – fataler- oder glücklicherweise? – über das wahre Ausmaß der Revolution im Bilde.

In noch weit höherem Maße galt das für die adligen Hofleute, die sich wie ein gackernder Hühnerhaufen um den König und die Königin scharten. Sie kamen mit »niederem Volk« kaum jemals in Berührung und wussten daher gar nichts über dessen Befindlichkeit. Und selbstverständlich las auch keiner von ihnen solche Schundblätter wie Marats »Ami du Peuple« ...

Guy Laroche, der neue oberste Polizeichef, brachte seinen Leuten die unfrohe Kunde, dass es jetzt auch auf dem Lande zu gewaltsamen Übergriffen des Pöbels kam. Die Nachricht wurde unterschiedlich aufgenommen. Auch unter den Polizeikräften gab es mittlerweile Anhänger einer politischen Erneuerung. Aubriac etwa schien das überhaupt nicht schlimm zu finden.

»Endlich merken auch die dümmsten Bauern, dass es so nicht mehr weitergeht!«, äußerte er sich zufrieden – allerdings nur gegenüber seinem Freund Armand. »So manchem feudalistisch agierenden Gutsherrn, der die Zeichen der Zeit immer noch nicht erkennen will, setzen seine Bauern kurzerhand den ›roten Hahn‹ aufs Dach!«

»Immerhin sind sie kriminell, mein Lieber«, erinnerte Armand den Freund. »Sie dringen in die Schlösser, Gutshäuser, Burgen und Villen der Oberschicht ein, durchwühlen die Gebäude nach Schmuck und Geld. Das wirst du doch nicht gutheißen, oder?«

»Natürlich nicht! Aber das ist nicht der Hauptgrund ihrer Aktionen!«, entschuldigte er die Übergriffe der Landbevölkerung. »Am liebsten sind den rechtlosen Bauern nämlich Papiere: Schuldverschreibungen, Steuerunterlagen, Abtretungen und Verpfändungen. Der feudalistische Papierkram wird in aller Regel gleich im Schlosshof verbrannt: alles Zeugnisse und Symbole jahrhundertelanger Willkür, Unterjochung und Ausbeutung!«

»Das mag ja alles sein«, gab Lavalle widerwillig zu. »Aber das Schreckliche ist doch: Bemerken die Eindringlinge auch nur eine Spur von Widerstand, werden die bisher so fügsamen Untertanen nicht selten zu brutalen Mördern.

Und oft wird auf dem Land auch ›von interessierten Kreisen der Revolution‹, denen daran gelegen ist, das Feuer des Umsturzes ja nicht erlöschen zu lassen, das Gerücht verbreitet, ›die Regierung‹ – sprich der König – habe angeordnet, die öffentlichen Brunnen vergiften zu lassen, um das französische Volk zu dezimieren. Wie willst du das denn entschuldigen, mein Lieber?«

Aubriac zuckte unbekümmert mit den Schultern. »Ein Verbrechen, das man in früheren Zeiten gerne den Juden angelastet hat! Jetzt müssen eben königliche Regierungsbeamte als Sündenböcke herhalten. Bedauerlich das Ganze. Aber du kennst doch den Spruch: ›Wo gehobelt wird, da fallen Späne!‹«

Mehr hatte Aubriac nicht dazu zu sagen.

»Es macht überhaupt keinen Spaß mehr, auf dem Markt Blumen zu verkaufen«, maulte Régine Madrier, die es vorgezogen hätte, endlich Madame Lavalle zu heißen. »Die Armen haben kein Geld und die Reichen bleiben als Kunden aus gutem Grund ebenfalls aus. Dafür werden wir, die wir nur unsere Arbeit machen wollen, vom Pöbel noch dumm angemacht!«

»Mach dir nichts draus«, versuchte Grand-mère Céléstine ihre Enkelin zu trösten. »Sieh das Ganze doch auch mal ein wenig positiv: Es hat sich jetzt ›ausgedemoisellt‹ und ›ausgemadamt‹! Seit gestern heißt es für Weibsbilder bloß noch ›Bürgerin‹ – egal, ob Dienstmädchen, Gattin eines hohen Beamten, Bettlerin oder Adelsdame. Und die Männer sind jetzt alle bloß noch ›Bürger‹, auch die Angehörigen der noblen Stände. Es gibt keine Titel mehr!«

Am sechsundzwanzigsten August war tatsächlich die »Erklärung für Menschenrechte« für sämtliche Bürger des Landes von der Nationalversammlung verabschiedet worden. Zeitgleich erfolgte die Proklamation der »politischen Gleichheit und Freiheit«.

Als Lavalle abends müde vom Herumlaufen nach Hause kam – den lästigen Papierkram ließ er mehr und mehr schleifen – konnte er einen ganz besonders schönen Satz sogar auswendig zitieren. In der Abendausgabe von Marats Schmierblättchen stand er nämlich ganz oben:

»Die Natur hat alle Menschen gleich und frei geschaffen und der Widerstand gegen jede Art der Unterdrückung ist das gute Recht eines jeden freien französischen Bürgers.«

»Klingt wunderbar«, knurrte die alte Céléstine, deren Begeisterung für »die Sache der Freiheit« sich mittlerweile anscheinend ziemlich verflüchtigt hatte. »Aber wenn man sich so anschaut, wozu die Freiheit der Leute und ihr angebliches Recht, sich zu wehren, geführt haben, wird einem schlecht. Heute haben Ginette und ich miterlebt, wie sie einen Mann einfach mir nichts, dir nichts an einer Straßenlaterne aufgeknüpft haben!«

Gerüchteweise hatte auch Lavalle im Kommissariat davon gehört. Aber es gab inzwischen so viele derartige Vorfälle, dass die Polizei sowieso nicht mehr nachkam mit der Verfolgung der Täter. Er hörte sich also genau an, was seine künftige »Schwiegergroßmutter« – gab es das überhaupt? – zu berichten hatte.

»Als Begründung gaben die Mörder an, er habe vor Jahren einen der Kerle um eine gewisse Summe betrogen. Der Mann hatte keine Chance, den Verbrechern zu entkommen! Ich konnte Ginette im letzten Augenblick gerade noch zurückhalten, sich einzumischen. Das hätte sie mit Sicherheit das Leben gekostet.«

»Es machte mich einfach furchtbar wütend! Wie konnten diese Bestien es sich erlauben, erst Polizei, dann Richter und zuletzt auch noch Henker zu spielen? Ich verspürte allerdings auch eine unbändige Wut, weil sich nirgends, trotz des beträchtlichen Auflaufs, die Polizei hat blicken lassen!«, sagte das Mädchen und funkelte ihren Liebsten an. Als sie allerdings sah, wie unglücklich Armand wegen seiner augenscheinlichen Ohnmacht dreinblickte, begann sie zu weinen.

Er nahm Ginette tröstend in die Arme. »Was glaubst du denn, Chérie, wie eine so kleine Schar von Polizisten – viele sind inzwischen getürmt – der chaotischen Lage auf den Straßen noch Herr werden soll? Ich kann froh sein, dass meine Abteilung noch komplett ist, aber wie lange noch?

Vom Militär lässt sich auch keiner blicken. Nachdem unser König es für angebracht hielt, die Soldaten abzuziehen, die vor den Toren der Stadt bereitstanden, um mit dem Pack aufzuräumen, halten die paar, die noch in Paris stationiert sind, sich lieber im Hintergrund.«

»Ich frage mich ja, wo dieser Lafayette sich herumtreibt!«, warf die Großmutter ein. »Er sollte doch für Ordnung sorgen mit seiner Nationalgarde.«

»Das tut er, Grand-maman, das tut er! Aber nicht in Paris, sondern meistens in Versailles. Da ist die Lage inzwischen mehr als brenzlig.«

»Ich kann das ganze Theater kaum noch ertragen«, schluchzte Armands Liebste. »Ständig habe ich das wütende Gebrüll dieser gemeinen Mörder im Ohr: ›Á la lanterne!‹, ›á la lanterne!‹ und das hilflose Flehen des Mannes, den sie aufhängten. Und dann ihr rohes Gelächter, als seine Beine im Todeskampf gezuckt haben!«

Armand befürchtete eine Nervenkrise seiner geliebten Ginette. »Schschsch, du bist müde und erschöpft, mein Liebes. Geh schon zu Bett, ich komme bald nach.«

Armand wollte seine Liebste die ganze Nacht im Arm halten und sie beruhigen, so oft sie aus ihrem Albtraum schreiend aufschreckte. Er rechnete damit, in dieser Nacht nicht zum Schlafen zu kommen. Dass sie so ein weiches und empfindsames Gemüt besaß, gefiel ihm ja so gut an ihr.

Er wusste, dass er sich keine bessere Frau wünschen konnte. In einer Zeit, in der es beinahe mehr Schlampen gab als anständige Mädchen, war die schöne und grundanständige Régine Madrier ein wahrer Glücksfall.

Kühn beschloss er – den garstigen Zeitläuften zum Trotz – ihr demnächst einen Heiratsantrag zu machen. Es musste doch noch »normale« Leute geben, die eine Familie gründeten und Kinder in die Welt setzten. Trotz allem: Frankreich würde nicht untergehen.

28. August 1789

Commissaire Lavalle rieb sich insgeheim die Hände. Hatte es doch den Anschein, als wäre man in der Angelegenheit Seinemörder endlich einen winzigen Schritt vorangekommen.

Endlich hatte sich Mère Brassens' Hartnäckigkeit ausgezahlt! Die alte Frau hatte wochenlang Druck ausgeübt auf ihre Freunde und Freundinnen – letztere waren alles jüngere Kolleginnen aus dem ältesten Gewerbe der Welt. Zum Schluss fühlten sich alle Bettler, Obdachlosen und anderes gemeines Volk rings um die »Hallen« und in der Innenstadt bemüßigt, bei Gott und der Welt über den jungen Burschen mit den auffälligen Narben nachzuforschen.

»Na, was sagt Ihr jetzt, Monsieur le Commissaire? ›Steter Tropfen höhlt den Stein‹, sage ich immer. Und es hat sich wieder einmal bewahrheitet!«, krähte die Alte stolz.

Mutter Brassens strahlte über ihr ganzes altersfleckiges, mit zahllosen Runzeln durchzogenes Gesicht. »Der arme Kerl, dessen Namen Ihr so dringend gesucht habt, hieß zu Lebzeiten Charles oder ›Charlot‹ Bigouttier. Er war noch blutjung und hat vor ein paar Jahren als Leichtmatrose bei den Seestreitkräften angeheuert.

Nach drei Jahren bekam er das erste Mal Urlaub und den verbrachte er, direkt von Marseille kommend, in Paris – genauer gesagt im Faubourg Saint Antoine – bei seinem Onkel Jacques Bigouttier.«

Lavalle war im ersten Augenblick versucht, die Alte vor lauter Erleichterung zu küssen. Dann hielt er inne. Wer sagte ihm denn, dass dieser Charlot der Richtige war?

Womöglich war der Seemann längst wieder auf seiner Fregatte und auf dem Weg nach Übersee? Immerhin hatte sein Verwandter ihn nicht als vermisst gemeldet und im städtischen Leichenschauhaus hatte er offenbar auch nicht nach ihm gesucht ...

Der Kommissar bedankte sich ein wenig zurückhaltend bei der Bettlerin, versprach jedoch, der Sache sofort nachzugehen und ihr im Falle, dass dieser Matrose sich als »Treffer« erwies, die versprochene Belohnung auszuhändigen.

»Ihr könnt mir vertrauen, Monsieur le Commissaire, er ist der, den Ihr gesucht habt«, beharrte Mère Brassens. »Ich verstehe schon, dass Ihr das Ganze erst nachprüfen müsst. Aber lasst Euch nicht zu viel Zeit damit – ich brauche das Geld nämlich dringend.«

Armand schwor heilige Eide, sich zu beeilen. Zum Schluss bat er die alte Frau, die gegenüber dem letzten Mal, als er mit ihr gesprochen hatte, noch magerer und zerlumpter zu sein schien, ihn nicht mehr mit »Monsieur le Commissaire« anzusprechen.

»Es gibt keine Titel und keine ›Monsieurs‹ mehr, Madame! Ich bin nur noch der schlichte Bürger Lavalle.«

Die Alte wollte sich ausschütten vor Lachen. »Und zu mir sagt Ihr ›Madame‹«, kicherte sie entzückt. »Ich sag's Euch ganz ehrlich: Ich hab's immer gern von Euch gehört – aber mit ›Bürgerin‹ bin ich auch zufrieden.«

Lavalles nächster Weg führte zu besagtem Onkel. Jacques Bigouttier, ein vierschrötiger arbeitsloser Müllergeselle, war etwa Ende dreißig und lebte zusammen mit seiner verhärmten Frau und drei noch ziemlich jungen Kindern in einer elenden Bruchbude im Vorort Saint Antoine.

»Als mein Neffe Charlot von einer Kneipentour nicht mehr zurückkam, dachten wir, es gefiele ihm bei uns nicht mehr. Wir sind bitterarm, seit ich meine Anstellung verloren habe. Mein Weib und die zwei größeren Kinder gehen betteln, damit wir überhaupt überleben«, sagte der Mann. »Mich stellt keiner mehr ein, obwohl ich mich in den verschiedensten Branchen beworben habe.«

Commissaire Lavalle vermutete insgeheim, der ehemalige Müllerbursche beteilige sich hin und wieder an Einbrüchen und nächtlichen Raubzügen ... Konnte man es dem verzweifelten Familienvater – dessen Ehefrau, wie ihr angeschwollener Leib es vermuten ließ, allem Anschein nach erneut Nachwuchs erwartete –, verdenken?

Es war eine Schande, dass die Regierung ganz normale arbeitswillige Bürger im Elend verkommen ließ. Sein Zorn gegen Minister Necker, das angebliche »Finanzgenie«, war mittlerweile ziemlich angewachsen. Hubert Aubriac und andere Bekannte hatten ihm die Augen geöffnet ...

Als erfahrener Polizeibeamter ließ Lavalle die meiste Zeit den Bürger Bigouttier erzählen. Der genoss das sichtlich; im Allgemeinen besaß er vermutlich kein so aufmerksames Publikum. Ja, es stimmte: Charlot war knapp zwanzig und seit drei Jahren Matrose auf einem Kriegsschiff Seiner Majestät.

»Äh«, verbesserte sich der schlichte Mann nervös, »ich meine natürlich: Auf einem der Schiffe des Bürgers Louis Capet. Oder gehören ihm die inzwischen auch nicht mehr?«, erkundigte er sich naiv.

Lavalle schmunzelte und meinte, das wisse er auch nicht so genau. Vielleicht seien die Kriegsschiffe ja jetzt tatsächlich Eigentum der Nationalversammlung ... Dann erkundigte Lavalle sich behutsam nach dem Aussehen und eventuellen körperlichen Merkmalen und Besonderheiten des Verschollenen.

»Etwa mittelgroß ist er und hat dunkelbraune Haare. Und mager ist er, aber muskulös«, beschrieb ihn der Onkel vage. »Aber, was denn für ›Merkmale‹, Bürger Kommissar?«

Jacques Bigouttier schien verwirrt. »Er sieht eben aus wie alle jungen Burschen aus dem Süden. Ihr müsst wissen, meine Schwester selig hat sich vor über zwanzig Jahren in Paris in einen Seemann aus Marseille verguckt. Dem folgte sie in den Süden nach und kriegte auch gleich einen Sohn, diesen Charles, den alle ›Charlot‹ nennen.

Dem liegt die Liebe zur See und das Kämpferische seines Vaters im Blut. So heuerte er nach dem Tod seiner Mutter mit noch nicht einmal siebzehn auf einem Kriegsschiff des Königs, äh, des Bürgers Capet, an.

Als er nach drei Jahren wieder daheim auftauchte, war leider auch sein Vater gestorben. Da beschloss er, seine Verwandten in Paris, nämlich meine Frau und mich, zu besuchen. Danach wollte er wieder als Matrose anheuern.

Was habt Ihr mit ›Merkmalen‹ denn nun genau gemeint, Bürger Kommissar?«

Lavalle beschloss, sich vorsichtig heranzutasten.

»Ich frage mich, ob der junge Mann vielleicht alte Narben hatte oder irgendwelche, inzwischen verheilte Verletzungen, die aber noch gut zu erkennen waren?«

Der Onkel reagierte umgehend.

»Ja, freilich! Das meint Ihr! Natürlich hat Charlot Narben – und nicht gerade wenige! Er behauptete zwar anfangs, die stammten aus kriegerischen Auseinandersetzungen mit den Engländern, aber nach einigen Gläsern Wein hat er zugegeben, dass er in Marseille – ehe er den Rock des Königs anzog – mit einem anderen Kerl aneinandergeraten ist.

Wieso sprecht Ihr eigentlich dauernd in der Vergangenheit von ihm? Dabei fällt mir ein, dass wir Euch noch gar nichts angeboten haben. Was sind wir doch für miserable Gastgeber! Frau, bring dem Kommissar ein Glas vom guten Roten!«

Lavalle war es zuerst peinlich, diesen Armen auch noch von dem Wenigen wegzunehmen, was sie hatten, aber das Ehepaar bestand darauf und er wollte die beiden nicht kränken.

Als Armand dankend einen Schluck von dem wie erwartet sauren Gesöff genommen hatte, fuhr der Onkel fort. »Der andere Kerl hat ihn an den Schenkeln, an den Armen und Händen mit einem Dolch verletzt, während Charlot bloß seine zwei Fäuste zur Verteidigung hatte! Aber mein Neffe hat gesiegt – allerdings büßte er dabei einen halben Mittelfinger ein.«

Lavalle jubelte innerlich. Volltreffer! Zum ersten Mal war es ihm gelungen, eines der bedauernswerten Opfer zu benennen. Endlich war einer der Toten kein anonymes Mordopfer mehr, sondern besaß, wenngleich ihm der Mörder auch sein Gesicht genommen hatte, immerhin wieder seinen guten Namen.

Als sich der Kommissar von den Leuten verabschiedete, waren sie sehr betroffen vom Schicksal ihres Neffen. Irgendwie hatte sein Onkel aber insgeheim schon mit dem Schlimmsten gerechnet gehabt, als der Bursche so abrupt und spurlos verschwunden war.

Andererseits konnten sie jetzt auf den »Cimetière Père Lachaise« gehen, wo es einen abgegrenzten Bezirk für anonym Beerdigte gab. Da man sein Bestattungsdatum kannte, war das betreffende Grab leicht zu finden. Seine Verwandten würden darauf ein schlichtes Holzkreuz mit seinem Namen anbringen.

»Jetzt kann ich richtig um den Jungen trauern und dafür danke ich Ihnen, Bürger Kommissar«, sagte der Mann zum Schluss.

Als Lavalle an diesem Abend nach Hause kam, war er nach langer Zeit wieder einmal zufrieden mit dem

Erreichten. Obwohl jetzt erst die Hauptarbeit anstand, nämlich die Spur des Matrosen in Paris zu verfolgen – die am Ende hoffentlich zu seinem Mörder führte – war er in gewisser Weise euphorisiert.

Leider entging ihm vollkommen, in welchem Gemütszustand sich seine Liebste befand. Dass sie gerötete Augen hatte, als habe sie geweint, bemerkte er zwar noch, aber er gab sich ganz selbstverständlich mit ihrer Ausrede zufrieden, sie habe Zwiebeln geschnitten und wegen deren Schärfe Tränen vergossen.

Auch dass sich Ginettes Verfassung im Laufe des Abends eher noch verschlechterte, fiel ihm nicht auf. Im Geiste teilte er bereits seine Männer ein – ihm standen im Augenblick nur noch drei Polizisten zur Verfügung, denn zwei hatten sich krankgemeldet – und überlegte, wie er in den nächsten Tagen am klügsten vorgehen solle.

Es musste ihm einfach gelingen, alle Anlaufstellen des getöteten Charles Bigouttier an dessen letztem Lebenstag aufzuspüren, sie genau verfolgen zu lassen – um am Ende den zu entlarven, der ihm sein Leben auf so grausige Weise genommen hatte.

29. August 1789

Am nächsten Morgen stand er lange vor Morgengrauen auf, da er es im Bett nicht mehr aushielt. Geschlafen hatte Lavalle so gut wie gar nicht. So war ihm auch nicht entgangen, dass sich Ginette unruhig von einer Seite auf die andere gewälzt hatte.

Er schob es auf die unbändige Hitze, die wie eine Glocke aus Glut und üblen Gerüchen aller Art über der Stadt hing; besonders über den Altstadtvierteln von Paris, deren Wohnhäuser eng und schmal aneinandergebaut und oftmals wie ein Labyrinth ineinander verschachtelt waren. Es gab Behausungen, die ihre Bewohner nur erreichen konnten, indem sie erst die Wohnung ihrer Nachbarn durchquerten.

Der Kommissar selbst hatte in seiner Anfangszeit in Paris ein Mansardenzimmer bewohnt, in das er nur über eine Art steile Hühnerleiter gelangte, die in der Stube eines anderen Hausbewohners installiert war ...

Er würde ins Kommissariat gehen und den liegen gebliebenen Schreibkram erledigen. Die Nationalversammlung hatte den »Wunsch« geäußert, jeder Beamte möge in Zukunft genau auflisten, wann, wie lange und mit wem er sich warum und wo aufgehalten habe. Vollkommen unnützer Aufwand, wie er fand.

Anschließend wollte er das Gefängnis in einem separaten Gebäudeteil der Conciergerie aufsuchen, um einen ganz bestimmten Häftling zu befragen. Armand erinnerte sich nämlich, dass der Gefangene Roman Duvalier, der im Alter von vierunddreißig Jahren seiner baldigen Hinrichtung wegen Mordes entgegensah, in der Gegend des Faubourg Saint Antoine seinen Schlupfwinkel gehabt hatte.

Dieser Vorort, der die Place de la Bastille mit der Place de la Nation verband, war seit Jahren die Keimzelle der inzwischen allgemeinen Volkserhebung. Die vielen verborgenen Hinterhöfe und Häuserdurchgänge des heruntergekommenen und vollkommen verbauten Quartiers gaben hervorragende Zufluchtsorte und geeignete Treffpunkte ab für Gesindel aller Art, für Revolutionäre – und leider auch Schwerstkriminelle.

Faubourgs waren Ausfallstraßen, die zu den Pariser Vororten führten und die zu beiden Seiten dicht besiedelt waren. Hier lebte die Unterschicht, die so genannten »kleinen Leute«. Das waren in der Regel niedere Beamte, Kleingewerbetreibende und Handwerker – und eine Menge solcher, die nur vortäuschten, zur arbeitswilligen Schicht zu gehören.

Es hatte beinahe an ein Wunder gegrenzt, dass Lavalle ausgerechnet hier den Räuber und Totschläger

Duvalier gefasst hatte. Üblicherweise war in diesem Viertel jeder Trickbetrüger, Dieb, Attentäter oder Mörder vor dem Zugriff der Polizei bestens geschützt – außer es war Verrat im Spiel.

Aber das war so gut wie nie der Fall. Die Kriminellen bildeten so etwas wie eine »Gaunerzunft«, schützten sich gegenseitig, schirmten sich ab vor ihrem gemeinsamen Feind, der Polizei, da sie ihre Auseinandersetzungen und gelegentlich sogar blutigen Differenzen unter sich ausmachten.

Mittlerweile wurde jeder, der sich »politischer Aktivist« nannte und sich dabei kriminell verhielt, auch von biederen Kleinbürgern versteckt und in den zahllosen Schlupfwinkeln vor polizeilichem Zugriff bewahrt.

Im Grunde war es hier nicht anders, wie einst im »Cour des Miracles«, dem legendären »Hof der Wunder«, einem zu Zeiten Ludwigs des Vierzehnten ummauerten, nachts mit Toren verschlossenen Gebäudekomplex. Heutzutage waren die Verbrecher Tag und Nacht über die gesamte Stadt Paris verstreut. Lavalle kannte Polizisten, die die alten Zeiten herbeisehnten, weil man damals wenigstens gewusst habe, wo genau jeder Ganove sich zu bestimmten Zeiten aufhielt.

Im Faubourg Saint Antoine wimmelte es von dubiosen Kneipen und anrüchigen Spelunken, die aufgrund ihres reichlich gemischten Publikums und ihres abenteuerlichen Interieurs auch auf harmlose Zeitgenossen – sowie auf manche Edelleute mit »bizarren« Neigungen – anziehend wirkten. Vor allem Seeleute aller Altersgruppen suchten diese Wirtshäuser auf.

Möglicherweise – ja, sogar wahrscheinlich – war Roman Duvalier hier dem Matrosen Bigouttier mit den vernarbten Händen und der verstümmelten Hand begegnet.

Die Befragung des Gefangenen in der Conciergerie – nebenan im selben Gebäude, in dem auch das Polizeikommissariat beheimatet war – erwies sich nach anfänglichen Schwierigkeiten in der Tat als recht ergiebig. Lavalles vorherige Anfrage, verbunden mit einer kleinen »Spende« für eine Besuchserlaubnis beim Kommandanten der Haftanstalt, hatte sich gelohnt; obwohl der Beginn der »Unterhaltung« zwischen Todeskandidaten und dem Kommissar, der ihn zur Strecke gebracht hatte, nicht gerade vielversprechend ausfiel.

Der zum Tod durch Erhängen Verurteilte zeigte sich anfangs äußerst unzugänglich. »Warum sollte ich ausgerechnet Ihnen, Bürger Lavalle, einen Gefallen tun? Welchen haben Sie mir denn getan? Außer, dass Sie mich bei einem läppischen Einbruch geschnappt und dann noch behauptet haben, ich hätte den Büchsenmacher Herliot alle gemacht! Ich bin vollkommen unschuldig!«, greinte er.

»Lüg nicht, Kerl! Du bist durchaus kein Unschuldsengel, Duvalier! Du hast nicht ›nur‹ einen Menschen auf dem Gewissen, und wenn dir der Henker den Strick um den Hals legt, weißt du genau, dass es zu Recht geschieht! Aber du könntest wenigstens für dein Seelenheil noch etwas tun. Ein kleines Plus auf der Habenseite erspart dir womöglich etliche Tausend Jährchen, die du weniger in der Hölle schmoren wirst.«

Armand Lavalle gab sich kühl und keineswegs als Bittsteller. Er hätte es überdies als gemeinen Betrug empfunden, wenn er Duvalier in dem Glauben ließe, ihm winke womöglich ein Gnadenerlass, falls er sich kooperativ zeige. Dazu war der Kommissar nicht ermächtigt und er hätte sich dazu auch unter keinen Umständen bereitgefunden. Der Kerl verdiente weiß Gott seine Strafe ...

Duvalier seinerseits war stur; er zeigte sich verschlossen wie eine Auster und der Kommissar schickte sich bereits an, die Zelle des Todeskandidaten zu verlassen.

»Worum handelt es sich denn überhaupt?«, hörte er da hinter sich die seltsam quäkende Stimme des

Häftlings. Der Gefangene war offenbar nicht ganz unglücklich darüber, Besuch zu haben und wollte Lavalle nicht gleich wieder entschwinden sehen.

›Er denkt wohl, wenn er das hinterhältige Polizistenschwein auch auf den Tod nicht ausstehen kann, ein bisschen Unterhaltung werde ihm wenigstens die entsetzliche Wartezeit bis zum Ende verkürzen helfen.‹ Das glaubte der Kommissar tatsächlich und war beinah ein wenig belustigt darüber.

Duvalier bequemte sich auf einmal, in seinem Gedächtnis zu kramen; Armand Lavalle war ganz Ohr.

Am Nachmittag kehrte er zufrieden in seine Amtsstube, auf der gegenüberliegenden Seite des weitläufigen Komplexes liegend, zurück. Das Gespräch mit Duvalier hatte ihn in seinen Ermittlungen ein gutes Stück vorangebracht. Durch geschickte Fangfragen war es dem Kommissar gelungen, dem Verurteilten zu entlocken, dass er einen Matrosen Charles, der sich »Charlot« nannte, tatsächlich gekannt habe.

Alter, Größe, Haarfarbe, die Narben, der verstümmelte Finger – alles passte. Als das geklärt war, horchte Armand sein Gegenüber weiter aus: Ob Duvalier vielleicht wüsste, in welchen Spelunken sich der Seemann sonst noch aufzuhalten pflegte, mit wem er sich möglicherweise getroffen habe und wer vielleicht noch etwas über ihn berichten könne? Alles wollte Lavalle wissen.

Ferner: Hatte der Matrose womöglich Streit mit jemandem gehabt? Hatte er sich beispielsweise mit einem anderen Kerl angefreundet oder etwas über seine Pläne in nächster Zeit verraten?

Das Ergebnis konnte sich sehen lassen! Um sich nicht undankbar zu zeigen, veranlasste Lavalle einen der Wärter, Duvalier eine Flasche Schnaps, eine Stange Weißbrot und ein Pfund Schinken in seine Zelle zu bringen, dazu eine Pfeife und Tabak – gegen entsprechende Bezahlung natürlich, die der Kommissar allerdings vor Zeugen leistete:

»Ich komme wieder und frage nach, ob der Gefangene das Zeug auch wirklich bekommen hat«, kündigte er beim Verlassen der Conciergerie an. Den Gefängniswärtern traute er nämlich, was die Herausgabe von derlei Leckereien anbelangte, nicht mehr über den Weg als den Zelleninsassen ...

Sein nächster Weg führte Lavalle an einen Platz nahe von »Les Halles«, wo er hoffte, Mère Brassens zu finden. Die Alte hatte sich ihren Lohn wahrhaftig verdient. Als er bei den riesigen Markthallen mit ihren inzwischen merklich geschrumpften Warensortimenten eintraf, humpelte sie ihm auch schon entgegen.

»Sucht Ihr etwa mich, Bürger Commissaire?«, fragte sie hoffnungsvoll. Keine Frage, die Bettlerin brauchte den kleinen Nebenverdienst dringend. Sie freute sich offenbar ungemein darüber, dass der Kommissar sein Wort hielt.

Zurück im Kommissariat lag eine schriftliche Anweisung seines direkten Vorgesetzten, Émile Béguin, vor. Lavalle wunderte sich darüber, dass Émile, mit dem er im Großen und Ganzen gut auskam, diesen ungewöhnlichen Weg gewählt hatte. Ihre Büros lagen schließlich Tür an Tür ...

Ein Kollege klärte ihn auf: Béguin war heute früher nach Hause gegangen, da seine junge Frau – seine zweite – vorzeitige Wehen verspürte und nach ihrem Mann hatte schicken lassen. Armand seufzte und hielt sich das Schriftstück dicht vor die Nase. Es war ziemlich dunkel in dem Raum; ein Gewitter stand unmittelbar bevor. Noch aber wollte er kein Licht anmachen. Die Notiz wies Armand Lavalle an, am morgigen dreißigsten August mit einer Mannschaft von zwanzig Leuten nach Versailles zu reiten.

Sie sollten als Verstärkung der königlichen Garde dienen, denn zur Feier des Namenstags des Monarchen rechnete die Nationalversammlung mit größeren Demonstrationen und Krawallen. Diese galt es zu verhindern – man schämte sich allem Anschein nach vor den Auslandsvertretern, die natürlich anwesend sein würden.

Am Feiertag des heiligen Ludwig erwartete man auch in diesem Jahr nach altem Brauch eine Abordnung aus Paris, um dem Monarchen und seiner Gemahlin die Glückwünsche der Bürger von Paris zu entbieten. Dieses Spektakel zog erwartungsgemäß eine Menge übrigen Volkes an, von dem man in diesen Zeiten nicht vorhersagen konnte, wie es sich verhalten werde.

Als erster und wichtigster Glückwunschbote war der Maire von Paris, Silvain Bailly, vorgesehen – just derselbe, der Ludwig XVI. vor Kurzem beinahe ultimativ aufgefordert hatte, endlich in die Hauptstadt zurückzukehren und seinem bedrängten Volk beizustehen – ungeachtet dessen Trauer um den Dauphin.

Weiter entnahm Lavalle der Liste, dass als nächster Gratulant General Lafayette als Kommandant der Nationalgarde seinen Auftritt haben sollte; dann würden die Vertreter der Zünfte folgen und zum Schluss sollte – wie bei allen derartigen Festivitäten – eine Abordnung der Pariser Marktfrauen dem König einen prächtigen Blumenstrauß überreichen.

Der Kommissar schmunzelte, als er die Namen der auserwählten Bürgerinnen las: Es waren wiederum die seiner Liebsten Ginette und ihrer Großmutter Céléstine.

Dann seufzte er. Er würde sich morgen früh wohl oder übel in seine Paradeuniform zwängen müssen; hoffentlich passte sie ihm noch. Beide Frauen, mit denen er die Wohnung teilte, waren exzellente Köchinnen und es schmeckte ihm viel zu gut.

Wieder kam ihm der Gedanke, Ginette endlich um ihre Hand zu bitten. Darauf zu warten in der Annahme, dass die Zeiten sich zum Besseren änderten, war vermutlich reine Illusion. Also konnten sie das Wagnis genauso gut jetzt schon eingehen. Mittlerweile hatte Lavalle sich mit dem Gedanken, Ehemann zu sein und womöglich bald Vater, angefreundet.

Er wusste es einfach: Seine süße Ginette war genau die Richtige! Er war sicher, sie würde auch in noch schwereren Zeiten unbeirrt zu ihm halten.

30. August 1789

Noch vor dem Morgengrauen traf sich Armand Lavalle mit seiner Mannschaft bei den Pferdeställen an der Tour Saint Jacques, um den langen Weg nach Versailles unter die Hufe zu nehmen. Flüchtig ging ihm durch den Sinn, wie eigenartig sich Ginette gestern Abend benommen hatte. Sie schien keineswegs erfreut gewesen über die Ehre, gemeinsam mit Céléstine dem Monarchen zum Namenstag gratulieren zu dürfen. Wenn er es recht bedachte, verhielt sich seine Liebste in letzter Zeit überhaupt ein wenig seltsam.

Bei den Pferdeställen der Polizei angekommen, begrüßte er jeden der Männer einzeln mit Handschlag – und vergaß Ginettes Benehmen ganz schnell wieder. Frauen waren eben doch zuweilen recht merkwürdige Wesen.

»Auf nach Versailles, Kameraden!«

Natürlich hatte ein Mann wie er seine Spione überall. Er hielt sich viel darauf zugute, dass es ihm seit Jahren gelang, sie auszuhorchen, ohne dass sie überhaupt bemerkten, was hinter seinem Interesse an gewissen Dingen steckte. Stets gab er vor, nur äußerst neugierig zu sein und sich über Bizarres und Perverses nur zu amüsieren. Er war sicher, dass keiner seiner Spitzel auch nur im Geringsten ahnte, welcher Natur sein Wissensdurst in Wahrheit war. Und das war auch gut so.

So blieb es ihm auch nicht lange verborgen, dass Commissaire Armand Lavalle, der allmählich wirklich zu einer Gefahr zu werden drohte, mit Mère Brassens, dieser alten klatschsüchtigen Hure, gesprochen hatte. Danach war der Kommissar in den Faubourg Saint Antoine gestiefelt, um sich mit einem ehemaligen Müllerburschen zu treffen, der seinen jungen Verwandten vermisste ...

Bei ihm ließ das sämtliche Alarmglocken schrillen!

Weiter berichteten ihm die Spione, Lavalle habe sogar den Weg in die Conciergerie zu einem gewissen Roman Duvalier nicht gescheut. Der sei angeblich sehr redselig gewesen ... Das schien ihm noch brisanter zu sein! War es möglich, dass ein tumber Gendarm von kleinbürgerlicher Herkunft, ihm, dem Seinemörder oder dem genialen »Phantommörder«, wie ihn manche nannten, bereits auf der Spur war? Sollte seine Karriere als über zehn Jahre vergeblich gesuchter »Serientäter« tatsächlich zu Ende gehen?

Dagegen lehnte sein Stolz sich gewaltig auf. Dass man seiner irgendwann habhaft würde – damit rechnete er zwar insgeheim schon länger. Aber er empfand größten Widerwillen gegen die Aussicht, von einer niederen Kreatur entlarvt und gefasst zu werden. Das durfte niemals geschehen – lieber würde er sich selbst ans Messer liefern, indem er beispielsweise bei einem hohen Geistlichen, etwa dem Erzbischof von Paris, beichtete ...

Der Gedanke, seine Untaten – er nannte sie »Opferfeste« – in Verbindung mit dem ehrwürdigen Sakrament der Buße zu bringen, erschien ihm weitaus angemessener. Ja, diese Überlegung hatte durchaus etwas – etwas Stilvolles, Einzigartiges und zugleich faszinierend Morbides, seiner erhabenen Person Angemessenes ... Geradezu ein Paukenschlag wäre es!

Leider stand seinem Geständnis das lästige Beichtgeheimnis entgegen. Der Erzbischof müsste unbedingtes Stillschweigen über seine Taten bewahren.

Schade! Wer sollte dann von seinen Triumphen erfahren? Vielleicht war diese Idee mit der Beichte doch nicht so brillant ...

Ganz leise fühlte er, dass sich in seinem Inneren etwas zu regen begann, etwas Bekanntes, nur allzu Vertrautes: die Gier nach Blut, nach Fleisch, das Sehnen nach unsäglicher Todesangst und grausamem Schmerz eines anderen, das Verlangen nach einem neuen »Opfer«, das er darzubringen hatte. Noch nicht gleich – aber sehr bald.

Und wie immer würde er das Opfermahl teilen mit dem, der ihn als einziger verstand, der seine Leidenschaft auf seine ganz eigene Weise teilte und der bereit war, mit ihm gemeinsam die Hülle des Geopferten so herzurichten, dass er sie den Fluten übergeben konnte. In diesen Fällen war es die Seine, die als würdiger Ersatz des Styx dienen musste.

Sogar die Münze für den Fährmann über den Acheron, am Eingang zur Unterwelt, hatte er schon parat. Dem Geopferten sollte es an nichts fehlen. Ganz besondere Teile seines Körpers würden sogar dem irdischen Verfall trotzen und bis in alle Ewigkeit überdauern ...

Kommissar Lavalle hielt sich nicht zum ersten Mal im Palast von Versailles auf; aber jedes Mal war er aufs Neue fast geblendet vom Glanz und der Pracht, der ausgeklügelt harmonischen Architektur, der üppigen Ausstattung und der dekadenten Ausstaffierung der Bewohner dieses geradezu märchenhaften Schlosses.

Zusammen mit der Garde Royale standen er und seine Männer entlang der mit weißgoldenen Tapeten bespannten Wände des prächtigen Empfangssalons. Sie bildeten einen Schutzwall um den König und die Königin.

Keiner vom niedrigen Fußvolk, der sich mit seiner Eintrittskarte das Recht erkauft hatte, in dem Gebäude ganz nach seinem Belieben herumzuschlendern, vermochte diesen feierlichen Moment zu stören. Soweit der Kommissar es mitbekam, befanden sich an diesem Tag erstaunlich wenige Besucher aus dem »Volk« im Schloss.

Lavalle konnte seine Augen kaum losreißen von der raffiniert ausstaffierten Marie Antoinette; er stand nur wenige Meter von der Königin entfernt. Trotz der dicken Puderschicht, die sie aufgelegt hatte, entging ihm nicht, dass sie stark gealtert war und selbst das geschickt geschnittene Kleid konnte nicht kaschieren, dass sie eine Menge ihrer weiblichen Rundungen eingebüßt hatte.

Der vielen Schminke ungeachtet – ihre Zofen hatten sich große Mühe gegeben, die Fältchen um den Mund und die dunklen Augenschatten zu übermalen –, ihres überaus prunkvollen Gewandes und der aufgebauschten Frisur zum Trotz, erkannte Armand Lavalle: Diese immer noch schöne Frau, war todunglücklich – und gleichzeitig unsagbar wütend! Darüber vermochten auch ihre funkelnden Juwelen nicht hinwegzutäuschen, mit denen sie wie üblich reich behängt war.

›Ob das angesichts der aussichtslosen finanziellen Lage, in der Frankreich sich befindet, besonders klug ist – immerhin droht uns der Staatsbankrott – wage ich zu bezweifeln‹, überlegte der Kommissar nüchtern.

Gleichsam als Bestätigung seiner Gedanken hörte Lavalle einen Gardisten, wie dieser einem Kameraden zuflüsterte: »Sie sieht leibhaftig aus wie eine der Karikaturen, die in Paris und anderswo über sie im Umlauf sind.«

Der Kommissar selbst hatte genügend dieser Machwerke gesehen – ja, nicht wenige hatte er eigenhändig von den Mauern des Palais Royale heruntergerissen, nur um am anderen Morgen festzustellen, dass die kompromittierenden, meist stark obszönen Zeichnungen durchwegs durch neue ersetzt worden waren.

Im Stillen pflichtete er dem Gardisten bei: Der Anblick der – wie für einen Ball herausgeputzten – Königin hatte an diesem Vormittag in der Tat etwas geradezu Groteskes an sich. Da lobte er sich Ludwig XVI.: Er war in betont schlichtem Anzug erschienen und hatte sich eine dreifarbige Kokarde ans Revers der Jacke geheftet. Der König strahlte Heiterkeit und Jovialität aus, während Marie Antoinette gar nicht erst versuchte, ihre schlechte Laune zu kaschieren.

Der Türhüter klopfte mit seinem Stab auf den spiegelblanken, in verschlungenen Mustern verlegten Parkettboden aus Eichenholz und kündigte die Besucher mit gewohnter, jahrelang geübter Theatralik in der Stimme, an: »Die Stadt Paris!«

Der Bürgermeister der Hauptstadt, Sylvain Bailly, verneigte sich respektvoll vor dem König und seiner Gemahlin – was allerdings eine wesentliche Änderung des üblichen Rituals bedeutete. Lavalle kannte nur die Gepflogenheit, dass sich alle Besucher bei der Begrüßung vor dem Herrscher devot auf ein Knie niederließen ...

Damit war es offenbar vorbei. Der Königin schoss vor Empörung das Blut ins Gesicht.

Gespannt beobachtete der Kommissar die Miene König Ludwigs. Falls diesen der mangelnde Respekt störte, hatte er sich ausgezeichnet im Griff; keinerlei Missvergnügen war ihm anzumerken. Leutselig wie immer hörte er der Rede Maire Sylvain Baillys zu.

Armand fand die Ansprache ohne Fehl und Tadel; sehr emotional war sie gehalten, jedoch keineswegs unterwürfig. Und seine guten Wünsche hörten sich an, als kämen sie aus ehrlichem Herzen. Marie Antoinettes Miene blieb indes versteinert; man erkannte, dass sie sehr wütend war. Offenbar sehnte sie ungeduldig das Ende von Baillys ziemlich langer Rede herbei.

Als nächster Gratulant war General Lafayette an der Reihe. Schneidig trat der kampferprobte Soldat nach vorne, während andere Gäste sich bereits an der weit geöffneten Saaltür aufstellten. Die Blumenfrauen von Paris und die Vertreter der einzelnen Zünfte würden die Nächsten sein.

Armand Lavalle reckte den Hals, aber seine Ginette konnte er nirgends entdecken. Die alte Céléstine hielt das riesige Gebinde aus weißen Lilien, roten Rosen und prachtvollen blauen Blüten des Fingerhuts krampfhaft im Arm, aber neben ihr hatte ein ganz anderes Blumenmädchen, das Armand nur vom Sehen kannte, Aufstellung genommen.

Das war jetzt aber schon ziemlich merkwürdig! Wo um alles in der Welt war Ginette?

Lafayette salutierte vor dem Herrscherpaar, um seinerseits eine kleine Ansprache zu halten. Das Gesicht der Königin zeigte jetzt nur noch schroffe Abwehr. Als der General sich anschickte, dem König und seiner Gemahlin die Stabsoffiziere der Nationalgarde vorzustellen, vermochte Marie Antoinette ihren Unmut nicht mehr länger zu zügeln.

Unhöflich schnitt sie dem hohen Militär das Wort ab: »Ich danke Euch, mon Général! Bemüht Euch nicht weiter.«

Damit drehte sie sich brüsk um und rauschte aus dem Saal.

Man hätte eine Maus über das Parkett huschen gehört, so totenstill war es auf einmal. Selbst der König blickte betreten drein. Dann folgte er brav seiner Gemahlin und ihren Hofdamen. Alle machten nun kehrt.

Auch die Abgesandten der Pariser Marktfrauen ...

»Was für eine Riesendummheit der blasierten Königin!«

»Jetzt hat sie sich die Offiziere der Nationalgarde auch noch zu Feinden gemacht!«

»Jawohl! Die jungen Kerle wären für sie im Notfall durchs Feuer gegangen, wenn sie ihren legendären Charme über sie versprüht hätte. Aber so?«

»Keinen Finger werden sie für die arrogante Person rühren, wenn's drauf ankommt!«

Beim Verlassen des Schlosses hörte Lavalle so manchen bissigen, aber treffenden Kommentar. Bei der lautstarken Anmerkung Grand-mère Céléstines, die ihren Blumenstrauß nicht losgeworden war, musste er sich gar ein grimmiges Lächeln verkneifen:

»Den Rauswurf, den sich die angemalte Pute gegenüber dem General geleistet hat, den wird sie eines Tages noch bitter bereuen!«

Im Nachhinein war der Kommissar nicht mehr ganz sicher, ob er richtig gehört hatte: Vielleicht hatte die alte Frau auch »puta« gesagt ...

Eine in Versailles allerdings nicht ganz ungefährliche Wortwahl in Bezug auf die Königin! Viele Höflinge verstanden Spanisch – und im eigenen Haus als »Hure« tituliert zu werden, gefiele Marie Antoinette vermutlich gar nicht ...

Aber Lavalle war jetzt mehr daran interessiert, zu erfahren, wo seine Liebste sich aufhielt. Er versuchte, sich bei dem Gedränge auf der großen Treppe näher an Céléstine heranzuschieben, um sie über Ginettes Verbleib zu befragen.

Da wurde im Zwischengeschoss seine Aufmerksamkeit massiv abgelenkt: Besucher, Wachleute und Polizisten, die man aus Paris angefordert hatte, wurden von Bediensteten an einem Raum vorübergeschleust, dessen Tür nicht ganz geschlossen war. Armand löste sich unauffällig aus der Menge, näherte sich dem Zimmer, wobei er vorgab, die Schnallen an seinen Reitstiefeln kontrollieren zu müssen und riskierte dabei einen Blick durch den Türspalt.

Höflinge – auch sie aufgeputzt wie zu einem Ball – unterhielten sich ziemlich laut und ungeniert. Lavalle verlor sofort das Interesse und wollte sich daranmachen, seinen Männern zu den wartenden Pferden in den Schlosshof zu folgen. Da hörte er den Namen »de Sade« und sein Schritt stockte unwillkürlich. Gleich darauf fiel noch der Name »Mirabeau«.

Sofort erwachte sein Interesse. Vorsichtig blickte er sich um. Er war der Letzte; die meisten hatten den Palast bereits verlassen. Nur ein paar Nachzügler marschierten soeben durch das riesige Tor hinaus auf die breite Schlosstreppe.

Da sich kein Diener und niemand aus dem Hofstaat blicken ließ, näherte er sich ungeniert dem offenen Türspalt und drückte diesen noch ein wenig weiter auf, damit ihm ja kein Wort des Gesprochenen entging. Die Namen dieser beiden Männer in einem Satz vereint zu hören, erschien ihm wie ein Wink des Schicksals.

Trotz ihrer edlen Abstammung, die beide niemals müde wurden zu betonen, obwohl sie vorgaben, darauf keinen Wert zu legen, ungeachtet ihrer Erziehung und Bildung, galten sie in ganz Paris als äußerst verdorbene, in sexueller Hinsicht unersättliche Eroberer, als tabu- und schamlose »Genießer« – und überdies als gelangweilte Bonvivants, jederzeit aufgeschlossen für jedes noch so perverse Abenteuer.

Was, wenn beide Aristokraten seit zehn Jahren gemeinsam die Gräueltaten begingen? Wer wusste schon, was in ihren Gehirnen tatsächlich vorging? Womöglich betrachteten sie die Morde nur als »interessante Experimente«?

Gerade der Comte de Mirabeau spukte Lavalle schon seit einiger Zeit im Kopf herum, seitdem zweifelsfrei erwiesen war, dass de Sade bei der letzten Untat hinter Schloss und Riegel gesessen hatte. Vielleicht hatte sich der Abgeordnete Mirabeau dieses Mal allein als Schlächter versucht? Womöglich war das auch der Grund, dass der Täter – ohne die Assistenz seines Freundes – die körperlichen Merkmale des Opfers übersehen hatte, die zu dessen Identifikation geführt hatten?

Fakt war, dass der Kommissar beiden Männern die Taten ohne Weiteres zutraute. Die Herren schienen – ungeachtet ihrer sonstigen Qualitäten – skrupellos und von grausamen Vorgängen geradezu besessen.

Was de Sade zu Papier brachte, hatte Lavalle erschreckt, obwohl ihm bekannt war, dass der Marquis keineswegs der einzige Schriftsteller war, der seine Fantasien auf diese bizarre Weise auslebte: Mittlerweile erfreute sich pornografisches Schrifttum in Paris und in ganz Frankreich größter Beliebtheit – und zwar bei allen Bevölkerungsschichten.

Was sexuell motivierte Verbrechen in der Literatur anbelangte, war man keineswegs prüde; und was Sodomie und Knabenliebe anbetraf, zuckte man nur die Achseln: Wer konnte schon etwas für seine »natürlichen Triebe«? Solange Lavalle keinen anderen Verdächtigen parat hatte, stand einer der zwei, von denen die Höflinge offenbar gerade sprachen – oder auch alle beide – ganz oben auf seiner Liste der möglichen Täter.

Beide Herren waren groß und stattlich und wären durchaus in der Lage, einen Toten zur Seine oder einen ihrer zahlreichen Seitenarme zu verfrachten und ins Wasser zu werfen. Mit ihrem Vermögen fiele es ihnen auch nicht schwer, sich inkognito irgendwo im Faubourg Saint Antoine ein Haus oder eine Wohnung zu mieten, um einen für ihre perversen Spiele geeigneten jungen Mann mit Geld zu ködern und dorthin einzuladen.

Soweit der gespannt lauschende Lavalle es mitbekam, erörterten die Hofleute gerade den neuesten Skandal, den sich die beiden Edelleute kürzlich im Palais des Abgeordneten der Nationalversammlung, Graf Mirabeau, geleistet hatten. So wie die Höflinge sie schilderten, musste es sich um eine höchst unappetitliche Geschichte, die an Schlüpfrigkeit nichts zu wünschen übrig ließ, handeln.

Aber solange nur Erwachsene, die ihrer Sinne mächtig waren, daran beteiligt waren, hatte ihn das als Polizeikommissar nicht zu interessieren. Er wusste nicht erst seit gestern, dass es Menschen gab, die es genossen, gedemütigt, geschlagen und gefoltert zu werden ... Zum Glück ging das die Polizei nichts an!

Danach gingen die Höflinge dazu über, sich über die ausgesprochene Abneigung der Königin gegenüber Graf Mirabeau auszulassen. Das war Lavalle allerdings vollkommen neu. Er drückte den Türspalt noch ein wenig weiter auf, um sich nichts von dem Gesprochenen entgehen zu lassen.

Was er hörte, verwunderte ihn einigermaßen. Ausgerechnet Marie Antoinette – der man nicht nur eine Unmenge an Liebhabern nachsagte, sondern die darüber hinaus lesbischer Beziehungen zu jungen Mädchen bezichtigt wurde – sollte den liebestollen Grafen nicht leiden können?

»Ihre Majestät verabscheut den Comte de Mirabeau geradezu«, behauptete eine blutjunge, wie eine Puppe zurechtgemachte Hofdame. »Madame empfindet ihn als sittenlos, verkommen und völlig amoralisch. Die Vorschläge, welche Monsieur le Comte dem König – seine Flucht betreffend – macht, will die Königin nicht einmal anhören, obwohl sie selbst ihren Gemahl des Öfteren dazu auffordert, über ein Exil nachzudenken.

Graf Mirabeau aber ist in ihren Augen ein ›Unwürdiger‹, den sie nicht einmal bei Hofe empfangen will. Seine Hilfe würde Ihre Majestät niemals annehmen – auch wenn sie sich nichts sehnlicher wünscht, als dieses schreckliche Land endlich zu verlassen!«

Die Hofdame löste damit eine lebhafte Debatte über Exilanten aus. Lavalle hatte genug gehört. Hochinteressant war das! Der Kommissar fühlte Hitze in sich aufsteigen. Es war das Jagdfieber, das ihn packte.

Er kannte dieses Gefühl. Und er kannte sich selbst: Von nun an würde er sich wie ein Terrier in die Sache verbeißen und den Comte de Mirabeau auf Schritt und Tritt überwachen und verfolgen, beziehungsweise verfolgen lassen. Und diesen de Sade, der im Gegensatz zu seinem Freund und Gesinnungsgenossen ein sehr gut aussehender Mann war, würde er ebenfalls nicht vernachlässigen; auch ihm würde er von nun an wieder verstärkt seine Aufmerksamkeit widmen. ›Es müsste doch mit dem Teufel zugehen, wenn ich nicht einem der beiden Kerle zumindest eines der vielen abscheuliche Verbrechen nachweisen könnte‹, dachte er.

Allmählich verlor Lavalle die Geduld. Es konnte doch nicht sein, dass Männer, nur weil sie zur reichen Oberschicht gehörten, sich »zum Spaß« Dinge herausnahmen, die jeweils mit dem schrecklichen Tod und der Verstümmelung eines armen Burschen endeten ...

Als er die Treppe hinunterlief, um zu seinen Männern zu gelangen, die sicher längst auf ihn warteten, schämte er sich allerdings ein wenig. Offenbar war er drauf und dran, von seinem republikanisch gesinnten Freund Hubert Aubriac dessen schlechte Meinung über den Adel anzunehmen ...

10. September 1789

»Wo um alles in der Welt ist Ginette, Grand-maman Céléstine?«

Armand überfiel die alte Blumenfrau regelrecht, als er am Abend nach Hause kam und seine Liebste nicht in der Wohnung vorfand. Ihre Alleingänge irritierten ihn zunehmend.

Dafür, dass sie am Namenstag des Königs nicht in Versailles aufgetaucht war, hatte ihn ihre Großmutter, die er am Schlosseingang noch eingeholt hatte, mit einer halbwegs plausiblen Erklärung abgespeist. Aber die alte Frau auch noch am Abend allein nach Hause gehen zu lassen und solo in der Stadt herumzulaufen, das waren ja ganz neue Sitten!

»Sie hat noch etwas Wichtiges zu erledigen«, brummte die Alte. Dem Kommissar fiel auf, dass sie ihm dabei nicht in die Augen sehen konnte.

»Bitte, sagt mir, was los ist!«, bat er, aber die Großmutter wandte sich achselzuckend ab. »Das solltet Ihr eigentlich am besten wissen, Monsieur Armand«, sagte sie betont förmlich.

»Wieso? Keinen blassen Schimmer habe ich, was Ginette seit Tagen umtreibt! Sie redet kein Wort mit mir, sondern benimmt sich bloß recht sonderbar. Wenn ich sie anfassen will, wehrt sie mich ab und behauptet, sie habe Kopfschmerzen oder ihr sei nicht gut.«

»So, so. Kopfschmerzen und Übelkeit!« Die alte Frau schüttelte den Kopf. »Das mag schon sein, dass sie sich schlecht fühlt. Aber daran seid Ihr nicht ganz unschuldig, mein Lieber!«

»Ich? Warum denn? Was habe ich ihr denn getan?«

»Seid Ihr tatsächlich so ahnungslos – oder stellt Ihr Euch nur so dumm? Ich glaube beinah, Ihr meint es ernst mit Eurer Unkenntnis. Mon dieu! Männer!«

Sie rollte mit den Augen; dass sie sich maßlos ärgerte und gleichzeitig verlegen war, konnte Lavalle ihr leicht ansehen.

»Seid doch so gut, Madame, und klärt mich endlich auf. Ich bin wirklich so dumm und weiß von nichts. Habt Mitleid mit einem armen begriffsstutzigen Burschen wie mir«, schmeichelte Armand.

»Schwanger ist sie, das arme Ding«, platzte Céléstine heraus.

Der Kommissar war perplex.

»Ach? Und warum hat sie mir nichts davon gesagt? Glaubt Ginette vielleicht, dass mich das nichts angeht, oder was?«

Lavalle klang gekränkt.

»Jetzt macht aber mal einen Punkt, Monsieur le Commissaire! Wer sträubt sich denn andauernd gegen eine Heirat? Es entspricht nun einmal nicht Ginettes Vorstellung von Mutterglück, ein lediges Balg auf die Welt zu bringen! Wer redet ständig davon, dass sein Gehalt für den Unterhalt einer Familie zu gering ist? Wer predigt immer wieder, dass es in Zeiten wie diesen nicht von Verantwortung zeugt, ein Kind in die Welt zu setzen, ha?«

Céléstine war ganz rot im Gesicht. Sie regte sich schrecklich auf und fuchtelte anklagend mit ihrem Zeigefinger vor Lavalles Gesicht hin und her.

Unwillkürlich wich er einen Schritt zurück. Herrgott noch mal, er hatte ganz vergessen, dass er eigentlich vorgehabt hatte, Ginette einen Heiratsantrag zu machen! Voll böser Ahnungen fasste er unwillkürlich nach der Hand der alten Blumenhändlerin.

»Was wollt Ihr mir eigentlich zu verstehen geben, Grand-maman?« Seine Stimme klang wie erstickt; er musste schlucken, so trocken fühlte sich sein Hals auf einmal an.

»Soll das etwa heißen, dass das, was meine Ginette jetzt gerade an ›Wichtigem‹ zu erledigen hat – eine Abtreibung ist?«

Das Letzte flüsterte Armand beinahe. Die Bilder, die dieses Wort in seinem Kopf auslösten, waren entsetzlich. Immer wieder gehörte es zu den widerlichsten Aufgaben der Polizei, so genannte »Engelmacherinnen« zu verhaften.

Die alte Frau sah an ihm vorbei und schwieg. Vor Lavalles geistigem Auge tauchten schmuddelige Weibsbilder auf, die in verrußten Zimmern mit verdreckten Liegen, schmutzigen Bettlaken und blutverschmierten Handtüchern ihrem gefährlichen Gewerbe nachgingen – von den geradezu aberwitzigen Instrumenten, die sie dabei benützten, gar nicht zu reden ...

Und zu so einer war seine Liebste gegangen, um ihr gemeinsames Kind umbringen zu lassen?

»Ich fasse es nicht! Und Ihr als ihre nächste und einzige Verwandte habt zugelassen, dass sie zu einer Engelmacherin geht?« Jetzt brüllte der Kommissar vor lauter Erregung.

»Halt, mein Lieber! Es ist nicht nötig, mich anzuschreien«, setzte sich Madame Céléstine energisch zur Wehr. »Das habt Ihr Euch ganz allein selbst zuzuschreiben! Was habt Ihr denn überhaupt für eine Ahnung von dem Ganzen? Ich möchte behaupten, dass es so gut wie keiner Frau in ihrem Leben erspart bleibt, zu so einer Wehmutter zu gehen, die

Erbarmen mit uns hat und eine unerwünschte Leibesfrucht wegmacht.

Wer hat denn die alleinige lebenslange Verantwortung für so ein armes Würmchen? Die Herren verdrücken sich doch in aller Regel, wenn aus dem Spaß Ernst wird! Was einem Mädchen bleibt, ist die Schande – als ob sie sich das Kind alleine gemacht hätte!

Jedermann – vor allem die Kirche – verdammt eine ledige Mutter, vom Vater aber redet keiner! Und die verheirateten Frauen werden von der Kirche genauso im Stich gelassen in ihrer Not. Möglichst viel Nachwuchs und damit Kirchenmitglieder sollen sie bekommen, aber wer die Kleinen ernähren soll, sagt sie ihnen nicht. Im Gegenteil!

Sie verbietet die Verhütung; welch ein Aberwitz! Nennt sie gar eine schwere Sünde und spricht sich gegen den Abbruch einer Schwangerschaft aus. Die meisten Armen lebten nicht so in Dreck und Elend, wenn sie nicht so viele Mäuler zu stopfen hätten! Also, redet mir nicht gegen die Engelmacherinnen, Monsieur!«

Ein wenig betroffen machte Lavalle diese Standpauke schon. Die alte Frau hatte ja nicht ganz unrecht. Aber in seinem und Ginettes Fall war doch alles ganz anders!

»Ich hatte sowieso vor, Ginette einen Antrag zu machen. Wenn sie jetzt ein Bébé bekommt, heirate ich sie natürlich sofort. Das ist doch wohl klar! Wofür haltet Ihr mich denn? Offenbar für einen gewissenlosen Schuft! Wo ist sie denn überhaupt hingegangen? Ich muss ihr sofort nach und sie daran hindern, etwas zu tun, was sie ihr Leben lang bereuen würde. Dieser schreckliche Ausweg ist in unserem Fall wirklich nicht nötig.

Glaubt mir, Madame Céléstine, ich weiß, wovon ich rede!«, sagte er dann in ruhigerem Ton. »Ich habe genügend dieser Weiber festgenommen, die ihre Patientinnen verbluten ließen oder so unsauber gearbeitet haben, dass die Frauen ganz elend an einer Blutvergiftung gestorben sind. Sagt mir jetzt, bitte, wo ich Ginette finde!«

»Ich fürchte, es könnte bereits zu spät sein, Monsieur Armand. Aber, wenn Ihr es durchaus versuchen wollt, dann beeilt Euch! Geht in die Rue de la Colombe zu Mère Rosette, Haus Nummer vier, in der zweiten Etage.«

Die alte Frau hatte noch nicht ausgesprochen, als Armand bereits aus seiner Wohnung am Quai Saint Michel stürzte, um so schnell wie möglich auf die Île de la Cité zu gelangen. Der kürzeste Weg führte über den Petit Pont zur Rue de la Cité, vorbei am Hôtel Dieu. Dann bog er links ein in die Rue d'Arcole; gleich ging es wieder rechts ab durch ein Gewirr von Höfen, Häusern und Gässchen, bis er in die unmittelbare Nähe der Rue des Ursins gelangte.

Diese Straße, auf Höhe des Seineufers gelegen, stand bei den regelmäßigen Überschwemmungen im Frühjahr jeweils wochenlang unter Wasser. Schon von weitem roch es muffig nach Feuchtigkeit und Moder, Schwammbildung im Mauerwerk und nach verwestem Fisch.

Lavalle wusste, hier am Ende der engen Gasse verbargen sich noch Reste der mittelalterlichen Kapelle Saint-Aignan. Sie diente als konspirativer Treffpunkt von Priestern, die dem »ancien régime« verbunden waren und insgeheim für die Wiederherstellung der »alten Ordnung« kämpften. Aber das interessierte ihn in diesem Augenblick wenig. Jetzt fühlte er sich nicht als Ordnungshüter, sondern als Mann, der sich um seine Liebste sorgte.

Es waren nur noch einige Meter, ehe er in die Rue de la Colombe einbiegen konnte. Nummer vier, zweiter Stock hatte Céléstine gesagt. Armand ertappte sich dabei, wie er halblaut ein Gebet vor sich hinmurmelte.

»Lieber Gott, bitte, lass mich nicht zu spät kommen! Es wäre furchtbar, wenn ich meine geliebte Ginette auf einem dieser schrecklichen Sofas liegend vorfände, blutend und wimmernd, weil dieses Weib, diese Mère Rosette, ihr mit einem Haken in der Gebärmutter herumgestochert hat!

Wenn ich mein Mädchen rechtzeitig finde, will ich der Kathedrale Notre Dame die größte Kerze stiften, die es gibt. Bitte, bitte, Mon Seigneur, habt Erbarmen! Und heiraten werden wir auch sofort! Das schwöre ich bei meinem Leben!«

Als er endlich – es dämmerte bereits – vor der Wohnungstür der Engelmacherin stand, schämte er sich beinahe ein bisschen. Wann hatte er zuletzt ein Gebet gesprochen? Er konnte sich nicht mehr daran erinnern. In einer Kirche war er auch schon seit einer Ewigkeit nicht mehr gewesen – außer zu dienstlichen Zwecken, wenn er Kirchenräubern auf der Spur war. Jetzt, in der größten Not, war ihm auf einmal der Herrgott wieder eingefallen ...

Eigentlich hätte er erst verschnaufen müssen; er war so gerannt, dass er vollkommen außer Puste war. Aber dazu blieb keine Zeit. Er hämmerte mit der Faust gegen die billige Holztür, dass man es im ganzen Haus hören musste.

»Aufmachen!«, keuchte er dabei.

Und noch einmal, aber dieses Mal um etliches lauter: »Zum Teufel, mach auf, Weib, sonst trete ich die Tür ein!«

Erstaunlich rasch zeigte sein Ungestüm Erfolg. Die vormals grün gestrichene Tür, jetzt längst schäbig und abgeblättert, öffnete sich vorsichtig und der wirre graue Haarschopf einer korpulenten Matrone mittleren Alters erschien im Türspalt.

»Was macht Ihr denn für einen Krach, Monsieur? Man könnte ja glauben, es wär' ein Feuer ausgebrochen! Was wollt Ihr hier überhaupt? Meine Kundschaft pflegt in aller Regel weiblich zu sein!«

Die Hebamme dachte gar nicht daran, die Tür einladend aufzumachen. Lavalle hingegen war nicht gesonnen, dem Frauenzimmer im Stiegenhaus lange

Erklärungen abzugeben. Stürmisch drückte er die Wohnungstür auf, schubste dabei die Wehmutter in den stockfinsteren, muffig riechenden Flur, sodass sie zurücktaumelte – ohne ihr Gejammer zu beachten. Auch ihre anschließenden energischen Proteste ließen ihn kalt.

»Wo ist meine Ginette?«, brüllte er, stürzte auf eine offenstehende Tür zu und prallte gleich wieder zurück. Das war offensichtlich die Wohnstube, die gleichzeitig als Küche diente. Es roch säuerlich, dazu nach Angebranntem – und nach Schimmel.

Also, auf zum nächsten Zimmer! Er diente Mère Rosette, die es inzwischen mit der Angst zu tun bekam, offenbar als Schlaf- und gleichzeitig als ihr »Behandlungsraum«.

»Endlich, Chérie! Gottlob hab' ich dich gefunden, meine Süße! Hoffentlich noch rechtzeitig!«

Ein rascher Blick zeigte dem Kommissar, dass seine Liebste – zu seiner maßlosen Erleichterung – vollkommen bekleidet –, auf einem Stuhl saß und nicht mit gespreizten Beinen auf der obligaten Liege platziert war.

Vollkommen ruhig blickte Régine Madrier ihm entgegen. Allerdings mit einem rätselhaften Blick, den er im Moment nicht zu deuten vermochte. Freudige Überraschung glaubte er darin zu lesen, aber zugleich waren da auch unverkennbar Ablehnung und heftige Verärgerung zu entdecken.

»Was willst du hier? Dich können wir hier am allerwenigsten gebrauchen, Armand! Wie hast du mich überhaupt gefunden?«

»Oh, doch! Genau mich brauchst du jetzt, mein Schatz! Ich werde nämlich nicht zulassen, dass du mit dir machen lässt, wozu du offenbar hergekommen bist!«

Mit sichtlicher Verachtung, vermischt mit Grauen, deutete er auf eine offenstehende Tischschublade, in der die Hebamme ihr »Instrumentarium« für Schwangerschaftsabbrüche zu verwahren pflegte.

Was er da zu sehen bekam, war ihm zwar als Polizist nichts Neues, aber jedes Mal erschütterte ihn aufs Neue, was Frauen an Furchtbarem und Lebensgefährlichem auf sich nahmen und unter welch entwürdigenden Umständen sie diese Folter über sich ergehen ließen – und alles, um eine ungewollte Schwängerung zu beenden.

›Sie tun es in erster Linie für uns Männer‹, dachte er auf einmal niedergeschlagen und mit plötzlicher Einsicht. ›Damit wir ja nicht damit behelligt werden und uns der Verantwortung nicht zu stellen brauchen.‹

Diese simple Erkenntnis beschämte ihn zutiefst. Bei manchen Frauen mochten auch noch andere Gründe zu einem solchen Schritt beitragen; aber bei Ginette war er sicher, dass sie diese Tortur – die nicht selten mit dem Tod einer Frau oder zumindest einer schweren inneren Verletzung endete – nur seinetwegen auf sich nehmen wollte.

Vor Erleichterung, dass er das Schlimme gerade noch im letzten Augenblick abzubiegen vermocht hatte, riss er die junge Frau in seine Arme und drückte sie stürmisch an sich. Wie mager Ginette in den letzten Tagen geworden war; jede Rippe vermochte er zu spüren – und er hatte nichts davon bemerkt! An dubiose »Weiberlaunen« hatte er gedacht und gleich wieder vergessen, um sich »Wichtigerem« zu widmen ...

»Bin ich froh, dass ich dich noch rechtzeitig gefunden habe, Chérie«, flüsterte er ihr ins Ohr. Gleich darauf traf ihn ihre teilnahmslose Stimme wie ein Schwall eiskalten Wassers.

»Woher willst du das wissen, Armand? Wer sagt dir denn, dass du ›zur rechten Zeit‹ hier eingetroffen bist? Ich bin immerhin schon seit über einer geschlagenen Stunde bei Mère Rosette. Das ist mehr als genug Zeit, um alles erledigt zu haben!«

»Oh, bitte, nein! Liebste, sag mir, dass das nicht wahr ist!« Armand bettelte regelrecht. Er wandte sich um zu dem schmuddeligen Frauenzimmer, dem er nicht einmal erlauben würde, ihm einen Splitter aus der Hand zu ziehen. Was er bis jetzt von ihr und ihrem »Behandlungszimmer« gesehen hatte, erweckte höchstens Brechreiz in ihm.

Ein einziger Blick auf ihre Gerätschaften hatte ihn regelrecht schaudern lassen: Verrostet, unsauber, mit alten eingetrockneten Blutspuren daran waren all die Haken, Nadeln, Scheren, Klammern, Spreizer und was noch alles er in der geöffneten Schublade bunt durcheinander liegend gesehen hatte.

Die Bettwäsche auf der Liege war vermutlich vor Monaten das letzte Mal gewechselt worden. Sein scharfes Auge entdeckte Spuren darauf, über deren Herkunft er sich weiter nachzudenken weigerte.

Die Wände des winzigen Zimmerchens waren vermutlich beim Bau des Hauses zum letzten Male gekalkt worden – und das musste in diesem Quartier ungefähr zweihundert Jahre zurückliegen ...

Ginette schwieg beharrlich. Mère Rosette war es, die sich schließlich seiner erbarmte. Mit müder Geste strich sie die strähnigen Haare, die sich aus ihrem Dutt gelöst hatten, zurück und faltete die sehnigen Hände über ihrer fleckigen Schürze.

»Beruhigt Euch! Es ist noch nichts passiert, Monsieur! Die Kleine hat erst über alles mit mir in Ruhe sprechen wollen. Ganz genau wollte Eure Geliebte wissen, was da im Einzelnen mit ihr geschehen sollte. Und ich habe sie zu nichts gedrängt! Jede Frau muss selbst entscheiden, ob sie das Kind oder eine Abtreibung wünscht, nicht wahr?«

Armand Lavalle atmete auf.

»Gott sei Dank!« Vor Erleichterung küsste er Ginette mehrmals auf Wangen und Mund und selbst der Hebamme gönnte er nun einen herzlichen Händedruck.

»Lass uns schnell von hier weggehen, Liebste!«, verlangte der Kommissar dann. »Ich weiß einen besseren Ort, wo wir unsere gemeinsame Zukunft festlegen können.«

»So? Von welcher Zukunft redest du?«

Seltsam teilnahmslos erschien Régine Madrier. Nicht nur ihr Nachname, der ›Planke‹, ›starkes Brett‹ bedeutete, auch ihr Wesen zeugte auf einmal von einer, ihm bisher verborgen gebliebenen Härte und Kompromisslosigkeit. In diesem Augenblick ging Armand auf, dass er sie um ein Haar verloren hätte.

Er war jetzt felsenfest davon überzeugt, dass sie ihn nach erfolgtem Abbruch, zu dem sie sich von ihm gezwungen fühlte, unweigerlich verlassen hätte. Erneut umarmte er seine Liebste ganz fest und küsste sie dieses Mal voller Leidenschaft und Zuneigung, ohne sich um die Engelmacherin zu scheren.

Ein Leben ohne Ginette erschien ihm plötzlich nicht mehr lebenswert. Wenn es sein musste, würde er wie ein Wilder um sie kämpfen. Es konnte doch nicht sein, dass er in seinem Beruf alle Anstrengungen unternahm, jeden Tag an den übelsten Orten bis weit in die Nacht hinein Hinweisen auf Triebtäter und Mörder nachging, dass er seine Gesundheit riskierte und sein Privatleben vernachlässigte – und dabei die Frau, die ihm alles bedeutete, aufs Schmählichste im Stich ließ!

»Lass uns schnell gehen und gleich alles für unsere Hochzeit in die Wege leiten, Chérie! Ich will nicht mehr länger warten. Unser Kind soll schließlich nicht als Bastard auf die Welt kommen. Zwar spricht die Nationalversammlung schon davon, dass bald der Weg zum Gemeindevorsteher allein genügen wird, um eine gültige Heirat zu beurkunden. Aber noch müssen wir zu einem Priester, der unseren Bund in der Kirche absegnet.«

Sie befanden sich bereits auf der Straße, als sich Ginette aus ihrer Erstarrung zu lösen begann. Als sie sich dem Chorhaupt der Kathedrale von Notre Dame näherten, strahlte die schöne junge Frau bereits beim Anblick des mächtigen Gotteshauses. Fünfzehn Meter weit spannten sich die gewaltigen Strebebögen bis zum Chor, dessen Fialen und Fenster die Mauern aufzulösen schienen.

Seit ihrer frühesten Kindheit war Ginette diese Kirche wie ein himmlisches Wunderwerk erschienen; nichts wünschte sie sich mehr, als in diesem herrlichen Bau ihrem geliebten Armand das Ja-Wort zu geben.

»Grand-maman wird sich freuen, wenn sie davon hört«, flüsterte Ginette. Sie hakte sich bei ihrem Liebsten unter, als sie bei der mächtigen Kathedrale Halt machten. Den Blick hielt sie fest auf Armands Gesicht gerichtet, als könne sie seinen plötzlichen Sinneswandel noch immer nicht recht glauben.

»Ich wette, sie war es auch, die dir alles verraten hat!«, entfuhr es ihr.

»Zum Glück, ja! Ich hätte es mir niemals verziehen, wenn du durch eine Engelmacherin zu Schaden gekommen wärest, Chérie! Außerdem freue ich mich doch auf unser Kind! Komm, meine Liebste! Wir gehen hinein und suchen uns einen Geistlichen. Er soll uns gleich am kommenden Sonntag trauen.«

Diesen Vorschlag ließ Régine Madrier sich gerne gefallen. Mit beinahe vierundzwanzig war es nicht gerade früh, um unter die Haube zu kommen ... Heute war erst Mittwoch – also noch genügend Zeit, um die Marktfrauen und Freundinnen und Freunde, sowie die Kollegen Armands zur Hochzeit einzuladen.

Auch und gerade in düsteren Zeiten tat es unendlich wohl, einmal einen Anlass zum sorglosen Feiern zu haben.

Teil 3

Die Gefahr rückt näher

15. September 1789

In der Rue Valois, dicht beim Palais Royale, dessen Mauern beinahe täglich von Pamphleten übelster Sorte gesäubert werden mussten, und daher von Lavalle ständig inspiziert wurden, war eine kleine, aber feine Kunstgalerie, in deren Schaufenster immer neuere und ältere Kupferstiche und Gemälde ausgestellt waren.

Der Kommissar blieb jedes Mal vor dem Laden stehen, um die Bilder zu betrachten. Zu kaufen vermochte er keines davon; dazu waren sie zu kostspielig – aber das Ansehen kostete nichts.

Heute war es ein Selbstbildnis der berühmten Malerin Lebrun, die schon einige Male die Königin porträtiert hatte, das im Schaufenster zu bewundern war, sowie ein Stich einer Landschaft Claude Lorraines; dazu ein Karton von David, der den blinden Belisar darstellte, der um ein Almosen bat.

Lavalle war nicht der Einzige, der die Kunstwerke betrachtete. Neben sich hörte er einen gut gekleideten Müßiggänger seinem Begleiter zuraunen: »So könnte es in Kürze auch unserem hasenfüßigen Monarchen ergehen!«

Worauf sein Begleiter bloß gleichgültig erwiderte: »Das Schicksal als Bettler hätte sich Seine Majestät selbst zuzuschreiben, weil er nicht endlich energisch durchgreift!« Die Männer lachten leise.

Lavalle wollte bereits weitergehen, als er aus dem Augenwinkel heraus noch ein kleines Bild ausmachte; eine schweizerische Landschaft, wie er zu wissen glaubte. Er trat näher heran, um sie genauer zu betrachten und den Namen des Künstlers zu entziffern.

»Perignon, Peintre du Roi, anno 1775«, stand in der unteren rechten Ecke, beinahe verdeckt vom schlichten hölzernen Rahmen. Dargestellt war ein kleines Schlösschen an einem See und Lavalle war beinahe sicher, dass es sich um Sankt Andreas bei Cham am Zuger See in der Schweiz handelte. Ein ganz ähnliches Bild hing in der guten Stube seiner Eltern. Einst hatte es der Maler seinem Vater geschenkt, der mit ihm befreundet war.

Ohne zu zögern, betrat der Kommissar die Galerie, wo ihm der Besitzer beflissen entgegeneilte – offenbar ein vorteilhaftes Geschäft witternd.

Lavalle zerstörte umgehend diese Hoffnung des Galeristen, indem er ihn lediglich nach der Adresse des Malers fragte. Dieser sei ein alter Freund seines Vaters und er wolle ihm einen Besuch abstatten, falls Perignon in Paris weile. Der Geschäftsmann nannte ihm eine Hausnummer in der Rue de Racine, zwischen dem Jardin du Luxembourg und der Sorbonne gelegen.

Lavalle bedankte sich und marschierte los. Er kam in erstaunlich kurzer Zeit voran, denn, wie er erstaunt feststellte, die üblichen Protestaktionen des Pöbels fanden heute so gut wie nicht statt. Das mochte am feuchtkalten und windigen Wetter liegen. Außerdem war es kein Tag, an dem auf der Place de Grève Todesurteile vollstreckt wurden.

Solche Ereignisse zogen die Massen auch an ungemütlichen Tagen an; im Gefolge der Hinrichtungen kam es häufig zu spontanen »Volkserhebungen« mit den entsprechenden Gräueltaten.

An diesem Tag war es bis jetzt ruhig. Bald stand Lavalle vor dem betreffenden Haus, schmal, nur drei Fenster breit und mit grün gestrichenen Fensterläden. Die danebenstehenden Gebäude überragten das Häuschen und schienen es förmlich erdrücken zu wollen. Auf den Kommissar machte es dennoch einen gemütlichen, ja komfortablen Eindruck.

Sehnlichst wünschte er sich, in so einem Haus mit Weib und Kindern zu wohnen – irgendwann einmal. Er zog an der Schelle neben der Haustür. Eine noch junge, recht proper aussehende Magd, die sich offenbar darüber freute, einen gut aussehenden Gesprächspartner zu haben, ließ ihn wissen, dass Monsieur Perignon derzeit nicht zu Hause sei.

Er hielte sich wieder einmal in der Schweiz auf, um dort Landschaftsbilder zu malen. Dieses Mal sollten es Städte- und Inselbilder werden, die er zeichnete, um sie anschließend in Kupfer zu stechen.

Als Lavalle versprach, wiederzukommen, sobald der Hausherr aus dem Ausland zurück sei, schien sich das Mädchen zu freuen, was den Kommissar wiederum heimlich amüsierte. Er gestand sich ein, dass es sich ziemlich gut anfühlte, auch noch bei anderen Frauen Aufmerksamkeit zu erregen – selbst wenn er niemals davon Gebrauch machen würde.

Wieder auf der Gasse überlegte er, was ihn bewogen hatte, die Bekanntschaft mit dem Maler so spontan erneut auffrischen zu wollen. Perignon würde sich womöglich gar nicht mehr an ihn erinnern; er war damals noch ein Knabe gewesen ... Nach kurzem Nachdenken gestand sich Lavalle ein, es müsse eine Art Sehnsucht gewesen sein.

Sehnsucht nach seiner Jugendzeit, als das Verhältnis zu seinem Vater noch gut gewesen war.

Inzwischen gehörte dies leider der Vergangenheit an, nachdem er sich geweigert hatte, den Berufswünschen des Vaters Folge zu leisten und stattdessen zur Polizei gegangen war.

Meistens wischte Lavalle die Erinnerung an früher und den erbitterten Streit beiseite – es brachte nichts, zurückzublicken. Die Enttäuschung seines alten Herrn bestand immer noch und auch der Kommissar hatte seinen Stolz.

Aber so oft die Erinnerung an seine Kindheit und Jugend geweckt wurde, empfand er leise Trauer und ein Gefühl des Verlustes. Und genau dieses kleine Gemälde hatte die Vergangenheit erneut auferstehen lassen ...

Lavalle war noch nicht weit von dem Häuschen des Malers entfernt, als ihm diese Gedanken abrupt vergingen. Von hinten verspürte er nämlich einen heftigen Schlag auf den Kopf, der ihn unwillkürlich nach vorne taumeln ließ.

Es war reiner Zufall, dass er nicht kopfüber auf die Gasse stürzte: Er prallte gegen einen anderen Passanten, einen massigen, einem ausgewachsenen Gorilla ähnlichen Kerl, der ihm entgegenkam und ihn mit offenen Armen auffing.

Ehe Lavalle jedoch dazu kam, sich zu bedanken, versetzte ihm der »Gorilla« einen weiteren Hieb ans Kinn, der ihm für einige Augenblicke die Besinnung raubte. Als er wieder zu sich kam, lag er im Rinnstein, spürte einen fürchterlichen Schmerz im Unterkiefer und hatte das Gefühl, sein Schädel sei auf den dreifachen Umfang angeschwollen – mindestens.

Behutsam richtete er sich auf, neugierig angeglotzt von zahlreichen Gaffern – weiß der Teufel, woher die plötzlich alle gekommen waren – die es offenbar ganz spannend fanden, dass da einer vor ihren Augen bewusstlos geschlagen und ausgeraubt worden war. Keiner von ihnen machte Anstalten, ihm Hilfe beim Aufstehen anzubieten.

Lavalle machte, dass er so schnell wie möglich wieder auf die Beine kam und betastete als Erstes seinen Kiefer. Gebrochen war er nicht – immerhin! Aber zwei Backenzähne fühlten sich locker an ... Dazu summte es in seinem Hinterkopf, als habe sich ein Schwarm Hornissen darin eingenistet.

»Mann, hat der größere von den beiden Kerlen Sie aber zusammengefaltet, heiliges Donnerwetter noch mal!«, hörte er einen älteren Müßiggänger in respektvollem Ton verkünden. Und ein anderer pflichtete dem Sprecher bei: »So was sieht man selten! Wirklich wahr!«

»Ich bin auch schwer davon beeindruckt, Bürger!« Lavalle konnte sich die ironische Bemerkung nicht verkneifen. »Kennt vielleicht einer von Ihnen einen der Schweinehunde, die mich überfallen haben?«

Ein schneller Griff in seine Jackentasche hatte ihm den Beweis erbracht, dass die beiden Straßenräuber ihm die Börse mit dem Geld gestohlen hatten, das er heute Morgen eingesteckt hatte. Zum Glück war es nicht viel – ein paar kleinere Münzen und etliche der unbeliebten Assignaten, die kein vernünftiger Händler annehmen wollte.

›Geschieht den Gaunern recht‹, dachte er grimmig. Laut aber wiederholte er seine Frage, ob jemand die Mistkerle erkannt habe. Er rechnete allerdings nicht damit, dass einer der Leute den Mund aufmachte, selbst wenn dem so sein sollte. Und wie nicht anders erwartet, erhielt er auch keine Antwort.

Es erkundigte sich lediglich ein Dritter, ob ihm der Kopf und das Kinn noch wehtäten. Lavalle glaubte, irgendwie Schadenfreude aus seinem Tonfall herauszuhören. Um dem Frager den Spaß zu verderben, gab er ihm trocken zur Antwort: »Nö, bloß wenn ich lache, Bürger!«

Damit hatte er zwar die Lacher auf seiner Seite, aber es half ihm keinen Schritt weiter, die Banditen zu schnappen. Er hätte sein nächstes Monatsgehalt darauf verwettet, dass die beiden Räuber dieses Kabinettstückchen nicht zum ersten Mal ausprobiert hatten. Dafür hatte das Zusammenspiel viel zu gut geklappt. ›Und weil sie wiederum erfolgreich waren, werden sie damit weitermachen‹, überlegte er deprimiert.

Sehr nachdenklich setzte er seinen Weg fort. Mitten am hellen Tag wurde auf einer belebten Gasse in einem ganz normalen Viertel ein Mann, der weder alt, noch gebrechlich, noch klein war, Opfer eines Raubüberfalls! Es waren doch ganz schreckliche Zeiten, in denen man jetzt lebte. Wann würde sich dieser Zustand ändern? Würden jemals gute Zeiten für das Volk der Franzosen anbrechen?

Viele – auch Lavalle und seine Freunde – fragten sich mittlerweile, womit sich die Nationalversammlung eigentlich die ganze Zeit über beschäftigte.

In den Zeitungen wurde darüber berichtet, dass ihre Mitglieder emsig »tagten«, sprich: Debattierten, diskutierten, thematisierten, berieten, erwogen, beschlossen, wieder verwarfen, Fraktionen bildeten und sich bekriegten, um sich anschließend erneut zu versöhnen – und danach weiter stritten ...

Wo aber blieben sichtbare und vor allem nützliche Ergebnisse? Nicht wenigen schien die ersehnte und mit so vielen Vorschusslorbeeren versehene Nationalversammlung nur ein nutzloser Haufen eitler Egomanen zu sein. War sie lediglich dazu da, um profilierungssüchtigen Demagogen eine willkommene Plattform zur Selbstdarstellung zu bieten?

Minister Jacques Necker versprach nach wie vor vollmundig, für frisches Bargeld in der ausgeplünderten Staatskasse zu sorgen. Dazu gedachte er, Staatsanleihen zu verkaufen. Sein Pech war nur, dass er auf diesen Papieren sitzen blieb, weil sich niemand bereitfand, die Anleihen zu kaufen.

»Wer zahlt eigentlich noch Steuern in Frankreich?«, fragte Hubert Aubriac seinen Freund Armand Lavalle. »Adel und Geistlichkeit haben sich seit jeher selber davon befreit und der dritte Stand, das Bürgertum, ist es auch leid, immer nur als Melkkuh der Nation herzuhalten. Von den Besitzlosen ist sowieso nichts zu holen. Wenn erst kein Geld für die Polizeikräfte mehr da sein wird, dann ›Gute Nacht, Frankreich!‹«

Gerüchte besagten, die Mitglieder der Nationalversammlung arbeiteten mit Hochdruck an einer französischen Verfassung – ein absolutes Novum in der bisherigen Geschichte Frankreichs. Offenbar sollte das Beispiel Nordamerikas nicht folgenlos bleiben. Das verbreitete zumindest Marat in seinem »Ami du Peuple«.

Gut und schön – aber wen von den Armen und Hungernden interessierte das? Wurden sie oder ihre Kinder etwa satt davon?

Zu der Frage, welche Rolle man zukünftig dem König zuzubilligen gewillt war, äußerte sich bisher auch niemand aus dem erlauchten Gremium.

Lavalles Freunde spekulierten laut darüber, und als Hubert Aubriac den Mund auftat, winkte Armand sogleich ab. »Lass gut sein, Ami! Dass du dafür bist, den König zu entmachten und in die Ecke zu stellen, das wissen wir bereits!« Noch konnten darüber alle herzlich lachen.

Auch Hubert grinste. »Wenn unser dicker Ludwig sich endlich wie ein Mann benähme, das Revoluzzergesindel in seine Schranken wiese und mit Verschwendung und Korruption aufräumte, könnte ich mich durchaus noch mit ihm anfreunden!

Dann hätte es die Polizei auch leichter, die sogenannten Revolutionäre von den ›normalen‹ Spitzbuben zu unterscheiden und unschädlich zu machen!«

Am 18. September versammelten sich alle Angehörigen der Polizeikräfte auf Wunsch ihres neuen Commandant Général, Monsieur Guy Laroche, in der großen Halle des Kommissariats. Bedeutsames hatte sich ereignet und sollte den Sicherheitskräften mitgeteilt werden, da auch sie von den Neuerungen betroffen waren.

Die Hauptstadt hatte die Initiative ergriffen, indem sie eine Zentralgewalt, genannt »Commune« schuf. Dabei erhielt jeder der sechzig Wahlbezirke der Stadt Paris eine eigene Verwaltung und seine eigene Verfügungsgewalt über den Einsatz von Polizei und Gerichten, sowie über die Versorgung mit Lebensmitteln.

»Paris ist seit heute zu einem Staat geworden mit dem Volk von Paris als Souverän«, verkündete Le Président Nouveau den gespannt lauschenden Kommissaren und Gendarmen.

»Arbeiter, Dienstboten, Frauen und Soldaten haben in dieser Commune zwar kein Wahlrecht«, fuhr Laroche fort und sofort breitete sich Unruhe unter den Zuhörern aus. »Aber«, beschwichtigte der erste

Befehlshaber der Polizeiorgane die Menge, »sie dürfen nach dem Willen der Nationalversammlung künftig als Berater tätig sein und auch Reden halten. Ich denke, dass diese Erlaubnis zur freien Meinungsäußerung analog auch für uns Polizisten Geltung hat.«

Jetzt waren sogar höhnisches Gelächter und vereinzelte giftige Zwischenrufe zu hören. Hubert Aubriac versetzte seinen Freund mit dem Ellbogen einen Stoß in die Seite und verzog spöttisch den Mund.

»Sehr großzügig von den Herren Deputierten! Sie übersehen dabei nur eines: Wer von uns Franzosen fragt denn erst noch groß um Erlaubnis, bevor er sein Maul aufmacht?«

Lavalle stimmte ihm zu. Das Recht, seine Meinung lautstark zu vertreten, hatte das Volk sich schon längst selbst genommen. Und noch vieles andere mehr ...

»Ich bin ja mal gespannt, ob es dann endlich mit der Verteilung von Grundnahrungsmitteln besser klappt als bisher. Im Augenblick ist es doch so, dass Einkaufen gehen Glückssache ist: Du weißt vorher nie, ob du überhaupt was kriegst.«

Die Umstehenden pflichteten Kommissar Lavalle bei. Dann horchten alle wieder auf, als ihr oberster Chef eine weitere Nachricht ankündigte.

»Schon heute Abend wird in den Nachtausgaben der Zeitungen zu lesen sein, dass Kaiser Joseph von Österreich mit den Osmanen überraschend Frieden geschlossen hat. Männer, ihr wisst, was das bedeuten könnte!«

In der Tat! In der Halle summte es wie in einem Bienenkorb. Die Auswirkung konnte eine zweifache sein: Entweder hatte der Friedenspakt mit den Türken überhaupt keinerlei Konsequenzen für Frankreich – oder aber, der hinterhältige Habsburger, immerhin Bruder der französischen Königin, wollte nur deshalb Ruhe an seiner Südgrenze haben, um seine gesamte Heeresmacht gegen Frankreich antreten zu lassen ...

Das waren in der Tat keine beruhigenden Neuigkeiten. Zur Revolution im Inneren käme womöglich ein Krieg von außen dazu ...

»Selbst die kleine Bombe, die die Nationalversammlung mit der Schaffung der Commune gezündet hat, vermag über eines nicht hinwegzutäuschen: Die Revolution steckt in der Sackgasse!«, zog Aubriac ein erstes Résumé.

Lavalle nickte. Es war so, wie sein Freund gesagt hatte: Die Luft war so ziemlich draußen. Was dringend fehlte, waren neue Impulse, sollte das Ganze nach einem aufgebauschten und ziemlich blutigen Anfang nicht sang- und klanglos untergehen. Der Kommissar war nicht sicher, ob er darüber Trauer oder Genugtuung empfinden sollte.

Dass der viel gepriesene »Sturm auf die Bastille« sich zu einem lauen Lüftchen, womöglich gar zu einem Furz zu entwickeln drohte, befürchteten auch Jean-Paul Marat und andere Zeitungsherausgeber. Um die Flammen der Rebellion erneut anzufachen, forderten jetzt der »Ami du Peuple« und ähnliche Blätter unisono: »Der König muss sofort mit dem gesamten Hof nach Paris übersiedeln!« Die Forderung wurde mit der angeblich drohenden Kriegsgefahr begründet. Dass nur der Wunsch dahintersteckte, den Monarchen dadurch besser unter der Fuchtel zu haben, verschwieg man wohlweislich; dennoch ahnten es zumindest viele.

Aubriac war in seinem Element. Selbst auf der Feier anlässlich der Hochzeit seines besten Freundes konnte er es sich nicht verkneifen, das ziemlich unerfreuliche Kapitel »Politik« aufs Tapet zu bringen.

Als Armand Lavalle seinen obersten Dienstherrn um einen freien Tag gebeten hatte, da er die Mutter seines zu erwartenden Kindes zu heiraten gedachte, hatte ihm dieser eine freudige Überraschung bereitet.

»Ich habe Ihren kürzlich erfolgten heldenhaften Einsatz gegen drei kräftige Kerle keineswegs vergessen und Sie mir für eine baldige Beförderung vorgemerkt, Lavalle«, hatte er dem verdutzten, aber gleichwohl entzückten Kommissar mitgeteilt. »Betrachten Sie sich bitte von heute an als ›Commissaire Supérieur de Police de Commune de Paris‹, mit der dazugehörigen Gehaltszulage selbstverständlich. Diese werden Sie als Ehemann und künftiger Vater gut gebrauchen können!«

Stolz und überglücklich hatte Lavalle die frohe Kunde seiner Braut noch am gleichen Abend mitgeteilt. Seine Freunde, sowie Grand-mère Céléstine und Ginettes Bruder Luc freuten sich natürlich ungemein mit den beiden.

Der Termin für die Eheschließung Armands und Régines hatte sich um einige Tage verschoben; dafür war das Wetter wieder strahlend spätsommerlich schön geworden.

Ehe das kleine Fest völlig in Debatten über Monarchie, Republik, Nationalversammlung, Schuldenberg und Commune versank, griff Grand-mère Céléstine resolut ein.

»Der Nächste, der noch mal über Politik und die schlechten Zeiten, in denen wir leben, zu reden anfängt, muss Strafe zahlen und bekommt überdies nichts mehr zu trinken«, verkündete die alte Frau. »Das gilt im Übrigen auch, wenn jemand noch einmal über Verbrechen und Täter spricht!«

Das wirkte. Wobei unklar blieb, welche der beiden Drohungen die schlimmere war.

Für Ginette Lavalle, geborene Madrier, war es der wunderbarste Tag in ihrem bisherigen Leben. Bekam sie doch den schönsten, liebsten und klügsten Mann von ganz Paris zum Mann! Für Armand hatte sie schon als Blumenmädchen mit dreizehn Jahren geschwärmt, als sie den blutjungen Commissaire zum ersten Mal über den »Marché aux Fleurs« hatte flanieren gesehen.

Lavalle hatte damals, noch nicht lange aus dem Poitou in Paris eingetroffen, für seine damalige Geliebte, eine verheiratete Dame bürgerlichen Standes und zwölf Jahre älter als er, einen Blumenstrauß ausgesucht – ausgerechnet am Stand von Madame Céléstine.

Ginette – noch sehr kindlich anzusehen – hatte barfüßig neben ihrer Grand-maman gestanden und den hübschen, etwas über zwanzig Jahre alten Mann ganz offen angehimmelt. Sie hatte sogar den Vorschlag gemacht, das umfangreiche Gebinde an seiner Statt in die Wohnung zu tragen. Sie war neugierig gewesen, wie das weibliche Wesen aussehen musste, dem es gelungen war, das Herz dieses gut aussehenden Burschen zu erobern. Es verstand sich von selbst, dass dieser Strauß für eine Dame gedacht war ... Armand nahm das Angebot an, nachdem die ältere Frau, die Mutterstelle an der Waise Régine Madrier zu vertreten schien, zugestimmt hatte.

»Weißt du noch, Chéri, wie stolz ich neben dir hergelaufen bin, beladen mit den Blumen für deine damalige Freundin?«, weckte die junge Ehefrau Armands Erinnerung an alte Zeiten.

»Oh, ja! Den ganzen Weg über hast du geplappert – aber ich empfand es nicht als störend, ganz im Gegenteil! Man hat schon damals gemerkt, dass du einmal ein intelligentes, lebhaftes und sonniges Geschöpf sein würdest – und ein hübsches dazu!«

Armand drückte seine Frischangetraute an sich und flüsterte ihr ins Ohr: »Wenn es dir zu viel wird, gehen wir nach Hause und lassen die anderen alleine weiterfeiern. Was hältst du davon?«

Ginette überlegte nicht lange. »Oh, ja! Wir stehlen uns einfach davon! Ich denke, niemand wird uns wirklich vermissen. Es ist noch genügend zu essen da und die Getränkevorräte reichen noch für eine ganze Kompanie.«

Die Hochzeitsgesellschaft hatte sich ein abgelegenes ruhiges Plätzchen ausgesucht, um unter freiem

Himmel die Eheschließung von Armand und Ginette zu feiern. Obwohl bereits mehr als Dreiviertel des Monats September verstrichen war, schien die Sonne noch kräftig vom Himmel. Aber die verlassene Mühle, die man vom Pont Neuf aus über einige Stufen zur Seine hinunter erreichte, warf einen angenehmen Schatten; so musste kein Geladener in der Sonne braten.

Von diesem Platz aus konnte man auf der Brücke die Reiterstatue König Heinrichs IV. gut sehen, dem viele Franzosen immer noch nachtrauerten. Er war für sie auch heute noch »der gute König Heinrich«, der jedem Franzosen am Sonntag sein Huhn im Topf gönnte ...

Lavalle war überzeugt davon, dass es unter diesem König nicht diese Kalamitäten gäbe, wie jene, unter denen die Franzosen heute zu leiden hatten. ›Und die Verbrecher waren gewiss auch nicht so zahlreich‹, überlegte er. ›Diebe und Wegelagerer vielleicht; diese Strolche gab es schon immer. Aber zumindest nicht solche Bestien, wie etwa den Seinemörder.‹

Dieser Mensch ging ihm nicht mehr aus dem Kopf. Wann würde das Ungeheuer erneut zuschlagen? Unwillkürlich wanderte sein Blick zu Ginettes jüngerem Bruder Luc hinüber, der zwischen den jungen Verwandten saß. Seine Bewerbung als Gärtnerjunge, wozu er sich endlich aufgerafft hatte, hatte man in Versailles abschlägig beschieden. Man brauche keinen von dieser Sorte, hatte man ihn wissen lassen.

Luc – angeblich darüber sehr enttäuscht – hing jetzt wieder nur den ganzen Tag herum. Allmählich machte auch Lavalle sich Sorgen um ihn. Er wäre nicht der erste Junge, der wegen Müßiggangs unter die Räder geriet und kriminell wurde oder gar einem Perversen zum Opfer fiel ...

Dann wischte Armand den Gedanken daran schnell beiseite. Heute war sein Hochzeitstag, ein erbaulicher Tag, ja, ein Freudentag! Keiner, an dem man sich durch Überlegungen zu Massenmördern die Laune verderben lassen durfte. Klammheimlich machten sich er und seine Frischangetraute aus dem Staub, um es sich zu Hause »gemütlich« zu machen ...

30. September 1789

André de Junot hatte Angst. Durch eine Ungeschicklichkeit – er selbst nannte es bei sich bodenlose Dummheit – hatte er es zuwege gebracht, seinen großen Gönner, den Grand Maître, ernsthaft gegen sich aufzubringen.

Ereignet hatte sich das Ganze im Gemeinschaftsraum neben der Küche, wo die Domestiken darauf warteten, die angerichteten und garnierten Silberplatten und die gewaltigen Töpfe mit den fertigen Fleisch- und Gemüsespeisen in den königlichen Speisesaal zu bringen oder – in kleineren Gefäßen – zu den Appartements der Gäste zu tragen, die nicht zur königlichen Tafel geladen waren.

Die meisten Speiseplatten und Schüsseln mussten jedoch zum Gemeinschaftsspeiseraum der Höflinge getragen werden, deren Kämmerchen im riesigen Schloss von Versailles so winzig waren, das ein ordentlicher Esstisch darin gar keinen Platz fand; die Diener stellten das Tablett auf einer Kommode oder einem Beistelltischchen ab.

Die meisten Domestiken wunderten sich zu Anfang, wenn sie zum ersten Mal die engen kleinen Gelasse sahen, die von illustren Höflingen bewohnt wurden. Alle nahmen es klaglos in Kauf, völlig unzureichende Räume (André nannte sie insgeheim »Löcher«) vom Haushofmeister zugeteilt zu erhalten. Was zählte, war allein die große Ehre, zusammen mit dem König unter einem Dach zu weilen.

»Diese Herrschaften wären auch noch zufrieden, wenn man sie auf dem Korridor auf dem blanken Estrich schlafen ließe«, hatte der Page sich unbedacht lustig gemacht über alle die Grafen, Barone und Ritter, die daheim in luxuriösem Ambiente wohnen könnten.

»Die es jedoch vorziehen, in indiskutablen Kabüffchen zu logieren – ohne Sonnenlicht, ohne ausreichend frische Luft – und ohne auch nur den primitivsten Anforderungen genügende sanitäre Einrichtungen. An Wasser haben sie lediglich einen Krug voll pro Tag zur Verfügung, den ein dienstbarer Geist jeden Morgen vor ihrer Zimmertür platziert.«

Danach hatte er weiter gelästert.

»Wo die Herrschaften ihre Notdurft zu verrichten belieben, ist ihnen selbst überlassen. Die meisten benutzen wenigstens für ›größere Geschäfte‹ einen Topf, den die Mägde am Morgen auszuleeren haben. Immerhin ein Fortschritt!«

Oh, André wusste durchaus, worüber er sich das Maul zerriss.

»In früheren Zeiten haben in den Schlössern selten benutzte Korridore und finstere Ecken als Abtritte gedient«, hatte gleich zu Anfang ein Page dem Neuling André anvertraut. »In einigen der schönsten Schlösser hängte sich der bestialische Gestank allerdings so sehr in Vorhänge, Teppiche, Gobelins und Möbelstoffe, dass die Häuser selbst in ›sauberem‹ Zustand ganz erbärmlich stanken.«

»Auf jeden Fall bedeutet es einen Rückschritt gegenüber den auf Bergeshöhen angelegten Burgen, wie meine Familie eine bewohnt. Unser Familienstammsitz besitzt wenigstens einen Abtritt über dem Berghang, wo die Fäkalien im freien Fall in die Tiefe plumpsen und zumindest die Nasen der Burgbewohner nicht mehr beleidigen können ...«

André zog weiter ungeniert vom Leder.

»Die meisten Bediensteten in Versailles sind offenbar nur damit beschäftigt, die Scheiße der Höflinge wegzuschaffen – was für eine Geldverschwendung! Und das angesichts leerer Kassen«, hatte Comte de Montmorencys Lieblingspage frisch von der Leber weg einem älteren Kollegen gegenüber geäußert – ohne groß über die möglichen Konsequenzen seiner Unbotmäßigkeit nachzudenken. Dass derjenige ihn verpetzen würde, dieser Gedanke war ihm überhaupt nicht gekommen.

Andrés spöttisch-despektierliche Bemerkungen waren beim Grand Maître nicht allzu gut angekommen ... Der Betreffende musste ihm das flapsig Dahingesagte offenbar sogleich hinterbracht haben. Die Reaktion des Comte war dementsprechend.

»Mon Cher, glaube nicht, du könntest dir in Versailles Frechheiten herausnehmen – nur weil du den Vorzug genießt, im Besitz meines Wohlwollens zu sein. Merke dir das, mon Ami, und vermeide es, meine Geduld über Gebühr zu strapazieren. Ansonsten müssten sich unsere Wege bedauerlicherweise trennen.«

Die Stimme des Haushofmeisters hatte dabei ganz kühl geklungen und der Ausdruck seiner Augen ließ keinen Zweifel daran, dass der Comte auch meinte, was er sagte. André war sofort klar gewesen, dass es seinerseits einiger ganz spezieller »nächtlicher Bemühungen« bedurfte, um den Grand Maître mit ihm wieder zu versöhnen ...

Gelangweilt stand André herum und wartete darauf, bis einer der Küchenjungen die Sachen auf einem großen Servierbrett heranschleppte, die er dann die endlos langen Flure, Treppen und Korridore entlang zu transportieren hatte. Kein Wunder, dass das Essen kalt zu sein pflegte, wenn es denn endlich beim richtigen Konsumenten ankam. Zudem waren peinliche Verwechslungen gang und gäbe.

Anfangs hatte André gar nicht so genau hingehört, wenn die Diener sich unterhielten. Meist war es sowieso nur Geschwätz, das ihn nicht interessierte. Erst als er seinen Namen hörte, schreckte er auf.

Fernand de Brévé war es, ein Page von gut fünfzehn Jahren, der sich eine Menge auf sein angeblich gutes Aussehen einbildete und seit Längerem hoffte, Andrés bevorzugte Stellung beim Grand Maître übernehmen zu können. Ja, ausgesprochen eifersüchtig war der Jüngling, Sohn eines Marquis aus der Champagne. Offenbar hatte er André nicht gesehen, denn er zog im Kreise der anderen gewaltig über ihn her.

»Das windige Bürschchen bildet sich viel zu viel ein! Was ist er denn schon? Sein Vater ist ein armer Schlucker, der froh sein kann, dass sein Sohn in Versailles unterkriechen konnte! Ich verstehe ja überhaupt nicht, was unser oberster Chef an ihm findet. Er sieht doch gar nicht besonders gut aus, so mager und verhuscht, wie er ist. Kein Format hat der Kerl, dafür umso mehr Pickel im Gesicht!«

Nur wenige der Umstehenden lachten, die meisten grinsten eher vorsichtig. Es war nicht ungefährlich, den Favoriten des Haushofmeisters zu verunglimpfen – und obendrein höchst undiplomatisch, den guten Geschmack von Monsieur Alfonse in Zweifel zu ziehen ...

Ein paar reagierten auch sehr unwillig.

»Ich finde, du nimmst den Mund reichlich voll, Kleiner«, rügte ein etwas älterer Bediensteter, der vor etwa zehn Jahren der Mignon des Comte de Montmorency gewesen war. »Der junge André de Junot ist ein sehr hübscher, anstelliger und liebenswerter junger Herr, der seine Pflichten äußerst gewissenhaft und zuverlässig erledigt.«

»Ich bin der gleichen Meinung«, pflichtete ihm ein anderer bei. »André de Junot ist intelligent und rührig, nicht auf den Mund gefallen und witzig – lauter Dinge, an denen es dir mangelt, mon Cher! Dazu ist sein gepflegtes Aussehen tadellos.«

»Das kann ich nur unterstreichen«, mischte sich noch ein anderer energisch ein. »Der Page André ist sehr attraktiv und von gewinnendem Wesen. Ich vermute, aus dir spricht der pure Neid, Fernand! Und was die Pickel anbelangt, mein Lieber: Was ist denn das, was da an deinem Kinn sprießt?

Ich schlage vor, du kümmerst dich um deine eigenen Hautunreinheiten und überlässt es im Übrigen unserem Grand Maître, wem er den Vorzug gibt. Oder solltest du der Meinung sein, den Geschmack des Comte kritisieren zu dürfen?«

André, der alles von seinem Standort aus gehört hatte, freute sich diebisch. Fernand de Brévé war ein Ekel und hatte von Anfang an versucht, ihm das Leben am Hof schwer zu machen. So oft es möglich gewesen war, ihn, »den dummen Neuling aus der Provinz« auflaufen zu lassen, hatte Brévé das Seinige dazu beigetragen. Erst nachdem Monsieur Alfonse sich ausgerechnet den »Grünschnabel« als Liebhaber erwählt hatte, hatte Fernand de Brévé aufgehört, den um ein Jahr Jüngeren zu drangsalieren.

André hatte seinerzeit aus mehreren Gründen aufgeatmet; war der körperlich stärkere Rivale doch dazu übergegangen, von ihm Dinge zu verlangen, die der Junge schlicht verabscheute und überdies in seiner Naivität als schwere Sünde ansah. Mittlerweile hatte er allerdings noch ganz andere Praktiken kennengelernt ... Aber das stand auf einem anderen Blatt.

Fernand wagte es nicht, ein einziges Wort gegen seine Kritiker zu äußern und von denen, die vorher gelacht hatten, half ihm auch keiner; alle distanzierten sich auf einmal von ihm. Er begriff, dass es klüger war, den Mund zu halten und sich zurück zu ziehen.

Er wandte sich ab von der Gruppe und sah sich plötzlich – André gegenüber. Der grinste ihn schadenfroh an, sagte aber kein Wort, sondern drehte ihm demonstrativ verächtlich den Rücken zu.

André hatte jedoch den Ausdruck in Fernands grünen Augen gesehen und der glühende Hass in ihnen ließ ihn schaudern. So stellte er sich den Blick eines wütenden Tigers vor, der nur auf eine Gelegenheit wartete, ihn zu zerfleischen ...

Armand und Ginette hatten an ihrem Hochzeitstag noch ausgesprochenes Glück mit dem Wetter gehabt. Die folgenden Tage schüttete es wie aus Kübeln.

Der Himmel war grau vor tief hängenden Wolken; die Wege und die meist ungepflasterten Gassen verwandelten sich in sumpfige Pfade. Jedes Pferd wirbelte den Morast auf und jedes Wagenrad verspritzte meterweit den weichen Schlamm. Die einfachen Fußgänger fluchten, drückten sich eng an die Häusermauern und hüllten sich fröstelnd in ihre meist viel zu dünnen Umhänge. Es war nicht nur feucht, es wehte auch noch ein eiskalter Wind aus dem Osten, von Deutschland herüber, der bereits eine erste Ahnung vom nahenden Winter aufkommen ließ.

»Verdammte Scheiße!«, fluchte der Polizist Jean-Baptist Morlais, der Kommissar Lavalle an diesem Tag begleitete. Wütend schüttelte er die Faust hinter einer Kutsche her, die das königliche Emblem trug, das Wappen mit der Bourbonenlilie; er putzte sich die Schlammspritzer von der Uniform – mit mäßigem Erfolg.

»Kann dieser Trottel von Kutscher nicht aufpassen? Warum muss der blöde Hund in derartigem Tempo durch die Gasse rasen, dass der Dreck nur so aufspritzt? Was sich diese Aristokraten so alles herausnehmen, ist ein Skandal! Schließlich bin ich auch ein Bürger, dem Respekt gebührt – und das gilt auch für den zweiten Bruder des Königs! Dass der überhaupt noch in Paris ist?«, fragte er im gleichen Atemzug.

Lavalle zuckte mit den Achseln. Er wusste nichts über die Exilpläne der königlichen Familie. Und ehrlich gesagt interessierten sie ihn auch nicht besonders.

Seine Gedanken galten seiner Frau, die sich heute Morgen nicht besonders wohl gefühlt hatte. Grand-mère Céléstine war es allerdings gelungen, ihn einigermaßen zu beruhigen. »Das geht allen Weibern hin und wieder so, die in anderen Umständen sind«, verkündete sie sorglos.

Sie hatte ihn sogar leise ausgelacht, als er sich ernsthaft erkundigte, ob er einen Arzt rufen sollte.

»Das fehlte noch! Schwanger sein ist keine Krankheit, sondern ein natürlicher Zustand!«, musste er sich belehren lassen. Sicher hatte die erfahrene alte Frau damit recht.

Im Nachhinein musste er grinsen und überhörte beinahe, was sein Begleiter von sich gab. »Was meintest du gerade, Jean-Baptiste?«, erkundigte er sich ohne besonderes Interesse. Der Mann hatte ihm vorhin Bericht erstattet über seine nächtliche Observierung einer großen Schlachterei im Faubourg Saint Antoine.

Aber, nachdem am vergangenen Abend der Meister noch mit seinen Gesellen die am Vormittag geschlachteten Tiere zerlegt, entbeint, in handliche Portionen aufgeteilt und den Rest an Fleisch, Flechsen und Fett fein zerhackt und zerkleinert, mit Salz und Gewürzen vermischt in gesäuberte Därme gefüllt hatte, war Ruhe eingekehrt in dieser Metzgerei; Morlais hatte durch ein vergittertes Fenster in die Wurstküche gespäht und keinerlei verdächtige Aktivitäten beobachtet.

»Wäre ja auch zu schön gewesen, wenn wir endlich etwas Greifbares in Händen gehabt hätten«, murmelte Lavalle. Als sie weiter durch die Gassen patrouillierten, musste er schmunzeln. Nachdem die Titel abgeschafft worden waren, wäre es höchst unklug gewesen, weiterhin die alten Namen über den Läden, Geschäftshäusern und Gaststätten zu belassen. Es war amüsant, die Veränderungen zu bemerken, die sich quasi über Nacht vollzogen hatten.

Aus war es mit Bezeichnungen wie: »Zum Wappen der Bourbonen«, »Zu den Lilien Frankreichs«, »Zum Grafen der Provence«, »Zum Herzog der Normandie«, »Zum Wappen der Anjous«, »Zum Orden des heiligen Lazarus« oder »Zum Großkreuz des heiligen Ludwig«.

»Á la Nation« hieß es jetzt, »Á la Liberté« oder »Á la Fraternité«, »Au Convent National« und »Au Peuple Français« oder gar »Aux Charmes de la Constitution«.

Der Kommissar und Jean-Baptiste grinsten amüsiert. Die Männer überquerten die Place de l'Odéon, passierten links die Abzweigung der Rue de l'Odéon und nach einigen Metern führte der Weg nach rechts in die Rue Mazarin. Geradeaus ging es zur Kirche Saint Germain-des-Prés weiter, wo man sie zu einem Einsatz gerufen hatte.

»Da vorne haben die Saukerle schon wieder Barrikaden aus kaputten Holzbänken, Stühlen und zerhackten Tischen errichtet! Wir sollten einen Umweg machen, Monsieur le Commissaire!«

Jean-Baptiste Morlais deutete verärgert auf die in etwa fünfzig Metern Entfernung aufgebaute Straßensperre auf dem Boulevard Saint Germain. Sie ging gerade in Flammen auf – die neueste Unart des Pöbels, um Unruhe und Terror zu verbreiten. Außerdem bestand die Gefahr, dass die eng beieinanderstehenden Häuser Feuer fingen und ein ganzes Quartier abbrannte ...

»Merde! Wie gelangen wir jetzt zur Kirche?«

Ein lästerlicher Fluch entrang sich Jean-Baptiste. Man hatte die Polizei informiert, dass ein paar Rabauken sich anschickten, sakrales Gerät aus dem Gotteshaus zu entwenden. Dass eine ganze Bande dabei war, das Gebiet rund um die Kirche mit Barrikaden abzuriegeln – davon hatte der Zuträger nichts verlauten lassen. Darum waren sie jetzt auch nur zu zweit ...

»Reg' dich nicht auf, Jean-Baptiste. Lass' uns in die Rue du Four einbiegen. Damit umgehen wir die Straßensperre. Ich habe auch wenig Lust, mich mit diesen Idioten herumzustreiten!«

Lavalle sprach betont ruhig. Sein Polizeikamerad, Mitte zwanzig, war bei aller Intelligenz ein übernervöser Mensch, der zu unüberlegten Aktionen neigte. Fühlte er sich in die Enge getrieben, war es möglich, dass er wie ein wütender Stier allein auf eine gewaltige Übermacht losstürmte – es konnte jedoch genauso gut passieren, dass er kopflos davonrannte ...

Seitdem ihn vor drei Jahren eine Verbrecherbande lebend in einem Erdloch verscharrt hatte und er gerade noch im letzten Augenblick, kurz vor dem Erstickungstod, befreit werden konnte, litt er an einer nervösen Störung.

Lavalle hatte sich ganz energisch für Morlais eingesetzt, ihn nicht aus dem Polizeidienst zu entlassen. Eine menschliche Geste, die der Mann ihm niemals vergaß. Und bei der Auffindung des bisher letzten Opfers des Seinemörders hatte er sich als äußerst aufmerksam erwiesen ...

»Ich kenne einen Schleichweg durch die Häuser und Hinterhöfe an der Rue du Four. So gelangen wir auf die Rue des Saints-Pères. Nach rechts ist es dann nicht weit zurück auf den Boulevard Saint Germain. Wir nähern uns also der Kirche nur von einer anderen Seite. Vielleicht haben wir Glück und da gibt es noch keine Barrikaden.«

Der Kommissar gab sich ruhiger, als er sich in Wahrheit fühlte. Tatsächlich war er ungeheuer aufgewühlt. Und beileibe nicht, weil jemand sich anschickte, aus einer Kirche Kelche zu klauen. Sicher, das war ein Verbrechen – aber was war das im Vergleich zu dem, was sie kurz zuvor erlebt hatten?

An der Ecke Boulevard Saint Michel (seit ewigen Zeiten von den Einheimischen nur »Boul' Mich'« genannt) und der Rue Soufflot, direkt an der ehrwürdigen Universität Sorbonne, hatten vier sichtlich angetrunkene Kerle versucht, einen Gardeoffizier von seinem Pferd herunterzureißen. Sie drohten damit, ihn erst fürchterlich zusammenzuschlagen und dann schnurstracks an der nächsten Straßenlaterne aufzuknüpfen; etwas anderes habe so einer wie er, nicht zu erwarten!

Es hatte einige Zeit gedauert, bis Lavalle und Morlais es geschafft hatten, die vier »Revolutionäre«, wie sie selbst sich titulierten, außer Gefecht zu setzen. Was nichts anderes bedeutet hatte, als sie durch kräftige Fausthiebe ans Kinn bewusstlos zu schlagen ...

Sie ließen die Kerle am Straßenrand liegen; sie abzuführen und in Gewahrsam zu nehmen, wäre vergebliche Liebesmüh' gewesen: Kein Richter würde es heutzutage mehr wagen, solche Typen hinter Gitter zu setzen.

Auch für den Kommissar und seinen uniformierten Begleiter war es mittlerweile an der Zeit gewesen, sich zu verziehen. Die ganze Aktion, die nicht gerade in aller Stille ablief, hatte eine Menge Zuschauer herbeigelockt, von denen ein großer Teil nicht unbedingt aufseiten der Polizei gestanden hatte.

›Was sind dagegen schon ein paar geklaute silberne Kannen und Platten?‹, dachte Lavalle trübsinnig. ›Die Kirche hat ein so riesiges Vermögen angehäuft, dass sie nun auf einige wenige gestohlene Dinge wirklich gut verzichten kann. Sollte der Mob auch hier schon Sperren errichtet haben, werden wir uns zurückziehen. Wozu den Helden spielen?‹

Armand Lavalle beschlich mehr und mehr das Gefühl, dass seine Arbeit vollkommen nutzlos war. In Zeiten, in denen nicht mehr Recht und Gesetz regierten, sondern nur noch Anarchie und Verbrechen – was konnte da ein kleiner Polizeikommissar schon ausrichten? Zudem fühlte er sich von der »Obrigkeit« zunehmend im Stich gelassen.

Für Überfälle und alle angeblich »politisch motivierten Übergriffe« war jetzt die Nationalgarde zuständig. Nur hatte auch Lafayette viel zu wenige Männer zur Verfügung und außerdem konnte er nicht überall zugleich sein. Nicht zum ersten Male überlegte sich Armand, ob er nicht vielleicht besser daran täte, sich aus dem Polizeidienst zurückzuziehen und etwas ganz anderes zu versuchen.

Aber was kam für ihn infrage? Arbeitsplätze waren rar, und obwohl er sich für keine Tätigkeit zu schade war, die es ihm ermöglichte, eine Familie gut zu ernähren, war er im Zweifel, Entsprechendes zu finden; hatte er doch nur die Polizeiarbeit gelernt.

Er war verschreckt. Verschreckt und zugleich wahnsinnig wütend. Natürlich blieben ihm die Anstrengungen dieses überaus lästigen Commissaires Lavalle nicht verborgen! Ging der Kerl doch nicht gerade sensibel um bei seinen Recherchen und Überwachungen, zu denen er ständig immer mehr Polizisten heranzog.

Dummerweise vermochte kein Mensch genau zu sagen, wie dieser dreiste Kerl eigentlich aussah. In gewissen Unterweltkreisen kursierten zwar zahlreiche Beschreibungen, aber alle waren so unterschiedlich, dass man sich trotzdem kein Bild von ihm machen konnte.

War er blond oder dunkelhaarig, war er dreißig oder eher fünfzig, mager oder kräftig? Nicht einmal bezüglich seiner Körpergröße waren die Zuträger sich einig; die Beschreibungen schwankten zwischen mittelgroß und riesig.

Inzwischen hatte dieser Lavalle ein ganzes Netz von »Spionen« aufgebaut, die er sozusagen flächendeckend der Seine entlang positionierte! Und zwar haargenau an den Stellen, die für ihn, den Seinemörder, als Plätze, an denen man eine Leiche bequem im Fluss versenken konnte, infrage kamen ...

»Als ob der verdammte Hund es ahnte!«

Zornig hieb er mit der riesigen Faust auf den edlen Tisch aus dunklem Ebenholz mit den zierlichen Elfenbeineinlegearbeiten. Sein Drang, erneut ein »Opfer« darzubringen, wurde allmählich übermächtig. Er war sich nicht sicher, wie lange noch er seinen »heiligen Trieb« – so nannte er nämlich seine unheilvolle Veranlagung euphemistisch – würde beherrschen können.

Verschiedene hohe Aristokraten – vor denen er unbedingt die Maske des allzeit höflichen und liebenswürdigen Bonvivants aufbehalten musste – hatten ihn bereits darauf angesprochen, ob er etwa Kummer habe oder krank sei, da er ihnen so missmutig erschiene ...

Am liebsten hätte er sie gepackt und geschüttelt und ihnen ins Gesicht gebrüllt: »Jawohl, Ihr gottverdammten Narren! Mir geht es schlecht! Sogar hundsmiserabel fühle ich mich! Am liebsten würde ich ...«

Halt! Er durfte sich nicht hineinsteigern – nicht einmal in Gedanken. Im Gegenteil! Er musste versuchen, sich irgendwie abzulenken. Dieser Schweinehund von Kommissar würde sicher irgendwann aufgeben, wenn seine Suche erfolglos blieb. Was natürlich bedeutete, dass er ihm noch längere Zeit keinen Anlass zu weiterem Herumschnüffeln bieten durfte ...

Als winziger – und leider vollkommen unzureichender Ersatz – sollte ihm der Spaß genügen, einen seiner Domestiken bis aufs Blut zu schikanieren, vielleicht auch grausam zu verprügeln. Oder sollte er vielleicht einen seiner Bluthunde auf ihn hetzen? Anschließend könnte er den Idioten feuern – falls dieser die Attacke der scharfen Köter überleben sollte.

Darüber hinaus würde er seine zahlreichen Verbindungen spielen lassen: Es müsste doch mit dem Teufel zugehen, könnte es ihm nicht gelingen, Lavalle auf irgendeine Weise aus dem Verkehr zu ziehen. Bisher war dessen Weste blütenweiß. Kein einziger negativer Eintrag in seiner Dienstakte – das wusste er verbindlich.

Andererseits: Jeder Mensch war käuflich! Es kam nur auf die Höhe der Bestechungssumme an. Lavalle hatte erst kürzlich geheiratet, und wie man ihm hinterbracht hatte, war bereits ein Balg unterwegs. Da konnte er gewiss Geld brauchen. Mal sehen, ob man ihn nicht in Versuchung führen konnte! Und damit hätte er den Gimpel in der Hand ...

Seine Laune verbesserte sich schlagartig; was zur Folge hatte, dass besagter Diener mit einer leichteren Tracht Prügel davonkam – und die Hunde im Zwinger blieben.

5. und 6. Oktober 1789

Gegen Mittag herrschte im Kommissariat Alarmstufe eins, nachdem durchsickerte, dass bereits im Morgengrauen ein paar Hundert Marktweiber sich beim Hôtel de Ville versammelt hatten, um einen Protestmarsch nach Versailles zu unternehmen.

Die in der Nähe tagende Nationalversammlung rechnete zu Recht mit schlimmen Übergriffen, nachdem klar war, dass –, um der Aktion Nachdruck zu verleihen –, sich den Weibern eine Menge Protestierer angeschlossen hatte, um vom König Brot zu fordern.

Die meisten der als Frauen verkleideten Kerle waren bestens ausgerüstet: Lange Messer, Äxte, Beile und Bratspieße führten sie mit sich, so wie die neuerdings allgegenwärtigen Piken. Der Aufmarsch des martialisch anmutenden Haufens – der keineswegs den Eindruck von »Bittstellern« erweckte – war zudem von einem derart wüsten Geschrei begleitet, dass es den Vernünftigeren unter den Deputierten der Nationalversammlung ratsam erschien, die städtische Polizei zu alarmieren.

Die kleine königliche Garde im Schloss von Versailles war wohl kaum in der Lage, die Bande aufzuhalten – und wo Lafayette samt seiner Nationalgarde steckte, wusste wie üblich niemand.

Bis die Abgeordneten sich einig waren – die Scharfmacher wandten sich selbstverständlich vehement gegen eine wie auch immer geartete Hilfsaktion – war es beinahe Mittag. Georges Danton vertrat unbeirrt seine Meinung, der König wäre doch selbst schuld an der Situation. Sollte er also sehen, wie er sich daraus befreite!

Warum hatten der Bourbone und Jacques Necker nicht mehr Mehl im Ausland eingekauft?

Wieso wurde der Schuldenberg nicht endlich kleiner?

Weshalb machte niemand der Verschwendung bei Hof ein Ende?

Und warum war der König nicht schon längst nach Paris umgezogen, wo man ihn besser schützen könnte? Letzteres war blanker Hohn: Danton und Konsorten lag gewiss herzlich wenig am »Schutz« des Monarchen.

Der Commandant Général Guy Laroche beorderte umgehend alle verfügbaren Kommissare zum Ort des Krawalls. Lavalle und vier weitere Kommissare ritten mit jeweils zwanzig Mann hinaus nach Versailles. Die »Marktweiber« konnten sie natürlich nicht mehr einholen. Obwohl der Mob zu Fuß unterwegs war und es gerade an diesem Tag wie aus Kübeln goss, war der Vorsprung der Krawallmacher, die seit vier Uhr morgens unterwegs waren, bei Weitem zu groß.

»Verdammt! Der Regen nimmt noch zu, statt endlich aufzuhören!« Jean-Baptist Morlais hielt sich dicht an der Seite von »Commissaire Supérieur« Lavalle.

Auch andere Männer fluchten. Die nicht gepflasterte Landstraße nach Versailles hatte sich seit dem Morgen in einen Morast verwandelt.

»Die Pferde versinken bis zu den Fesseln im Dreck.«

Lavalle, dem das Regenwasser in die Augen lief und dessen Reitanzug vollständig durchnässt und mit braunen Schlammspritzern übersät war, sagte nichts. Es gab nichts zu sagen. Er hoffte nur, dass das Hundewetter auch die Aufrührer bremsen würde in ihrer Gier, in Versailles Unheil anzurichten.

Als der Trupp aus Kommissaren und Gendarmen sich dem Schloss näherte, konnten sie bereits von weitem das Geschrei der angeblichen »Marktfrauen« hören: »Verfluchte Österreicherin! Wir werden dir den Hals umdrehen!« »Wir schneiden dir die Leber heraus und braten sie!« »Aus deinen Därmen wollen wir uns Schnürbänder flechten!« und ähnliche Liebenswürdigkeiten schwirrten durch die Luft.

»Aha! Der Mob ist dabei, sich in Stimmung zu bringen. Ich denke aber, es wird bei den Drohungen bleiben.«

Lavalle glaubte zwar selbst nicht recht daran, aber er wollte seine Leute nicht gleich von vorneherein abschrecken. Es war kein Geheimnis, dass es unter den Polizisten nicht wenige gab, die die Hosen gestrichen voll hatten, sobald es sich um sogenanntes »Volk« handelte, gegen das sie mit Waffen vorgehen sollten. Wussten inzwischen doch viele von ihnen, dass sich unter den Revolutionären auch Angehörige ihrer eigenen Familien befanden ...

Kurz darauf sprengte ein Gardesoldat den Helfern aus der Stadt entgegen. Was er an Neuigkeiten zu überbringen hatte, war nicht unbedingt dazu angetan, den Kommissar und seine Kollegen zu beruhigen:

»Seine Majestät, der König, befindet sich nicht im Schloss. Er ist nach Meudon zur Jagd geritten. Madame la Reine hat ihren Gemahl zwar durch einen Kurier von dem Überfall des Pöbels verständigen lassen. Aber ob dieser Bote den König überhaupt erreicht – oder ob man den Mann abgefangen hat, wissen wir nicht. Selbst wenn der König darüber im Bilde ist, was in Versailles los ist, wird es noch Stunden dauern, bis Seine Majestät im Schloss eintreffen kann!«

Das klang besorgniserregend. Die Anwesenheit des Königs, der immerhin noch einen Rest an Respekt beim Volk genoss, wäre doch hilfreich gewesen, sofern es galt, die Furien davon abzuhalten, das Schloss zu stürmen.

»Ich kann's nicht glauben! Commissaire Supérieur, sehen Sie doch nur! Diese Dilettanten von Gardesoldaten haben nicht einmal dafür gesorgt, dass die eisernen Gittertore vor dem Eingang geschlossen wurden!«

Ein Kollege Lavalles fasste sich verzweifelt an den Kopf. Es war in der Tat nicht zu begreifen: Kein

Mensch hatte daran gedacht, zumindest dieses Minimum an Schutzmaßnahme zu ergreifen. Immerhin: Wenn die Angreifer erst mühsam über das Eisengitter klettern mussten, könnte vielleicht manchem die Lust am Plündern und Zerstören vergehen. Aber so? Nur etwa hundert Soldaten der Garde und etwas über einhundert Polizisten standen einer amorphen Masse Tausender gegenüber, die sich besoffen grölend und ihre Waffen schwingend, auf der Place d'Armes tummelten – direkt vor den einladend weit geöffneten Schlosstoren ...

»Möchte bloß wissen, was die aufgeputzten Kerle eigentlich im Hirnkasten haben«, murmelte ein Gendarm neben Lavalle; der Kommissar gab ihm insgeheim recht. Dieses Versäumnis grenzte an maßlose Blödheit – oder sollte es sich womöglich um Absicht handeln? So leicht musste man es dem mörderischen Pack doch nun wirklich nicht machen!

Immerhin: Das schneidige Anrücken der berittenen und schwer bewaffneten Polizeimacht schien die Randalierer doch irgendwie zu beeindrucken. Womöglich waren sie auch bloß müde und erschöpft vom langen anstrengenden Marsch durch Schlamm und Regen, vom Grölen und Saufen ...

Die Menge begnügte sich im Augenblick damit, die tropfnassen und reichlich beschmutzten Ankömmlinge aus Paris auszubuhen und zu verhöhnen: »Was seid ihr denn für Säue? Habt ihr euch im Dreck gesuhlt?«, schallte es den Kommissaren und ihren Untergebenen wenig freundlich entgegen.

Trotz der brenzligen Lage musste Lavalle unwillkürlich grinsen; das entspannte die Situation ein wenig. Er und seine Leute sahen wirklich aus als hätten sie sich im Matsch gewälzt. Die Meute lachte jetzt grölend und schrie ihnen Obszönitäten entgegen – wobei Lavalle Ausdrücke kennen lernte, von denen er gar nicht geahnt hatte, dass sie überhaupt existierten – aber wenigstens gingen die »Marktweiber« vorläufig nicht zum Angriff über.

Ja, selbst als die »Städter« den Gardesoldaten den Befehl erteilten, doch endlich die Tore zu schließen, machte niemand der Rebellen den Versuch, sie daran zu hindern.

Es stellte sich allerdings schwieriger heraus als gedacht, die schweren eisernen Gitter in Position zu bringen und sie endlich zu versperren: durch jahrzehntelange Nichtbenutzung waren die eisernen Scharniere vom Rost zerfressen und bewegten sich keinen Zentimeter.

»Hätte man sich ja denken können«, hörte Lavalle neben sich einen Polizisten brummen. »Überall bloß Faulheit, Schlamperei und Verwahrlosung – ein getreues Spiegelbild unserer Regierung.«

Der Kommissar zuckte die Achseln. Es stimmte ja, was der Mann sagte. In der Tat war in Frankreich der Schlendrian allgegenwärtig. Erst nachdem einige Polizisten tatkräftig mit anpackten, gelang es den Gardesoldaten – die in ihren durchgeweichten Fantasieuniformen überhaupt nicht mehr beeindruckend aussahen – das Schloss wenigstens bis zu einem gewissen Grad zu sichern.

»Schaut bloß, Bürger Kommissar, wo der Plebs auf einmal hinmarschiert!«, machte einer der Gendarmen Lavalle aufmerksam.

Tatsächlich! Ein Großteil der Rebellen stürmte auf einmal in die nahe gelegene Tagungshalle der Nationalversammlung.

»Die Herren Deputierten werden überglücklich sein, so hautnah mit dem geliebten Volk in Kontakt zu treten!«

Lavalle prustete vor Lachen. O ja! Das vermochte er sich lebhaft auszumalen: Die pudelnassen, mit Schlamm bespritzten Gestalten, die mit Messern und Bratspießen herumfuchtelten, würden den piekfeinen Herren fraglos gewaltig imponieren.

»Geschieht denen ganz recht. Dass sich der Mob so dreist aufführt, haben sie doch ganz allein selbst zu verantworten.«

Trotz der gar nicht lustigen Situation war Armand Lavalle amüsiert. Im Geiste konnte er sich gut die anfänglich verdutzten und gleich darauf angeekelten Gesichter der Abgeordneten vorstellen, wenn ihnen das Volk – ohne Einladung! – so dicht auf den Leib rückte.

Beinahe alle »Marktfrauen« waren inzwischen gezeichnet von Erschöpfung, Hunger, Kälte, Wut und jeder Menge Alkohol. Kaum einer, der nicht eine Schnapspulle in der Hand schwenkte.

Der Dauerregen hatte die Temperatur empfindlich sinken lassen; in den dünnen Fetzen ihrer Bekleidung waren die meisten von ihnen blau angelaufen und bibberten regelrecht vor Kälte.

Lavalle schüttelte die erheiternden Gedanken rasch ab, als ihn Gebrüll und Waffengeklirr auf den Boden der Tatsachen zurückholten. Die wenigen Gardesoldaten, die nun außerhalb der geschlossenen Gitter Wache standen, hatten große Probleme damit, die zügellose Meute, die noch nicht bei den Abgeordneten der Nationalversammlung Zuflucht gesucht hatte, in ihre Schranken zu weisen.

So wie Lavalle die Situation einschätzte, bestand immer noch höchste Gefahr, dass der Pöbel den Palast stürmte. Einzelne versuchten bereits, an den Gitterstäben hochzuklettern. Falls sie es schafften, dann Gnade Gott den Bewohnern von Versailles!

»Vorwärts! Auf den Plebs!«, erteilte der Kommissar seinen Leuten Befehl zum Angriff auf das zerlumpte, stark alkoholisierte, aber nichtsdestotrotz gut mit Waffen ausgerüstete »Volk«.

In Kürze gelang es den Pariser Polizeikräften, die mehrheitlich sturzbetrunkene Meute zu zerstreuen. Heulend, heiser grölend und enttäuscht verzogen sich die Kerle und das Häuflein unerschrockener Weibsbilder, die noch Kampfeswillen gezeigt hatten. Und die wütenden Furien waren es auch, von denen die Polizisten mit den schlimmsten Obszönitäten bedacht wurden ...

»Hört gut hin, Kameraden!« Trotz des Ernstes der Lage musste Lavalle erneut schallend lachen: »Von denen könnt sogar ihr noch was lernen!«

Nicht nur der Kommissar wunderte sich über das Fernbleiben von General Lafayette. Wo, in Dreiteufelsnamen, war er denn nur mitsamt seiner Nationalgarde? Kein Wunder, dass die kleine Anzahl der Versailler Wachsoldaten mit der Horde von Ruhestörern nicht fertig wurde. Im Augenblick herrschte zwar gespannte Ruhe: Aber da die »Marktfrauen« keinerlei Anstalten machten, abzuziehen und in die Hauptstadt zurückzukehren, würden die Polizeikräfte aus Paris selbstverständlich vor Ort bleiben, um im Notfall eingreifen zu können.

Keiner der Polizisten war erbaut, sich womöglich die Nacht bei Kälte und Regen um die Ohren schlagen zu müssen. Gegen Abend traf der König ein. Müde und erschöpft von der Jagd und vom Ritt aus Meudon ließ er sich vom Kommandanten seiner Garde Bericht erstatten. Da Ludwig XVI. ein friedfertiges Naturell war, beschloss er unverzüglich, eine Abordnung der »Marktfrauen« im Schloss zu empfangen.

Damit gelang es dem Monarchen immerhin, für beträchtliche Verblüffung zu sorgen. Als die Delegation des meuternden Mobs nach etwa einer Stunde aus dem Palast zurückkehrte, schien es der König tatsächlich geschafft zu haben, die explosive Lage zu entschärfen.

Lavalle griff sich einen besonders wüst aussehenden Kerl aus der Gruppe heraus und fragte ihn neugierig aus. Der, wegen seiner angeblichen Wichtigkeit geschmeichelt, ließ sich nicht lange bitten.

Ludwig war demnach das Kunststück gelungen, dem »Volk« weiszumachen, nicht er oder sein Minister Necker trügen die Schuld an der Getreideknappheit, sondern die säumige, immer nur debattierende Nationalversammlung ...

Einige Kommissare, darunter auch Lavalle, verlangten jetzt ebenfalls – trotz der späten Stunde – eine Audienz beim König. Da der Kommissar schon öfters in Versailles zu tun gehabt hatte, ernannten ihn seine Kollegen zu ihrem Sprecher.

»Bitte, Sire« – der Kommissar hielt sich nicht an das Verbot, Titel zu benützen –, »lasst zumindest einige Geschütze im Hof aufstellen«, schlug Armand Lavalle dem bemerkenswert ruhig erscheinenden Monarchen vor. »Wir müssen die Kanonen ja nicht unbedingt abfeuern – aber als Drohgebärde könnten sie nützlich sein! Die Aufrührer haben sich nur ein wenig zurückgezogen; in ein paar Stunden haben sie ihren Rausch ausgeschlafen und werden das Schloss erneut attackieren!«

Der König wollte jedoch nichts davon hören. Für seinen aberwitzigen Entschluss lieferte der Monarch auch sofort eine – mehr als absurde – Begründung: »Im Ernstfall würden die Wachsoldaten und die Männer der Nationalgarde sich sowieso weigern, auf die Bürger zu feuern.«

Nebenbei bemerkt war General Lafayette mit den genannten Nationalgardisten noch gar nicht eingetroffen ... Lavalle unterließ es aber, den König darauf hinzuweisen. Es war ja doch sinnlos. Wieder einmal entschied sich der König dafür – wie schon so oft in seiner Regierungszeit – gar nichts zu tun. Verstehen konnte das niemand.

Während der Nacht suchten immer wieder hohe Offiziere den König auf. Wozu sie ihm rieten, das vermochte Lavalle nur zu erahnen. Sprechen konnte er mit keinem – genauso wenig wie mit verschiedenen Ministern, die – jeweils mit schwer bewaffneter Eskorte versehen – in Versailles eintrafen.

Lavalle erspähte plötzlich einen, der in gewisser Weise sein Interesse auf sich zog. Ganz allein, ohne Begleitschutz, nur mit einem langen schwarzen Mantel verhüllt, dessen Kapuze er weit übers Gesicht gezogen hatte, um nicht erkannt zu werden, tauchte hoch zu Ross ein Mann am Gittertor auf und verlangte Einlass. Drei Gardisten sollten ihn jetzt zum König begleiten.

Lavalle und seine Gendarmen sahen keinen Grund, den Vermummten aufzuhalten. Erst als er vom Pferd abgestiegen war und sich anschickte, die Schlosstreppe zu erklimmen, erkannte ihn der Kommissar an seinem betont schlaksigen Gang, dem schief gehaltenen Kopf und den schlenkernden Armen. Es handelte sich tatsächlich um den Comte de Mirabeau!

Was der Abgeordnete des Dritten Standes und einflussreiche Repräsentant der Nationalversammlung mit dem Bourbonen zu besprechen hatte, hätte Lavalle brennend interessiert. Aber das würde der ihm wohl kaum auf die Nase binden ... Trotzdem nahm der Kommissar sich vor, die Rückkehr Mirabeaus abzuwarten und ihn anzusprechen.

Es dauerte lange, ehe der Graf Schloss Versailles wieder verließ. Als er dicht an Lavalle unter einer Laterne vorüber ging, Arme und Beine schlenkernd, einer Gliederpuppe nicht unähnlich, gelang es dem Kommissar, dem berüchtigten Comte in die Augen zu sehen.

Es waren intelligente graue Augen, die ihn offen und ohne Argwohn anblickten. Beide Herren grüßten sich mit einer leichten Verbeugung und der geeignete Moment, das Wort an den berühmten Aristokraten zu richten, war vorbei.

In der Zwischenzeit hatte Lavalle Gelegenheit gehabt, sich abermals über die Person des Comte Gedanken zu machen. War es überhaupt denkbar, dass ein derart kluger Mann, der das Vertrauen des Königs genoss, den grässlichen Verdacht verdiente, den der Kommissar ihm entgegenbrachte?

Beinahe war Lavalle geneigt, Mirabeau von der Liste seiner möglichen Verdächtigen, was die »Seine-Morde« anbetraf, zu streichen ...

Lafayette war mit seiner Nationalgarde immer noch nicht eingetroffen. Der Regen hatte inzwischen aufgehört und die Versailler Wachsoldaten fraternisierten mittlerweile mit den jüngeren und hübscheren der »echten« Marktfrauen. Sie tranken billigen Branntwein aus der Flasche, sangen revolutionäre Lieder, tanzten eng umschlungen miteinander und machten jede Menge Lärm.

Nicht wenige Pärchen verdrückten sich auch hinter die sorgfältig gestutzten Rosenbüsche, um nach einer Weile erhitzt, kichernd und notdürftig zugeknöpft, wieder aufzutauchen.

Die Polizisten aus Paris – von den Kommissaren per strengen Befehl daran gehindert, Gleiches zu tun – schauten neidisch drein. Viele fluchten mehr oder minder leise auf den König, auf die Regierung, auf die Rebellen, auf den langen Dienst – und auf ihre Vorgesetzten, die ihnen kein bisschen Spaß gönnten.

Urplötzlich brach mordsmäßiges Getöse los! Wütende Schreie gellten in den Ohren des Kommissars: »Haltet das verlogene Schwein auf!« »Der Scheißkerl will abhauen!« »Fasst den verräterischen Hund!« »Totschlagen sollte man den Drecksack!«

Heilige Muttergottes! Was war jetzt schon wieder los? Die Ursache der »Volksempörung«, die jeden gleich wieder munter gemacht hatte, war schnell gefunden. Der König hatte tatsächlich den Befehl erteilt, für sich und seine Familie ein paar Karossen in einem der Innenhöfe vorfahren zu lassen, um sich und die Seinen in Sicherheit zu bringen!

Der Zeitpunkt, zu dem die meisten entweder besoffen oder von Müdigkeit übermannt in irgendeinem Winkel lagen, oder mit »l'amour« beschäftigt waren, war in der Tat nicht ungeschickt gewählt. Aber leider waren die Kutschen von ein paar besonders Scharfäugigen erspäht und aus Wut kurz und klein geschlagen worden.

Als Lavalle und seine Männer am Ort des Geschehens eintrafen, lagen die Kutscher halb totgeschlagen in einem der Höfe des Palastes. Hatte etwa Graf Mirabeau den König zu diesem Kabinettstückchen überredet? Es hätte durchaus gelingen können, wäre man nicht so töricht gewesen, ausgerechnet Gefährte mit königlichen Emblemen zu benutzen. Einfache Karren wären niemandem aufgefallen ...

Der Mob, der inzwischen wie flinke Eichhörnchen über das Gitter geklettert war, raste förmlich vor Wut und der Kommissar und andere befürchteten ernsthaft den Beginn eines furchtbaren Gemetzels im Schloss. Da mochte ihr König noch so deutlich die Parole ausgegeben haben, »keines Franzosen Blut darf durch französische Ordnungskräfte vergossen werden!« – keiner der Polizisten sah ein, dass er sich von diesem wild gewordenen Pariser Abschaum massakrieren lassen müsse.

Ehe es allerdings zum Schlimmsten kam, traf endlich General Lafayette mit der Nationalgarde ein. Es kam zu Rangeleien zwischen Gardesoldaten, Nationalgardisten und Polizei einerseits und bewaffneten »Abgeordneten des Pariser Volkes« andererseits.

Etliche der Letzteren blieben auf dem Kampfplatz liegen und auch einige Angehörige der königlichen Leibwache wurden getötet, während der Marquis de Lafayette, Commissaire Supérieur Lavalle und ihre jeweiligen Kombattanten keine Verluste zu beklagen hatten. Die Machtverhältnisse waren in Kürze klar und es kehrte wieder Ruhe ein.

Ehe der General sich beim König trotz der späten Stunde – es war mittlerweile zwei Uhr morgens – melden ließ, erteilte er den polizeilichen Hilfskräften aus Paris den Befehl zum Abmarsch. Ihre Dienste wurden nun nicht mehr benötigt.

Als General war Lafayette mit Sicherheit dazu berechtigt – und wenn nicht, war es den Kommissaren auch egal. Jeder hatte die Nase voll von dieser Nacht des Schreckens, die einen wahrlich abscheulichen Vorgeschmack auf Kommendes zu bieten schien. Die Gäule bekamen die Sporen zu spüren und im Eiltempo ging es nach Paris zurück.

28. Oktober 1789

Armand Lavalle war außer sich vor Sorge um seine Frau. »Konntet Ihr sie denn nicht zurückhalten, als sie den Wahnsinn beging und sich den Schweinen entgegengestellt hat?«

Wütend funkelte der Kommissar die alte Frau an, die betreten zu Boden blickte. Ginette hatte an diesem Tag ihre Großmutter auf den Marché aux Fleurs begleitet, um ihr beim Sträuße binden und Kränze flechten zu helfen – obwohl er es ihr streng verboten hatte.

Es tummelte sich so viel Gesindel auf den Straßen, dass es ihm nicht ratsam schien, sie diesem Risiko auszusetzen. In der Mitte ihrer Schwangerschaft fühlte sich Ginette jedoch gesund und munter und langweilte sich zu Hause. Angeblich fiel ihr daheim die Decke auf den Kopf.

Seitdem der königliche Hof nicht mehr in Versailles logierte, sondern komplett nach Paris, in die Tuilerien, umgezogen war, ging das Geschäft mit Blumen wieder sehr gut; es »florierte« im wahrsten Sinne des Wortes. Es gab eine Menge »guter« Kundschaft und viel zu sehen.

Drei Wochen war es her, seitdem der gewalttätige Mob den König zum Umzug gezwungen hatte. Gewiss hätte Ludwig sich dem dreisten Ansinnen verweigern können – General Lafayette bekundete ihm seine volle Unterstützung – aber der friedliebende Monarch zog es vor, »seinen lieben Kindern« in die Hauptstadt zu folgen.

Der Umzug von Versailles nach Paris musste der reinste Albtraum gewesen sein – so erzählten es zumindest die, die Zeuge gewesen waren. Die Polizei hatte man dieses Mal gar nicht erst bemüht ... Die Nationalgarde kümmerte sich darum, dass der königlichen Familie nichts Schlimmeres widerfuhr als zotige Beschimpfungen und Steinwürfe gegen ihre Karosse.

Dem Zug des Königs wurden vom »Volk« die Köpfe zweier königlicher Gardisten – auf Piken gespießt – als Trophäen voran getragen. Sie waren der Wut der »Rebellen« zum Opfer gefallen ... Seitdem richtete sich der Hof im stark heruntergekommenen Louvre ein, wobei Seine Majestät allerdings so tat, als sei alles in bester Ordnung.

Die regnerischen eisigkalten Oktobertage waren zum Glück vorbei und inzwischen herrschte angenehm mildes Herbstwetter mit Sonnenschein und blauem Himmel. Seit der König mitten in Paris lebte, getrauten sich auch die Adligen wieder auf die Straße. Vorübergehend schien so etwas wie Normalität eingekehrt zu sein – allerdings nur äußerlich.

Auf dem Blumenmarkt lief alles bestens, bis etwa gegen elf Uhr vormittags zwei Hofdamen an Céléstines Stand herantraten, um ein Gebinde für Königin Marie Antoinette in Auftrag zu geben. Begleitet wurden die Damen von zwei auffallend herausgeputzten Höflingen, die zwangsläufig die Aggressionen aller im Leben zu kurz Gekommenen weckten.

Eine kleine Gruppe dieser außer Rand und Band geratenen Kerle verfolgte die Hofdamen bis auf den Blumenmarkt. Direkt vor den Augen der alten Blumenfrau und der schwangeren Frau des Kommissars fingen die sichtlich Angetrunkenen an, die Hofdamen aufs Übelste zu belästigen.

Als deren Begleiter die Helden zu spielen versuchten und ihre Spielzeugdegen zückten, schlugen die Kerle sie kurzerhand nieder; einen hängten sie flugs am nächsten Laternenpfahl auf. Das Ganze ereignete sich so rasend schnell, dass keine der Marktfrauen eingreifen konnte.

Ja, die Schockstarre der Freundinnen Céléstines hielt auch noch an, als die alkoholisierten »Revolutionäre« anfingen, sich auf offenem Platz über die schutzlosen Hofdamen herzumachen.

Grölend umringten sie sie und begannen, ihnen die Kleider vom Leib zu reißen. Während die einen die ältere von beiden ob ihrer Hängebrüste verhöhnten, nachdem sie ihr das Korsett heruntergerissen hatten, machte ein anderer Anstalten, die jüngere der beiden in aller Öffentlichkeit zu vergewaltigen!

Sein erigiertes Glied hatte er bereits entblößt und drückte die Dame, deren Röcke er nach oben geschoben hatte, rücklings gegen mehrere aufeinander gestapelte Blumenkästen. Er wollte gerade beginnen, in die sich heftig Wehrende und um Hilfe Schreiende einzudringen. Die Meute grölte und feuerte ihn an.

Da allerdings war es vorbei mit Ginettes Zurückhaltung. Vor Entsetzen und Empörung geriet sie außer sich, als sie sah, was hier passieren sollte.

»Ich habe wirklich versucht, das Kind festzuhalten«, jammerte die Großmutter, als Armand fortfuhr, ihr bittere Vorwürfe zu machen. Aber die übrigen Marktfrauen stellten sich auf die Seite Céléstines.

»Nicht nur sie, auch wir haben versucht, Ginette daran zu hindern, einem der Übeltäter das Rosenmesser, mit dem sie sonst die Stängel kürzt und die Dornen abschabt, in den Hals zu rammen. Wie eine Wildkatze fauchend, ist sie, ihres Zustands zum Trotz, auf den gemeinen Kerl losgegangen.«

»Leider hat sie ihn nur am Arm erwischt, aber wenigstens so, dass er geblutet hat wie eine abgestochene Sau!«, fügte eine Frau vom Nachbarstand hinzu. Ein anderer Rohling hatte Ginette an den Haaren zurückgerissen, ehe sie »richtig« hatte zustechen können ...

Beim anschließenden Gerangel hatte sie mehrere Schläge ins Gesicht, Hiebe auf die Arme und einen Tritt in den Bauch erhalten.

Bevor der Mob sie tottrampeln konnte, war zum Glück die Polizei aufgetaucht und der Pöbel verzog sich grollend. Den von der tapferen Ginette verletzten Mistkerl schleiften sie allerdings mit. Aber das bereitete dem Kommissar die geringste Sorge.

»Den kriege ich«, schwor Lavalle, der sich zufällig in der Nähe aufhielt und erst durch den Tumult aufmerksam geworden war. Aber das hatte Zeit. Es war viel wichtiger, sich um eine Hebamme zu kümmern, die imstande war, die gefährlichen Unterleibsblutungen seiner Frau zum Stillstand zu bringen. Als Nächstes ließ er seine Ginette nach Hause schaffen; die jammernde Großmutter, die immer noch ihre Unschuld beteuerte, und zwei andere Blumenfrauen im Schlepptau.

Als die Wehmutter des Quartiers, Madame Héloise, eintraf, lag Armand auf dem Bett, die weinende Ginette im Arm, strich ihr beruhigend über das zerzauste dunkle Haar und redete tröstend auf sie ein. Die junge Frau blutete immer noch und war unglaublich verängstigt.

»Sie müssen unbedingt alles daransetzen, meine Frau zu retten – selbst wenn dies den Tod unseres Kindes bedeuten sollte«, verlangte der Kommissar von der Hebamme, einer erfahrenen, etwa fünfzig Jahre alten Frau.

»Was glauben Sie denn, Bürger Lavalle, wozu ich hier bin?«, fragte Madame Héloise und komplimentierte den besorgten Ehemann aus dem Schlafzimmer. Ehe er es sich versah, fand er sich draußen auf dem Flur wieder. Die Wehmutter schickte alle, mit Ausnahme von Céléstine, hinaus. Sie brauche absolute Ruhe, um vernünftig arbeiten zu können, erklärte sie dem verblüfften Kommissar. Sie würde selbstverständlich alles daransetzen, Mutter und Kind zu retten.

Wenn er sich unbedingt nützlich machen wolle, solle er Wasser in einem Kessel heißmachen ... Aber das könnten die beiden Marktfrauen, die mitgekommen waren, auch. Ob er denn nichts Besseres zu tun habe?

Oh, doch! Natürlich, das hatte er in der Tat! Er würde sich umgehend daran machen, den Mörder des gehenkten Höflings aufzuspüren. Und dann würde er die Fährte jenes Kerls verfolgen, der kurz davor war, eine der Hofdamen zu vergewaltigen und der damit das ganze Drama mit Ginette heraufbeschworen hatte. Die Armverletzung, die er unbedingt von einem Bader nähen lassen müsste, würde ihm dabei helfen, ihn zu schnappen.

Ihm gefiel überhaupt nicht, dass der Hof des Königs mittlerweile nach Paris umgesiedelt war. Auf einmal gab es für seinen Geschmack zu viele Personen, denen er aus der Nähe und von Angesicht bekannt war. Natürlich stand ein Mann wie er stets im Mittelpunkt allgemeinen Interesses, aber jetzt hatte sich die Anzahl derer, denen er ein Begriff war, deutlich erhöht.

Das bedeutete, er müsste noch vorsichtiger als bisher zu Werke gehen, um in aller Seelenruhe sein nächstes »Opferfest« zelebrieren zu können. Der Drang in seinem Inneren hatte mittlerweile eine Dimension angenommen, die ihn in Kürze unerbittlich zwingen würde, seinem Trieb nachzugeben. Umso wichtiger war, dass er alles andere unter Kontrolle hatte. Sein »Verwandter« war bereits vorgewarnt – was bedeutete, dass er sich darauf einstellte, ihn in Bälde wieder bei sich aufzunehmen.

Als Nächstes musste er sich auf die Suche nach einem würdigen Opfer machen. Er spürte das unbändige Verlangen, sich dieses Mal nicht mit irgendeinem unbedarften Kerl zufriedenzugeben, der ihm zufällig über den Weg lief. Das war nicht so ganz einfach. Es müsste ein ganz »besonderer« junger Mann sein, aber nicht allzu jung. Die unreifen Kerle langweilten ihn mittlerweile.

Zum anderen durfte der Auserkorene kein Geld besitzen – sonst biss er womöglich nicht an. Nur wer arm war, war in aller Regel primitiv und gehörte keineswegs einer Bevölkerungsgruppe an, mit der er es das nächste Mal zu tun haben wollte. Von der Unterschicht hatte er vorläufig wirklich genug – obwohl er deren Qualitäten während der vergangenen Dekade zu schätzen gelernt hatte.

Sein Opfer sollte ausnahmsweise kein ungehobelter Klotz sein – er wollte dieses Mal das Blut eines Individuums vergießen, mit dem er sich zumindest ansatzweise intellektuell auf Augenhöhe befand. Die Suche könnte sich schwierig gestalten, versprach andererseits aber auch spannende Abwechslung und das Kennenlernen von etwas Neuem ...

Heute Nachmittag würde er damit beginnen, danach Ausschau zu halten.

»Bürgerin, Sie haben ein Wunder vollbracht!«

Lavalle drückte der Hebamme etliche Silberstücke in die Hand – viel mehr, als sie jemals für ihre Dienste zu verlangen gewagt hätte. Hocherfreut, dass man sie nicht mit lumpigen Assignaten abspeiste, versprach Madame Héloise, am späten Abend erneut nach Ginette zu sehen.

»Ich weiß nicht, was ich getan hätte, wenn Sie es nicht geschafft hätten, Ginettes Leben zu retten!«

»Und das Ihres Kindes, Bürger Kommissar«, antwortete die Wehmutter gelassen. »So ein Tritt gegen den Bauch ist eine ernste Sache – aber ich denke, dass dem Kind dadurch kein Schaden entstanden ist. Genau wird man es allerdings erst nach der Geburt sagen können. Ich würde bis zur Entbindung unbedingt Ruhe für Ihre Frau empfehlen. Lassen Sie sie nicht mehr zur Arbeit gehen!«

»Ich hatte es ihr verboten«, verteidigte sich Armand. »Aber Sie wissen ja, Bürgerin, wie gehorsam die Frauen ihren Männern sind! Kaum war ich aus dem Haus, musste meine Liebste unbedingt zum Marché aux Fleurs, weil sie sich zu Hause langweilt!«

»Jetzt schläft sie ja, weil ich ihr einen Schlummertrunk gegeben habe; aber sobald Madame aufwacht, kriegt sie von mir Anweisungen, was sie alles tun kann für ihr Bébé, angefangen vom Häkeln von Mützchen und Schühchen, bis zum Nähen von Hemdchen und Höschen. Ihr Kind wird sie ja nicht nackig in die Wiege legen wollen! Diese Vorbereitungen sollten ihr die Langeweile schon vertreiben.«

»Und ich schwöre, dass ich meine Enkelin nicht mehr zum Markt mitnehme. Ich komme auch ohne sie zurecht – junge Helferinnen gibt es genug, seitdem der König samt Hofstaat wieder da ist! Alle sind froh, wenn sie Arbeit und Geld kriegen!«

Céléstine lag viel daran, dass der Mann ihrer Enkeltochter keinen Groll mehr gegen sie hegte. Seit Ginettes Gebärmutterblutungen und Leibschmerzen aufgehört hatten, war der frisch gebackene Commissaire Supérieur auch gern bereit, sich mit der alten Frau wieder zu vertragen. Er wusste doch, wie stur seine liebste Ginette sein konnte, sobald sie sich etwas in den Kopf gesetzt hatte.

29. Oktober 1789

Niemand, der den baulichen Zustand des jahrzehntelang leerstehenden »Palais des Tuileries« kannte, hätte es dem Monarchen zugetraut, dass er seinem Hofstaat tatsächlich zumutete, ohne vorherige Instandsetzung des Gebäudes, klaglos dort einzuziehen.

Dieser Palast, kurz »Tuilerien« genannt, schloss den Louvre, das ursprüngliche Schloss der französischen Könige, nach Westen hin ab und war mit ihm durch eine Galerie verbunden.

Die ausländischen Diplomaten, die der König bereits am dritten Tag in Paris empfing, schüttelten die Köpfe. Tagsüber mochte ja die Sonne scheinen – aber man schrieb immerhin Ende Oktober und die Nächte waren eiskalt. Und das waren sie im gesamten Louvre; einem Schloss, dessen Dach durchlöchert, in dem die Fensterrahmen undicht und dessen Öfen nicht funktionsfähig waren. Und selbst wenn sie in Ordnung gewesen wären: das nötige Heizmaterial lagerte noch in Versailles ...

Die Wände waren zum größten Teil mit Schimmel überzogen, alles war feucht und roch modrig, die einst herrlichen Tapeten hingen zerfetzt von den Wänden, der früher wunderschöne Parkettboden war an vielen Stellen durchgefault. Kurzum, das Leben der Höflinge in Paris war in den ersten Tagen und Wochen grauenvoll.

Es mangelte an allem. Selbst das Geschirr, die Betten, die Matratzen und Decken waren in Versailles verblieben und mussten Stück für Stück in die Hauptstadt verfrachtet werden.

Nicht nur Kommissar Lavalle wunderte sich, dass der König überhaupt in Erwägung ziehen wollte, in einem Gebäude zu leben, welches zuletzt Ludwig XIV. im siebzehnten Jahrhundert bewohnt hatte.

»Hätte man nicht lieber mit der Sanierung beginnen müssen, ehe man eine Übersiedlung des Hofs überhaupt in Betracht zog?«, fragte er des Öfteren seinen Freund Hubert Aubriac. Der lachte bloß.

»Da siehst du mal, was für eine Pfeife unser König ist«, stellte er despektierlich fest. »Aber mir kam zu Ohren«, sagte Aubriac, »dass seine und die Räumlichkeiten der Königin als einzige in Ordnung sind. Sie wurden nämlich auch während des Versailler Exils der jeweiligen Herrscher immer wieder mal benutzt.

So etwa, wenn die hohen Herrschaften sich auf einem Ball oder zu einem Theaterbesuch in Paris aufgehalten haben und in den frühen Morgenstunden den langen Weg aufs Land hinaus scheuten. Den Rest des Gemäuers ließen sie allerdings verkommen.«

»Na, schön. Es geht mich ja auch nichts an.«

Lavalle vergaß den König und den Louvre samt den Tuilerien; er hatte Wichtigeres zu tun. Irgendwie quälte ihn die Vorahnung, es wäre bald wieder soweit, dass das Raubtier auf zwei Beinen sich wiederum darauf vorbereitete, Jagd zu machen auf ein weiteres junges, männliches Opfer.

Für André de Junot zahlte es sich im Augenblick aus, der Mignon des Grand Maître zu sein: Als einziger schlief er in einem warmen und bequemen Bett, während die übrigen Pagen, Diener, Knechte, Zofen, Köche, Kutscher, Mägde und sonstigen Domestiken notdürftig auf dem Fußboden, auf Truhen und harten Bänken nächtigten; manche gar mehr recht als schlecht im Sitzen auf Stühlen schliefen, während er den Luxus einer weichen Matratze, von Daunenkissen und Wolldecken genoss.

André wusste, wie sehr ihn gerade in diesen Tagen die anderen Kollegen beneideten. Monsieur Alfonse, Comte de Montmorency, hatte vom ersten Tag an stilvoll im Louvre gelebt. Immerhin besaß er in der Hauptstadt ein eigenes Palais, aus dem er von seinen Dienern das notwendige Mobiliar herbeischaffen lassen konnte.

Bequemlichkeit und Komfort waren das eine – Andrés Hass auf den Haushofmeister und sein Abscheu vor ihm etwas anderes. Der Page hatte keine Ahnung, wie er den ständigen Übergriffen des Grand Maître entgehen sollte. Es war einfach nicht möglich, seinem Liebhaber auszuweichen. Das Schlimmste war, er durfte sich seinen Ekel und Widerwillen nicht anmerken lassen.

Doch noch ein Gutes hatte das Ganze: Andrés Dienst hatte sich grundlegend geändert; ihm blieb beinahe nichts mehr zu tun! Lediglich bei den Schauessen des Königs, die in Paris wie in Versailles auf dem Programm standen, musste er anwesend sein; aber nur, um die anderen Pagen zu überwachen. Tagsüber konnte er alles unternehmen, wonach ihm der Sinn stand.

Wichtig war nur eines: Abends hatte er wieder pünktlich in den Tuilerien zu sein, um sich dem Grand Maître zu präsentieren. Der Comte wünschte, vor dem Servieren an der königlichen Tafel, von seinem Mignon »auf Touren« gebracht zu werden.

»Es muss so sein, dass ich es kaum noch erwarten kann, mein Liebster, dich ganz zu besitzen. Jede Faser meines Körpers muss entflammt sein und jeder Nerv nach deinem herrlichen Fleisch gieren«, drückte er sich reichlich geschwollen aus. »Die Lust auf dich soll mein Begehren den ganzen Abend über, solange ich dem Königspaar zu Diensten bin, am Glühen halten – bis wir endlich des Nachts auf dem Lager vereint sein werden.«

André nahm es hin; was blieb ihm anderes übrig? Dafür genoss er das Stadtleben. Paris war doch etwas ganz anderes als das öde Versailles, wo er keinen Fuß aus dem Schloss gesetzt hatte, weil es außer Wald ringsum nichts gab, das zu besuchen sich gelohnt hätte.

Das laute pulsierende Leben in der Hauptstadt war unvergleichlich. Obwohl nicht ganz ungefährlich für ein Jüngelchen vom Lande, entschädigte es ihn dennoch für vieles, wonach er sich seit Langem gesehnt hatte. Paris erschien ihm als die schönste und interessanteste Stadt der Welt.

Die herrlichen Palais der Adligen, die Villen der zu Vermögen gekommenen Bürgerlichen, die Brücken, die Parks, die Seine mit ihren Mühlen, den sandigen Ufern, den Lastkähnen, die darauf fuhren und die Ausflugsboote, auf denen sich die Reichen immer noch vergnügten.

Allein »Les Halles«, die alten Pariser Markthallen mit ihrem vielfältigen Warenangebot, den malerischen Bistros, Cafés und Weinschenken samt Gästen, den Spielern und Gauklern, den Bettlern und den Huren jeden Alters faszinierten André ganz außerordentlich.

Der Junge konnte nicht begreifen, wie erwachsene Menschen sich ohne Zwang der Langeweile des höfischen Lebens aussetzen konnten. Wenn er eine Möglichkeit gesehen hätte, dem Louvre zu entfliehen, hätte er das sofort getan.

Es war kurz vor der Mittagszeit; froh und erwartungsvoll gestimmt schob sich André durch die Menge an der Place de l'Odéon, als ihm plötzlich die Gestalt eines Mannes auffiel, der ihm bekannt vorkam, obwohl er ihn nur von hinten sehen konnte.

Durch seine Größe und den breiten muskulösen Körperbau unterschied der Mensch sich von den übrigen männlichen Passanten, die sämtlich kleiner und vor allem schmächtiger gebaut waren. Schätzungsweise musste er mindestens vierzig Jahre alt sein, denn sein kurz geschnittenes Haar wurde bereits grau, wenngleich sein Gang noch federnd war. Nach seiner Kleidung hielt André ihn für einen Handwerker, der körperlich schwer arbeitete; vermutlich war er Schmied von Beruf.

Den Pagen trieb die Neugier an, sich den Kerl, an dem die bewundernden Blicke der entgegenkommenden Frauenzimmer abzuprallen schienen, genauer anzusehen. Er beschleunigte den Schritt, um den rasch Ausschreitenden einzuholen. Als er auf gleicher Höhe mit dem vermeintlichen Arbeiter war, stockte ihm schier der Herzschlag, als er dessen Gesicht von der Seite sah!

Sofort ließ er sich zurückfallen, um ja nicht von dem älteren Mann, in dem er unschwer den »Grand Maître de la Maison du Roi« erkannte, gesehen zu werden. Das war ja eine tolle Überraschung! Wieso lief der Haushofmeister des Königs als Arbeiter verkleidet durch die Gassen von Paris?

Gleich darauf wurde André sich allerdings bewusst, dass sein Vorgesetzter und Liebhaber mit dem gleichen Recht wie er selbst unerkannt durch die Stadt spazieren wollte. Es war nur vernünftig, dass der Comte de Montmorency sich als einfacher »Bürger« zeigte, um beim »Volk« nicht unangenehm aufzufallen.

Fast musste André lachen, als er sich vorstellte, wie Monsieur Alfonse mit weiß gepuderter Perücke, mit schwarzer Seidenculotte, Spitzenjabot und seinem berühmten, mit Edelsteinen besetzten »Zepter« auf hohen Absätzen durch die Straßen stolzierte ... Sein Leben wäre keinen Pfifferling mehr wert gewesen.

Jetzt war der Junge neugierig, wo der Grand Maître so eiligen Schrittes hinstrebte. Da er nichts anderes vorhatte, beschloss er, seinem Dienstherrn mit der gebotenen Vorsicht hinterher zu laufen.

Weder der Grand Maître noch sein jugendliches Spielzeug ahnten, dass sie soeben in den Fokus eines Dritten gerieten, der nun seinerseits spontan beschloss, sie beide zu verfolgen.

Es war purer Zufall, dass auch Armand Lavalle sich an diesem Tag bei den Hallen herumtrieb – dieses Mal hergerichtet als Stutzer, der schon bessere Tage gesehen hatte. Seine Kleidung zeugte von vergangenem Chic, der mit den Jahren schäbig geworden war. Er war hinter einer Bande von Falschspielern her, die im Hinterzimmer einer Kneipe ihrem Verbrechen nachgingen, was er durch Polizeispitzel erfahren hatte.

Nun wollte er sich den Herren als Mitspieler andienen – indem er den Trottel vom Land mimte, den sie nach Strich und Faden ausnehmen könnten. Lautstark wollte er in der Gaststube verkünden, er habe eine kleine Erbschaft gemacht und hoffe nun, mit diesem Einsatz sein früheres kleines Vermögen zurückzugewinnen ...

›Mal sehen, wie lange es dauert, bis die Zocker anbeißen‹, dachte er. Da fiel ihm der große, massige Kerl auf, der seinen Schnaps bezahlte und gerade dabei war, die Kaschemme zu verlassen.

Was ihn bewog, die Kartenbetrüger außen vor zu lassen und sich stattdessen an die Fersen dieses Mannes zu heften, hätte er später nicht mehr zu sagen gewusst. Es war einfach ein Gefühl gewesen, eine Ahnung, dass es besser war, die Verfolgung gerade dieses Individuums aufzunehmen.

›Der Bursche hat Dreck am Stecken!‹

Lavalle war sicher, dass seine Instinkte wieder besser funktionierten, seitdem er die Sorge um die schwangere Ginette und ihre Großmutter los war. Die Zeiten waren unruhig und gefährlich und würden wohl noch lange so bleiben und es stand außer Frage, dass er seine Ehefrau nicht ständig in der Wohnung einsperren konnte.

Hubert Aubriac, seinem besten Freund, war es zu verdanken, dass er ganz schnell die ideale Lösung gefunden hatte! Huberts Frau hatte einen Knaben zur Welt gebracht und auch er stand vor dem Problem, seine kleine Familie schützen zu müssen vor dem »Volk«, das jeden Tag noch schlimmer wütete.

Die Revoluzzer hatten es sich zur Pflicht gemacht, seit der Hof in Paris weilte, jeden Tag, vor den Fenstern des Louvre zu demonstrieren, indem sie lautstark aufrührerische Lieder sangen, obszöne Verse skandierten, Steine warfen und sich überhaupt aufführten, als hätten sie ihr bisschen Verstand verloren.

Was die Sache verschlimmerte, war, dass sie friedliche Bürger, die nur ihren Geschäften nachgehen wollten, ultimativ dazu aufforderten, sich ihren Aktionen anzuschließen. Wer sich weigerte, wurde wüst beschimpft und musste außerdem damit rechnen, verprügelt zu werden. Nicht selten wurden Unliebsame auch ermordet.

»Ich schicke meine Frau Marie und unseren Jungen aufs Land zu meiner Tante und meinem Onkel, weit weg, ins Périgord. Das liegt fernab vom Schuss. Da sind sie sicher und ich habe die Gewissheit, dass ihnen nichts passiert. Wie wär's, wenn du deine Ginette und ihre Grand-mère mit meiner Marie zusammen aufs Land schicktest? Die Weiber könnten sich auf dem Hof meines Onkels ein bisschen nützlich machen, in Ruhe ihren Nachwuchs zur Welt bringen, beziehungsweise aufziehen – und ganz entspannt darauf warten, dass ihre Männer sie ab und zu besuchen! Was hältst du davon, Armand?«

Der Kommissar hielt sehr viel davon.

Es war vermutlich die beste Lösung. Auch wenn ihm davor graute, wieder allein – nur zusammen mit seinem Schwager Luc – zu wohnen. Der Junge hatte sich ein zweites Mal dazu aufgerafft, irgendeine Stellung in königlichen Diensten zu ergattern. Und siehe da, dieses Mal hatte es geklappt: Er war nun Hilfskraft in den Tuileriengärten, wo er dem Gartenmeister und seinen Gesellen zur Hand ging.

Wie er Lavalle voller Stolz erklärte, hatte ihn der Grand Maître de la Maison du Roi persönlich eingestellt ...

Eine Sorge weniger für Lavalle. Seine Gedanken wandten sich erneut seiner Liebsten zu. Er würde ihr eine gewisse Summe Geldes mitgeben, um Huberts Verwandten nicht auf der Tasche zu liegen. Er wäre alle seine Ängste in Bezug auf Frau und Kind los. Und was Wehmütter anbetraf: Die gab es auf dem Dorf zuhauf. Das Problem war nur Folgendes gewesen: Wie sollte er seine Liebste davon überzeugen?

Hubert sah da keine Schwierigkeiten. »Die zwei Mädels sind doch gut befreundet; das passt schon! Und wenn sie partout nicht will, dann haust du mit der Faust auf den Tisch und zeigst ihr, wer der Herr im Haus ist. Übermorgen ist übrigens Abfahrt! Ich habe alles schon organisiert: Einer meiner Vettern kommt extra mit zwei bewaffneten Knechten nach Paris und kutschiert sie nach Mussidan. Übrigens: meine Verwandten sind auch bereit, eure Grandmère aufzunehmen, falls die sich von ihrem Blumenstand trennen kann.«

Armand hatte es zum Glück gar nicht nötig, den strengen Hausvater zu markieren – etwas, das ihm ohnehin schwergefallen wäre. Marie und Ginette kannten und mochten sich von Kindheit an und fanden es einfach großartig, zusammen verreisen zu dürfen. Ginette beneidete die andere ein bisschen, weil sie bereits Mutter war; aber andererseits schätzte sie die guten Ratschläge der »erfahrenen« Freundin.

Auch Céléstine sperrte sich zu seiner großen Überraschung überhaupt nicht, ihre Enkelin zu begleiten: Huberts Tante sollte ein wahres Goldstück sein und die rüstige alte Frau würde ihr gerne in Haus und Hof zur Hand gehen.

Für Kommissar Lavalle bedeutete es eine ziemliche Umstellung, seinen Haushalt alleine für sich und Luc zu versorgen –, aber das nahm er gern auf sich, wenn es um Ginettes Sicherheit ging. Hubert hatte ihm geschworen, dass es da, wo seine Verwandten lebten, so gut wie keine Aufständischen gab. Er und sein Freund hofften, dass es so bliebe.

Demnach konnte der Commissaire Supérieur sich voll und ganz und sogar rund um die Uhr, wenn er das wollte, um die Ergreifung des Seinemörders kümmern.

Indem er dem großen Kerl aus der Kneipe folgte, blieb ihm natürlich das eigenartige Verhalten des André de Junot, den er zwar noch nicht kannte, nicht verborgen.

›Komisch, kaum wird dem Jungen offenbar klar, dass er den Mann kennt, lässt er sich sofort zurückfallen, um nicht seinerseits von ihm erkannt zu werden. Allerdings verfolgt er den Großen weiter! Warum bloß um alles in der Welt?‹

Lavalle hatte es im Gespür, auf irgendetwas gestoßen zu sein. Was es war, darüber zu spekulieren war müßig. Er war einfach sicher, dass es für ihn als Polizist wichtig war, der Sache auf den Grund zu gehen.

30. Oktober 1789

Es war mittlerweile acht Uhr abends und der Kommissar hatte die Nase gestrichen voll. Seit Stunden lief er jetzt schon den beiden hinterher. Armand überlegte ernsthaft, ob es überhaupt die Mühe wert war. Kreuz und quer ging der Marsch durch die Stadt. Der junge Mann entlockte ihm beinahe Bewunderung, wie geschickt er sich als Verfolger verhielt. Der »Riese«, wie er den Älteren bei sich nannte, merkte augenscheinlich gar nicht, dass er beschattet wurde.

Dass der große Kerl sich nichts aus Frauen machte, war Lavalle bald nach Beginn der Observierung klar geworden. Selbst den ganz Niedlichen gönnte er keinen einzigen Blick und auch die hübschesten Vertreterinnen ihres Geschlechts vermochten ihn nicht zu animieren, sie ein einziges Mal mit Interesse anzuschauen. Das mochte ja vielleicht daran liegen, dass er eine Liebste hatte, der er treu zu bleiben gedachte, überlegte der Kommissar.

Aber nachdem Lavalle wiederholt die Beobachtung gemacht hatte, mit welch offensichtlichem Wohlgefallen der massige Mann sein Auge auf strammen Burschen und jungen Männern ruhen ließ, begriff er, woher der Wind wehte. Er vermutete, der Jüngling, der ganz offensichtlich hinter ihm herspionierte, sei ein eifersüchtiges Liebchen des Riesen, der den Ungetreuen auf frischer Tat ertappen wollte.

Unwillkürlich musste Lavalle den Kleinen bewundern, wie flink er den Blicken des anderen auswich, sooft dieser sich umwandte, um ungeniert anderen jungen Burschen auf die Hinterteile zu starren. Er überlegte erneut, ob es sich lohnen würde, die Verfolgung weiter zu führen.

Offenbar war es eine ganz banale, mit Eifersucht garnierte Bettgeschichte zwischen Gleichgeschlechtlichen – gesetzlich zwar verboten, aber von den meisten Franzosen toleriert und für ihn als Polizist total belanglos – wenngleich das Bürschchen ihm noch reichlich jung vorkam.

›Falls ich ihn nach seinem Alter frage, wird er mich ohnehin nur belügen‹, dachte er nüchtern. Eine innere Stimme jedoch sagte ihm, es könne sich lohnen »dranzubleiben«; der erfahrene Kriminalist beschloss demnach, die Beschattung nicht abzubrechen.

Als allerdings der Riese einen Lohnkutscher anhielt und in dessen Gefährt einstieg, befand sich Armand Lavalle in der Klemme. Zum Glück war er so nah an ihm dran, dass er gerade noch hören konnte, welches Fahrtziel er dem Kutscher nannte. Es war ein Platz im Vorort Saint Antoine! Lavalle verspürte daraufhin ein seltsames Kribbeln in seiner Lendenwirbelsäule – für gewöhnlich ein deutliches Alarmzeichen.

Er sah sich ebenfalls nach einer Kutsche um, die ihn an den Bestimmungsort des Riesen brachte; den jungen Verfolger vergaß er in diesem Augenblick. Sein Kutscher –, ein vierschrötiger wortkarger Geselle, zog mehrmals seinem Gaul die Peitsche über, als der nicht so wollte, wie sein Herr. Auch gegen seinen Fahrgast verhielt er sich nicht gerade leutselig und Lavalle gab es bald auf, den Mann in ein Gespräch verwickeln zu wollen. Als das Gefährt vor einer Fleischerei in Saint Antoine anhielt, wurde der Kommissar von einer Art innerer Erregung erfasst.

Handelte es sich doch just um denselben Metzgerladen, der von Reichen und Armen gleichermaßen in den höchsten Tönen gelobt wurde. Von seinem Besitzer hatten ihm Kollegen, die ihn eine Weile beobachtet hatten, berichtet, dass er regelmäßig Besuch von einem »sehr großen kräftigen Vetter« aus einem nahe liegenden Dorf bekam, der ihm beim Schlachten und Wurstmachen half, bis er nach ein paar Tagen wieder verschwand.

Kurz danach pflegten jeweils die Schleusenwärter ihre grausigen Leichenfunde zu machen. Aber seinen Mitarbeitern war an dem Schlachterladen absolut nichts verdächtig vorgekommen und so hatte man die Observation bald wieder aufgegeben.

Als er seinen Kutscher bezahlte, sah der Kommissar gerade noch mit halbem Auge, wie der groß gewachsene muskulöse Mann in der Schlachterei verschwand. Spontan drängte es ihn, ihm zu folgen, aber dann ließ er es sein. Wenn er ihn weiter überwachen wollte, war es vernünftiger, wenn man ihn in dem Geschäft nicht zu Gesicht bekam. Stattdessen legte er sich gegenüber im Eingang eines kleinen, verlassen wirkenden Hauses auf die Lauer, von wo aus der Laden samt Kundschaft gut zu überblicken war.

Zahlreiche Kunden betraten und verließen die Schlachterei, schwer an gefüllten Beuteln und Taschen schleppend; nur der Riese tauchte nicht mehr auf. Es musste sich bei ihm zumindest um einen guten Bekannten des Meisters handeln, da er eine Menge mit ihm zu besprechen hatte. Auch das war nicht verboten und Lavalle, der allmählich Hunger verspürte, überlegte erneut, ob er nicht aufgeben und sich stattdessen eine Mahlzeit besorgen sollte. Obwohl: seit seiner Heirat hatte er etliche Pfunde zugelegt und es würde ihm nicht schaden, einmal einen Tag lang zu fasten.

Der junge Bursche, der dem Riesen den ganzen Tag lang wie sein Schatten gefolgt war, blieb nach wie vor wie vom Erdboden verschluckt.

Es dauerte über eine Stunde, ehe sich der große Kerl wieder blicken ließ. Der Schlachtermeister selbst begleitete ihn auf die Gasse und verabschiedete sich von seinem Gast mit einer »accolade«, der traditionellen Umarmung mit wechselseitigen Wangenküssen. Dieser schien es jetzt gar nicht mehr eilig zu haben. Er verzichtete auf das Anmieten einer Lohnkutsche und schlenderte gemächlich zurück in Richtung Innenstadt von Paris.

Lavalle folgte ihm, was gar nicht so leicht war, denn mittlerweile waren nur noch wenige Passanten auf den Straßen. Endlich bog der Riese in eine Gasse ein und steuerte auf ein Gasthaus zu, das der Polizei als Absteige von Dirnen und ihren Freiern bekannt war, aber auch als Treffpunkt von Männern, die ihr eigenes Geschlecht bevorzugten.

Es trug den schönen Namen »Au Coucou Jaune« und Lavalle wusste, dass der Wirt des »Gelben Kuckucks« im Oberstock stundenweise Zimmer vermietete. Das Warten Lavalles, dem mittlerweile der Magen schier in den Kniekehlen hing, konnte sich demnach ewig lange hinziehen, falls es dem Kerl einfiel, hier auf gewisse Zeit ein Bett zu mieten.

Er seufzte. Dunkel war es auch in dem Gässchen, denn nur am Anfang und am Ende stand jeweils eine einzelne Laterne, die spärliches Licht spendete. Zum Glück waren die rotgelb gestreiften Vorhänge vor den Fenstern der Kneipe nur nachlässig zugezogen und der Kommissar konnte durch einen Spalt ins Innere der Kaschemme lugen. Vielleicht vermochte er den Riesen zu beobachten.

Als er sich eben daran machen wollte, entdeckte er wiederum das Bürschchen, das heute den ganzen Tag lang den Großen verfolgt hatte. Den Kleinen würde er sich jetzt schnappen!

Lautlos schlich Lavalle sich an und packte ihn am Kragen. Das Jüngelchen erschrak und schrie leise auf.

»Na, wen haben wir denn da? Wen möchtest du denn ausspionieren? Etwa den großen Mann, den du bereits über Stunden verfolgt hast? Willst du ihn vielleicht ausrauben? Oder was?«

Armand legte Spott in seine Stimme, um den Jungen nicht allzu sehr einzuschüchtern. Um seinen Fragen dennoch Nachdruck zu verleihen, schüttelte er ihn ein bisschen. Aber der junge Kerl war viel zu verdattert, um sich zu wehren. Nicht einmal zu lügen versuchte er.

Ja, er kenne den großen Mann sehr gut, stotterte er. Und er sei neugierig, was der so treibe und weshalb er sich verkleide.

Das allerdings hätte auch der Kommissar gerne gewusst. Weil sein Magen sich wiederum laut knurrend meldete, lud er den Jungen ein, ihn in ein Bistro zu begleiten, um ihm alles haarklein zu erzählen.

»Du brauchst keine Angst zu haben – mich interessiert nur der große Bursche«, beruhigte er ihn. »Ich lade dich auch zu einem Imbiss ein. Allerdings werden wir nicht in den zweifelhaften Schuppen hier gehen, sondern in ein Lokal, wo es gesitteter zugeht.«

Der Kleine machte keinerlei Anstalten, zu flüchten und so steuerten sie ein Gasthaus an, das Lavalle als anständiges Speisehaus kannte – soweit es so etwas in diesen miserablen Zeiten überhaupt noch gab. Um dem Jungen die Scheu zu nehmen, fragte er ihn anfangs über ganz harmlose Dinge aus.

»Nein, nein, ich bin weder ein Schüler noch ein stellungsloser Lehrling!« Lachend wehrte sich André de Junot gegen die Annahme, er stünde auf der Straße und suche einen so genannten »Mentor«.

Als er während des Essens damit herausrückte, dass er Page im Louvre sei und der große Kerl kein anderer als Monsieur Alfonse, Comte de Montmorency, der Haushofmeister Seiner Majestät, musste Lavalle erst einmal kräftig schlucken.

André aber redete ganz unbefangen über die sexuellen Vorlieben des Grand Maître, und dass er derzeit sein »Mignon« sei – einer in einer langen Reihe von Lustknaben des edlen Herrn.

Als er ihn daher heute in der Stadt entdeckte, wollte er nachforschen, ob der Comte, den er trotz Verkleidung sofort erkannt habe, noch hinter anderen jungen Burschen herjage.

»Worüber ich von Herzen froh wäre, Monsieur le Commissaire! Ich habe es so satt, dem Grafen als Spielzeug zu dienen. Ich finde das Ganze ausgesprochen widerlich, aber ich kann mich gegen meinen obersten Vorgesetzten ja nicht zur Wehr setzen, wenn ich Page bei Hof bleiben will.«

»Wenn du sicher wüsstest, dass er noch einen anderen Liebhaber hat – was hättest du davon, André?«

»Dann würde ich ihn mit meinem Wissen konfrontieren, mich von ihm trennen – und falls er droht, mich raus zu werfen, würde ich ihm sagen, dass ich seine Veranlagung publik mache! Dann lässt er mich garantiert in Ruhe und alles wäre gut!«

Vor so viel geballter Naivität sträubten Lavalles Haare sich förmlich. Das Einzige, was der Page sich einhandeln würde, wäre vermutlich ein verfrühtes Ableben ...

Er bemühte sich, den jungen Kerl vor dieser Dummheit zu bewahren, indem er ihm deutlich vor Augen führte, was er zu gewärtigen habe, sollte er versuchen, den Grand Maître zu erpressen.

31. Oktober 1789

In dieser Nacht schlief der Kommissar so gut wie gar nicht. Die Unterhaltung mit dem Pagen hatte ihn ziemlich aufgewühlt. Am meisten befriedigte ihn die Tatsache, dass sein »Riecher« ihn nicht getrogen hatte: Allein, dass er den Entschluss gefasst hatte, den »Hünen« zu verfolgen, kam ihm im Nachhinein wie ein Wink des Schicksals vor. Und dass er André de Junot vor dem »Coucou Jaune« abgefangen hatte, kam nachgerade einem Wunder gleich.

Geschickt hatte Lavalle es verstanden, dem Jüngling Tatsachen zu entlocken, die ihn erstens darüber informierten, dass der Grand Maître ausschließlich homosexuelle Neigungen hatte und zweitens, dass er diesen Trieb rücksichtslos auf Kosten der jüngeren Palastangestellten auslebte – ohne sich um deren Widerstreben zu kümmern. Wer sich weigerte, dem Comte zu Willen zu sein, der flog! So einfach war das. Aber das allein reichte niemals, dem angesehenen Aristokraten das Genick zu brechen.

Der zweite Punkt war es, der ihn für den Kommissar interessant machte: der Graf wagte sich am Hof nur an ganz junge Burschen, fast noch Kinder, heran; das machte ihn in Lavalles Augen mehr als verdächtig.

›Wer rücksichtslos Kinder schändet, dem traue ich auch noch ganz andere Schandtaten zu‹, überlegte der Kommissar. Während er sich schlaflos im Bett herumwälzte, ging er im Geiste immer wieder alle Punkte durch, die dafür sprachen, dass gerade dieser Mann als geheimnisvoller Seinemörder infrage kam.

»Der Kerl ist brutal und ohne Hemmungen; Widerstand und Tränen der von ihm missbrauchten Knaben stören ihn überhaupt nicht.« Siedend heiß fiel ihm Luc ein.

Sein jugendlicher Schwager passte genau ins Beuteschema des königlichen Haushofmeisters! Er würde schnellstens mit Ginettes Bruder sprechen und ihn warnen. Falls der Mann versuchte, sich an ihm zu vergreifen, sollte er sofort den Dienst aufkündigen. Sicher würde er irgendwo anders auch unterkommen, wenn es ihm damit ernst war, einer vernünftigen Beschäftigung nachzugehen. Dafür wollte Lavalle sich verbürgen.

Er dachte weiter nach.

›Falls dieser Unmensch zu seiner Befriedigung noch andere, stärkere Gräuel braucht, kann er diese unmöglich in seiner gewohnten Umgebung ausleben. Man käme ihm bald auf die Spur. Also, was tut er? Er verkleidet sich als Handwerker, sucht sich in der Stadt Paris einen armen jungen Burschen, der keine Arbeit hat, aber dafür großen Hunger. Er verspricht ihm eine kostenlose gute Mahlzeit, vielleicht auch Geld – und hat ihn damit am Haken. Die Einladung zum Essen lässt sich hervorragend mit einer Schlachterei verbinden, in der der Comte von Zeit zu Zeit wohnt und selbst als Metzger tätig ist.‹

Lavalle überlegte hin und her, konnte jedoch in seiner Argumentation keinen einzigen gravierenden Fehler finden. So spann er den Gedankenfaden weiter: ›Es passt alles! Ich selbst habe den Grand Maître in Saint Antoine in den Metzgerladen gehen sehen; ich habe ferner beobachtet, wie vertraut er sich mit dem Meister unterhielt und wie freundschaftlich sich beide voneinander verabschiedeten. Demnach kannten sie sich schon vorher.

Womöglich ist auch der Schlachtermeister an den abscheulichen Verbrechen beteiligt? Zumindest muss er davon Kenntnis haben! Taten dieser Art hinterlassen Spuren – selbst wenn der Mörder anschließend alles sorgfältig sauber macht.‹

»Nach dem Töten und Verstümmeln des Opfers muss die Bestie es aus dem Haus entfernen, irgendwie zur Seine schaffen und den Leichnam in den Fluss werfen. Das ist für einen Mann seiner Statur zwar nicht einfach, jedoch machbar. Aber ich vermute, dass er dabei einen Helfer hat.«

Lavalle merkte, dass er die letzten Überlegungen laut ausgesprochen hatte. »Ich verwette meinen Kopf, dass der Haushofmeister des Königs das lang gesuchte ›Seinephantom‹ ist!«

Gleich morgen früh würde er Hubert Aubriac einweihen und einige Polizisten, denen er vertraute. Es durfte niemand sein, der etwas von diesem ungeheuerlichen Verdacht durchsickern ließ und womöglich alles verdarb, indem der Comte Wind bekam von der Jagd auf seine Person.

Froh, alles durchdacht und sich schließlich sogar zu dem Wagnis durchgerungen zu haben, dieses Mal sich selbst als Köder anzubieten, wollte Lavalle den Kopf aufs Kissen sinken lassen und die Augen zum längst fälligen Schlaf schließen – da wurde ihm bewusst, dass bereits der Morgen graute. Es war Zeit, aufzustehen und sich ins Kommissariat in der Conciergerie zu begeben.

»Teufel noch mal! Da hast du dir ja viel vorgenommen, mein Lieber!« Hubert Aubriac runzelte die Stirn. »Aber da habe ich noch einiges anzumerken, wenn du gestattest, mein lieber Armand!«

»Nur zu!«, ermunterte ihn Lavalle. »Solange du nicht versuchst, mich von meinem Vorhaben abzuhalten, darfst du alles sagen.«

»Ich will gar nicht davon sprechen, dass dieser Kerl ein Mordsbrocken ist, vor dem jeder vernünftige Mensch Schiss haben muss, sobald der wirklich böse wird«, begann Hubert, dem die Person des Grand Maître von den »Schauessen« des Königs bekannt war. Sogleich unterbrach ihn der Kommissar.

»Sicher ist der Kerl größer als ich und um etliche Pfunde schwerer. Aber vergiss nicht, dass ich um zwanzig Jahre jünger bin und schlanker, beweglicher und besser trainiert. Außerdem hat jeder Polizist noch so einiges auf Lager, womit er auch einem körperlich überlegenen Gegner die Hölle heißmachen kann! Und waffenlos werde ich dem Verbrecher sicher nicht gegenübertreten.«

»Klar, das weiß ich alles«, entgegnete Aubriac ungerührt. »Aber ich dachte an etwas anderes. Wer sagt denn, dass der Comte überhaupt bei dir anbeißt? Du hast gesagt, dass er zarte Jünglinge bevorzugt – und, bei allen Heiligen: dieser Vorliebe entsprichst du beim besten Willen nicht mehr, mon Ami!«

»Vielen Dank für den Hinweis! Das ist mir nicht entgangen, mein Bester! Aber du weißt, dass Verkleidungen zu meinem Beruf gehören und ich werde mich natürlich dementsprechend herrichten. Auch von meinem Bart werde ich mich trennen – was mir allerdings schwerfällt.

Und meine Ginette würde auch nicht erfreut sein – aber mein Schnäuzer und der Kinnbart werden schon wieder wachsen, bis ich sie das nächste Mal sehe. Ich gehe davon aus, dass die Verhaftung des Seinemörders jetzt bald über die Bühne gehen kann. André hat gesagt, dass der Grand Maître so merkwürdig unruhig ist und seine Wünsche im Bett immer bizarrer werden. Angeblich schafft der arme Kerl es kaum noch, dem Herrn Erleichterung zu verschaffen.«

»Möglich, dass es bald wieder soweit ist, falls du mit deinem Verdacht richtig liegst«, bestätigte ihm sein Freund. »Immerhin hat das Schwein schon Kontakt mit dem Schlachter in Saint Antoine aufgenommen! Ich sage dir jedenfalls meine volle Unterstützung zu. Es ist wohl klar, dass ich jeden Abend und jede Nacht in deiner Nähe sein werde – zusammen mit einigen ausgesuchten Kollegen. Jeden x-Beliebigen kannst du dabei nämlich nicht gebrauchen!

Aber, wie ich dich kenne, mon Ami, hast du dir das schon selbst überlegt. Sag mir nur Bescheid, wann es losgeht! Ich werde mir diese Aktion auf keinen Fall entgehen lassen – da kann Commandant Laroche sich auf den Kopf stellen: Ich werde ihm eben eine Zeit lang als Sekretär nicht zur Verfügung stehen – und wenn ich mich dafür krankmelden müsste!

Übrigens: Sagst du dem Chef eigentlich Bescheid über deinen Plan?«

»Warum fragst du?« Armand schien irritiert. »Das ist doch meine Pflicht und daher ...«

Aubriac trat nah an seinen Freund heran, packte mit beiden Händen den Kragenaufschlag von dessen Jacke und flüsterte ihm ins Ohr:

»Und wenn der Alte die Hosen voll hat von wegen Ärger mit dem Hof? Wenn er dir vielleicht mit der Möglichkeit von falscher Verdächtigung kommt, unter dem Vorwand der Beleidigung einer hohen Persönlichkeit dir das Unternehmen verbietet – oder was sonst noch alles denkbar ist?

Hältst du es tatsächlich für völlig ausgeschlossen, dass man versuchen könnte, das Ganze niederzuschlagen, um der Monarchie nicht noch mehr Schaden zuzufügen? Wenn du dagegen dafür sorgst, dass die Verhaftung des Comte eine Menge Staub aufwirbelt, dürfte es nicht so leicht sein, das abartige Schwein billig davon kommen zu lassen!«

Aubriac versuchte, dem Ganzen einen Anstrich von Leichtigkeit zu geben, weshalb er auf einmal etwas gekünstelt lachte.

»Aber noch ist es ja nicht so weit, mein Lieber! Falls du nicht nach dem Geschmack des feinen Herrn sein solltest, oder er dir, wenn doch, aus irgendeinem Grund nicht ernsthaft ans Leben will, hast du nichts gegen ihn in der Hand! Die Ferkeleien mit den Pagen zählen nicht; die wird er empört von sich weisen und außerdem wird keines der Bürschchen es wagen, öffentlich vor Gericht gegen ihn auszupacken. Und wen schert es, wenn erwachsene Männer ›Maman et Papa‹ spielen?

Also, überleg's dir gut, mon Ami, ehe du etwas anleierst, indem du unserem obersten Chef Bescheid sagst, das voll in die Binsen gehen kann!«

Jetzt war es an Lavalle, betreten dreinzuschauen. Da hieb ihm Aubriac kameradschaftlich auf die Schulter. »Eins sollst du aber unbedingt wissen, lieber Freund, wozu du dich auch entscheidest: Ich steh' an deiner Seite – ohne Wenn und Aber!«

Lavalle klopfte Aubriac dankbar auf die Schulter.

»Merci, mon Ami! Und keine Sorge! Falls der Haushofmeister meine Wenigkeit verschmäht, wird er sich einen anderen Kandidaten suchen und ich werde ihn auf Schritt und Tritt verfolgen und beobachten – um dann im richtigen Augenblick einzugreifen und zuzuschlagen!«

Damit verzog er sich in seine Amtsstube, um lästigen Schreibkram zu erledigen. Den ganzen Stapel, der sich seit Wochen angesammelt hatte, wollte er abarbeiten, um in den nächsten Tagen freie Bahn zu haben für seine ganz persönliche »Aktion Seinemörder« – ohne Rückendeckung vom großen Chef.

Wieder einmal dankte der Kommissar dem Himmel, dass seine geliebte Ginette und ihre Großmutter weit vom Schuss und in Sicherheit waren. Wobei er nur hoffen konnte, dass die ländliche Idylle weiterhin ruhig blieb und die Auswirkungen der Revolution nicht bis ins Périgord, ins beschauliche Dörfchen Mussidan, reichten.

In Paris selbst wurde die Lage immer dramatischer. Die alltäglichsten Lebensmittel wie Brot und Milch waren kaum noch zu erhalten und wenn, dann zu Preisen, die keiner »vom Volk« mehr bezahlen konnte. Aber weder Regierung noch König taten auch nur das Geringste, um die Situation zum Besseren zu verändern.

Das schweizerische »Finanzgenie« Jacques Necker behauptete zwar, alles im Griff zu haben, aber in Wahrheit wurden Not und Elend noch größer. Der Hof lebte weiter in Saus und Braus und die Wut der Unterprivilegierten suchte sich ein Ventil.

Kein Tag verging, an dem nicht die personell völlig unterbesetzte Polizei ausrückte, um irgendwo einen blutigen Krawall zu beenden. Lafayette und seine Soldaten der Nationalgarde konnten schließlich nicht überall sein .Meist kamen die Beamten zu spät und irgendein »verhasster Blutsauger« baumelte bereits an einem zweckentfremdeten Laternenpfahl. Oft war es ein Geschäftsmann, der sich geweigert hatte, kostenlos etwas abzugeben und dafür von der Menge »bestraft« wurde.

Auch missliebige Edelleute fielen dem Mob zum Opfer; oftmals wurden jetzt jahrzehntelange Fehden endgültig ausgetragen und uralte Rechnungen beglichen.

Armand seufzte. ›Lieber Gott, lass mein Kind nicht in eine Zeit der Gewalt, der Not und des Bürgerkriegs hineingeboren werden‹, betete er stumm. ›Irgendwann muss doch wieder der Friede in Frankreich einkehren, um ein einigermaßen harmonisches Familienleben zu ermöglichen.‹

Lavalle hatte den Pagen André schwören lassen, ihm sofort im Kommissariat Bescheid zu geben, sobald er Kenntnis davon habe, der Grand Maître plane einen mehrtägigen Urlaub.

»Das wird mir der Comte auf jeden Fall rechtzeitig mitteilen«, behauptete André im Brustton der Überzeugung. »Schon deshalb, weil er mir dann einige wichtige Aufträge erteilt, um die ich mich während seiner Abwesenheit besonders kümmern muss. Das pflegt er immer so zu handhaben: die Bequemlichkeit Seiner Majestät und der Königin dürfen ja nicht darunter leiden, dass er sich ein paar freie Tage gönnt. Andernfalls könnten seine Fehlzeiten unangenehm auffallen und der König womöglich Anstoß nehmen. Was wiederum das absolute Ende der Ferien des Grand Maître bedeuten würde!«

Da André de Junot kein Dummkopf war, wollte er natürlich wissen, wieso der Commissaire Supérieur so sehr darauf versessen war, dem Grand Maître weiterhin auf den Fersen zu bleiben. »Hat der Comte vielleicht etwas Schlimmes verbrochen? Ich meine, etwas Schlimmeres als das, wofür ich ihn hasse?«

Um keine schlafenden Hunde zu wecken, erfand Armand Lavalle schnell eine möglichst unverfängliche Ausrede. Der Page gab sich immerhin den Anschein, mit der Auskunft zufrieden zu sein.

»Es hat etwas mit hoher Politik zu tun«, hatte ihm Lavalle vorgelogen, ohne rot zu werden.

Eigentlich war das auch gar nicht so ganz falsch: Der Kommissar konnte sich das gewaltige Rauschen im Blätterwald der antimonarchistischen und revolutionär gesinnten Publikationen lebhaft vorstellen, falls dem Oberhofmeister kriminelles Verhalten nachgewiesen werden konnte. Für Marat und seinen »Ami du Peuple« wäre beispielsweise die Entlarvung des höchsten Palastangestellten als perverser Massenmörder nicht nur ein gefundenes Fressen, sondern die absolute Krönung seiner Laufbahn als Herausgeber einer Schmierengazette.

Wieder nahm Lavalle sich vor, am heutigen Abend unbedingt mit Luc ein ernstes Wort zu sprechen.

31. Oktober 1789

Leidlich beruhigt erledigte der Kommissar die Masse an lästiger Schreibarbeit, die ihm so zuwider war und vor der er sich mit Vorliebe drückte. Auf André war Verlass – dessen war Lavalle sich ganz sicher.

Allzu weit war er allerdings mit der Arbeit des Ordnens von alten Amtsvorgängen und Ausfüllens von Formularen, die kein Mensch sich jemals anschauen würde, gekommen, als sein oberster Chef, Commandant Guy Laroche, dringend nach ihm schickte.

»›Le Président nouveau‹, wünscht dich zu sprechen, mon Ami. Und zwar angeblich ganz dringend!«

Nichtsdestotrotz ließ Aubriac sich in aller Gemütsruhe auf den Besucherstuhl in Lavalles Büro fallen. »Nur keine Hast, mein Lieber! Es handelt sich um nichts Wichtiges! Ein paar dämliche Aristokraten, die der Königin ihre Aufwartung im Louvre machen wollten, haben den Unwillen des Volkes erregt, weil sie es unterließen, sich die blau-weiß-roten Kokarden ans Revers zu heften, wie es seit einiger Zeit Pflicht jedes französischen Bürgers ist!

Stattdessen ließen sie sich mit der weißen Bourbonenlinie erwischen. Stell dir diese Dummköpfe vor! Wo doch jedes Kind weiß, dass neuerdings selbst ernannte Aufpasser durch die Straßen patrouillieren und Ausschau nach ›Volksfeinden‹ halten. Im Nu hat sich eine Menge vor dem Louvre versammelt und angeblich sollen sie gegen die Besucher der Königin handgreiflich geworden sein.

Wenn's stimmt, kommst du sowieso zu spät! Die in ihrem Hochmut allzu sorglosen Herrschaften werden ihre Ohrfeigen vermutlich schon kassiert haben.«

»Du machst mir vielleicht Spaß, Hubert!«

Armand Lavalle schmiss seinen Federhalter hin und stand so schnell auf, dass sein Sessel umkippte. Er vergaß sogar, das Tintenfass zuzuschrauben, so fix rannte er aus dem kleinen Büro, dass Hubert Aubriac ihm kaum folgen konnte. Amüsiert schaute der seinem Freund hinterher und schüttelte den Kopf. Wenn es nach ihm ginge, würde sich die Polizei um derlei Bagatellen überhaupt nicht mehr kümmern ...

Lavalles Vorgesetzter bestätigte den Sachverhalt und riet dem Commissaire Supérieur, sich aus dem Bereitschaftsraum im Parterre ein Dutzend Polizisten zur Unterstützung mitzunehmen.

»Die Lage scheint ernster zu sein, als bisher angenommen, Lavalle! Mit der Hilfe der Nationalgarde ist nicht zu rechnen. General Lafayette ist andernorts dabei, Ruhe zu schaffen. Auf der Place de Grève kam es während der Hinrichtung eines lang gesuchten und gefährlichen Räubers zu wüsten Demonstrationen des Volkes, das den Henker an seiner Pflichterfüllung hindern wollte. Daraus hat sich ein kleines Scharmützel entwickelt. Wie es aussieht, sind Sie demnach beim Louvre ganz auf sich allein gestellt!«

Lavalle fluchte innerlich. Seine Laune besserte sich auch nicht gerade, als er im Erdgeschoss gerade mal fünf Männer antraf, die ihm für seine Aufgabe zur Verfügung standen. Die übrigen Polizisten waren bereits irgendwo in der Stadt im Einsatz. Wieder einmal erwies es sich, dass die Polizeiwache personell hoffnungslos unterbesetzt war.

»Richtet euch drauf ein, Leute, dass es eventuell heiß hergehen wird! Die gekränkte Volksseele kocht nämlich wieder einmal über! Der Grund ist, dass ein paar Aristokraten vergessen haben, ihre Kokarden anzuheften!«

An den Gesichtern der Männer vom Bereitschaftsdienst konnte Lavalle nur allzu deutlich die mangelnde Motivation für diesen Einsatz ablesen. Er selbst stellte sich mittlerweile auch ernsthaft die Frage, ob es Sinn machte, sich deswegen mit dem Mob zu prügeln ... Aber er hatte seinen Beruf schließlich freiwillig gewählt und daher seine Pflicht klaglos zu erfüllen.

Als sein kleines Häuflein »Ordnungsmacht« vor den Tuilerien anrückte, war der Spuk zum Glück bereits vorbei. Wider Erwarten waren Lafayettes Soldaten auf der Place de Grève überraschend schnell mit dem Pöbel fertig geworden.

Erneut wurde der kurzzeitig befreite Delinquent dem Henker übergeben, sodass dieser das Urteil vollziehen konnte. Jetzt baumelte der Übeltäter am Galgen und die Menge hatte sich bereits in alle Winde zerstreut.

Vor dem Louvre war auch schon Ruhe eingekehrt. Bereits der Anblick der Nationalgardisten hatte genügt, um dem »Volk« zu signalisieren, dass es besser war, sich zu verziehen, wollte man sich keine blutigen Nasen holen.

Außer über saftige Beleidigungen, ein paar Püffe und Nasenstüber konnten sich die Herrschaften, die ihre Kokarde »vergessen« hatten, ohnehin nicht beklagen. Die Besucher der Königin waren mehr als erleichtert, als sich zeigte, dass sie ihre Todesängste umsonst ausgestanden hatten.

›Anzeige gegen Unbekannt‹ wollte auch keiner der Edlen erstatten – Lavalle vernahm's mit Genugtuung. Er hatte die Nase gestrichen voll von unnötigem Papierkram. Außerdem: Wo sollte die Polizei denn mit der Suche nach den Tätern beginnen? Die waren doch längst über alle Berge ...

Als er seinen Leuten gerade den Befehl zum Abrücken erteilte, fühlte er sich von hinten an der Schulter berührt. Blitzschnell wandte er sich um – und sah sich einer alten Bekannten gegenüber.

»Ah! Mère Brassens! Wie geht es Ihnen, Bürgerin? Lange nicht gesehen! Was verschafft mir die Ehre, Madame?«

»Ich habe mit Ihnen zu reden, Monsieur le Commissaire! Aber allein!«, nuschelte sie und rollte dabei bedeutungsvoll mit ihren gelblichen Augäpfeln. »Ich wette, es wird Sie interessieren!«

Lavalle entließ sein Trüppchen zum Rückmarsch ins Kommissariat und führte die alte Bettlerin ein Stück zur Seite. Dann reichte er ihr galant seinen Arm.

»Wollen wir ein wenig spazieren gehen, Madame?«

»Mit Ihnen immer gerne, Sie Charmeur!«

Die ehemalige Liebesdienerin grinste ihn mit ihrem beinahe zahnlosen Mund vergnügt an. Dann wurde sie allerdings ernst.

»Sie suchen doch immer noch nach dem ›Phantom der Seine‹, nicht wahr? Ich könnte Ihnen womöglich ein paar Hinweise liefern, Monsieur!«

Diese Ankündigung ließ Lavalle aufhorchen und versetzte ihn umgehend in Alarmbereitschaft. Da er glaubte, diese Unterredung könne sich länger hinziehen, schlug er den Aufenthalt in einem Bistro vor. »Ich sage doch niemals nein, wenn mich ein schöner junger Mann auf ein Glas einlädt!«, kicherte Mère Brassens.

Beide steuerten eine Kneipe an, von der man annehmen konnte, dass sie zu so früher Stunde noch nicht überlaufen war. In der Tat waren sie in »La Betterave« die einzigen Gäste. Nachdem der Wirt der »Runkelrübe« die Bestellung gebracht hatte – einen ziemlich minderwertigen, noch dazu schändlich verwässerten, dafür überteuerten Roten –, fing die Alte gleich an.

»Ich habe gestern spät am Abend ganz zufällig eine alte Freundin, Mireille Dupont, getroffen. Und Mireille hat mir so ganz nebenbei erzählt, dass ihr Enkelsohn Pierre –, der, wie ich leider sagen muss, mit seinen achtzehn Jahren ein rechter Herumtreiber ist –, gestern eine merkwürdige Begegnung mit einem Mann um die fünfzig hatte.«

Die Bettlerin nahm einen Schluck des wässrigen sauren Gesöffs und verzog ein klein wenig das Gesicht, war jedoch zu höflich, um laut Kritik zu äußern.

»Was war los mit diesem Kerl?«

Armand Lavalle war zugegebenermaßen ziemlich aufgeregt.

»Riesig war er – bestimmt hat nicht viel an zwei Metern Länge gefehlt, behauptete Pierre –, und war angezogen wie ein Handwerker, hatte auch Muskeln und Pranken wie ein Bauarbeiter. Aber der Enkel von Mireille ist sicher, dass der Mensch verkleidet war. Er hielt ihn sogar, seiner Sprache wegen und obwohl er ordinäre Ausdrücke benutzte, für einen gebildeten Bürger, wenn nicht gar für einen vom Adelsstand!«

»Nun, das allein macht ihn noch nicht verdächtig, Madame! In Zeiten, in denen der Pöbel Jagd auf Aristokraten macht, kleiden sich viele als einfache Arbeiter, um nicht aufzufallen und vermöbelt zu werden!«

»Das mag schon sein, Monsieur le Commissaire. Aber verdächtig war, was der Kerl, der sich übrigens als Bürger Georges Forgeron vorgestellt hat, Pierre vorgeschlagen hat!«

Jetzt spitzte der Kommissar die Ohren. »Was denn, Mère Brassens?«

Die Alte trank wiederum ein Schlückchen, um das Ganze spannender zu machen. »Interessiert es Sie denn wirklich, Monsieur le Commissaire?«, fragte sie schlau.

Lavalle verstand und stellte ihr eine Belohnung in Aussicht, falls ihre Angaben ihn in diesem ganz speziellen Fall weiterbrächten.

»Also! Die beiden hatten sich im ›Coucou Jaune‹ kennengelernt, einer Kaschemme, die gerne auch von Männern aufgesucht wird, die mit Weibsbildern nichts am Hut haben.«

Eine Neuigkeit, die Lavalles Herz verständlicherweise höherschlagen ließ: Hatte er doch selbst beobachtet, wie der Grand Maître den »Gelben Kuckuck« betreten hatte ... Es schien sich in der Tat um den gleichen Mann zu handeln, den er gestern den ganzen Tag lang verfolgt hatte.

»Der große angebliche ›Forgeron‹, der nicht bloß so zu heißen behauptete, sondern auch wirklich die Statur eines Schmieds hatte, machte Pierre auf dem Abtritt Avancen, Commissaire! Können Sie sich das vorstellen?«, fuhr Mère Brassens fort und bemühte sich, dabei ein tugendhaft-empörtes Gesicht zu machen.

»Er behauptete, sich in ihn verliebt zu haben. Und weil er glaube, dass er keine Arbeit habe und kein Geld, dafür aber jede Menge Kohldampf, würde er sich freuen, ihn zu sich einladen zu dürfen, um ihm eine schöne Mahlzeit mit allem Drum und Dran, inklusive den nötigen Getränken, zu spendieren!

Und falls Pierre noch ein bisschen ›nett‹ zu ihm wäre, würde er auch etliches an Geld springen lassen. Der Enkel von Mireille, ein recht ausgekochtes Bürschchen, stellte sich allerdings dumm und fragte, was er denn damit meine, mit dem ›Nettsein‹ und so ...

Da wurde der Monsieur Forgeron dann sehr deutlich: Er griff ihm zwischen die Beine und meinte, was er vorhin beim gemeinsamen Stehen an der Pissrinne gesehen hätte, habe ihm sehr gut gefallen und er würde sein Ding gern näher begutachten, es streicheln und noch andere Sachen damit anstellen. Dann nahm er Pierres Hand und drückte sie gegen seinen eigenen, mittlerweile gewölbten Hosenlatz, damit der Junge fühlen konnte, dass er selbst auch einiges zu bieten habe.

Pierre fragte ihn daraufhin, wohin er ihn denn mitzunehmen gedächte und der große Kerl sagte, er hätte in Saint Antoine in einer Schlachterei, in der er gelegentlich aushelfe, ein Zimmer. Und dahin wolle er ihn bringen, um es sich mit ihm ›gemütlich‹ zu machen. Da der Weg weit sei, würden sie natürlich eine Droschke nehmen; und zurück würde er ihn selbstverständlich auch wieder fahren lassen.

Er wurde immer zudringlicher und Pierre schien es an der Zeit, einiges klarzustellen.

›Tut mir leid, Freundchen, aber bis jetzt habe ich nur mit Frauenzimmern gevögelt – und dabei möchte ich auch bleiben‹, sagte er ihm frech ins Gesicht. ›Falls ich mich aber jemals umorientieren sollte, bist du der Erste, der's erfährt.‹

Worauf der große Kerl angeblich unheimlich angesäuert gewesen sein soll.«

Mère Brassens lachte und der Commissaire Supérieur stimmte mit ein. Innerlich klopfte er sich auf die Schulter. Er war auf der richtigen Fährte! Jetzt hieß es nur noch darauf zu achten, den Grand Maître nicht zu verpassen. Auf einmal hatte Lavalle es furchtbar eilig. Er verabschiedete sich von der alten Frau, gab ihr eine Kleinigkeit zum Dank, schmiss dem Wirt das Geld für den miserablen Rotwein auf die Theke und machte, dass er nach Hause kam.

Umziehen und »auf jung« herrichten musste er sich – und zwar schnell. Danach wollte er in der Nähe des Louvre ausharren, um den Comte, der sicher auch heute wieder, nach dem obligaten »Schauessen« des Königs, auf die Pirsch ging, nicht zu verpassen.

Eine geschlagene Stunde brauchte Armand dieses Mal, bis er glaubte, einigermaßen passabel auszusehen – zumindest für den speziellen Zweck, den er verfolgte.

Er war einunddreißig Jahre alt und musste es schaffen, glatt zehn Jahre weg zu schummeln. Als er sich den Bart abrasiert und die Locken verwegen in die Stirn gekämmt hatte, fühlte er sich seinem Ziel bereits um vieles näher.

Jetzt musste er gut überlegen, was er anziehen wollte. Zum Glück war es noch außergewöhnlich warm dieses Jahr, jedenfalls um vieles milder, als es sonst zu dieser fortgeschrittenen Jahreszeit zu sein pflegte. Das erlaubte es ihm, sich leichter bekleidet zu zeigen und damit mehr von seinem durchtrainierten Körper zu präsentieren ...

Das Hemd über der Brust ließ er bewusst offen; die männliche Brustbehaarung hatte er klugerweise abrasiert und auch die langen Arbeiterhosen trug er hochgekrempelt, um die strammen Waden, gleichfalls glatt geschabt wie der Popo eines Säuglings, den begehrlichen Blicken des Grand Maître darzubieten.

Zwischen seinen Handflächen verrieb er noch ein paar Tropfen von Ginettes Parfüm, dessen winzigen

Rest sie in einem Flakon zurückgelassen hatte, und verrieb den süßlich-herben Duft auf seinen Wangen und am sehnigen Hals, um den er zum Schluss ein flottes rotes Tüchlein knotete.

›Na, wenn der Kerl jetzt nicht von mir entzückt ist, dann weiß er männliche Schönheit nicht zu schätzen.‹

Lavalle grinste vor sich hin, verließ seine Wohnung am Quai Saint Michel und machte sich auf den kurzen Weg zum Louvre.

Teil 4

Die Schlinge zieht sich zu

Die Jagd beginnt

1. November 1789

Am vergangenen Tag hatte Kommissar Lavalle leider vergeblich auf den Haushofmeister des Königs gewartet. Entweder hatte der Mann den Palast gar nicht verlassen – oder er hatte ihn verpasst. Letzteres war durchaus möglich, denn der Platz vor dem Louvre und den Tuilerien war der Schauplatz stundenlanger Krawalle gewesen, die sich bis spät in die Nacht hingezogen hatten. Total durchgefroren war der Kommissar schließlich nach Hause gerannt, um sich aufzuwärmen.

Nach Sonnenuntergang war es bitterkalt geworden, obwohl er sich eine Jacke übergezogen und die hochgekrempelten Hosenbeine herunter gestülpt hatte. Allerhand schräge Typen sprachen ihn an – bloß »der richtige« war leider nicht dabei gewesen.

›Als Strichjunge könnte ich eine Menge Geld verdienen‹, dachte der Kommissar voller Galgenhumor und hatte ausgeharrt – trotz der aufgeheizten Stimmung ringsum.

Selbst als ihn der Pöbel aufforderte, sich seinem Protestmarsch rund um den Louvre anzuschließen, ließ er sich nicht aus der Ruhe bringen – auch nicht, als man ihn als »schwule Sau« beschimpfte und ihm Prügel androhte.

Er machte ein dümmliches Gesicht und behauptete, er sei mit einem Freund verabredet und müsse leider warten, um ihn nicht zu verpassen. Bei den lautstarken Demonstrationen griffen dieses Mal weder Polizei noch Militär ein. In aller Regel warteten die Ordnungskräfte, bis Blut floss. Das hörte sich zwar brutal an, war aber anders nicht zu handhaben, weil es einfach an den nötigen Einsatzkräften mangelte.

Sein Freund Hubert hatte sich erst am späten Nachmittag blicken lassen.

»Tut mir leid, dass ich erst jetzt kommen kann, Armand! Aber es war mir nicht möglich, mich eher loszueisen! Du kennst ja unseren Chef. Als ob er es geahnt hätte, dass ich weg will: Dauernd hatte er irgendwelche blödsinnigen Aufträge für mich, die dringend erledigt werden mussten. Zum Teil waren Sachen darunter, die seit Bricassons Zeiten unerledigt liegen geblieben sind, aber auf einmal furchtbar wichtig waren.«

»Reg dich nicht auf, mein Lieber«, hatte ihn der Kommissar beruhigt. »Bisher hast du nichts versäumt. Unser gemeinsamer Freund hat sich noch nicht blicken lassen. Vermutlich herrscht ihm zu viel Getümmel hier. Hör dir bloß an, was sie gerade plärren! So geht das schon seit Stunden!«

»Nieder mit den Besitzenden!« »Endlich Freiheit und Wohlstand für alle!« »Wir verlangen Demokratie!« »Nieder mit den Dienern der Monarchie!«, skandierte die Menge, die offenbar ein »richtiger« Revolutionär, möglicherweise der Jurist Georges Danton, instruiert hatte. Das Geschrei musste in sämtlichen Räumen des Louvre zu hören sein.

Die beiden Polizeibeamten spazierten immer wieder um den Eingang des Louvre herum. Dann zogen sie ihren Kreis weiter bis zu den Eingängen der Tuilerien-Gärten, achteten jedoch darauf, das Hauptportal des Pariser Stadtschlosses nicht aus den Augen zu verlieren.

»Der Mistkerl darf uns nicht durch die Lappen gehen«, murmelte Hubert zwischen zusammen gebissenen Zähnen. »Womöglich könnte es den Tod eines weiteren jungen Burschen bedeuten, wenn wir uns einen Fehler erlauben.«

»Da hast du leider recht, mon Ami!«, stimmte Armand ihm zu. »Wobei ich sagen muss, dass die unsinnige Praxis, jeden x-beliebigen Besucher in den Louvre zu lassen, der den Eintritt bezahlen kann und eine Kopfbedeckung aufhat, uns die Arbeit nicht gerade erleichtert.

Diese gefährliche Regelung hätte man von Versailles nicht unbedingt übernehmen müssen! So oft ein großer breitschultriger Kerl den Louvre verlassen hat, hoffte ich, dass es der Comte de Montmorency ist.

Schau, da vorne kommt noch so einer! Und wiederum ist es ein Fehlalarm. Dieser Mensch in der grauen Weste und der speckigen braunen Kappe ist auf gar keinen Fall der Grand Maître. Allmählich ist es zum Haareausraufen!«

Mittlerweile war es stockdunkel geworden und die krakeelenden Pöbelhaufen verzogen sich allmählich. Aubriac war es schließlich, der den vor Kälte regelrecht bibbernden Lavalle energisch nach Hause geschickt hatte.

»Es reicht, mon Ami! Es nützt uns nichts, wenn du morgen krank sein solltest. Außerdem: mit geröteten Augen und laufender Rotznase würdest du wohl kaum den ästhetischen Vorstellungen unseres gemeinsamen Lieblings entsprechen, n'est-ce pas? Also: Abmarsch! Aber schleunigst! Ich werde die nächste Zeit aufpassen wie ein Schießhund!«

Lavalle fügte sich dem Diktat seines Freundes nur zu gerne – vor allem, nachdem sich dieser bereit erklärt hatte, noch zwei weitere Stunden vor dem Stadtschloss auszuharren.

»Ich bin schließlich vernünftig angezogen – im Gegensatz zu dir, du jugendlich heißblütiger Adonis«, flachste er. »Falls er doch noch kommt, werde ich ihn verfolgen, um zu schauen, ob er ein williges Opfer findet. Wenn dem so ist, weiß ich ja, wohin er es entführen wird und kann in Ruhe auf dem Weg nach Saint Antoine bei einer x-beliebigen Polizeiwache der ›Commune‹ Verstärkung anfordern. Entgehen wird er uns nicht, das verspreche ich dir hoch und heilig!«

Einerseits beruhigte dies Lavalle, andererseits war das bestimmt nicht der Ausgang, den er sich wünschte: er betrachtete den Fall als seinen speziell eigenen – und war infolgedessen daran interessiert, den Mörder auch eigenhändig zur Strecke zu bringen.

Aubriac schien zu ahnen, welche Gedanken seinen Freund bewegten. Er legte ihm zum Abschied die Hand auf die Schulter. »Es versteht sich ja wohl von selbst, dass ich dir niemals deinen Erfolg streitig machen würde, Cher Ami! Sobald ich wüsste, dass der Comte seinen Schlupfwinkel in Saint Antoine ansteuert, würde ich mir erlauben, sofort einen Beamten zu deiner Wohnung zu schicken, der dich weckt und sogar mitten in der Nacht herbeischafft, damit du die Festnahme dieses Schweins persönlich vornehmen könntest. Mich mit fremden Federn zu schmücken, käme mir niemals in den Sinn, Armand. Ich hoffe, du weißt das!«

Woraufhin der Kommissar ihn kurz und verlegen umarmte und ihn anschließend scherzhaft gegen den Brustkorb boxte. »Merci, mon Cher! Bis morgen und au revoir!«

Erleichtert und ein kleines bisschen beschämt über sein kurz aufgeflammtes Misstrauen verschwand er in Richtung Quai Saint Michel.

Er war den ganzen Tag über bereits ungeheuer wütend; durfte es sich allerdings nicht anmerken lassen. Vormittag und Mittag gehörten dem »Schauessen« des Königs, dem er selbstverständlich nicht fernblieb. Aber am Nachmittag, den er ganz für sich reserviert hatte, war es dieses Mal die Königin, die ihn in Beschlag nahm, um ein ganz besonderes Diner, zu dem hohe ausländische Gäste erwartet wurden, in allen Details zu besprechen.

Selbst als er behutsam versuchte, Madame klar zu machen, dass dies nicht sein erster Staatsempfang sein würde und dass er über jahrelange Erfahrung in diesen Dingen verfüge, ließ Königin Marie Antoinette nicht davon ab, in nervtötender Manier nicht nur die Speisenfolge, sondern auch die Art der Tafeldekoration bis ins kleinste Detail durchzukauen.

Ferner ging es um die schrecklich wichtige Frage, ob man es den Gästen zumuten könne, ihnen die bei

Tische aufwartenden Domestiken in denselben Uniformen zu präsentieren, die sie das letzte Mal in Versailles bereits getragen hatten. Die Königin verneinte dies entschieden, der König war wie immer unentschlossen. Ihm war es letztlich gleichgültig. Aber da seine Gemahlin anderer Meinung war, stieß der Monarch schließlich ins gleiche Horn.

Auf den leisen und vorsichtigen Einwand, den er sich aufgrund seiner herausgehobenen Stellung erlauben durfte, angesichts der prekären finanziellen Lage des Landes und den – selbstverständlich völlig unzutreffenden – Vorwürfen gewisser Kreise, der Hof sei zu verschwenderisch, wäre es womöglich klüger, vorerst auf neue Bekleidung der Dienerschaft zu verzichten, reagierte die Königin unwillig und vollkommen verständnislos.

Sie habe sich schon lange an den alten Kleidern der Bediensteten sattgesehen, beklagte sich Madame. Es sei ihr nicht mehr zuzumuten, die Diener und Pagen in ihren »völlig undiskutabel altmodischen« Uniformen noch länger vor Augen zu haben. Da sei der diplomatische Empfang des russischen Botschafters gerade der richtige Zeitpunkt, um das »Ärgernis« aus der Welt zu schaffen.

Was folgte, waren stundenlange Erörterungen, wie die neue Ausstattung aussehen solle, welche Stoffe man verwenden müsse und wie lang, kurz, weit oder knapp die Wämser und Hosen der königlichen Domestiken zu sein hätten.

Vor Wut war er innerlich schier explodiert, als er es auch noch erdulden musste, wie die Königin den Hofschneider rufen ließ und mit diesem die Neuerungen lang und breit durchdiskutierte, wobei sie natürlich ihn, als den obersten aller Hofbeamten, um seine Anwesenheit »gebeten« hatte. Ihm stand der Sinn allerdings nach etwas ganz anderem – und wenn er nicht bald die Möglichkeit erhielt, seine Fantasien auszuleben, konnte er für nichts mehr garantieren.

Als er endlich die Möglichkeit hatte, den Louvre zu verlassen, stand der Mob dicht gedrängt vor den Toren des Schlosses – selbst vor den Nebenausgängen in den Seitenstraßen.

Er wagte es einfach nicht, sich aus dem Schutz des Gebäudes zu begeben – auch nicht in Verkleidung. Es genügte, wenn nur einer dieser Revoluzzer ihn zufällig erkennen sollte. Dann wäre sein Leben keinen Pfifferling mehr wert. Glatt zerreißen würden sie ihn!

»Pars pro toto« käme in seinem Fall vermutlich zur Anwendung: Die vom Fusel gehirnamputierte Meute würde sich, nachdem Seine Majestät oder die verhasste Königin ihnen nicht selbst ins Netz ging, mit Freuden am obersten Diener vergreifen!

Da es an diesem Abend nicht mehr klappen würde, hatte er sich für den folgenden Tag vom König vier Tage Urlaub erbeten. Der gutmütige Monarch schlug ihm seine Bitte auch nicht ab.

Wohlweislich hatte der Grand Maître mit seinem Anliegen darauf gewartet, bis die Königin sich mit ihren Hofdamen – allesamt hohlköpfige gackernde Hühner in seinen Augen – zurückgezogen hatte.

Immer noch wütend, maßlos enttäuscht und rasend vor Begierde hatte er relativ frühzeitig sein Gemach aufgesucht. Als André vor seiner Tür stand, schickte er den Pagen mit barschen Worten weg – aus Angst vor möglichen Folgen. Er wusste in der Tat nicht mehr, wie weit seine Beherrschung noch reichte.

Und das könnte fatale Folgen nach sich ziehen ...

Am folgenden Morgen erwachte er in dem sicheren und beglückenden Bewusstsein, an diesem Tag endlich seinen ersehnten »Höhepunkt«, auf den er zehn lange Jahre hingearbeitet hatte, zu erlangen.

»Heute Nacht erklimme ich den Gipfel meiner Lust!«, flüsterte er, als er die täuschend echte Verkleidung eines Handwerkers anlegte. In seinen Träumen hatte er ihn gesehen, den hübschen jungen Mann, dem er heute begegnen würde und der ihm vom Schicksal zugedacht war, um ihm als »Blutopfer« zu dienen, welches er auf dem Altar seines Genusses darzubringen er sich endlich anschickte.

Ein bisschen älter als seine bisherigen Gespielen, reifer und intelligenter würde er sein und nicht dem Pöbel entstammend, sondern womöglich dem verarmten Kleinbürgertum; makellos gewachsen, geschmeidig und schlank, jedoch muskulös und sehnig, mit jugendlich-männlichen Gesichtszügen und nur wenig kleiner als er selbst.

Genauso, wie er ihn sich seit Langem erträumt hatte, hatte er ihn im Schlaf – kurz vor dem Erwachen – vor sich gesehen, zum Greifen nah ... Was allerdings auch die Gefahr in sich barg, es unter diesen Umständen mit dem Burschen nicht so leicht zu haben, wie mit seinen bisherigen mageren, ausgehungerten und durch alle möglichen Krankheiten geschwächten Opfern. Aber gerade das war es ja, was den ungeheuren Reiz für ihn ausmachte.

Mit gewohntem Zynismus überlegte er: »Ich werde sehr auf der Hut sein müssen und darauf achten, ihn rechtzeitig außer Gefecht zu setzen, damit er den Spieß nicht umdreht und am Ende noch mich verletzt oder gar tötet. Außerdem muss ich unbedingt vermeiden, dass mein Schatz mir vorzeitig entwischt und womöglich die Polizei alarmiert!«

Aber in seiner Überheblichkeit war er dennoch sehr zuversichtlich, dass alles zu seiner Zufriedenheit abliefe.

Auch Armand Lavalle träumte in dieser Nacht sehr lebhaft. Es ging dabei um einen Märchenriesen, der eine Prinzessin in seiner Gewalt hielt. Um ihn auszuschalten und die Schöne, die das Gesicht und die Figur seiner Frau Ginette aufwies, zu befreien, musste er mit dem Ungetüm bis aufs Blut kämpfen. Es war ein furchtbarer Kampf, der sich zwischen ihnen entspann, aber Armand war schließlich Sieger geblieben und konnte mit der Prinzessin von dannen ziehen.

Um warm zu werden und überhaupt einschlafen zu können, hatte er zu seiner eigenen auch noch Ginettes Zudecke über sich gezogen. Die Nächte waren bereits bitterkalt und ließen für den kommenden Winter nichts Gutes erwarten.

Dem Kommissar klangen nach dem Aufwachen immer noch die Schauergeschichten einzelner Kollegen im Ohr, deren bäuerliche Verwandte im vergangenen Januar und Februar von Wolfsüberfällen erzählt hatten; alte Leute und Kinder sollten den Bestien zum Opfer gefallen sein. Bis zu den Höfen waren die Raubtiere angeblich vorgedrungen, um in den Viehställen zu räubern.

Vom provençalischen Cousin seines unmittelbaren Vorgesetzten, Émile Béguin, stammte der Bericht, dass ein von ihm bei Buis-les-Baronnies in einer eisernen Bügelfalle gefangener Wolf sich befreit habe, indem er sich selbst einen Lauf abgebissen habe, um auf nur drei Beinen das Weite zu suchen!

Lavalle glaubte keinen Augenblick lang, dass die Regierung für diesen Winter vorgesorgt und genügend Brennholzvorräte beschafft habe. Vermutlich würden erneut Tausende erfrieren ... Gleichzeitig würden sich Abertausende neue Gegner der Regierung formieren, die sich brutal zur Wehr setzen und ihr Recht in die eigenen Hände nehmen und somit der Polizei und dem Militär das Leben schwer machen würden.

Beim Anblick der sich zaghaft über die Dächer schiebenden Sonnenstrahlen dieses Novembermorgens schob er allerdings den Gedanken an künftige Kälteperioden beiseite; es stünde wiederum ein strahlend schöner, sonniger und vermutlich warmer Spätherbsttag bevor.

In der vergangenen Nacht hatte sich anscheinend nichts Besonderes ereignet; sonst hätte Aubriac ihn bestimmt verständigen lassen.

Sein Traum fiel ihm wieder ein. Gewiss ein Fingerzeig für ihn. »Heute werde ich den Seinemörder fassen«, flüsterte Lavalle aufgekratzt, während er sich anzog.

Erneut rasierte er sich mit größter Sorgfalt und stieg anschließend, ohne groß zu überlegen, in die Kluft von gestern. Ins Kommissariat würde er heute vorsichtshalber keinen Fuß setzen, um nicht mit irgendeinem lästigen Auftrag, der gut warten konnte, von seiner Mission abgehalten zu werden.

Zur Sicherheit warf er sich heute eine Schafwolljacke über die Schultern und steckte dazu noch einen von Ginette gestrickten Schal in eine seiner Taschen. Vermutlich würde es wiederum ein langer Tag werden und so erbärmlich frieren wie gestern wollte er nicht mehr.

Ehe er die Wohnung verließ, vergewisserte er sich, dass sein Schwager Luc noch in seiner kleinen Kammer in seinem Bett lag. Der Vierzehnjährige schlummerte selig und Lavalle dachte nicht daran, ihn zu wecken. Sollte er ruhig weiter schlafen.

Als er gestern spät, todmüde und halb erfroren, nach Hause gekommen war, wartete Luc noch auf ihn. Er sah betreten drein und verdächtige Schmutzspuren in seinem Gesicht deuteten darauf hin, dass der Junge geweint hatte.

»Was ist los, Kleiner? Ist dir der Grand Maître etwa an die Wäsche gegangen? Bist du geflogen? Oder bist du freiwillig gegangen?«, hatte er seinen jugendlichen Schwager befragt.

Beschämt blickte Ginettes Bruder zu Boden. »Er hat mich rausgeworfen! Dabei hätte mir das Gärtnern wirklich Spaß gemacht. Gestern habe ich auf Anweisung des Gartenmeisters seinen Gesellen geholfen, die schweren Pflanztröge mit den Apfel- und Kirschbäumchen in die Wärme der Orangerie zu stellen, zu den bereits dort verwahrten Zitronen- und Orangenbäumchen und zu den Kakteen und Agaven. Jetzt sitze ich wieder auf der Straße!«

Trotz seiner Übermüdung wurde Lavalle umgehend hellwach. Ganz detailliert musste ihm der Junge das Zusammentreffen mit dem Grand Maître schildern. Der bedeutende Mann hatte einen Spaziergang durch die Tuilerien-Gärten unternommen und war dabei beinahe buchstäblich über Luc gestolpert. Der Junge war unaufmerksam gewesen und leistete sich einen unakzeptablen Fauxpas, indem er den Haushofmeister grob anrempelte.

Um ein Haar wären beide zu Boden gegangen; aber der ältere Herr besaß die größere Standfestigkeit und hatte »die Güte besessen«, den hübschen Jungen mit beiden Armen festzuhalten, wobei er ihn länger an sich gepresst hielt, als notwendig und – zugegebenermaßen – auch schicklich gewesen wäre. Der Comte hatte umgehend die günstige Gelegenheit genutzt, ihn an intimen Körperstellen zu betasten ...

Selbst als er ihn endlich aus seiner Umarmung entließ, schickte er sich an, ihn weiter zu betatschen, indem er vorgab, sich der körperlichen Unversehrtheit des Gärtnerjungen versichern zu müssen.

»Das ist nicht notwendig, Monsieur le Comte!«, hatte sich Luc daraufhin angeblich energisch zur Wehr gesetzt. »Mir ist nichts passiert – und selbst wenn, dann hätte ich mich bestimmt nicht zwischen den Beinen verletzt!«

»Das hast du ihm so ohne Weiteres ins Gesicht gesagt?«, erkundigte sich Lavalle verblüfft. »Bravo!«

»Naja! Ich habe noch viel mehr gesagt – und das brachte dann das Fass zum Überlaufen«, gestand der Junge kleinlaut. »Er hat mir eine Ohrfeige gegeben und mich zum Teufel gejagt!«

»Was hast du ihm denn noch an den Kopf geworfen?« Jetzt war der Kommissar doch wirklich neugierig.

»Ich habe ihn richtig angeschrien, sodass die übrigen Gärtner alles mithören konnten. Das machte ihn ja so wütend!«

»Was war es, womit du ihn offenbar beleidigt hast?«

Lavalle legte eine gewisse Strenge in seine Stimme, um das Ganze abzukürzen. Ihm war immer noch kalt und er war müde und wollte nur noch ins Bett.

»Wenn Sie mir noch einmal an die Eier fassen, Monsieur le Maître, dann sage ich das meinem Schwager! Der ist Kommissar der Commune von Paris und wird sie einsperren als Knabenschänder!«

»Das hast du tatsächlich gewagt?«

Der Kommissar hatte jetzt seine Stimme gesenkt; er konnte es nicht fassen. Für so mutig und gewitzt hätte er den Jungen nie gehalten. Dann fiel ihm allerdings ein, dass Luc seit Jahren mehr oder weniger ein Straßenkind gewesen war, das in der Stadt weiß Gott wo herumstrolchte und dabei so allerhand aufschnappte, wovon ein Knabe aus »besseren Kreisen« nichts wusste – es sei denn, er fiel einem pädophilen Domestiken oder Hauslehrer in die Hände ...

»Ich gratuliere dir, mein Junge«, sagte Lavalle. »Endlich einer, der sich getraut, diesem rücksichtslosen Menschen die Meinung zu sagen! Lieber wär's mir allerdings, du hättest meinen Namen nicht erwähnt«, klopfte der Kommissar auf den Busch.

»Hab' ich doch gar nicht!«, setzte sich Luc umgehend zur Wehr. »Er wollte ihn zwar wissen, nachdem er mich geohrfeigt hat, aber ich habe den Mund gehalten und bin gleich getürmt!«

Er grinste Lavalle an und meinte: »Ich bin doch nicht blöd und mache dir womöglich Schwierigkeiten, Schwager! Immerhin ist er ein hohes Tier! Ich weiß, wenn es darauf ankäme, würde das Schwein lügen und ich stünde da als jemand, der ihn nur schlecht machen möchte.« Er grinste jetzt von einem Ohr zum anderen. »Hab' ich gut gemacht, gelle?«

Lavalles Lob kam aus ehrlichem Herzen. Nicht auszudenken, wenn der Junge sich hätte einschüchtern lassen! Ein so trauriges Los wie André de Junot es im Augenblick noch hatte, wünschte er seinem ärgsten Feind nicht. Und was Ginette mit ihm anstellen würde, falls ihrem Bruder, den sie trotz ständiger geschwisterlicher Querelen innig liebte, so etwas widerfahren sollte, daran mochte er gar nicht erst denken.

Frühzeitig postierte Lavalle sich vor dem Louvre, wo er eine Anzahl Deputierter dabei beobachtete, wie sie eilends das Schloss betraten. Offenbar empfing Ludwig XVI. sie heute – ganz gegen seine Gewohnheit – außergewöhnlich früh. Der Weg von der Manège, der ehemaligen königlichen Reitschule in den Gärten der Tuilerien, bis zum Louvre war nur ein Katzensprung.

Anfangs – nach dem gleichfalls vollkommen überstürzten und kopflosen Aufbruch der Nationalversammlung aus Versailles –, hatten die Deputierten für eine Weile die gnädige Gastfreundschaft des Pariser Erzbischofs genossen, weil niemand wusste, wohin sonst mit den Herren.

Mittlerweile hatten sie die leer stehenden und restaurierten Gebäude der Manège bezogen. Zahlenmäßig waren sie deutlich geschrumpft, denn viele Mitglieder zogen es vor, bei den schrecklichen Pariser Vorfällen, die sich jeden Tag noch steigerten, in ihre Heimatprovinzen zurückzukehren.

Aber der größere Teil harrte weiter aus in dem Bemühen, endlich eine vernünftige Regierung zustande zu bringen. Noch waren die meisten Deputierten der Nationalversammlung bereit, den König in ihre Debatten mit einzubeziehen; ein Grund, weshalb sie seine Nähe suchten – zumindest räumlich.

Wie Lavalle unschwer von seinem Beobachtungsposten aus erkannte, entstieg einer vornehmen Kutsche die unverkennbar hohe, ungelenke und verschobene Gestalt des Comte de Mirabeau. Als einer der wenigen durfte er es noch wagen, mit einem Gefährt, an dessen Seiten stolz das Adelswappen prangte, samt livriertem Kutscher und zwei edel ausgestatteten Lakaien, durch Paris zu fahren, ohne befürchten müssen, der Volkswut zum Opfer zu fallen.

Er war beim Plebs – genau wie der Marquis de Sade – ungemein beliebt. Der Kommissar fragte sich zum wiederholten Male, wieso dem so war. Andere Aristokraten flohen entweder aus der Stadt oder ließen zumindest die Adelsembleme an ihren Equipagen entfernen. Der hässliche, als abgrundtief sittenlos verschriene Graf hatte derlei nicht nötig. Im Gegenteil, der Mob pflegte ihm zuzujubeln, sobald er seiner ansichtig wurde.

Lavalle unterdrückte ein Schmunzeln, als er daran dachte, wie lange er es für möglich erachtet hatte, in Mirabeau den über ein Jahrzehnt gesuchten, perversen Massenmörder entdeckt zu haben. Heute war er froh, sich diesbezüglich nie aus dem Fenster gelehnt zu haben. Sonst säße er vermutlich längst auf der Straße – oder eher noch in einer Gefängniszelle.

Noch hielt sein morgendliches Hochgefühl, das ihn nach dem Aufwachen erfüllt hatte, an. Aber, je mehr Zeit verging, ohne dass der Grand Maître den Louvre verließ, desto mehr verflüchtigte sich Lavalles Gefühl der Sicherheit; Zweifel schlichen sich in sein Herz. Welcher vernünftige Mensch vertraute denn schon auf Träume? Und als Kriminalist sollte doch gerade er der Vernunft und den daraus resultierenden Fakten in allen seinen Gedanken den absoluten Vorrang einräumen.

Ehe er sich allerdings noch länger trübseligen Überlegungen überlassen konnte, erfüllte sich sein Wunsch: Der Haushofmeister Seiner Majestät tauchte urplötzlich auf! Als Arbeiter verkleidet, ohne Perücke, in langen Hosen und einem schlichten braunen Wams, darunter ein blaues kragenloses Hemd und mit Holzpantinen an den Füßen, verließ er gemächlich das Schloss durch eine Seitenpforte. Ein alter zerschrammter Beutel aus Rindsleder baumelte von seiner linken Schulter.

Was mochte der wohl enthalten? Ersatzgarderobe für einige Tage? Er wäre gezwungen, sie zu wechseln, falls Blut auf sein Hemd und seine Hose geriete.

Die verschmutzte Kleidung würde er wegwerfen ... Seife? Mit Sicherheit müsste er sich nach der Bluttat gründlich säubern ... Geld? Davon war ebenfalls auszugehen: Er würde sein Opfer bestimmt in einem Lokal aufgabeln, vielleicht mit ihm eine Kutschfahrt unternehmen; außerdem würde er mit weiteren Gold- oder Silbermünzen den armen Burschen ködern, falls der nicht sofort auf ihn hereinfiel ...

Kaum stand der Comte auf der Straße, blieb er erst einmal stehen, atmete tief durch und blickte sich neugierig um, dabei ein rot-weiß kariertes Schnupftuch aus der Hosentasche ziehend. Der Kommissar beobachtete ihn, wie er sich in aller Seelenruhe seine imposante Nase schnäuzte – während er seine Blicke über die allgegenwärtige Menge schweifen ließ.

Es handelte sich noch um ganz normale Passanten, die ihren Geschäften nachgingen – die Revolutionäre pflegten erst etwa in einer Stunde zu erscheinen und ihren üblichen Krawall zu veranstalten. Um acht Uhr war von denen noch keiner richtig wach ...

Die Demonstrationen, das Gebrüll, die Prügeleien, die Todesurteile, die ad hoc gefällt und auch sofort auf der Straße vollstreckt wurden, kosteten Kraft und machten unheimlich durstig. Der Alkohol pflegte am Abend und in der Nacht in Strömen zu fließen – und dann mussten die Räusche der beteiligten »Revolutionäre« noch am hellen Morgen ausgeschlafen werden.

Jäger und Beute treffen aufeinander

Immer noch der 1. November 1789

Jetzt oder nie! Ohne lange zu überlegen, marschierte Lavalle auf den »Riesen« zu. »He! Kamerad!«, redete er den großen Kerl vertraulich an, »hast du vielleicht ein bisschen Tabak für mich übrig?«

Dabei deutete der Kommissar auf den braunfleckigen Fetzen, der deutliche Spuren des bei Adligen wie Arbeitern weitverbreiteten Lasters des Tabakschnupfens oder -kauens aufwies.

Er blickte dem Mann – der unwesentlich größer war als er selbst, aber um etliches breiter – tief in die blaugrauen Augen, um dessen Reaktion auf seine Person zu überprüfen. Als er wahrnahm, wie der Blick des angeblichen Arbeiters sich aufhellte, ja, geradezu aufstrahlte, empfand er ein heftiges Kribbeln im Rücken – und gleichzeitig einen harten Knoten im Magen.

›Anscheinend gefällt dem Kerl, was er sieht‹, dachte Lavalle zufrieden und beglückwünschte sich zu seiner Maskerade. ›Na, dann wollen wir mal das Eisen schmieden, so lange es heiß ist!‹

»Aber, wenn ich ehrlich sein darf, Kumpel, wäre mir ein Stück Brot fast noch wichtiger als der Tabak! Hab' seit gestern früh nix mehr in den Magen gekriegt. Sind lausige Zeiten für einen Schreiner! Wer lässt sich jetzt schon einen neuen Schrank machen oder bestellt ein neues Bett? Eher noch eine Leichentruhe – aber dafür ist wiederum der Sargtischler zuständig, haha!«

Der Angesprochene zog aus einer Hosentasche eine reichlich verbeulte Blechdose.

»Hier, nimm erst mal eine Prise vom Schnupftabak, Kamerad! Allerbeste Ware, mein Freund! Und, was das Brot anbelangt, kann ich dir vielleicht auch helfen. Weißt du«, er beugte sich vertraulich zu Lavalle, sodass dieser deutlich den aufdringlich süßlichen Pfefferminzgeruch wahrnahm, von dem André ihm bereits erzählt hatte, »endlich haben sie mir am Hof meinen ausstehenden Lohn für geleistete Arbeit ausbezahlt!

Hat lang genug gedauert. Für alles haben sie Zaster am Hof! So viel davon, dass sie ihn zum Fenster hinausschmeißen – aber um einen ehrlichen Schmied zu bezahlen, da reicht es nicht! Royale Saubande, verdammte!«

»Ach, du bist ein Schmied und hast im Louvre gearbeitet, Kamerad?« Lavalle gab sich überrascht, während er sich aus der Tabaksdose bediente. Er hasste Schnupftabak, weil er die braune Soße, die aus den Nasenlöchern rann, eklig fand, und mit dem Niesreiz konnte er sich auch nicht anfreunden, aber in diesem Fall ...

Der andere senkte seine Stimme noch mehr. »König Ludwig sieht sich selbst als geschickten Schmied an und hat sich eine komplette Werkstatt einrichten lassen – und ich muss ihm gelegentlich helfen, wenn er allein nicht zurande kommt.«

»Das klingt interessant, Mann!«, tat der Kommissar scheinbar schwer beeindruckt. »Ich wette, du könntest ganz tolle Geschichten erzählen, die du im Louvre so nebenbei aufschnappst. Und erst die Leute, die du kennenlernst! Die ganzen hübschen Jungs in ihren süßen Uniformen – und die netten Mädels natürlich«, fügte er dann scheinbar verlegen hinzu.

Gar so deutlich sollte er sich den »warmen Bruder« vielleicht nicht gleich heraushängen lassen ... Aber sein Gegenüber schöpfte keinen Verdacht, sondern biss tatsächlich an.

»Weißt du was, lieber Freund? Wenn's dich wirklich interessiert, was ich mache und wen ich im Louvre so alles treffe, dann komm mit mir in ein Bistro zum Frühstücken. Ich lade dich auch ein, Kumpel!«

»Ach, das ist aber reizend von dir! Aber das kann ich unmöglich annehmen«, zierte sich Lavalle zum Schein.

»Rede keinen Unsinn, Freund! Ich freue mich, wenn ich jemandem zum Reden finde; noch dazu einen, der so gut aussieht und so nett zu sein scheint, wie du.«

Damit der neue Bekannte, den er da so überraschend aufgerissen hatte, ihm ja nicht davonlief, ließ der Mensch sich dazu hinreißen, den Kommissar am Ärmel seines Hemdes zu packen und ihn mit sich zu ziehen.

Was Lavalle innerlich frohlocken ließ – wenn ihm die kräftig zugreifenden Pranken des Comte auch zuwider waren. Während sie den Weg in Richtung Notre Dame einschlugen, sah er sich unauffällig um, ob er irgendwo in der Nähe Aubriac ausmachte.

Er konnte in der Tat aufatmen. Sein Freund trottete gemächlich hinterher, sorgfältig darauf achtend, nicht zufällig als Verfolger entdeckt zu werden, falls der Comte sich womöglich umdrehte.

Hubert hob die Rechte und kratzte sich auffällig am Ohr, Armand damit signalisierend, dass alles bestens war. Was in diesem Fall bedeutete, dass sich – wie vereinbart – noch zwei weitere Kameraden in ihrer unmittelbaren Nähe aufhielten.

Sie durften es auf keinen Fall verbocken; unter keinen Umständen durfte etwas schief gehen. Dieses Mal musste Kommissar Lavalle unwiderruflich das Ende des Grand Maître, samt seiner bestialischen Mordserie, einläuten.

Die beiden stiefelten den Quai de la Mégisserie hinunter – und Armand Lavalle, der sich dem anderen als Georges Lapin vorgestellt hatte, fühlte sich zunehmend nicht mehr besonders wohl in seiner Haut. Die Gegend war entschieden zu gefährlich: Der vorgebliche Schmied schickte sich an, direkt auf die Conciergerie zuzusteuern, wo natürlich Dutzende Menschen den Kommissar – trotz seiner Maskerade – erkennen würden.

Kurz entschlossen zog er sich seine Schirmmütze tiefer in die Stirn und beschloss, sich dreist einer Lüge zu bedienen.

»Wenn's dir nichts ausmacht, Kumpel, würde ich jetzt doch vorschlagen, dass wir uns in eine Seitengasse verdrücken, weg von der Polizeiwache. Am besten möglichst weit weg! Es wär' vielleicht nicht so gut, wenn mich eine der Schweinebacken sehen würde. Hab' noch ein paar kleinere Rechnungen offen, wenn du verstehst, was ich meine!«

Sein Begleiter lachte herzlich und vor allem verständnisvoll.

»Aber klar doch, mein Lieber! Wäre ja wirklich schade, wenn die Kerle dich mir wegschnappten – jetzt, wo wir beginnen, uns so gut zu verstehen!«

Kurz drückte er den Jüngeren an sich, ließ ihn jedoch sofort wieder los; er wollte ihn keinesfalls verschrecken. In der Rue Dauphine landeten sie schließlich vor einem reichlich düsteren Kellerlokal, mit dem Namen »L'Ours Noir«, das offiziell noch gar nicht geöffnet hatte.

Aber der Schmied schien hier gut bekannt zu sein und der von ihm aus dem Bett geholte und verschlafene Wirt des »Schwarzen Bären« sperrte die in der Nebengasse gelegene Seitentür auf und ließ die beiden »Handwerker« ins Innere der verdunkelten Kneipe ein.

Sowie er das Klopfen am Fensterladen seines im Hinterhof gelegenen Zimmers gehört hatte, war der Kerl lediglich in eine lange Schürze geschlüpft, die lediglich seine Vorderseite bedeckte; ansonsten war er so, wie Gott ihn geschaffen hatte. Als er sich abwandte, um geziert in die Küche zu trippeln, konnte Lavalle sehen, wie das nachlässig verknotete Schürzenband auf seinem fetten, nackten Hintern auf- und ab hüpfte. Anscheinend gehörte der Wirt zur gleichen »Zunft« wie der Grand Maître ...

»Nicht so mein Typ«, flüsterte Lavalle dem Comte zu und grinste. »Ich mag's lieber schlank und muskulös.«

»Jawohl! So knackig wie du selber bist, Cher Ami!«

Der Grand Maître war jetzt sicher, einen Gleichgepolten vor sich zu haben und sah keinen Grund mehr, sich groß zu verstellen. »Der fette Wirt sieht eklig aus, ich weiß, aber sein Frühstück ist einmalig! Du wirst schon sehen, mein lieber Georges!«

»Großartig! Ich sterbe fast vor Hunger! Aber du wirst mich retten, mein Bester!«, säuselte Georges

Lapin und schenkte seinem Gastgeber, der behauptet hatte, Paul Lefèbre zu heißen, ein aufforderndes und sehr verheißungsvolles Blinzeln.

Das weibische Gehabe hatte er oft genug bei Verhören von irgendwelchen festgenommenen Kerlen erlebt. Er hoffte nur, nicht allzu dick aufzutragen: Der Comte war kein Idiot und durfte auf keinen Fall stutzig werden.

Immerhin hatte ihr frühzeitiges Erscheinen in der Kaschemme den Vorteil, die vorläufig einzigen Gäste zu sein. Sollte wider Erwarten ein Bekannter Lavalles auftauchen, wäre es ihm peinlich gewesen. Die nächsten beiden Stunden würden sie wohl noch ungestört bleiben.

Als der Wirt, der mittlerweile in eine schmuddelige Hose geschlüpft war, mit einem riesigen Tablett voll guter Sachen in die Gaststube kam, überraschte er die beiden, wie der ältere Kerl seine Hand vorne in die Hose des Jüngeren zu stecken versuchte und dieser verschreckt tat, als er den neugierigen Blick des Wirts bemerkte.

»Na, Paul, alles zu deiner Zufriedenheit bei dem Kleinen?«, erkundigte sich der schmierige Gastwirt frech. »Nicht zu klein und nicht zu groß?«

»Weiß noch nicht, Gaston«, erwiderte Paul Lefèbre und lachte kehlig. »Hab' noch nichts zu fassen gekriegt. Aber das wird sich hoffentlich bald ändern.«

»Zuerst brauche ich was im Magen«, wehrte Georges ab. »Wenn ich Hunger hab', interessiert mich nichts anderes!«

»Wünsche den Turteltäubchen wohl zu speisen! Und falls ihr euch näherkommen wollt – im ersten Stock gibt's Zimmer für Leute, die allein sein wollen, nicht wahr, Paul?«

Der Wirt lachte dreckig und der Kommissar konnte nicht verhindern, dass er heftig errötete. Den Weg in die obere Etage würde er schon zu verhindern wissen. Das fehlte noch, dass der Hund sich an ihm abreagierte – er wollte ihn schließlich als Seinemörder festnageln! Und das ging bekanntlich nur in der bewussten Fleischerei seines angeblichen Vetters in Saint Antoine. In der Gaststätte eines Unbeteiligten würde er wohl kaum versuchen, ihn abzuschlachten ...

Der Kommissar rückte während des Essens immer wieder ein Stück von seinem Gastgeber ab, damit ihm dessen penetranter Mundgeruch nach Pfefferminzbonbons nicht den Appetit auf Schinken und Käse verdarb. Wenn er sich schon für diesen unwürdigen Mummenschanz hergab, wollte er wenigstens die paar angenehmen Begleitumstände genießen.

»Ach, bist du süß, mein Schatz!«, begann der Grand Maître de la Maison du Roi zu flöten. »Du wirst ja sogar noch rot!«

»Der unästhetische Bursche regt mich auf!«, behauptete Georges resolut. »Ich mag mir gar nicht vorstellen, wie widerlich erst die Zimmer da oben sein müssen! Als ein Ort, an dem wir uns intimer kennenlernen sollten, kommt dieses eklige Loch sicher nicht infrage!«

Damit wollte Lavalle vorsorglich die Grenzen abstecken. Fürs Erste würde Paul ihn wohl in Ruhe lassen, wenn er merkte, dass seine neue Eroberung Besseres gewöhnt war. Anscheinend klappte es auch. »Es freut mich, festzustellen, dass du ein Kulturmensch bist!«

Der Grand Maître behauptete das zwar, aber der Kommissar hätte ein Jahresgehalt verwettet, dass sein Gegenüber, das ihm mittlerweile zwischen den Beinen herumfummelte, mit Freuden das Bett im Oberstock benützt hätte – egal, wie verdreckt es sein mochte.

»Weißt du«, begann Georges, »ich habe auch schon bessere Zeiten gesehen! Das kannst du mir unbesehen glauben, Paul! Meine Familie stammt aus verarmtem Kleinadel; ich habe das ›de‹ abgelegt und mich frühzeitig darauf eingerichtet, meinen Lebensunterhalt selbst zu verdienen. Meine Familie war zwar so gut wie pleite, aber ich habe eine gute Erziehung genossen und sogar das Pianospielen erlernt.

So habe ich anfangs die verzogenen Söhnchen und Töchterchen von diversen Aristokraten in Musik unterrichtet, aber meine Klientel ist nach Deutschland abgehauen und ich stand auf der Straße. An der Wiege hat man mir nicht gesungen, dass ich einmal jemanden anbetteln muss, um zum Essen eingeladen zu werden. Aber die Zeiten sind eben miserabel!«

Der Kommissar stopfte sich genüsslich ein Stück Weißbrot, dick mit geräuchertem Schinken belegt, in den Mund.

»Mon dieu! Was hast du an Unangenehmen durchmachen müssen, du Ärmster! Aber sagtest du vorhin nicht, du wärest ein Schreiner oder Zimmermann?«

Autsch! Das hatte er glatt vergessen! Aber um Einfälle war der Kommissar nicht verlegen. Er lachte den Älteren ganz offen an. »Da waren wir uns noch fremd, mein Lieber! Und Fremden gegenüber behaupte ich immer, ich wäre ein Handwerker. Wer glaubt einem schon, dass man Klavierlehrer ist? Und selbst wenn – wer kann damit was anfangen? Das Volk hält so einen bestimmt für vollkommen unnütz und kein Mensch würde mir was schenken!

Da erscheint es mir klüger, den arbeitslos auf der Straße sitzenden Schreiner zu mimen! Zur Not kann ich übrigens wirklich ein Brett durchsägen oder eine Kiste zusammennageln.«

Der Grand Maître lachte jetzt aus vollem Hals. Was der hübsche junge Mann sagte, klang so komisch, dass es einfach wahr sein musste. Außerdem gefiel ihm, dass »der süße Kleine« (wie er ihn bei sich nannte) seine Schwindelei gleich zugegeben hatte. Oh, ja, dieser Junge – gewitzt, raffiniert und anscheinend gebildet – war genau der Richtige!

»Ich hoffe, du bist mit dem Frühstück zufrieden?«, erkundigte sich der Ältere und klang ein wenig besorgt. »Und du bist dann hoffentlich in der Lage, mir ein kleines bisschen Spaß zu gönnen – wenn wir schon darauf verzichten, nach oben zu gehen, mein Schatz! Quasi als Vorschuss?«

Jetzt galt es, die Weichen endgültig zu stellen.

Lavalle drehte sich beinahe der Magen um. Am liebsten hätte er Schinken, Wurst, Butter, Eier, Käse, Brot und den Weißwein wieder von sich gegeben, aber das war nicht möglich. Irgendeine Hoffnung musste er dem Mörder machen, wollte er ihn weiter bei der Stange halten.

»Klar doch! Wir wollen bloß nichts überstürzen, Cher Ami! Aber, du sollst auch nicht die Katze im Sack kaufen, nicht wahr?«

Lavalle beschloss, den Sprung ins kalte Wasser zu wagen. »Weißt du was? Ich muss mal auf den Abtritt – und wenn du magst, kannst du mich begleiten. Vielleicht gefällt dir ja, was du dabei zu sehen kriegst! Bisher hat sich jedenfalls noch niemand darüber beschwert!«

Der Kommissar musste an seine geliebte Ginette denken und hätte am liebsten doch noch das Weite gesucht. Aber er sah seinem Gegenüber voll ins Gesicht und bemühte sich, dabei möglichst abgebrüht auszuschauen. »Aber vorerst gilt nur gucken, ja?«

Der Kerl sollte ja nicht glauben, dass er bereits das Recht erworben habe, sich irgendwelche Übergriffe erlauben zu dürfen.

»Geh nur voran, mein Liebling! Ich komme gleich nach! Muss nur erst das Essen bezahlen«, kündigte der Graf an, der sein Glück kaum zu fassen vermochte. Der Kommissar wünschte ihm im Stillen die Pest an den Hals. Dann dachte er daran, dass Aubriac sich bestimmt ganz in der Nähe aufhielt – sollte er tatsächlich Hilfe benötigen. Ein kleiner Trost zwar, aber immerhin richtete ihn das ein wenig auf.

Während Armand Lavalle alle Mühe hatte, den Spagat zu schaffen, sich einerseits den Grand Maître vom Leib zu halten und ihn andererseits gleichzeitig für sich einzunehmen, war Ginette mit ganz anderen Dingen beschäftigt. Obwohl im zweiten Drittel ihrer Schwangerschaft, ging es ihr immer noch prächtig.

Sie fühlte sich wohl und die Gegend gefiel ihr gut. Ja, sie hätte es sogar vorgezogen, Paris für immer den Rücken zu kehren und irgendwo auf dem Lande zu leben.

Sie liebte die Arbeit auf dem Hof. Ganz selbstverständlich half sie mit beim Füttern, Melken und Ausmisten. Sie und ihre Großmutter Céléstine waren dankbar für die freundliche Aufnahme und verdienten sich redlich ihre Unterkunft und Verköstigung.

Ihre Gastgeber hatten sich entschieden geweigert, Geld von den beiden anzunehmen. »Wer mit Marie und Hubert befreundet ist, ist auch unser Freund, und von so jemand lassen wir uns nicht bezahlen«, sagten sie mit einer Bestimmtheit, die keinen Widerspruch duldete.

Alles wäre für Ginette geradezu perfekt gewesen – wäre da nicht die Sehnsucht nach ihrem Ehemann Armand gewesen, die von Tag zu Tag größer wurde. Die Sehnsucht und die Sorge um den in Paris Gebliebenen brachten die junge Frau beinahe um.

Am liebsten hätte sie alles stehen und liegen gelassen und hätte sich einen Handelszug gesucht, der sich nach der Hauptstadt aufmachte.

»Paris selbst reizt mich gar nicht mehr«, behauptete sie. »Nie hätte ich es für möglich gehalten, dass ich das einmal sage«, gestand sie freimütig. »Aber die Ereignisse der letzten Monate waren so abstoßend für mich, dass ich gut darauf verzichten kann.

Was habe ich schon von der Stadt? Laut ist es da, eng und unsagbar schmutzig! Und überall stinkt es! Das war schon immer so, aber es hat mich nie gestört.

Aber seit die Verbrechen auf offener Straße zum normalen Alltag gehören und der Pöbel ungestraft die übelsten Gräueltaten verübt, hasse ich die Stadt beinahe – obwohl sie nichts dafür kann. Die Menschen sind es, Grand-maman, Franzosen wie du und ich, die ich plötzlich nicht mehr verstehe, obwohl wir die gleiche Sprache sprechen!«

Meist entspann sich dann eine temperamentvolle Diskussion über die Ungerechtigkeit der Herrschenden, die das Volk seit Jahrhunderten ausbeuteten und nicht bereit waren, selbst einen Beitrag zum Wohle des Staates – in Form von Steuern – zu leisten.

»Das weiß ich alles«, pflegte Ginette sich leidenschaftlich zu verteidigen. »Das hat mir Armand alles erklärt. Aber ich werde trotzdem nie begreifen, dass Menschen zu wilden Tieren werden, die andere einfach mir nichts, dir nichts erschlagen, erstechen, an Laternenpfählen aufhängen, enthaupten und dann die Köpfe als Siegestrophäen durch die Gassen tragen! Mit diesem Volk will ich nichts zu tun haben. Und ich möchte auch nicht, dass mein Kind unter solchen Barbaren aufwächst!«

»Dann sei doch froh, dass du hier bist und rede nicht davon, dass du nach Hause willst«, hielt ihr dann ihre Freundin Marie vor.

»Es geht mir nur um Armand«, verteidigte sich Ginette. »Vielleicht könnte ich ihn dazu überreden, ebenfalls aufs Land zu ziehen. Auch hier kommen immer wieder mal vereinzelt Verbrechen vor und er als Kommissar ...«

»Das glaubst du doch selber nicht«, lachten dann ihre Wirtsleute. »Uns genügen die paar Dorfgendarmen, die wir haben! Und dein Mann als Bauer? Ob das wohl auf Dauer gut ginge?«

»Außerdem«, warf dann auch noch ihre Großmutter ein, »wie du vielleicht bemerkt hast, Kindchen, kommt die Revolution allmählich auch auf dem Lande an. Auch hier kommt es schon zu gewalttätigen Demonstrationen, zu Überfällen auf Abgesandte des Barons, die die Steuern eintreiben sollten! Wie ich gehört habe, haben in der Nachbargemeinde die Bauern das Schloss des Grafen gestürmt und sämtliche alten Besitzurkunden und Verträge im Hof verbrannt!«

»Dann ziehen wir eben in die Bretagne!«, trumpfte Ginette auf.

»Ha! Glaubst du, da ist es anders?«, tönte es laut von allen Seiten, sodass der jungen Frau beinahe schwindlig wurde.

»Ich habe gehört, wie der Abbé zum Bürgermeister von Mussidan gesagt hat, dass die Bretonen sich einen Dreck um die Revolution der Franzosen scheren! Und dass sie gar nicht daran denken, sich vor den Karren der ›Nationalversammlung‹ spannen zu lassen«, behauptete Ginette. Alle lachten sie daraufhin aus. Da müsse sie sich aber entschieden verhört haben!

Pierre Aubriac, ein anderer von Huberts Verwandten in Mussidan, war der Einzige, der Ginette beipflichtete.

»Das Mädel hat recht«, bestätigte er. »In der Bretagne will man tatsächlich nichts von ›Liberté und Égalité‹ wissen. Die Menschen dort sind ganz zufrieden damit, wie es ist, und wollen auch den König nicht kritisieren. Das Einzige, was sie möchten, ist, von den Aufrührern in Paris in Ruhe gelassen zu werden!«

Das gab wiederum Themen für weitere heiße Diskussionen. Für Ginette aber bedeutete es eine Bestätigung, wie wichtig es wäre, Armand aus Paris, wo Mord und Totschlag an der Tagesordnung waren, herauszuholen ins – noch – friedliche Périgord. Die Polizei kämpfte doch sowieso auf verlorenem Posten.

Am besten brächte Armand seinen Freund Hubert gleich mit: Dann fände gleich eine zweite Familienzusammenführung statt. Für Ginette war in dieser Angelegenheit das letzte Wort noch lange nicht gesprochen.

Die Entscheidung

1. November 1789

Wie nicht anders zu erwarten, gab der Comte, nachdem er eine Mietkutsche angehalten hatte, dem lässig auf dem Bock sitzenden Kutscher als Ziel der Fahrt den Vorort Saint Antoine an. Kommissar Lavalle bemühte sich auf dem Weg dorthin, Paul Lefèbre aufs Beste zu unterhalten. Insgeheim machte er sich ein paar Gedanken darüber, ob Hubert sein Verlassen des »Schwarzen Bären« registriert habe und auch den Umstand, dass sie jetzt in einer Kutsche saßen. Aber im Grunde vertraute er dem Freund völlig.

Ein wahres Feuerwerk an Bonmots und Anekdoten ließ Georges auf den älteren Mann niederprasseln, sparte auch nicht mit eingestreuten Latinismen, an die er sich noch aus seiner Zeit als Zögling einer Klosterschule erinnerte.

Ach ja, seine Vergangenheit! Unversehens holte sie ihn genau in diesem Moment ein.

Als zweitältester Sohn einer vermögenden Kaufmannssippe aus dem Poitou hätte er eigentlich die theologische Laufbahn einschlagen sollen, aber zum Verdruss seines Vaters hatte Armand sich für den wenig angesehenen Beruf eines Polizisten entschieden. Diesen Ungehorsam und den Bruch mit der Familientradition vergab der alte Lavalle seinem Sohn bis heute nicht.

Einziger Trost für Lavalle Senior war die Tatsache, dass ein Ordnungshüter zumindest ein Beamter des Königs war. Auch ein Umstand, von dem in diesen unruhigen Zeiten niemand zu sagen wusste, wie lange er noch andauern mochte ...

So sehr er es als Knabe auch gehasst hatte, die weisen Sprüche Ciceros, Cäsars oder eines Seneca auswendig zu lernen, so sehr kam ihm dieses scheinbar nutzlose Wissen nun zugute.

Das hoffte er zumindest. Was er an Jugendfrische in den Augen des gefährlichen Pädophilen womöglich vermissen ließ, war er nun bemüht, durch Wortwitz und Brillanz auszugleichen.

Ob es ihm gelang, den gebildeten Mann, der in seinen Augen nicht sehr glaubhaft den schlichten Handwerker mimte, noch lange zu täuschen, vermochte er nur zu hoffen.

Andererseits war es verwunderlich, dass dieser Mensch, der seinen aristokratischen Hintergrund mit jeder Silbe, mit jeder Geste verriet, den schlichten Burschen, die ihm bisher im Laufe von annähernd zehn Jahren zum Opfer gefallen waren, jemals etwas anderes hatte vorspielen können.

Lavalle vermutete, dass es den halb verhungerten jungen Kerlen letztlich egal gewesen war, wer ihnen eine Mahlzeit spendierte und ob sie sich anschließend dafür einem Schmied oder einem Aristokraten hinzugeben hatten – was spielte es für eine Rolle?

Immer wieder warf er dem Grand Maître einen Seitenblick zu, um zu erkunden, wie dieser auf sein – wie er hoffte, kluges und anregendes – Geplauder reagierte. Während der Kutschenfahrt gewährte Armand Paul die »Gunst«, ihm immer mal wieder seine Zunge in den Mund zu schieben und ihm zwischen die Beine zu fassen, während er sich zähneknirschend schwor, wenn dieser Albtraum vorüber wäre, niemals irgendjemandem ein Sterbenswörtchen davon zu verraten.

Es machte ihn regelrecht wütend, dass er gezwungen war, die unerbetenen »Zärtlichkeiten« dieses Ungeheuers erdulden zu müssen, wollte er nicht riskieren, es misstrauisch zu machen.

›Niemand hat mich geheißen, mich selbst als Lockvogel anzubiedern‹, sagte er sich immer wieder vor, so oft er kurz davorstand, den Mann neben sich mit einem Faustschlag außer Gefecht zu setzen. Wie erwartet ging die Fahrt zu der großen Schlachterei von Paul Lefèbres angeblichem Vetter. Als die beiden

Männer den Wagen verließen und Paul den Lohnkutscher bezahlte, sah Georges Lapin sich betont auffällig um, indem er neugierig den Kopf nach allen Seiten drehte.

»Wohin hast du mich denn da verschleppt, mon Cher?«, erkundigte er sich und bezeigte gleichzeitig großes Wohlgefallen an der gutbürgerlichen Umgebung. »Das macht ja alles einen überaus guten Eindruck! Dein Vetter gehört wohl nicht gerade zu den Ärmsten!«

»Nein, gewiss nicht!«, lachte der angebliche Schmied. »Maurice führt die Metzgerei bereits in der dritten Generation, beschäftigt zwölf Schlachter, Fleischhauer, Kuttelwascher und Wurstmacher, einen Lehrjungen, dazu vier Verkäufer im Laden, einen Laufburschen und eine Köchin mit zwei Küchenhilfen, die fertige Mahlzeiten zubereiten und der Kundschaft mittags noch warm nach Hause liefern.«

»Ja, das kenne ich; das gibt es in Paris auch!«, gab Georges lässig zur Antwort. »Das ist auch bitter nötig, weil es in den meisten alten Häusern keine Kochstellen mehr gibt. Einmal wegen der Brandgefahr und zum zweiten, weil man die Häuser in mehrere Wohnungen unterteilt hat, als ursprünglich vorgesehen waren.

Somit verfügt nicht jede Familie oder jeder Einzelmieter über einen eigenen Kochherd. Die nötigen Abzüge und Kamine fehlen und die Stadtverwaltung hat verboten, den Qualm mittels Ofenrohr durch ein Fenster oder ein Loch in der Hausmauer ins Freie abzuleiten. So gehen die meisten Leute, wenn sie warmes Essen wollen – und es sich, im Gegensatz zu mir, leisten können – in ein Bistro oder holen es sich aus einer Schlachterei. Die Metzgermeister in der Stadt verdienen sich eine goldene Nase dabei.«

»So ist es in Saint Antoine auch! Mein Vetter kann sich vor Kunden kaum retten. Trotz seiner vielen Angestellten braucht er mich hin und wieder als Aushilfe, etwa wenn Großvieh zu schlachten und zu zerlegen ist. Ich bin nicht nur ein guter Schmied, sondern darf auch behaupten, ein vorzüglicher Fleischer und Wurstmacher zu sein. Wir stammen von einem Bauernhof auf dem Land«, fügte er als Erklärung hinzu, »und da muss jeder Mann von allem etwas verstehen.

Kochen kann ich übrigens auch! Von Letzterem wirst du dich heute Abend selbst überzeugen können, Liebster, denn zum Nachtmahl lade ich dich als meinen ganz besonderen Gast zu mir ein. Ich bewohne hier ein Zimmer, direkt neben dem Schlachterladen. Ich werde dich bewirten, so gut ich kann und mit bestem Essen und Trinken versorgen.

Und schlafen kannst du ebenfalls bei mir!« Beifall heischend lächelte er Lavalle an. »Du musst nicht mit schwerem Kopf nach Hause fahren und womöglich einer Räuberbande in die Hände fallen, mein Schatz! Ich werde dich in meinen Armen halten und in süßen Schlaf wiegen! Nun, wie hört sich das an?«

Erwartungsvoll blickte er seinem »Opfer« in die braunen Augen und Lavalle musste aufpassen, ihn den Hass, der in seinem Inneren brannte, und seine Verachtung nicht spüren zu lassen.

»Das klingt wie Musik in meinen Ohren, mein Bester! So lasse ich es mir gefallen. Wenn du willst, kann ich dir nach dem Essen ein paar schlüpfrige Gedichte von Ovid rezitieren, falls dich das interessiert.«

»Ovid, Seneca, Cicero! Du überraschst mich immer wieder – und aufs Allerangenehmste, mein Herz! Du siehst sehr gut aus, weißt, was wahre Liebe ist, die es – wie schon in der Antike viele berühmte und kluge Männer wussten – nur unter Männern gibt und bist dazu noch intelligent und gebildet. So einen wie dich habe ich noch nie kennengelernt. Ich bin wirklich begeistert von dir!«

Der Kommissar musste an sich halten, um dem anderen nicht ins Gesicht zu lachen. Ein Kerl, der es verstand, sich so gewählt auszudrücken, von der Antike zu faseln und solche Interessen zu haben, behauptete allen Ernstes, ein simpler Schmied zu sein! Geradezu lächerlich! Für wie dumm hielt er ihn eigentlich?

Er folgte seinem »Freund« in dessen von der Straße her zugänglichen Wohnraum – ein ausgesprochener Glücksfall, der den Zugriff seiner hoffentlich draußen in der Nähe postierten Kollegen unendlich erleichtern würde.

Die massive Tür bestand zwar aus dicken Eichenbohlen und war dazu noch mit Eisenbändern verstärkt. Auch das Fenster zur Straße war gegen Einbruch durch zusätzliche Klappläden bestens gesichert. Aber Lavalle hatte keinen Zweifel, dass Hubert Aubriac und die anderen, wozu auch Jean-Baptist Morlais zählte, es schafften, rechtzeitig einzudringen und ihm dabei zur Hand zu gehen, die Bestie unschädlich zu machen.

Morlais hatte mittlerweile seine seelische Störung, ausgelöst durch das Lebendig-Begraben-Sein, einigermaßen gut überwunden – dank Lavalle, der dem Mann weiterhin eine berufliche Chance gegeben hatte und der ihm mittlerweile nahezu blind vertraute.

»Ich will ihn unbedingt lebend haben!«, lautete Lavalles Anweisung an die Polizeikollegen – ohne ihnen die wahre Identität des »Seinemörders« zu offenbaren. Sie wussten nur, dass es sich um einen Bediensteten des Hofes handelte. Lediglich Aubriac war vollständig eingeweiht.

Warum er zögerte, die Karten offen auf den Tisch zu legen, war ihm selbst nicht so ganz klar. Möglicherweise befürchtete er, Morlais könnte sich bei seinem Hass gegen »das verdorbene Adelspack« zu unüberlegten, möglicherweise tödlichen Übergriffen gegen den Comte hinreißen lassen. Und das musste unbedingt vermieden werden.

»Der Mörder muss einen ordentlichen Prozess bekommen und von einem Gericht zum Tod für seine Verbrechen verurteilt werden. Wie ich finde, ein kleiner, aber umso notwendigerer Akt der Vergeltung und der Gerechtigkeit gegenüber seinen Opfern und ihren Angehörigen.

Vielleicht wird der Kerl, sobald er bemerkt, dass das Spiel für ihn vorbei ist, sogar versuchen, sich selbst umzubringen. Das müssen wir auf alle Fälle verhindern!«, hatte Lavalle seinen Kollegen eingeschärft.

Armand beeilte sich jetzt, seine ungeteilte Aufmerksamkeit wiederum auf seinen vorgeblichen Wohltäter zu richten.

»Du glaubst gar nicht, wie viele arme hungrige Teufel ich hier schon zu Gast hatte – einfach, weil sie mir leid taten!«, hörte er diesen sagen.

Oh ja, Ersteres glaubte er ihm aufs Wort; das Zweite verursachte ihm regelrecht Übelkeit und entfachte noch mehr seine Wut ...

»Schau dich ruhig um, Süßer!«, forderte der »Barmherzige Samariter« den Kommissar auf. »Gefällt es dir bei mir? Ich habe versucht, das Zimmer so gefällig wie möglich herzurichten – auch wenn ich es nur selten benutze. Hier möchte ich dich heute Abend bewirten!«

Paul deutete auf den rechteckigen, mit einer grauen Leinendecke bezogenen Tisch, auf dem exakt mittig ein gläserner Krug mit violetten und weinroten Astern stand. Lavalle wäre jede Wette eingegangen, dass der Mittelpunkt des Vasenbodens genau den gleichen Abstand von sämtlichen vier Tischecken innehatte ...

Er entsann sich genau Andrés Schilderungen der Schikanen des Grand Maître gegen Pagen und Diener, wenn seiner Meinung nach die Schüsseln und Kannen auf der königlichen »Kredenz« nicht millimetergenau aufgestellt waren ...

›Vermutlich sind die Blumen ein Willkommensgruß seines Vetters‹, dachte Lavalle angewidert. ›Dieser Maurice ist gleichfalls in die abscheulichen Verbrechen verwickelt – wenn vielleicht auch nicht aktiv, so weiß er doch unbedingt davon und unterstützt die Bestialität des anderen. Auch ihn werden wir verhaften und wegen Beihilfe vor Gericht bringen.‹

Seinen Augen entging keineswegs die Kiste neben dem Bett, deren Deckel nur ein simpler Schnappriegel sicherte, der sich im Handumdrehen öffnen ließ. Vermutlich enthielt sie das nötige »Werkzeug« des Mörders, welches ihm zur Abschlachtung, Ausweidung, Verstümmelung und Häutung seiner Opfer diente.

Außerdem war er sicher, dass der Comte ein Messer oder einen Dolch an seinem Körper verborgen hatte. Vermutlich in einem seiner Stiefel. Er würde sich entsprechend vorsehen ...

»Hier gefällt es mir ausnehmend gut!«, behauptete Georges Lapin und mimte Begeisterung. Dass er sich über den hübschen geblümten Knüpfteppich, der beinahe den gesamten Dielenboden bedeckte, wunderte, brauchte er ja nicht zu betonen. Wahrscheinlich rollte der Menschenschlächter ihn jeweils vor seinen blutigen Aktionen zusammen, um ihn nicht zu beschmutzen.

»Von außen ahnt man gar nicht, wie groß der Raum in Wahrheit ist! Ein schönes breites Bett hast du auch, Kumpel«, lobte Georges. »Da drin haben zwei Kerle locker Platz zum Schlafen.«

Er zwang sich zum Grinsen und zwinkerte dem anderen zu. Mit Erleichterung registrierte er gleichzeitig, dass die Stube noch über eine weitere Tür verfügte, die wohl auf den Hof der Schlachterei und zum allgemeinen Abtritt führen musste. Sogar ein zweites Fenster zum Innenhof war vorhanden; allerdings war es zu schmal, um einem Erwachsenen den Durchschlupf zu erlauben. Immerhin war es ohne Läden und ohne Vorhang und man konnte ins Innere des Raumes spähen – falls man groß gewachsen war und sich auf die Zehenspitzen stellte.

Der Zugang ins Zimmerinnere bestand tatsächlich nur in der schweren Eichentür an der Straßenseite, deren Schloss einigermaßen leicht zu knacken war, und in der Tür zum Hof, die noch weit weniger Widerstand bot.

Allerdings müssten seine Helfer erst einmal in den Hof der Metzgerei gelangen. Das sollte jedoch seiner Ansicht nach keine Schwierigkeiten bereiten. Wozu gab es den ganz normalen Hauseingang des Gebäudekomplexes? Und vom Laden her musste ebenfalls ein Durchgang in den Innenhof bestehen.

Das Fenster zur Straße hin wäre, wie er auf einen weiteren Blick sah, ganz einfach mit einem Stemmeisen zu öffnen. Dies alles auszukundschaften und zu überblicken bedeutete für den Kommissar eine Angelegenheit weniger Sekunden.

Es machte Paul auch keineswegs misstrauisch; zumal Georges es meisterhaft verstand, Bewunderung und Dankbarkeit vorzutäuschen. Im Gegenteil! Er animierte ihn geradezu, sich gründlich umzuschauen.

»Sieh dir nur alles genau an, Liebster; du sollst dich schließlich wohlfühlen bei mir! Leider musst du dir die nächsten Stunden ohne mich vertreiben, mein Schatz! Mein Vetter Maurice erwartet meine Mithilfe in der Schlachterei; er rechnete bereits gestern am Schlachttag des Großviehs mit mir, aber da war ich ein wenig unpässlich und sie mussten ohne meine Unterstützung klarkommen!«

Lavalle unterdrückte ein höhnisches Lächeln. Von wegen unpässlich! Zu feige war er gewesen, um sich bei der grölenden Meute von Revoluzzern vor dem Louvre blicken zu lassen! In seinem Beruf als Polizist machte er immer wieder die Erfahrung, dass die brutalsten Schläger und Mörder meist auch die wehleidigsten Kerle waren, die man sich denken konnte, sobald es um ihre eigene Haut ging.

Nachdem er gehört hatte, dass die Halle, in der Rinder, Ziegen und Schweine getötet wurden, gleich nebenan lag, nahm er sich vor, es auf alle Fälle zu vermeiden, sich von Paul unter einem Vorwand in die Schlachterei locken zu lassen. Für seine Mitstreiter von außen hätte das unter Umständen zwei mögliche Tatorte bedeutet.

Da sie nicht wissen könnten, wo genau er sich aufhielt, müssten sie sich aufteilen, was wiederum einer Halbierung ihrer Schlagkraft und damit einer gefährlichen Schwächung an Kampfkraft gleichkäme.

Der Kommissar war sich darüber im Klaren, wenn »es« soweit war, mussten sie die Bestie so schnell wie möglich überwältigen – sonst konnte der Mann noch einiges an Schaden anrichten: Der Grand Maître war sehr groß, unheimlich kräftig und gewandt, skrupellos und – geübt im Töten. Für Paul machte es sicher keinen Unterschied, ob er einen Ochsen erledigte oder einen Menschen ... Er durfte erst gar nicht zum Zuge kommen.

»Lass dir ruhig Zeit und hilf deinem Verwandten, solange er dich braucht, mon Cher!«, wandte Lavalle sich an sein Gegenüber. »Mach dir um mich keine Gedanken – ich weiß mich zu beschäftigen. Das Wetter ist gut, da gehe ich spazieren. Gegenüber habe ich einen kleinen Park entdeckt. Gegen sieben Uhr werde ich wieder hier sein. Einverstanden, mein Bester?«

»Du bist wirklich ein Schatz! Lass dich umarmen, Liebster!«

Der Grand Maître presste den Kommissar an sich, rieb sich an ihm – wobei Lavalle angewidert die Erektion des anderen spürte – und stöhnte leise.

»Ich habe es gleich geahnt, als ich dich sah, dass du der Richtige bist! Bei all deinen Vorzügen bist du auch noch so verständnisvoll! Wir werden einen wundervollen Abend genießen und eine noch wunderbarere Nacht – das verspreche ich dir.

Ich will eine ganz besondere Überraschung für dich vorbereiten, mein Schatz, die du nie vergessen wirst. Aber ich werde dir vorher nichts verraten. Also, bis um sieben!«

Lavalle machte, dass er aus dem Zimmer kam, um sich nicht doch noch zu irgendeiner Kurzschlusshandlung hinreißen zu lassen. Außerdem war er kurz davor vor Ekel zu speien ...

»Oh, ja! Eine Überraschung! Die wird es allerdings geben! Eine, womit du mit Sicherheit nicht gerechnet hast, du elender Dreckskerl!«, murmelte er nahezu unhörbar vor sich hin, nachdem er auf der Gasse stand, und unterdrückte ein höhnisches Grinsen.

Beinahe empfand Lavalle es als persönliche Beleidigung, dass der Unhold und sein Mitverschworener, »Vetter« Maurice, so völlig angstfrei zu sein schienen. Letzteren hatte er zwar noch nicht persönlich kennengelernt, aber was er von Weitem von dem Metzgermeister gesehen hatte, reichte ihm völlig. Der Kerl war die Ruhe selbst!

Beide glaubten vermutlich, ihre Untaten unendlich lange weiter begehen zu können, ohne jemals gefasst zu werden. Der Kommissar freute sich schon auf den zu Tode erschrockenen Gesichtsausdruck des Grand Maître, der nach den Worten des Pagen André so ungeheuer großen Wert auf Noblesse und Kultiviertheit legte.

Nebenbei bemerkt sollte es auch für Luc eine Genugtuung sein, wenn er diesen Verbrecher aus dem Verkehr zog. Kalter Schweiß trat ihm auf die Stirn, so oft er sich ausmalte, was Ginettes Bruder hätte passieren können, wenn der Junge nicht so couragiert gehandelt hätte ...

Wie würde der Comte reagieren, wenn aller Welt offenbar würde, wie verdorben und verfault er im Innersten war, sobald man ihn für immer seiner prachtvollen Uniform und des mit Edelsteinen und Diamanten besetzten Stabes beraubt, ihm die silberweiße Perücke vom Haupte gezogen – und ihm damit die Maske des höchsten königlichen Palastbeamten vom Gesicht gerissen hätte? Wie würde er es verkraften, als jämmerlicher und verabscheuungswürdiger Lustmörder dazustehen, ohne Macht, ohne Einfluss, dem auch sein riesiges Vermögen, das er sich im Laufe seines Lebens angeeignet hatte, nicht mehr helfen konnte?

Gleichzeitig ging dem Kommissar durch den Kopf, wie wichtig es war, ihn vor seinem Prozess gut wegzusperren, sonst flüchtete er womöglich. Armand Lavalle konnte sich auch lebhaft vorstellen, mit welcher Wut und heimlichen Genugtuung sich die neuerdings »freie Presse« auf ihn, den vormals mächtigen Edelmann, stürzen würde.

Kaum war Armand Lavalle ein Stück weit gegenüber in den kleinen verwilderten, mit dicht belaubten Bäumen und ebensolchem Gebüsch versehenen Park eingedrungen, traf er auf Hubert Aubriac, der ihm grinsend entgegentrat, sowie auf Jean-Baptist Morlais, dessen Augen vor Jagdeifer funkelten.

»Warum muss eigentlich ich den Köder spielen?«, erkundigte sich Lavalle und spielte den Missvergnügten. »Du, Jean-Baptist, bist viel jünger als ich, siehst besser aus und mit deinen schwarzen Augen kannst du sicher nicht nur die Mädchen schwer beeindrucken!«

»Ne, ne!«, wehrte Morlais ab und lachte. »Um mit diesem Kaliber fertig zu werden, braucht es schon den Chef persönlich! Wie wir unschwer sehen konnten, ist das Schwein doch mit Begeisterung auf dich angesprungen!«

»Oh, vielen Dank auch! Soll das vielleicht ein Kompliment sein?« Armand verzog gespielt beleidigt das Gesicht.

»Ich möchte ja zu gerne Mäuschen sein und euch beiden Turteltäubchen zuhören, wenn ihr allerliebste Komplimente miteinander austauscht und euch gewisse pikante Zärtlichkeiten zuflüstert!«, gab Hubert noch seinen Senf dazu.

Er bog sich vor Lachen, hörte aber gleich damit auf, als Armand ihn derb in die Rippen boxte.

»Bitte, lasst den Quatsch jetzt bleiben, ihr zwei! Von mir aus, macht euch über mich lustig, wenn die verdammte Chose vorbei ist – aber im Moment ist mir nicht nach Scherzen zumute. Glaubt mir, ich muss mich gewaltig am Riemen reißen, um dem Kerl nicht die Zähne in den Hals zu schlagen, so oft er mich ›Liebster‹ nennt und mir ans Gemächt will!«

Lavalle löste damit einen weiteren Lachanfall der Kollegen aus. Nachdem sie sich beruhigt hatten, beorderte Aubriac durch zwei scharfe Pfiffe noch einen weiteren Polizisten herbei, der sich im Gebüsch des verwilderten Parks versteckt hatte.

»Jacques Fanfan wird uns unterstützen, damit unser Vorhaben garantiert gelingt!«

Hubert klang zuversichtlich und auch Armand hatte den Eindruck, dass sein Freund eine gute Wahl getroffen hatte. Der noch junge Mann – schätzungsweise Ende zwanzig bis Mitte dreißig – war über einen Meter achtzig groß, wirkte bullig und gut durchtrainiert, verfügte aber über einen äußerst wachen Blick – eine Mischung, die der Kommissar bei Polizisten überaus schätzte, aber leider nicht sehr häufig antraf.

Muskelmasse allein, gepaart mit blindem Draufgängertum, ohne das nötige Hirn, waren seiner Erfahrung nach die schlechteste Kombination, um einen erfolgreichen Ordnungshüter abzugeben.

Der Kommissar begrüßte Fanfan. »Gut!«, sagte er. »Wir vier werden doch in Gottes Namen in der Lage sein, einen einzigen Kerl festzunehmen. Ich sehe da überhaupt keine Schwierigkeit.

Das Einzige, was ein gewisses Problem bereiten könnte, ist das Wissen um den richtigen Zeitpunkt, an dem ihr eingreifen müsst, um zu verhindern, dass er Hackfleisch aus mir macht – oder ich ihn töten muss, um nicht selbst ernsthaft verletzt zu werden. Ich möchte ihn den Justizbehörden unbedingt lebendig übergeben!«

»Daran habe ich auch schon gedacht«, erwiderte Aubriac; Morlais und Fanfan nickten. »Wir haben uns auch schon einen Schlachtplan zurechtgelegt – entschuldige den in diesem Zusammenhang ein wenig geschmacklosen Ausdruck – aber, ich glaube, er müsste dir gefallen!«

»Wir haben bis sieben Uhr abends Zeit, Leute; es bleiben uns demnach noch gut fünf Stunden übrig, um alles im Detail festzulegen. Lassen wir es also in aller Ruhe angehen. Dort drüben sehe ich einen umgestürzten Baumstamm; setzen wir uns und besprechen alles en détail!

Später suchen wir uns dann eine Kneipe, bis es Zeit ist für mich, den Lockvogel zu spielen. Hier im Ort kennt uns keiner und ich denke, wir sind vor unangenehmen Überraschungen sicher.«

»Gut, dass auch Jacques keine Uniform angezogen hat, die aller Welt verrät, dass wir Polizisten sind.«

Aubriac ließ wie immer sämtlichen Respekt vor den alten hoheitlichen Symbolen und Emblemen vermissen. »Und jeder von uns heftet sich jetzt die Trikolore ans Revers. So muss es sein, Kameraden! Bloß nicht unangenehm auffallen in diesen Zeiten! Ich schlage vor, dass wir uns zu Santerres ›Bierbrauerei und Gasthof‹ begeben. Die Braugaststätte ist hier sozusagen gleich um die Ecke und soll, wie man sich erzählt, sehr anständig sein.«

Lavalle gab ihm im Stillen recht. Ein Gerangel mit dem Pöbel wegen des Fehlens eines Abzeichens, das den Monarchisten vom »freien Bürger« unterscheiden sollte, wäre fatal angesichts ihres tausendmal wichtigeren Vorhabens.

Keiner der vier Männer hegte auch nur den geringsten Zweifel, dass mit dem heutigen Abend die grausige Mordserie für immer zu Ende ginge. Jeder von ihnen war stolz darauf, seinen Beitrag dazu leisten zu dürfen, die Bestie von Paris zur Strecke zu bringen.

Unrühmliches Ende

1. November 1789

Die Vorfreude erregte ihn dermaßen, dass er laufend Fehler machte. Ihm, dem das Ausbeinen normalerweise wie geschmiert von der Hand ging, passierte es heute andauernd, dass er die Klinge falsch ansetzte, daneben schnitt und Zeit vertrödelte, weil er nachbessern musste.

Trotzdem blieb seine Arbeit schlampig: Gerade die besten Fleischstücke, die in der Regel keine Knochen, weder Knorpel noch Sehnen mehr enthalten durften, steckten voller Splitter und Flechsen. Die »bessere« Kundschaft, für die diese Filetstücke gedacht waren, würde sich beschweren und Ersatz verlangen.

Die Schlachtergesellen wunderten sich. Nicht nur über den Vetter des Meisters, sondern auch über ihren Chef. Warum ließ er ihm den Pfusch durchgehen? Sollten sie sich jemals Derartiges erlauben, stünden sie in der nächsten Stunde auf der Straße.

Als es ans Wurstmachen ging, wurde es noch schlimmer. Der bullige Altgeselle war es schließlich, der sich ein Herz fasste und heftig protestierte.

»Meister Maurice! So geht das nicht! Ihr Verwandter ist heute nicht bei der Sache. Nachdem er erst das teure Rinderfilet versaut hat, verdirbt er uns jetzt auch noch das ganze Brät! In den Trog für die Kuttelwurst wirft er Kalbsleber und für die feine Leberwurst verwendet er Kaldaunen und gibt viel zu viel Speck und Wasser dazu. Davon, dass er das Wurstbrät total versalzen, aber den Majoran vergessen hat, will ich gar nicht erst reden! Ich weiß, es ist Ihr Geschäft, Chef!

Aber ich sage es rechtzeitig, damit nachher, wenn die Kunden meutern, die Schuld nicht an uns Gesellen hängen bleibt!«

Maurice bemerkte sehr wohl, dass sein lieber Freund heute mit seinen Gedanken ganz woanders war; er wagte jedoch nicht, ihn zu rügen. Das verdorbene Zeug würde er in einen der Seitenarme der Seine schmeißen und Paul würde stillschweigend für den Verlust aufkommen. Das handhabten sie seit über zehn Jahren so. Es kam jedenfalls nicht infrage, dass er vor allen Angestellten seinen »Vetter« tadelte. Maurice nahm ihn in Schutz und schob alles auf die Unpässlichkeit seines Verwandten.

Der war sich seiner Unzulänglichkeit auch voll bewusst. Um nicht noch mehr Unheil anzurichten – beinahe hätte er sich selbst die Messerklinge in den Handteller gerammt – riss er sich die blutbefleckte lange Schürze vom Leib, schleuderte verärgert das Handwerkszeug auf den nassen Fliesenboden und verließ den Teil der Schlachterei, in dem im Augenblick die meisten Metzger beschäftigt waren.

Der Rest der Mannschaft nahm inzwischen die im unmittelbar danebenliegenden »Kühlraum« an Fleischerhaken aufgehängten und abgehäuteten Ochsen und Schweine aus, deren Leiber sie bereits gestern der Länge nach aufgeschlitzt hatten, um das meiste des auslaufenden Blutes aufzufangen. Es stank immer noch beinahe betäubend nach dem restlichen Blut und nach Exkrementen. Aber das störte keinen – daran waren alle gewohnt.

Ja, ein sensibler Charakter hätte sogar noch vermocht, die kreatürliche Angst der dem Tod geweihten Tiere, die ihr Ende instinktiv erahnten, zu riechen. Aber für derlei »Empfindlichkeiten« hätte sich das Metier eines Schlachters kaum geeignet.

Ihn allerdings regte dieser Geruch heute maßlos auf! Ja, der Gestank war im Stande, ihn regelrecht toll zu machen! Erinnerte er ihn doch an sein bevorstehendes »Opferfest«, welches er an diesem Abend als absoluten Höhepunkt seiner bisherigen Karriere als »Phantom der Seine« zu zelebrieren gedachte.

Beinahe tat Georges Lapin ihm leid. Er schien ein so prachtvoller Bursche zu sein, der einzige, der ihm nahezu ebenbürtig war und dessen Gesellschaft er wirklich genoss. Mit ihm konnte er auf Augenhöhe sprechen und diskutieren. Welch' ein Unterschied zu all den vorherigen dumpfen, ungebildeten und primitiven jungen Kerlen! Um Lapin war es wirklich schade. Musste er ihn tatsächlich opfern? Ja, natürlich! Da gab es nichts zu überlegen. Die Frage, die er sich stellte, lautete: Müsste es bereits heute passieren?

Als er in seinem Zimmer war und sich umzog, überlegte er zum hundertsten Male, ob es nicht besser wäre, Georges zu schonen – wenigstens noch eine Weile – um seine Gesellschaft noch längere Zeit genießen zu können. Der Gedanke, den jungen Mann auch körperlich zu besitzen, machte ihn schwindlig vor Begierde; versprach er sich davon doch ein Vielfaches an Vergnügen.

Intelligente Menschen verstanden nach seiner Erfahrung viel mehr von der körperlichen Befriedigung als die eher schlichten Zeitgenossen, die allzu oft durch kirchliche und überlieferte gesellschaftliche Tabus gehemmt waren. Das war bei Georges bestimmt nicht zu befürchten.

Mit Eifer widmete er sich der Zubereitung des »Liebesmahls«, das dieses Mal ein ganz besonderes sein würde; er konnte es kaum erwarten, bis es sieben Uhr war und der Auserwählte zu ihm kam – nichts ahnend, was ihm »danach« bevorstand.

Mittlerweile hatte er sich nämlich – wenn auch schweren Herzens – unumstößlich dazu durchgerungen, nach seinem üblichen Plan zu verfahren. Er musste sein Vorhaben genauso wie immer durchführen, wie er es vor zehn Jahren selbst festgelegt hatte. Sonst würde er alles verderben.

Darüber war er sich nach reiflichem Überlegen in seinem kranken Gehirn klar geworden: Alle vorherigen »Opferungen« wären sinnlos gewesen, sobald er auch nur ein einziges Mal von seinem Schema abwiche. Auf das Opfermahl und die körperliche Vereinigung hatte unbedingt die rituelle Tötung zu erfolgen mit allen anderen notwendigen Handlungen, über die sich die Polizei und die Arbeiter, die die Leichen später fanden, mangels Bildung so schrecklich aufregten.

Aber das störte ihn nicht. Das waren Ignoranten, denen er niemals klar machen konnte, warum er tun musste, was er tat. Sie waren viel zu beschränkt, um ihn und seine hehren Beweggründe jemals zu begreifen. Sollten sie ihn – was er heute nahezu ausschloss –, jemals fassen, würde er auch gar nicht versuchen, es ihnen zu erklären.

›Schade um jedes Wort! Es wäre vergebliche Liebesmüh' und würde bedeuten, Perlen vor die Säue zu werfen!‹, dachte er. Nein, im Falle einer Verhaftung würde er eisern schweigen.

Wie sollten diese Dummköpfe jemals verstehen, dass er das alles allein deshalb auf sich nahm, um durch die Art der Tötung, sowie durch das anschließende Verspeisen bestimmter Organe dieser jungen Männer, permanente Verjüngung und Lebenskraft für viele weitere Lebensjahre zu gewinnen?

Wenn er es schaffte, für stetigen Nachschub zu sorgen, hätte er damit den untrüglichen Beweis angetreten, dass es möglich war, ewig zu leben! Ein uralter Menschheitstraum ginge dadurch in Erfüllung. Zumindest für ihn – und für seinen Freund Maurice.

Um nicht doch im Falle seiner Entdeckung die Todesstrafe auf sich nehmen zu müssen, trug er seit einiger Zeit ständig ein tödliches und rasch wirkendes Gift bei sich. Somit konnte er jederzeit selbst bestimmen, wann es mit ihm zu Ende gehen sollte. Immerhin ein kleiner Trost.

Er musste lächeln. Nein, selbst bei genauester Durchsuchung seiner Kleidung würden die Häscher die Giftpille nicht finden – da war er ganz sicher.

Im Geiste sah er Georges Lapin vor sich, der trotz seines harmlosen Nachnamens, Kaninchen, ein großer, kräftiger, junger Bursche war, mit dem er seine liebe Not haben könnte, ihn zu überwältigen. Alles kam darauf an, ihn geschickt abzulenken, dann überraschend anzugreifen und ihn gleich mit dem ersten Dolchstoß zu erledigen.

Nachdem Paul Lefèbre sich schließlich endgültig dazu durchgerungen hatte, seinen augenblicklichen Mignon kaltblütig abzuschlachten – trotz einer Art gewisser Zuneigung, die er ihm zweifellos entgegenbrachte, fühlte er sich bedeutend ruhiger. Überlegt wie immer traf er eiskalt die nötigen Vorbereitungen.

Als er den guten Teppich zusammenrollte und hochkant neben dem Schrank deponierte, summte er ein altes savoyardisches Liebeslied, das ihn einst ein Lustknabe, der sich selbst auf der Laute begleitete, bei Hofe gelehrt hatte.

Als er stattdessen das dicke graue Tuch auf den Dielen auslegte, welches das Blut, den Urin, die Därme und den Kot auffangen und ihm zudem zum leichteren Transport der Leiche dienen sollte, drängte sich unverhofft der kleine Page André in seine Gedanken.

»Junge, du hast Glück, dass du am Hof lebst!«, kicherte der Grand Maître boshaft – bis ihm die kürzlich erfolgte, unangenehme Auseinandersetzung mit dem unverschämten Gärtnerburschen einfiel. Seine Gesichtszüge verzogen sich brutal.

Sobald er sich von seiner momentan brennenden Gier befreit haben würde, müsste er sich der Suche nach diesem Jungen widmen – und dann, Gnade Gott dem kleinen respektlosen Dreckskerl!

»Mir, einem Grafen aus altem Geschlecht und Haushofmeister des Königs, zu drohen, war so ungefähr das Dümmste, was dem Bengel hat einfallen können! Der rotzfreche Knabe wird sich wünschen, nie geboren worden zu sein«, flüsterte er rachsüchtig vor sich hin.

Als der Kommissar gegen sieben Uhr abends den Raum betrat, der bereits unzählige Male zum Schauplatz grauenhaftester Verbrechen geworden war, stutzte er im ersten Moment. Aber das dauerte nur einen winzigen Augenblick; irgendwie hatte er ja schon damit gerechnet: Der bunte Teppich war verschwunden!

An seiner Statt hatte das lächelnde Ungeheuer eine dunkelgraue Plane ausgelegt ... Falls es tatsächlich noch eines weiteren Beweises bedurft hätte, was der »Schmied« in Wahrheit mit seinem »lieben« Gast vorhatte: Hier hatte Lavalle ihn vor Augen liegen!

Sein Blut und seine Exkremente sollten das gute Stück nicht ruinieren. Außerdem ließ sich eine Leiche, eingewickelt in eine Plane, leichter über die Dielen schleifen und wegbringen. Beinahe war er sicher, dass der Mörder vor der Tür zum Hof »ganz zufällig« eine Schubkarre bereitgestellt hatte, die ihm den Transport zum nächsten Seine-Seitenarm erleichtern sollte.

Der Kommissar beschloss, so zu tun, als bemerke er den Tausch gar nicht, vor lauter Staunen über all die Köstlichkeiten, die seiner harrten.

Der Esstisch bog sich förmlich unter der Last der Schüsseln und Kasserollen, gefüllt mit Braten, Soße und verschiedenen Gemüse- und Obstsorten, die alle aus dem königlichen Gewächshaus stammen mussten. Auf dem Markt oder in den »Hallen« waren jedenfalls jetzt im Spätherbst frische Spargel oder Erdbeeren nicht erhältlich ...

Zur Feier des Tages spendierte der Comte seinem Opfer zur Henkersmahlzeit statt Wein sogar Champagner, wie er nur bei Hofe oder in den feinsten Adelshaushalten konsumiert wurde. Lavalle wäre jede Wette eingegangen, dass die erlesenen Dinge von der Tafel Ludwigs XVI. stammten. Kein Wunder! Saß der großzügige Gastgeber doch sozusagen an der Quelle all der Spezialitäten.

»Bist du zufrieden, mein Geliebter?«, raunte ihm sein Gastgeber zu und fasste nach seiner Hand.

Beinahe gewaltsam riss Armand seine Augen von der gedeckten Tafel los, die sogar bestickte Servietten zierten und blickte Paul Lefèbre im Schein der Kerzen tief in die Augen. Der machte Anstalten ihn zu umarmen und zu küssen. Geschickt wich Lavalle ihm aus.

»Wirklich wunderschön! Aber lass' uns beginnen, Cher Ami, ich sterbe vor Hunger!«, umging er eine Antwort und übersah dabei absichtlich den enttäuschten Gesichtsausdruck des anderen.

»Oh«, murmelte dieser, »hungrig, das bin ich ebenfalls! Aber nicht so sehr nach Speisen, sondern nach dir, mein Schatz! Wie wäre es mit einem Kuss als Entrée?«

»Setz dich, mein Lieber, es wird sonst kalt und das wäre doch jammerschade«, entgegnete der Kommissar, die Bitte bewusst überhörend. Er nahm seinerseits Platz auf einem der beiden einander gegenüberstehenden Stühle – sorgsam darauf bedacht, dem Mörder nicht versehentlich den Rücken zuzukehren. Er legte keinen Wert darauf, unverhofft ein Messer zwischen die Rippen zu bekommen.

»Also gut! Es ehrt mich, dass du meinen bescheidenen Kochkünsten die Ehre erweisen willst, Liebster! Lass uns aber erst anstoßen!«

Der Haushofmeister Seiner Majestät griff nach einem der beiden gefüllten Kelche, und hob diesen seinem Gast entgegen.

»Auf einen wunderschönen Abend! Möge er uns beiden in ewiger Erinnerung bleiben, Geliebter!«

Lavalle sah keine Möglichkeit, dieses Ritual zu umgehen. Er umfasste den Stiel seines eigenen Glases, um mit seinem Gegenüber anzustoßen.

»Ich erhebe mein Glas auf einen gelungenen Abend! Ich bin sicher, dass er etwas ganz Besonderes sein wird! Ich weiß auch, dass ich ihn ebenfalls nie vergessen werde«, erwiderte er doppeldeutig, sich dabei zu einem Lächeln zwingend.

Der Grand Maître nahm einen kräftigen Zug von dem stark sprudelnden Getränk, aber der Kommissar, der damit rechnen musste, dass der Inhalt seines eigenen Glases mit einem Betäubungstrank versetzt war, nippte bloß daran. Beim Zurückstellen des Kelchs verhielt er sich absichtlich ungeschickt und verschüttete das meiste auf dem Tischtuch.

»Verzeih, Chéri! Was bin ich doch für ein Tollpatsch!« Gespielt zerknirscht äugte Lavalle seinem Gastgeber ins Gesicht. Der jedoch ließ durch nichts erkennen, ob er die List durchschaut hatte oder nicht.

»Mach dir nichts draus, Chéri! Es ist noch genug davon in der Flasche!« Der Grand Maître goss ihm nach. Dieses Mal war der Kommissar wenigstens sicher, dass keine Möglichkeit bestand, ihm etwas Gefährliches ins Glas zu mischen. Außer der Mörder wäre durch die jahrelange Einnahme kleinster Dosen Giftes dagegen immun ...

Paul ließ es sich nun angelegen sein, Georges zu beraten, welche Stücke des gekonnt zerlegten Fasans er versuchen sollte, um den ganz speziellen Wildgeschmack des Vogels am besten zu genießen. Vollkommen entspannt plauderte der Grand Maître während der Mahlzeit über die Herkunft des edlen Geflügels. Ein befreundeter Jagdpächter belieferte nach seinen Worten Vetter Maurice mit Fasanen, Rebhühnern und Wachteln, aber auch mit Hasen, Hirschen und Wildschweinen.

»Von Letzterem wirst du auch etwas kosten können«, verriet er seinem Liebsten, dabei mit dem Finger stolz auf die Servierplatten und Schüsseln zeigend, »aber besonders von diesem zarten Hirschkalb.«

Das anschließende Lob des Kommissars war ehrlich gemeint. Er hatte in der Tat niemals zuvor so hervorragend gespeist. Dieser Mann war geradezu ein Meister am Kochherd. Erneut stellte Lavalle sich die Frage, wie es möglich war, dass ein so charmanter und kultivierter Mensch, der auch handwerkliches Geschick sein Eigen nannte, gleichzeitig eine abartige Bestie sein könne.

Der letzte Akt

1. November 1789, abends

Ein fulminantes Dessert aus gezuckerten Erdbeeren, leichter Grand-Marnier-Crème und geschlagener Sahne rundete das köstliche Diner ab. Als der Gastgeber dazu überging, Cognac zu servieren, änderte sich schlagartig die Stimmung im Raum. Hatten zuvor lebhafte Unterhaltung über Unverfängliches und Gelächter über witzige Begebenheiten die Unterhaltung dominiert, geriet das lockere Geplauder auf einmal ins Stocken.

Die Spannung war jetzt sozusagen mit Händen zu greifen. Jeder der Männer war sich bewusst, dass das Ende – so oder so – nahe war. Und jeder hoffte nicht nur, nein, beide waren sicher, das Duell für sich zu entscheiden.

Die Cognacschwenker aus geschliffenem Kristallglas waren geleert, die Unterhaltung war ins Stocken geraten und ein kurzer peinlicher Moment trat ein. Der Grand Maître schien darauf vorbereitet.

Er erhob sich und Lavalle erschien es beinah bedrohlich, wie der große massige Mann sich vor ihm aufbaute.

»Lass uns nun endlich zu Bett gehen, mein Schatz«, sagte Paul mit belegter Stimme. »Das ist es doch, was wir beide eigentlich wollen. Alles andere war nur das Vorgeplänkel und natürlich als Stärkung für das Wesentliche gedacht – und das wissen wir beide, nicht wahr?«

Der Kommissar nickte. Er stand ebenfalls auf, wie um sein Einverständnis zu zeigen. Rasch legte er die wenigen Schritte bis zur Bettstatt zurück, die unter einer bunten Wolldecke verborgen war. Mit einem Ruck riss er die Decke herunter.

»Dachte ich es mir doch! Auch hier eine Plane über dem Laken!«, murmelte er leise, aber doch vernehmbar vor sich hin. Laut aber sagte er: »Ich denke, wir lassen jetzt das Versteckspiel, Monsieur Alfonse, ehemaliger Comte, jetzt Bürger Montmorency und oberster Angestellter der königlichen Hofhaltung!«

Der Seinemörder bewies bemerkenswerte Geistesgegenwart. Nur die Totenblässe, die auf einmal sein Gesicht überzog, verriet, wie sehr ihn diese Worte getroffen hatten. Sogar ein unwillkürliches Zusammenzucken vermochte er sich zu verkneifen.

»Oh! Mein Liebster, du hast mein Geheimnis gelüftet! Deine Klugheit ist überwältigend. Zu enttarnen, wer ich wirklich bin, das ist noch keinem gelungen! Aber ich hoffe, du bist mir nicht böse deswegen. Nach unserer ersten gemeinsamen Liebesnacht hätte ich mich dir natürlich offenbart, mein Schatz!«

»Mais oui, naturellement, mon Cher!«

Armand Lavalles wütende Stimme troff geradezu vor Hohn. »Nur mit dem kleinen Unterschied, dass ich diese Nacht gar nicht überleben sollte! So wenig, wie Dutzende armer, hungriger Kerle, die du in den letzten zehn Jahren abgeschlachtet und verstümmelt hast, du Bestie!

Mit Sicherheit hattest du auch schon das übliche silberne Franc-Stück bereitgelegt, um es anschließend in meinem ausgeweideten Bauch zu deponieren!

Excuséz-moi, Monsieur, ich habe mich Ihnen ja noch gar nicht vorgestellt: Armand Lavalle, Commissaire Supérieur de Police de Commune de Paris; stets zu Ihren Diensten!«

Während er noch sprach, trat Lavalle ein Stück vom Bett zurück, näherte sich erneut dem Tisch und bekam mit, wie der Grand Maître sich unversehens bückte und einen Dolch aus dem Stiefelschaft zog. Der Ausdruck seiner Augen war eiskalt, tödlich entschlossen und rasend vor Wut.

Ehe er die tödliche Waffe gegen ihn verwenden konnte, schleuderte Armand ihm mit aller Kraft die leere Champagnerflasche gegen die Brust. Aber geschickt duckte sein Gegner sich weg.

Sogleich warf der Kommissar die schwere Porzellanschüssel mit dem Rest der Bratensoße nach ihm, zielte dieses Mal jedoch auf das Gesicht des Mörders und traf ihn tatsächlich hart am Kinn. Die Wucht des Schlages ließ den Riesen zwar taumeln, brachte ihn aber nicht zu Fall. Aber der Dolch entglitt seiner Hand, als er automatisch seinen Kopf mit beiden Händen zu schützen versuchte. Aufgeben kam für den Comte natürlich nicht infrage; umgehend brachte sich der vielfache Mörder als Faustkämpfer in Stellung.

Armand dachte gar nicht daran, sich mit ihm zu prügeln. Obwohl im Ernstfall über seine körperliche Überlegenheit keineswegs im Zweifel, würde er doch allerhand Hiebe einstecken müssen – und diese Genugtuung wollte er dem Grand Maître nicht gönnen.

Der Kommissar steckte die Finger in den Mund und ließ einen gellenden Pfiff los, der den draußen lauernden Kollegen vereinbarungsgemäß signalisieren sollte, der Zeitpunkt ihres Eingreifens sei jetzt gekommen. Zugleich hob er das gestreckte rechte Bein und schmetterte dem in Lauerstellung gebückt dastehenden Gegenüber seinen Stiefel mit voller Wucht ins Gesicht.

Das Knacken des Nasenbeins und das Brechen eines Unterkiefers waren in dem kleinen Zimmer fast überlaut zu hören und bildeten gleichsam Musik in Lavalles Ohren.

Dem Grand Maître, der unwillkürlich einen wilden Schmerzenslaut ausstieß, schoss das Blut aus Mund und Nase, während er hintenüber kippte. Krachend stürzte er zu Boden, dabei einige Zähne ausspuckend. Der Ausdruck seiner großen blaugrauen Augen, mit dem er Armand bedachte, war so, dass Lavalle es vorkam, direkt einen Blick in die Hölle zu tun. Wahnsinnige Enttäuschung, rasende Wut und mörderische Rachsucht glommen in ihnen.

»Verräterischer Hund!«, hörte er den Massenmörder kreischen, dessen Augen in Tränen des Schmerzes schwammen. Eine Flut von Flüchen und Verwünschungen folgte. Dennoch versuchte der schwer angeschlagene Comte, aufzustehen.

Unbändiger Zorn erfasste Lavalle. Er dachte nicht daran, seinem Gegner die Möglichkeit zu geben, ihn doch noch ernsthaft anzugreifen. Brutal trat er dem am Boden Liegenden in die Rippen, um ihm den Atem aus der Lunge zu treiben.

Insgeheim beglückwünschte er sich zu seiner Idee, an diesem Tag die locker sitzenden Holzpantinen gegen feste Stiefel aus Rindsleder mit dicken Sohlen und massiven Absätzen ausgetauscht zu haben. Sie verliehen ihm größere Standfestigkeit und vor allem »Trittsicherheit«.

Das empörte Gekreisch des Grand Maître verstummte augenblicklich und machte etwas Platz, das sich nach Gewinsel anhörte. So war es recht, sollte die Bestie nur heulen.

So überhörte Lavalle das leise knackende Geräusch, das eine von ihm bisher noch nicht entdeckte Tapetentür verursachte. Sie war in einem hohen Kleiderkasten verborgen.

Die zu Tode erschrockene Visage Gaston François Lumenaires, des Schlachtermeisters, stierte auf einmal durch die offenstehenden Schranktüren in den Raum. Seinem Mörderfreund brüllte er hysterisch zu: »Hau um Gottes willen ab! Fremde Männer, womöglich Polizisten, schleichen ums Haus herum!«

Ein sehr törichter Ratschlag, wenn das Haus tatsächlich umstellt sein sollte ...

Den winzigen Augenblick, den der Kommissar jetzt abgelenkt war, verstand der Grand Maître allerdings zu nützen, indem er aufsprang und seinerseits seinem jetzigen Todfeind einen Schlag ans Kinn verpasste, der den übertölpelten Lavalle zu Boden schickte.

Ehe der für eine kurze Weile das Bewusstsein verlor, hörte er noch, wie der Comte de Montmorency seinen Freund und Mitwisser aufforderte, alles zu tun, um die Kerle draußen aufzuhalten; er habe noch etwas zu erledigen ...

Der Schlachtermeister konnte sich denken, was das sein würde und war darauf bedacht, sich selbst in Sicherheit zu bringen. Über eine Geheimtreppe zog er sich rasch zurück in seine Wohnung im Oberstock des Hauses.

Zum Glück dauerte Lavalles Bewusstlosigkeit nur wenige Sekunden lang an. Er versuchte, den Dolch seines Angreifers, den dieser bedrohlich dicht vor seinem Gesicht schwenkte, abzuwehren.

Das war allerdings schwieriger als gedacht, obwohl sein Gegner, anstatt blindlings zuzustechen, wertvolle Sekunden verschwendet hatte, um die passende Stelle zum Zustechen zu suchen.

Lavalle bekam bei der sich nun entwickelnden Rauferei, die das kleine Zimmer in ein Trümmerfeld verwandelte, etliche tiefe Stichwunden an Händen, Armen und an der Brust ab, die jedoch seinen Überlebenswillen und seine unbändige Wut nur noch mehr anfachten. Der Kommissar wusste, jetzt ging es buchstäblich um Leben und Tod.

Die Schmerzen, verursacht durch die beträchtlichen Verletzungen spürte er in diesem Augenblick noch gar nicht; nur dass er reichlich Blut verlor, blieb ihm nicht verborgen.

In einer nahezu unmenschlichen Anstrengung gelang es auch Lavalle, sein eigenes Messer aus dem Stiefelschaft zu ziehen, sodass zwischen ihnen zumindest Waffengleichheit herrschte. Bei dem weiter andauernden Gerangel kamen dem Kommissar letztlich doch seine Jugend und seine Kampfausbildung zugute.

Indem er den Arm des Grand Maître brach, gelang es ihm, dass der Comte den Dolch fallen ließ. Danach schickte er ihn endgültig zu Boden, indem er ihm ein Bein stellte. Jetzt stand er über dem Grand Maître und hielt ihm seinerseits ein Messer an die Gurgel.

Aubriac und Morlais, die draußen auf der Straße, wie Fanfan im Innenhof, den Alarm des Kommissars vernommen hatten, verschafften sich in diesem Moment Zutritt zu dem bewussten Zimmer, nachdem sie die massive Außentür mit ein paar Axtschlägen zertrümmert hatten. Eine Aktion, die schrecklichen Krach verursacht hatte, von Lavalle in seiner Erregung allerdings gar nicht richtig wahrgenommen worden war.

Aubriac, der als Erster in den Raum stürmte, wurde Zeuge, wie sein Freund, augenscheinlich blind vor maßloser Wut, eben dabei war, dem Seinemörder den endgültigen Garaus zu machen.

Mit dem Schrei »Hör auf, lass das Schwein am Leben!« gelang es ihm im letzten Moment, Lavalle davon abzubringen, den Haushofmeister abzustechen. Sowie er die Stimme seines besten Freundes hörte, hielt der Kommissar inne und steckte sein Messer ein. Der Mörder musste ja unbedingt am Leben bleiben, um seinen Prozess und die Verurteilung zu genießen ...

»Festnahme und Fesselung dieses edlen Herrn überlasse ich euch, Freunde!«, keuchte Armand Lavalle. Es reichte ihm.

Morlais und Aubriac wollten sich die Verletzungen des Kommissars ansehen, aber Lavalle wehrte ab. Diese wenigen Augenblicke versuchte der schwer verletzte Edelmann allerdings zu nutzen, indem er seinen heilen linken Arm ausstreckte und erneut nach dem am Boden liegenden Dolch greifen wollte.

Das und die Verletzungen seines Freundes brachten nun Aubriac zum Explodieren. Wie ein Rasender stürzte er sich auf den Seinemörder und prügelte wie ein Wilder mit seinem Polizeiknüppel auf ihn ein, Beleidigungen und Verwünschungen ausstoßend: »Du dreckiger Schweinehund! Du Knabenschänder! Du gemeiner Mörder! Du widerlicher Abschaum! Hast du noch nicht genug?«

Während nun Morlais Hubert Aubriac in den Arm fiel, um einen Totschlag zu verhindern, war das Krachen der eingetretenen Hintertür zu hören, durch die nun endlich auch Fanfan zur weiteren Unterstützung hereinstürmte. Auch er machte Anstalten, über den Haushofmeister herzufallen.

Das Ungeheuer wand sich inzwischen wimmernd am Boden und der Kommissar sah sich veranlasst, den Comte vor weiteren, möglicherweise tödlichen Attacken zu bewahren. »Leute! Es reicht! Der Sauhund rührt sich nicht mehr!«

Der Kampf, der beide Kontrahenten allerhand Blut gekostet hatte, war endgültig vorbei.

Schwer atmend stand Lavalle mitten im Raum, der jetzt eher einem Schlachtfeld glich mit den umgekippten Stühlen, dem umgestürzten Esstisch, mit all dem zerbrochenen Geschirr, der kaputten Blumenvase, den Glasscherben und den über den gesamten Boden verteilten Essensresten und Getränkelachen.

»Bist du schwer verletzt, Armand?«, erkundigte sich Aubriac besorgt. Sein Freund schüttelte nur den Kopf. Er war seelisch noch so erschüttert von der Tatsache, nach zehn Jahren endlich die Bestie unschädlich gemacht zu haben, dass ihm im Augenblick die Worte fehlten.

»Aber du hast ordentlich Blut verloren!« Hubert deutete auf die zerschnittenen Hände und Arme des Kommissars.

Lavalle winkte ab. »Das heilt alles wieder!«, tat er mit einem Achselzucken die keineswegs harmlosen Stichwunden ab.

»Hebt das Untier hoch und legt ihm Fesseln an! Die Karriere des Seinemörders ist hiermit zu Ende!«

Grob zerrten Morlais und Fanfan den im Gesicht schwer Gezeichneten auf die Beine, der offensichtlich Beschwerden beim Atemholen hatte, die ihm Lavalles Tritt in die Rippen beschert hatte.

»He, Commissaire! Dem haben Sie es aber ordentlich gegeben!«, konstatierte Jean-Baptist Morlais mit

Befriedigung, als er sah, dass der Graf sich kaum auf den Beinen halten konnte.

»Der Schweinehund kann von Glück sagen, dass wir ihm nicht gleich hier den Garaus machen«, warf Aubriac ein. »Er darf in den Genuss eines Gerichtsverfahrens kommen, von dem man nicht nur in Frankreich hören wird! Endlich geht's auch mal einem von diesen Adelsschmarotzern an den Kragen!« Der erste Sekretär des Polizeipräsidenten machte im Kreise von Freunden aus seinem Herzen keine Mördergrube.

»Ist der Dolch etwa seiner?« Aubriac wies auf die immer noch am Fußboden liegende, scharf geschliffene und blutverschmierte Waffe. »Da kannst du dir gratulieren, mon Ami, dass dich der Hund damit nicht noch schlimmer erwischt hat!«

Auch Fanfan schien beeindruckt. »Wer ist der Kerl überhaupt? Was hat der mit Adel zu tun? Trotz der einfachen Kleidung schaut er allerdings aus, als wäre er was Besseres!«

»Das kannst du laut sagen!«

Lavalle hatte mittlerweile seine übliche Ruhe und Gelassenheit wiedergefunden. »Hubert weiß schon Bescheid. Aber ihr, meine lieben Freunde, erlaubt, dass ich euch diese jämmerliche Kreatur vorstelle: Vor uns steht – beziehungsweise schwankt – Monsieur Alfonse, ehemaliger Comte de Montmorency, seines Zeichens Grand Maître de la Maison du Roi!«

Morlais und Fanfan waren verdutzt und gleichzeitig schwer beeindruckt vom Erfolg des Kommissars.

»Das wird ein Schlag ins Kontor, Kameraden!« Aubriac, als Einziger von Lavalle eingeweiht, rieb sich voller Vorfreude die Hände, während die beiden anderen immer noch keinen Ton herausbrachten. »Das wird wieder mal ein gefundenes Fressen für Marat und seinen ›Ami du Peuple‹! Ich sehe bereits die fette Schlagzeile!«

Morlais fasste sich als Erster und war zutiefst erschrocken; auch sein Kamerad Jacques Fanfan schaute immer noch verdutzt drein. Wie um alles in der Welt war so etwas überhaupt möglich?

»Und du, Freundchen, du hast endgültig ausgespielt als ›Todesengel‹, ›Phantom der Seine‹ und Seinemörder! Deine schaurige Laufbahn ist hiermit zu Ende!« Aubriac versetzte dem Gefangenen, dessen Hände mittlerweile auf seinem Rücken gefesselt waren, eine schallende Ohrfeige. »So, das musste einfach sein. Jetzt ist mir wohler!«

Jean-Baptiste Morlais verabreichte dem Gefangenen auch noch schnell einen kräftigen Backenstreich, ehe der Kommissar einschreiten konnte.

»Jetzt ist es aber gut, Leute! Niemand rührt jetzt den Gefangenen noch einmal an, verstanden? Der edle Herr wird seine gerechte Strafe durch den Henker von Paris erhalten!

Wir müssen jetzt nur noch seinen angeblichen Vetter, den Schlachtermeister Gaston François Lumenaire, Helfer und womöglich Mittäter, festnehmen, den unser lieber Freund hier immer »Maurice« genannt hat! Er wird sich irgendwo im Schlachthaus oder in seiner Wohnung versteckt halten. Und den roten Zwirn, mit dem er seine ausgenommenen Opfer wieder zugenäht hat, werden wir auch noch irgendwo finden! Erst dann, mes Amies, haben wir unsere heutige Arbeit endgültig vollbracht!«

Epilog

28. Januar 1790

Die Wellen, die der nach langer Zeit endlich geklärte Fall der brutalen »Seinemorde« schlug, waren gigantisch. Die Tatsache, dass der Täter ein angesehener Angehöriger des hohen Adels, der höchste Angestellte des Hofes, der Chef von Tausenden von Beschäftigten in Versailles, im Louvre, den Tuilerien, in den Parks und königlichen Gärten – und nicht zuletzt ein geschätzter Vertrauter des Monarchen, Ludwigs XVI. und seiner Gemahlin, Königin Marie Antoinette, gewesen war, ließ die Emotionen aller Gegner der Monarchie nahezu unkontrolliert überschäumen.

Der »Ami du Peuple« überschlug sich förmlich in Hasstiraden gegen die Monarchie und insbesondere gegen Ludwig XVI. und die Königin, die mit Wonne als eine für das wunderbare französische Volk vollkommen nutzlose Belastung, als schädliche, ja tödliche Blutsauger, die den Ruin der Nation verursachten, dargestellt wurden.

Am gemeinsten war eine wirklich bösartige Karikatur, die den in Wahrheit ehrlich entsetzten König und die in höchstem Maße von den Taten des bisher von ihr überaus geschätzten Haushofmeisters zutiefst angewiderte und betroffene Königin, bis ins Mark erschütterte.

Es handelte sich dabei um eine Zeichnung, die unübersehbar an den Mauern des Palais Royal und anderen wichtigen Gebäuden prangte und Folgendes zeigte:

Ein maßlos verfetteter König fläzte sich träge in seinen Thronsessel und riss gierig, mit umgehängter Serviette, mit seinen Zähnen von einer Rehkeule einen mächtigen Bissen ab, während die grotesk geschminkte Königin, behängt mit Juwelen und einer übertrieben aufgetürmten Frisur, ihrem Haushofmeister charmant zulächelte.

Dieser – unschwer an seinem mit Edelsteinen besetzten Kommandostab in der Rechten zu erkennen – war dabei, mit der linken Hand einem verschüchterten, bitterlich weinenden, kleinen Pagen vorne in den Bund seiner Pantalons zu fassen, während hinter ihm die aufgetürmten nackten Leichen seiner bisherigen Opfer wie Brennholzscheite übereinander gestapelt lagen ...

Untertitelt war das widerliche Machwerk mit: »Drei, die sich gefunden haben und sich überaus sympathisch sind!«

Der Artikel im »Ami du Peuple« begann mit: »Königin Marie Antoinette soll bittere Tränen vergossen haben, als ihr Höflinge diese gewisse Zeichnung unter die Nase hielten, wobei sie vorgaben, selbst zutiefst über die ›unglaubliche Ehrverletzung‹ empört zu sein.«

Marats Journale zirkulierten natürlich auch im Kommissariat.

»Sämtliche Skandalblätter Marats veröffentlichen die Schweinerei im ganzen Land – und der König vermag nichts dagegen zu tun! Ludwig XVI. ist anscheinend der einzige Mensch in ganz Frankreich, für den die propagierten Freiheiten und Menschenrechte keine Geltung haben. Eine Schande ist das!«

Angewidert rümpfte Kommissar Lavalle die Nase. Dieses Mal widersprach ihm sein Freund Aubriac ausnahmsweise mal nicht. Auch ihm erschien die Impertinenz dieses Marat, der es meisterhaft verstand, politische Gegner mit Dreck zu bewerfen, zu weit zu gehen. Niemand zweifelte daran, dass das Pamphlet samt der impertinenten Zeichnung auf seinem Mist gewachsen war.

»Wird langsam Zeit, dem ekelhaften Kerl das Maul zu stopfen«, brummte Aubriac. »Zumindest mäßigen müsste er sich ein bisschen.«

Er und Lavalle waren auf dem Weg zum »Baron Rouge«, um ein leichtes Mittagessen zu sich zu nehmen.

Das Lokal trug nach wie vor seinen alten, ans verhasste »Ancien Régime« gemahnenden Namen – ohne dass sich Georges Danton, Camille Desmoulins, Maximilien de Robespierre oder sonst einer der scharfzüngigen Republikaner darüber beschwerten ...

Im Gegenteil. Die Herren schätzten den Wirt und seine Küche und kehrten mit Vorliebe dort ein, wenn sie in angenehmem Ambiente gut zu speisen und noch besser zu trinken wünschten.

Es war eisig kalt; bald würde es Schnee geben. Es wollte an diesem Tag auch gar nicht richtig hell werden, obwohl es bereits auf Mittag zuging. Der Himmel über Paris war bedeckt und trübe und hing wie eine mächtige Käseglocke über der Stadt.

Verstärkt wurde dieser Eindruck durch die vielen schmutzig-ockerfarbenen Rauchsäulen, die aus den zahlreichen Kaminen beinahe kerzengerade in die Luft stiegen. Sie lösten sich erst in einer gewissen Höhe auf und bildeten dort gleichsam einen riesigen Schirm aus ekligem graugelbem Dunst, der wie Nebel waberte und das Atmen erschwerte.

»Lass uns das Thema wechseln«, bat Lavalle seinen besten Freund. »Ich werde sonst noch trübsinnig. Ich kann vom Fall des Seinemörders, seinen Verbrechen und von allem, was irgendwie damit in Zusammenhang steht, nichts mehr hören.«

Hubert legte Armand den Arm vertraulich um die Schultern. Er konnte den Kommissar gut verstehen. Hatte sich der Grand Maître, der im Übrigen eisern geschwiegen und sich mit keiner einzigen Silbe zu den ungeheuren Vorwürfen gegen ihn geäußert hatte, doch der gerechten Strafe, die nur auf Tod durch Enthaupten lauten konnte, entzogen. Irgendwie war es ihm gelungen, die Wachen, die ihn angeblich genau untersucht hatten, in die Irre zu führen.

Sie hatten die versteckte Giftampulle nicht entdeckt! Vermutlich hatte er sie im After aufbewahrt ... Er verdarb damit allen, die nach Gerechtigkeit und Sühne verlangten, die bitter nötige Genugtuung.

Überdies – und das wog noch viel schwerer – brachte er die vor Hass und Wut geifernden Massen, die sein Haupt rollen und sein Blut spritzen sehen wollten, um ihr lang ersehntes Vergnügen.

Das Haupt eines hohen Adligen, der dem verabscheuten Thron so nah gestanden hatte, hätte unbedingt unter dem Beil des Henkers fallen sollen, wenn man ihn schon nicht aufhängen durfte wie jeden anderen gemeinen Verbrecher. Welch’ ein grandioses Fest war der Menge entgangen!

Die Besitzer der Häuser rund um die Place de Grèves hatten die Zimmer, die auf den Platz der Hinrichtung hinauswiesen und die beste Sicht auf das blutige Schauspiel bieten würden, bereits meistbietend an zahlungskräftige Interessenten vermietet gehabt. Auch Aristokraten wollten sich das Schauspiel nicht entgehen lassen ... Vermutlich hatten sie geglaubt, sich dadurch das Wohlwollen des Pöbels erkaufen zu können.

Stattdessen musste sich der Mob damit begnügen, den schmählichen Tod des Schlachtermeisters Gaston François Lumenaire zu bejubeln. Ein magerer Ersatz.

Aber immerhin hatte der Metzgermeister den Comte schwer belastet und all dessen Untaten, an denen er selbst, wenn auch nur als »Helfer« beteiligt gewesen war, ohne Wenn und Aber gestanden und bis ins Detail geschildert. Ohne dies wäre es schwierig gewesen, dem Grand Maître seine Untaten lückenlos nachzuweisen.

So schweigsam sich der Haushofmeister gebärdet hatte, so mitteilsam erwies sich der mit ihm in Gewahrsam genommene Meister aus Saint Antoine. Das Geständnis sprudelte geradezu aus dem Mund des Metzgers heraus.

Lumenaire hatte einst als junger Mensch im Auftrag seines Vaters den Hof in Versailles mit besonderen Delikatessen beliefert und war dabei dem Comte de Montmorency als möglicher Bettgenosse aufgefallen. Beide pflegten ein über zwei Jahrzehnte andauerndes intimes Verhältnis; als der Grand Maître einen bequemen – und vor allem sicheren – Tatort für seine perversen Morde benötigte, bot ihm Lumenaire in seinem Haus Asyl an.

Ohne seine Mithilfe beim Abtransport der Leichen und der kannibalistischen »Verwertung« gewisser Innereien, wäre es dem königlichen Haushofmeister nicht gelungen, so lange Zeit unentdeckt zu bleiben.

Er habe sich vor dem Verspeisen der menschlichen Teile anfangs schon ein bisschen geekelt, gab der Schlachter bereitwillig zu Protokoll. Aber sein Liebhaber habe ihm glaubwürdig versichert, damit könne er sich unendliche Lebensverlängerung, vielleicht sogar das ewige Leben, verschaffen.

Nach Montmorencys Festnahme durchsuchte man sein höchst luxuriöses Appartement im Louvre und stieß dabei auf grauenhafte Relikte.

Der Grand Maître hatte die Augen und die abgetrennten Geschlechtsteile seiner Opfer in Gefäße mit Spiritus eingelegt, um sie zu konservieren. Durch Etiketten war jedes Glas fein säuberlich mit dem Datum des Todes, sowie dem Namen des Betreffenden versehen. So war es dem Ungeheuer möglich gewesen, sich nach Belieben immer wieder von Neuem an seinen Trophäen zu ergötzen, die er in einem riesigen Schrank aufbewahrt hatte.

Und dieser Bestie war erlaubt worden, sich klammheimlich aus der Welt davonzustehlen, indem sie einfach eine Giftkapsel schluckte! Nicht nur der Pöbel fühlte sich betrogen ...

Jean-Paul Marat heizte die Stimmung an, indem er in seinen infamen Publikationen den Verdacht schürte, »von allerhöchster Stelle sei veranlasst worden, dem widerwärtigen Sodomiten, Knabenschänder und Massenmörder die bequeme Selbsttötung zu ermöglichen.«

Das Blatt fand reißenden Absatz und es gab in Paris kaum jemanden, der sich nicht über das Monarchenpaar empörte.

Über Nacht erschien wiederum am Palais Royal diese gewisse abstoßende Karikatur des Königs und seiner Gemahlin, samt Haushofmeister und dem kleinen Pagen. Durch Zigtausende von Pamphleten, die die Hauptstadt überschwemmten, wurde der gemeine Verdacht zur Gewissheit hochstilisiert.

Und wiederum stand der naive, geistig träge Monarch allen böswilligen Verdächtigungen hilflos gegenüber ...

Als Lavalle und Aubriac ihre Stammkneipe betraten, seufzte der Kommissar schwer auf. »Es wird Zeit, dass wir endlich unsere Frauen besuchen. In etwa sechs Wochen soll meine Ginette niederkommen. Da würde ich gerne dabei sein. Dann könnte ich ihr als Überraschung berichten, dass ihr arbeitsscheues Brüderlein endlich eingesehen hat, dass eine praktische Ausbildung bei einem Anwalt nicht das Schlechteste ist! Später kann er immer noch ein Studium der Jurisprudenz dranhängen.

Als ich ihm sagte, dass Georges Danton, der neuerdings so viel von sich reden macht, es genauso angestellt hat und heute eine eigene Kanzlei sein Eigen nennt, hat dies Luc anscheinend zur Vernunft gebracht!

Na, wie ist es mit dir? Ich denke, auch du möchtest deine Marie und dein Bébé wieder mal in die Arme schließen! Wenn die Trennung noch sehr viel länger anhält, erkennen uns unsere Schätzchen womöglich gar nicht mehr wieder. Oder, noch schlimmer, sie machen die Entdeckung, dass sie ohne uns auch ganz gut zurechtkommen! Das können wir doch auf keinen Fall riskieren!«

»Du sprichst mir aus der Seele, mein Freund: Endlich einmal Paris mit seinen Verbrechen und Verrücktheiten eine Weile hinter uns lassen und uns unseren geliebten Mädels widmen, damit sie uns nicht vergessen, das wäre wirklich schön!« Der Sekretär des Polizeichefs schaute ganz sehnsüchtig, obschon reichlich hoffnungslos drein.

Als sie sich an ihrem üblichen Stammplatz niederließen, beugte Lavalle sich zu seinem Kameraden hinüber, zwinkerte ihm verschwörerisch zu und murmelte: »Dein Einverständnis vorausgesetzt, Cher Ami, habe ich heute Morgen schon mal unseren Chef davon in Kenntnis gesetzt, dass wir beide nach der mühevollen Festnahme des »Phantoms der Seine« unbedingt einen längeren Urlaub brauchen, um uns zu erholen. Unsere letzte Auszeit ist schon fast zwei Jahre her und ist sozusagen längst überfällig!«

Resigniert winkte Hubert ab.

»O je! Ich kann mir schon denken, was der Alte dazu gemeint hat«, mutmaßte er und verzog grämlich das Gesicht. »Er wird dir vorgejammert haben, dass er sowieso zu wenig Leute hat, nicht wahr? Und dass die Verbrechen neuerdings rasant zunehmen; die Übergriffe auf Adlige zum Beispiel, aber auch auf reiche Bürger, die dem Mob ein Dorn im Auge sind und schneller an der nächsten Laterne baumeln, als sie ›Hilfe!‹ schreien können.

Und die Papierstapel auf meinem Schreibtisch wollen leider auch nicht kleiner werden! Träum' von was anderem, Kamerad, als ausgerechnet von Urlaub!«

Lavalle grinste. »Als Erstes hat er mir zu dem ›Fang‹ des Seinemörders gratuliert und mir anvertraut, dass er gleich gewusst habe, dass ich es schaffen würde. Wortwörtlich hat er gemeint, dass er mit meiner Beförderung ›das Richtige getan habe. Spätestens jetzt haben Sie sich diese redlich verdient!‹«

Daraufhin zog Lavalle ein leicht zerknittertes Papier aus der Tasche seines wollenen Überziehers, den er seit Weihnachten trug, und hielt es dem Secrétaire de la Commandant Géneral de Police Royale – seltsamerweise hieß ausgerechnet diese Berufsbezeichnung immer noch so; eine Änderung hatte man bis dato vergessen – unter die Nase.

»Schau mal, was ich hier habe, alter Freund!«

Aubriac genügte ein kurzer Blick.

Strahlend gab er bei dem herbeigeeilten Gastwirt seine Bestellung auf: »Zweimal den großen Tagesteller mit Bohnen und Rindfleisch und Salat – und mit Brot und Butter extra! Und für Armand und mich je einen Liter von deinem besten Roten! Wir haben was zu feiern!«

Und zu Lavalle gewandt: »Du bist natürlich eingeladen! Hut ab, dass du Teufelskerl es so ohne Weiteres hingekriegt hast, dass der Alte uns ab Mitte Februar für ganze vier Wochen frei gibt, das grenzt direkt an Zauberei! Meine Marie wird Augen machen! Ich freu' mich jedenfalls riesig!«